ELAINE COFFMAN

Wildes Land der Sehnsucht

Buch

William Woodville möchte alles hinter sich lassen: seinen Adelstitel, sein Land, seine Familie. Seiner Kunst zuliebe zieht es ihn in die unberührte Natur. So verläßt er England und geht in die indianische Wildnis des amerikanischen Westens – wo er auf einem Sklavenmarkt der unschuldigen jungen Margery begegnet. Margery, die Jahre als Gefangene bei Indianerstämmen verbringen mußte, kann ihr Glück kaum fassen. Ihr Märchenprinz heiratet sie vom Fleck weg, reist mit ihr in seine Heimat nach England, stellt sie seiner vornehmen Familie als seine Frau vor – und verschwindet. Alleingelassen von dem Mann, den sie liebte und dem sie vertraute, läßt Margery dennoch nicht zu, daß die Verzweiflung sie überwältigt: Sie widmet sich mit Hingabe ihrer neuen Familie und entwickelt sich von der ungezähmten Schönheit zum umschwärmten, damenhaften Mittelpunkt der Londoner Gesellschaft. Als William eines Tages reumütig zurückkehrt, muß er erkennen, daß Margery nicht gewillt ist, ihm zu verzeihen. Vorerst ...

Autorin

Elaine Coffman hat sich mit ihren zahlreichen Romanen eine riesige treue Fangemeinde erobert. Ihre romantischen Liebesgeschichten sind stets mit herzerfrischendem Humor und prickelnder Sinnlichkeit gewürzt. Von Geburt Texanerin, lebt Elaine Coffman mit Mann und drei Kindern heute in Washington, D. C.

Von Elaine Coffman ist bereits erschienen

An den Ufern der Leidenschaft (41583)
Dornen der Erinnerung (43467)
Ein Mann wie Samt und Seide (42214)
Geliebte Wildkatze (42977)
Geliebter Schuft (41073)
Goldstaub auf zarter Haut (41367)
Zärtlicher Rebell (41115)

ELAINE
COFFMAN

Wildes Land der Sehnsucht

Roman

Aus dem Amerikanischen
von Sabine Ivanovas

BLANVALET

Die Originalausgabe erschien 1997 unter dem Titel
»If You Love Me« bei Ballantines Books,
a division of Random House Inc., New York

Umwelthinweis:
Alle bedruckten Materialien dieses Taschenbuches
sind chlorfrei und umweltschonend.
Das Papier enthält Recycling-Anteile.

Blanvalet Taschenbücher erscheinen im Goldmann Verlag,
einem Unternehmen der Verlagsgruppe Bertelsmann

Deutsche Erstveröffentlichung September 1998

Umschlaggestaltung: Design Team München
Umschlagillustration: Schlück/Monti
Satz: IBV Satz- und Datentechnik GmbH, Berlin
Druck: Elsnerdruck, Berlin
Verlagsnummer: 35039
Redaktion: Regine Kirtschig
MD · Herstellung: Heidrun Nawrot
Made in Germany
ISBN: 3-442-35039-5

1 3 5 7 9 10 8 6 4 2

Freunde ähneln Melonen. Soll ich euch sagen, warum?
Um eine gute zu finden, muß man hundert probieren.
Claude Mermet

Für Sally Salners:
Liebe Freundin über viele Jahre hinweg,
Du hast die Prüfungen der Zeit überdauert.
Ist es wirklich schon fünfundzwanzig Jahre her,
Daß wir zusammen in der Schule unterrichtet haben?
Ich weiß nicht, wie es bei dir ist, ich war damals
glaube ich fünfzehn …

Prolog

England 1857

Es war am Weihnachtsabend in Emberly Hall.

Die letzten Klänge eines Weihnachtsliedes übertönten das Geräusch von Schritten, die sich durch den langen Flur dem großen Salon näherten. Als der Mann und seine Begleiterin vorübergingen, hielten die Leute vom Personal bei ihrer Arbeit inne und sahen dem seltsamen Paar nach. Viele begannen zu flüstern und fragten sich, wer das wohl sein mochte.

»Das ist der Viscount«, flüsterte der zweite Butler einer Kammerzofe zu. »Bei allen Heiligen. Der verlorene Sohn ist endlich zurückgekommen!«

Der Butler griff nach ihren Mänteln. Die Begleiterin des Mannes ließ es zu, daß er ihren Mantel nahm, doch der Mann winkte ab.

Ohne darauf zu warten, daß er angemeldet wurde, öffnete der lang vermißte Sohn des Earl of Warrenton schwungvoll die mächtigen, geschnitzten Türen zum großen Salon und trat ein – in einen langen Mantel aus Grizzlyfell gehüllt. Schmelzende Schneeflocken hingen in seinem langen Haar und seinem struppigen Bart.

Sein Anblick ließ alle mit einem Schlag verstummen, selbst diejenigen, die ihn gekannt hatten, als er noch eine elegante Erscheinung gewesen war. Das Besondere an ihm war nicht so sehr seine mächtige Gestalt, sondern seine rücksichtslose, energische Ausstrahlung. Sein Gesicht wirkte roh und unnahbar, obwohl es von tiefer Trauer erfüllt war.

Er hatte eine Frau bei sich, wie sie keiner der in Emberly Hall versammelten Gäste je gesehen hatte. Sie trug ihr Haar in zwei langen Zöpfen auf dem Rücken, und ihr hirschledernes Kleid war mit Tierzähnen verziert. Ihre Beine waren bis fast zum Knie von Leder umhüllt. Sie hatte den Gang einer Katze und betrat den Raum so geräuschlos wie ein Windhauch, der unbemerkt durch ein geöffnetes Fenster hereinweht.

Trotz des überraschten Schweigens, des Geflüsters, der entsetzten Gesichter sagte der Mann kein Wort, sondern trat entschlossen vor den Earl von Warrenton. Er zog den mächtigen Bärenfellmantel nicht aus, sondern schob ihn nur zurück, so daß seine abgetragenen Hirschlederhosen sichtbar wurden.

Die Frau folgte ihm in respektvollem Abstand, den Kopf leicht geneigt, als wäre es beleidigend, wenn sie ihn höbe und sich umsehen würde.

Das Schweigen zog sich hin. Der Sohn des Earl von Warrenton, der so lange fort gewesen war, war endlich zurückgekommen, und keiner in Emberly Hall wagte es, auch nur tief Luft zu holen.

Octavia, die Frau des Earl, beendete schließlich die Stille: »William? Lieber Gott im Himmel, bist du es wirklich?«

Ein kleines, spöttisches Lächeln erschien in seinem rötlichen Bart und spielte um seine Mundwinkel. »Ein Mann kann jeden täuschen, nur nicht die Frau, die ihn geboren hat. Wie geht es dir, liebste Mutter?«

Das Gesicht des Earl von Warrenton, der das Gespräch zwischen seinem Sohn und seiner Frau ignorierte, war vor Zorn rot und fleckig. »Du wagst es, hier so hereinzukommen ... zu deiner Mutter, deinen Schwestern und ihren Familien, in dieser Kleidung, die dich als den Heiden zeigt, der du geworden bist!«

Octavia legte ihrem Mann die Hand auf den Arm. »Charles, bitte …«

Charles entzog sich ihr mit einem Ruck und sagte zu seinem Sohn: »Was soll das bedeuten?«

»Nun, Vater, ich bin zu Weihnachten nach Hause gekommen, wie du siehst. Du hast nach mir geschickt, wenn ich mich richtig erinnere. Es sei dringend, glaube ich, hieß es in der Nachricht.«

Keiner rührte sich. Niemand wagte zu sprechen. Es war unangenehm still im Raum. Draußen schien sich sogar der Wind zurückzuhalten, der eben noch die Fenster mit eisigem Schnee bedeckt hatte.

Nur die heftigen Atemzüge des Earl waren noch zu hören, in dessen grauen Augen der Zorn funkelte und dessen Hals über dem perfekt gebundenen Tuch zu schwellen schien. Seine Nasenflügel bebten, und er sah seinen Sohn verächtlich an. »Du hast getrunken.«

William verneigte sich kurz, schwankte leicht, dann richtete er sich wieder auf. »Das habe ich allerdings, jedoch noch nicht soviel, wie ich mir vorgenommen habe.« Er zog eine Flasche aus der Manteltasche und setzte sie an die Lippen.

Sein Vater streckte die Hand aus und schlug ihm die Flasche vom Mund. Klirrend landete sie auf dem gebohnerten Boden. Starker Whiskygeruch vermischte sich mit den weihnachtlichen Düften, die den Raum erfüllten.

William wirkte ungerührt, er sprach langsam, beinah träge. »Ich habe noch mehr Flaschen.«

Wieder legte sich Schweigen über den Raum. Das Unbehagen zog sich in die Länge … weiter … und weiter. Bis zur Unerträglichkeit.

Jemand führte auf Zehenspitzen die kleineren Kinder aus dem Zimmer. Andere Mitglieder der Familie begannen zu flüstern und zogen sich langsam zurück, als wollten sie mit dem Hintergrund verschmelzen, während die Fronten abgesteckt wurden.

Octavia sah von ihrem Mann zu ihrem Sohn, als fechte sie im Innern einen Kampf mit sich aus. Dann trat sie wortlos vor, legte ihre Arme um ihren Sohn und drückte ihn an sich. »Das ist das beste Weihnachtsgeschenk, das ich bekommen konnte. Seit dem Tag deiner Abreise habe ich für deine Seele und deine sichere Rückkehr gebetet. Ich danke Gott, daß er meine Gebete erhört hat.« Sie küßte seine Wange. »Mein lieber William, ich habe dich schrecklich vermißt.«

»Vielen Dank für deine Gebete, Mutter. Ich habe dich auch vermißt«, sagte er, und in seiner Stimme lag nichts mehr von Härte und Ärger.

Octavias Blick richtete sich auf die fremdartig gekleidete Frau, die hinter ihm stand. »Und deine Freundin? Wen hast du da mitgebracht, William? Ist sie aus Amerika?«

»Ja, sie ...«

Charles nestelte an dem Freimaurersymbol an seiner Uhrenkette, dann hielt er plötzlich inne. »Was soll das, warum bringst du bei einer solchen Gelegenheit eine dreckige Dienerin mit hierher in unsere Familie? Es ist Weihnachtsabend. Hast du den Verstand verloren? Hast du in der amerikanischen Wildnis all deine Manieren und deine Erziehung vergessen? Sieh zu, daß sie von hier verschwindet, und zwar sofort!«

»Charles ...«

»Halt du dich da raus, Octavia. Ich habe mit William gesprochen. Dich geht das gar nichts an.« Er wandte sich wieder William zu. »Hast du mich verstanden? Ich sagte, sie soll von hier verschwinden!«

»Ich habe gehört, was du gesagt hast, aber ich fürchte, du verstehst hier etwas falsch. Schneller Schritt ist nicht meine Dienerin.«

»Mir ist völlig egal, was ...«
»Sie ist meine Frau.«
Alle Anwesenden atmeten tief ein.
»Deine Frau?« Charles' Gesichtsausdruck wurde noch wilder. »Bei Gott, gibt es keine Grenze? Keine Abgründe, in die du nicht sinkst?«
William zuckte mit den Schultern. Ein Lächeln spielte um seine Lippen, und ein triumphierendes Funkeln lag in seinen Augen. »Scheinbar nicht.«
Mit diesen Worten drehte sich William Woodville, der Viscount von Linwood, der einzige Sohn und Erbe des Earl von Warrenton, um und verließ den großen Salon von Emberly Hall. Seine Frau ließ er unbeachtet stehen.
Alle drehten sich um und sahen hinter ihm her.
Alle, bis auf eine einzige Person ...
Nur Octavia wandte sich dem jungen Mädchen zu, das er zurückgelassen hatte, und machte eine erstaunliche Entdeckung: Es war offensichtlich, wenn man sich nur die Mühe machte, sie genauer zu betrachten, daß die Frau in der Kleidung einer Indianerin ... eine Weiße war.
Dieses junge Mädchen war Margery Mackinnon, und dies ist ihre Geschichte.

1

Gebiet der Crow-Indianer, September 1857

Mit Stiften und Pinseln bewaffnet war William Woodville, der Viscount Linwood, im Herbst 1854 aus England hierhergekommen, um auf die Jagd nach Indianern zu gehen.

Und er fand auch welche.

Drei Jahre lang reiste er durch die Hochebenen und malte und zeichnete Szenen aus dem Stammesalltag. Er war ein launischer Perfektionist mit einem englischen Adelstitel und einer Vergangenheit, vor der er davonlief.

Jetzt war es Ende September, und William und seine Reisebegleiter lebten schon seit Anfang Mai im Tal des Yellowstone. Das Wetter war für die Jahreszeit ungewöhnlich warm, hier oben konnte es jedoch jederzeit umschlagen. Er wußte, daß es eigentlich an der Zeit war zurückzureiten, wenn sie nicht riskieren wollten, von plötzlichem Schneefall überrascht zu werden, der sie zwingen würde, bis zur Schmelze im kommenden Frühjahr zu bleiben.

Ja, es war wirklich Zeit aufzubrechen, und doch blieb er und zog jeden Tag aus, um noch ein paar Zeichnungen zu machen. Er hatte sich schon vorgenommen, das Lager am kommenden Tag weiter flußaufwärts zu verlegen, näher zum Winterlager der River Crow.

Er saß vor einem kleinen Lagerfeuer und starrte nachdenklich in den geheimnisvollen Tanz der Flammen. Er spürte, wie der Künstler in ihm entbrannte, so sicher wie das trockene Holz vor ihm in Flammen aufging. Mit millionenfacher Stimme sprach die Schöpfung zu ihm, und seine Seele horchte. Unerhörte Gefühle strömten und wirbelten und heulten in ihm, so stark und wild wie der Wind, der von den Rocky Mountains herunterbrauste. Auch jetzt, in diesem Augenblick, war das Verlangen lebendig, der heftige Drang, die Dinge auszudrücken, die seine Seele bewegten, und er fragte sich, ob er wohl lange genug leben würde, sie alle malen zu können.

Er wußte, daß er in der kommenden Nacht malen würde, daß er in sein Zelt gehen und fieberhaft malen würde, wild, mit einer Geschwindigkeit, die sogar ihm selbst unheimlich war. Verrückt geworden von der Pracht der Farben und Schattierungen, würde er sich seiner Leidenschaft überlassen, bis ihm der Arm weh tat und die Farben von seiner Leinwand auf den Boden tropften. Und dann, erst dann, würde er schlafen.

»›Wie traurig, daß Lieb' mal geht, mal fliegt; eilt beim einen, schreitet beim anderen; den dritten verwandelt sie zu Eis, den vierten läßt sie gar entflammen: Den einen verwundet, den anderen tötet sie. Wie der Blitz beginnt und endet sie im selben Augenblick. Sie läßt zur Nacht die Feste fallen, die erst am Morgen sie besetzt; denn keine Macht kann ihr je wiederstehn.‹«

Die beiden Männer, die ihm gegenüber am Feuer saßen, sahen auf. Der eine von ihnen, ein schottischer Späher, der sich Fergus McGillvry nannte, sagte nichts und machte sich wieder daran, das letzte Fleisch vom Hinterbein eines Kaninchens zu nagen. Der andere Mann, ein schlanker und vornehmer Engländer namens Daniel Boardman, warf sein letztes Stück Knochen ins Feuer. Er war Williams ältester und bester Freund. »So, wir werden also mal wieder poetisch, wie?«

William stellte seinen unberührten Teller neben sich. »Und wenn es so wäre?«

Dan pfiff. »Drei Nächte hintereinander. Das dürfte ein neuer Rekord sein, oder?«

»Ah, zählen wir etwa mit?«

Der Klang von Daniels Lachen erhob sich über das Lager. »Ich nicht ... aber vielleicht sollte ich es in Erwägung ziehen. Was hast du da gerade zitiert? Es kommt mir irgendwie bekannt vor.«

»Cervantes.«

»Ahh, *Don Quichote*.«

Ein kurzes Lächeln spielte um Williams Lippen und ließ nur erahnen, wie nah er an etwas herangekommen war, das er vergessen zu haben schien: seinen Humor. »Gut geraten. Kennst du noch andere Werke von Cervantes?«

Daniel lachte. »Wenn ich's recht bedenke nein, aber schließlich warst du in der Schulc immer der Gelehrte, nicht ich.«

William sagte nichts.

Ein paar Bissen später warf Fergus seine Essensreste ins Feuer und streckte sich. »Ich werd' mich um die Pferde kümmern.« Er streckte sich noch einmal und ging hinüber zu den an den Füßen gebundenen Pferden.

Daniel sah zu, wie er sich bei ihnen zu schaffen machte. »Wirst du auch etwas essen?«

William sah auf den Teller neben sich. »Später.«

»Wenn es dich erleichtert: Ich bin auch nicht so wild darauf, dreimal am Tag Kaninchen zu essen.«

Als Will immer noch nichts sagte, runzelte Dan die Stirn. »Was ist los mit dir? Du grübelst doch schon seit Tagen.«

Will schwieg noch einen Augenblick. Dann sagte er: »Ich weiß nicht genau, aber irgendwie werde ich dieses seltsame Gefühl nicht los.«

»Was für eins?«

»Irgend etwas wird geschehen.«

»Du willst doch nicht schon wieder morbide werden, oder?«

»Nein, glaube ich nicht, oder vielleicht doch. Erinnerst du dich an den Abend, bevor Anthony umgekommen ist?«

»Natürlich. Schließlich wird nicht jeden Tag einer von meinen Freunden von einer Lawine überrollt. Ist es das, was dich belastet, Anthonys Tod?«

»Nein. Aber weißt du noch, wie wir am Feuer saßen, ganz ähnlich wie jetzt, am Abend bevor er starb? Anthony war mutlos. Er hatte tagelang denselben Traum gehabt ... er träumte, daß er sterben würde.«

»Und am nächsten Tag wurde er getötet. Du träumst doch nicht etwa vom Sterben oder so?«

William antwortete nicht.

»Nun, wenn doch, wäre das ja prima, geradezu perfekt. Zerre mich nur durch dieses wilde, gottverlassene Land und dann stirb mir weg, laß mich ruhig ganz allein zurück, wo ich mich gegen Scharen von Skalp-gierigen Wilden verteidigen muß.«

William gelang ein mattes Lächeln. »Nein, ich glaube nicht, daß ich sterben werde, aber irgend etwas wird geschehen. Irgend etwas, das mein ganzes Leben verändern wird.«

»Die Gelegenheit für mich, das einzige Zitat anzubringen, das ich kenne: ›In Bereitschaft sein ist alles.‹ Shakespeare, glaube ich, aber frage mich nicht, aus welchem Stück.«

»*Hamlet.* ›Es waltet eine besondere Vorsehung über den Fall eines Sperlings. Geschieht es jetzt, so geschieht es nicht in Zukunft; geschieht es nicht in Zukunft, so geschieht es jetzt ... In Bereitschaft sein ist alles.‹«

Daniel schüttelte den Kopf. »Ich konnte noch nie verstehen, wie dein Gedächtnis funktioniert.«

Will seufzte tief. »Gedichte kann ich beliebig viele aufsagen, aber ich erinnere mich nicht mehr, wann ich das letzte

Mal in einem Bett geschlafen oder zwischen den Beinen einer Frau gelegen habe.«

»Also daran erinnere ich mich ... nun, nicht genau an das Bett, aber das andere ist mir noch recht präsent.«

»Und, wann war das?«

»Vor ein paar Wochen. Und bei dir?«

»Ich hab's dir doch gesagt, ich habe keine Ahnung.«

Darüber schien Dan eine Weile nachzudenken. »Tja, zum Teufel mit der Wahrheit, ich kann mich auch nicht erinnern.« Er ächzte, als er aufstand. »Ich frage mich, ob ich mich jemals daran gewöhnen werde, auf der harten Erde zu sitzen. Nach fünf Minuten vergißt jedes Glied, wie es funktionieren sollte.« Er ging hinüber zu William und klopfte ihm auf den Rücken. »Freu dich, alter Junge. So wie dein Leben bisher verlaufen ist, kann eine Veränderung nur eines bedeuten.«

»Nämlich?«

»Es kann nur besser werden.«

William sah Daniel fortgehen, dann schaute er wieder ins Feuer. Er hörte, wie Daniel sich zum Schlafen legte. Ein paar Minuten später ertönte ein tiefer Seufzer, und Dan begann zu schnarchen.

Wie er Daniel um seine Fähigkeit beneidete zu schlafen, in den Nächten frei von den Spukgestalten seiner Vergangenheit zu sein!

Der Mond am Himmel tauchte die Welt unter sich in Einsamkeit, und Will nahm das Skizzenbuch zur Hand, das neben ihm lag, und begann die Konturen seines Elternhauses zu zeichnen. Nicht das schicke Stadthaus in der St. James Street, sondern das große Herrenhaus in den Midlands. Emberly Hall, mit seinem Schieferdach und den mauerumfriedeten Gärten. Er zeichnete die riesige, uralte Eiche, die so viele große Äste hatte, daß Platz für sechs Schaukeln daran war: für jedes Kind eine, für ihn, seinen Bruder James und die vier

Schwestern. Zwei von ihnen waren älter als er, Marianne und Caroline, und zwei jünger, Elizabeth und Emily.

Er blätterte die Seite um und zeichnete seine Mutter, wobei er ihre lebendigen Augen mit dem Ausdruck von Liebe und Verständnis, das immer für ihn da war, besonders sorgfältig arbeitete. Aber auch die feinen Fältchen um ihren Mund und ihr schwarzes Haar, das so attraktiv ergraute. Er rückte näher ans Feuer, um auch das kleinste bißchen Licht auf dem Skizzenblock zu haben. Mit raschen Bewegungen fügte er eine Fülle von Spitze an ihrem Hals hinzu und hob durch Schatten ihre volle Unterlippe hervor.

Als nächstes machte er sich daran, seinen Cousin John Woodville zu zeichnen, der zwei Jahre älter war als Will. John und Will standen sich nah wie Brüder. Brüder. Schon der Klang des Wortes schien ihm das Herz zu zerreißen. Er dachte an seinen einzigen Bruder, James, den jüngeren, auf den er immer aufgepaßt hatte, als sie noch Kinder waren. James, wie er lachend seine Verlobung mit Lydia, ihrer Freundin aus Kinderzeiten, ankündigte. James, der Bruder, der auf der Krim ein frühes Grab gefunden hatte; der Bruder, den Will betrogen hatte, als sein schöner, lebloser Körper noch kaum erkaltet war.

Er versuchte, James' Gesicht zu zeichnen, doch wie immer kam ihm der Schmerz in den Weg. Er konnte seinen Kummer und das Schuldgefühl nicht ertragen und auch nicht lange an seinen Bruder denken, ohne durchzudrehen. Und so schob er die Erinnerung beiseite und dämpfte den Schmerz mit seiner Malerei.

In schneller Folge blätterte er weiter, zeichnete eine nach der anderen seine Schwestern, fing die Erinnerung an sie genau ein, den Funken Lebendigkeit, die charakteristischen Züge, die ihm so vertraut waren wie die eigenen: Er traf genau die Lage des Grübchens links von Carolines Lippe, die

Windpockennarbe zwischen Mariannes Augen, den Wirbel in Elizabeths schwarzem Haar, das schelmische Lächeln auf Emilys Zügen.

Als er damit fertig war, blätterte er weiter, um die eine Person zu zeichnen, die er bisher vermieden hatte: seinen Vater. Ein paar Minuten lang starrte er auf das leere Papier, wo das Bild seines Vaters erscheinen sollte, während er die immer noch gleiche alte Mischung aus Schmerz und Zorn fühlte.

Er schloß heftig das Skizzenbuch und stand mit einem Ruck auf. Dann bückte er sich, hob seinen Teller auf und warf das Stück Kaninchen ins Feuer. Er sah zu, wie die Funken emporstoben und verglommen, während das Feuer prasselnd das Fleisch verzehrte.

Dann wandte er sich ab und ging zu seinem Zelt hinüber, wo er die ganze Nacht mit Malen verbrachte und sich wieder in der Klarheit der sonnenhellen, goldenen Ebenen verlor.

2

Margery ... Margery ... Margery ...

Die Worte verfolgten sie – Bruchstücke eines Schlafliedes, ein Klang, der sie mit der Wärme von Mutterarmen und lange vergessenen Zeiten umfing, Fragmente eines Lebensabschnitts, an den sie sich nicht erinnern konnte, Geheimnisse, die aus zahllosen Fäden gewoben schienen. Es waren Fäden, deren Farben immer gerade außerhalb ihrer Reichweite lockten, leuchtende Bänder, nach denen sie die Hand ausstreckte, um wenigstens eines zu erhaschen, eine kleine Verbindung dazu, wer sie war und woher sie gekommen war.

Doch wie immer blieben sie in der Ferne, jenseits ihres Gesichtsfeldes.

Kaum griff sie danach und spürte sie in ihrer Handfläche, verschwand die Stimme plötzlich, die bunten Bänder verblaßten, und sie erwachte mit klopfendem Herzen und schwerem Atem. Die Antworten, nach denen sie suchte, blieben genauso fern wie seit jenem Tag vor langen Jahren, als sie sich ihr verschlossen hatten.

Sie öffnete mit einem Ruck die Augen. Einen Augenblick lang wußte sie nicht, wo sie war. Wie in Trance hob sie eine Hand an die Stirn. Sie erinnerte sich an den Traum und fragte sich, warum er immer gleich endete, mit bruchstückartigen Bildern von ihren Eltern: Körper ohne Gesichter, Stimmen ohne Namen ...

Sie sah eine alte Indianerin, die sie beobachtete, und da fiel ihr alles wieder ein.

Kurz darauf parfümierte Schneller Schritt ihr Haar mit Bärenfett und süßduftenden Kräutern und flocht es zu zwei langen Zöpfen. Sie sah sich noch ein letztes Mal in dem Tipi um, das ihr Heim gewesen war. Alte Großmutter, die Crow-Indianerin, bei der sie die vergangenen fünf Jahre gelebt hatte, fragte sie, ob sie Angst habe.

»Ich habe keine Angst«, antwortete sie fehlerlos in der Sprache der Crow, »aber ich fürchte das Unbekannte. Ich würde lieber hier bei dir bleiben.« Sie sah die uralt wirkende Frau an, die einzige Indianerin, die ihr etwas bedeutete. Vor über zwanzig Jahren war sie verschleppt worden. Alte Großmutter war die einzige, die während ihrer Gefangenschaft freundlich zu ihr gewesen war.

Wie viele Änderungen hatte sie in ihrem Leben schon erlebt, wie viele Umbrüche? Und doch hatte sie jeden überlebt. Sie hatte schon früh gelernt, daß man im Leben nichts ohne Schmerz vollbringen konnte. Sie hatte auch gelernt, daß das Überleben nicht immer stärker war als der Schmerz. Sie dachte an das neue Leben, das sie jetzt beginnen würde, und fragte sich, was wohl diesmal mit ihr geschehen würde – auch wenn das an sich bedeutungslos war, denn es gab nichts, das man ihr würde antun können, was ihr nicht schon einmal angetan worden war. Nur der Schmerz der Erinnerungen blieb. Jetzt würde sie zum dritten Mal an einen anderen Indianerstamm verkauft werden. Diesmal waren es die Mandan Sioux.

Alte Großmutter hielt Schneller Schritt mit ihren faltigen Händen fest. »Sei nicht traurig, habe keine Angst. Du bist eine *bü'tsi*, eine gute Frau. Ich habe ein Gesicht gehabt und mache mir keine Sorgen um dich. In meiner Vision sah ich eine Frau mit gelbem Haar, die von einem großen, mächtigen Adler davongetragen wurde.«

»Was bedeutet das?«

»Vielleicht wirst du einem gutaussehenden Mandan-Krieger auffallen, und er wird dich forttragen zu einem neuen Leben.«

»Und wie die anderen wird auch er sich vor mir fürchten, und dann werde ich wieder verkauft.«

Außerhalb des Zelts ertönte die Stimme eines Kriegers, der Alte Großmutter erklärte, die Mandan-Krieger hätten sich versammelt. »Sie wünschen die Gefangene zu sehen.«

Ihr Herz begann zu hämmern, und Schneller Schritt war plötzlich voller Entsetzen angesichts der Aussicht, wieder verkauft zu werden. Vor Furcht schloß sie für einen Moment die Augen und versuchte, sich auf ihre unsichere Zukunft zu konzentrieren. Es hatte schon viele Gelegenheiten in ihrem Leben gegeben, in denen man von ihr verlangt hatte, daß sie ihre Seele verkaufte, damit sie überlebte. Sie war nicht mehr als eine dünne Hülle, eine verlorene Seele; ein Körper ohne Geist, ein Herz ohne Schlagen ... lebendig, aber ohne Anfang ... ohne Familie ... ohne Vergangenheit.

Vor langer Zeit hatte sie gelernt, Kompromisse zu schließen. Sie wußte nicht, wer sie war, noch woher sie gekommen war.

Ihre Identität war genauso verloren für sie wie ihre Familie, aus deren Schoß sie vor über zwanzig Jahren verschleppt worden war.

»Mach dir keine Sorgen«, sagte Alte Großmutter. »Einige unserer besten und teuersten Pferde sind schon oft verkauft worden. Und jetzt geh. Zwei Schuhe ist gekommen, um dich abzuholen. Verärgere Viele Siege nicht, indem du zu spät kommst. Er würde nicht gut mit dir umspringen, wenn er deinetwegen vor den Mandans das Gesicht verlöre.«

Um Alte Großmutter Ehre zu erweisen, weinte Schneller Schritt nicht, sondern ging mit stolzer Haltung zur Tür des Tipis und schob die Decke zur Seite.

Zwei Schuhe erwartete sie, und sie ging hinter ihm her. Sie betrachtete seinen Hinterkopf, denn sie brauchte nicht zu sehen, wohin sie ging. Sie hatte diese Strecke viele Male zurückgelegt und wußte den Weg zum Tipi des Häuptlings Viele Siege.

Aber heute war alles anders. Heute würde sie nicht am Fest teilnehmen, mit dem die Crows den Abschluß des Handels mit den Mandans feierten. Heute würde sie bei den Mandans sein, wenn sie das Dorf verließen.

Noch einmal würde sie sich neu anpassen müssen.

Anpassung war eine Qual für sie. Aber sie war auch ihre Stärke, ihre Chance, nicht jeden Stolz zu verlieren. Ein Teil ihres Lebens war zu Ende, und wie beim Wechsel der Jahreszeiten fing für sie ein neues Leben an. Noch einmal würde sie sich auf ihre innere Kraft verlassen, ihre Fähigkeit, sich zu verändern, sich anzupassen – genau wie das Fell des Schneehasen von Sommerbraun zu Winterweiß wechselte, wenn die Zeit der Schneefälle kam.

Noch einmal würde sie sich unterordnen müssen.
Die Qual hatte begonnen …

3

William und seine Männer ritten von ihrem letzten Lagerplatz fort und führten die Packpferde am Fluß entlang, bevor sie sich nach Osten wandten. Als die Sonne hoch am Himmel stand, trafen sie zwei Männer, die ihnen entgegenkamen. Schon aus der Ferne konnte William erkennen, daß der eine ein Gentleman war, der andere ein Indianer, der ihn führte.

Was in drei Teufels Namen macht ein feiner Herr hier draußen?

Sobald die beiden Fremden William und seine Begleiter entdeckt hatten, spornten sie ihre Pferde an und galoppierten los. Als sie Williams Gruppe noch kaum erreicht hatten, rief der eine: »Nun, die Herren kennen wohl nicht zufällig den Viscount Linwood, oder?«

Sie zügelten ihre Pferde, und Daniel und William sahen einander an. Dan beugte sich vor und verkreuzte die Arme über seinem Sattelknauf. »Was wollt Ihr denn von dem Viscount?«

»Familienangelegenheit«, sagte der ältere der beiden Männer. »Seid Ihr der Viscount Linwood?«

»Das bin ich«, sagte William.

»Ich bin Sir Reginald Fitzwater, und dies ist mein Führer Joshua Dupree. Ich kann kaum sagen, wie froh ich bin, Euch zu finden, Eure Lordschaft. Dupree und ich haben außerordentliche Schwierigkeiten gehabt, Euch zu finden. Wir durchsuchen diese verfluchten Hügel jetzt schon seit Wochen.«

»Und warum sucht Ihr mich?«

Der Mann griff in seine Jackentasche und zog einen Umschlag hervor. »Ich habe einen Brief von Eurem Vater.«

William nahm den Brief nicht. »Was steht darin?«

Der Mann sah entgeistert auf, faßte sich aber schnell wieder. »Euer Vater hatte eine ziemlich schlimme Lungenentzündung. Er wünscht, daß Ihr sofort nach England zurückkehrt.«

»Und?«

Das Gesicht des Mannes wurde dunkelrot vor Unbehagen. Er streckte William noch einmal den Brief entgegen. »Es steht alles in dem Brief, Eure Lordschaft.«

»Ich ziehe es vor, Nachrichten persönlich gesagt zu bekommen.«

Sir Reginald räusperte sich. »Euer Vater sagt in seinem Brief, es sei höchste Zeit, Euch zu verheiraten. Und da Ihr bisher noch keine Neigung dazu gezeigt habt, habe er es übernommen, Eure Verlobung zu arrangieren.«

»Verdamm mich«, sagte Daniel.

William achtete nicht auf ihn. »Und wenn ich es vorziehe, nicht zurückzukommen?«

Sir Reginald wand sich in seinem Sattel. Er räusperte sich noch einmal und vermied es, Williams Blick zu begegnen. »Er sagte, wenn Ihr nicht nach England zurückkehrt, sei er gezwungen, Euch zu enterben. Darüber hinaus stellt er noch fest, er sei entschlossen, jedes Teil in seinem Besitz zu verkaufen oder abzugeben, desgleichen jeden Shilling in Bargeld, so daß Ihr mittellos seid, wenn Ihr den Titel erbt.«

»Ihr könnt meinem Vater mitteilen, daß Ihr mich gefunden und mir die Nachricht überbracht habt.« Will hob die Zügel, um sein Pferd kehrtmachen zu lassen.

Sir Reginald räusperte sich und streckte die Hand aus. »Euer Brief, Eure Lordschaft.«

Diesmal nahm William den Brief, öffnete ihn aber nicht, sondern reichte ihn an Daniel weiter. »Steck das in die Tasche zu meinen anderen Papieren, bitte.«

Daniel nickte und nahm den Umschlag.

»Soll ich Eurem Vater irgendeine Botschaft überbringen? Wird Eure Lordschaft zurückkehren? Soll ich eine voraussichtliche Ankunftszeit nennen?«

William sagte nichts. Er war entsetzt von der Heftigkeit des Konflikts zwischen ihm und seinem Vater. Aufgrund genau dieses Konflikts hatte er England verlassen. Am liebsten hätte er Sir Reginald gesagt, wohin er sich seinen Brief stecken könne. Oder daß er seinem Vater mitteilen solle, daß er niemals nach England zurückkehren werde. Doch eine andere Stimme in ihm, ein weicheres Ich, das er schon verloren geglaubt hatte, wollte seiner Mutter und seinen Schwestern nicht noch mehr Kummer bereiten.

William war hin- und hergerissen zwischen dem Bedürfnis, über sein Leben selbst zu bestimmen, und seiner Verpflichtung gegenüber Familie und Titel.

Von Geburt an war er dazu erzogen worden, eines Tages den Grafentitel zu übernehmen. Er war nach wie vor Teil dieses Systems. Er seufzte und verfluchte im stillen seine Unentschlossenheit, die ihm allzu deutlich seine Fehler vor Augen führte. Wenn er sich den Verpflichtungen des Lebens nicht stellte, fürchtete er irgendwann wirklich zu verkommen.

»Habt Ihr eine Entscheidung getroffen, Eure Lordschaft? Werdet Ihr zurückkehren? Was soll ich dem Grafen mitteilen?«

»Ich werde zurückkehren, doch wann ist ungewiß.« William wartete Sir Reginalds Reaktion nicht ab. Er gab seinem Pferd die Sporen und ritt davon, wobei er seine Begleiter hinter sich zurückließ. Er mußte jetzt die Sonne auf dem Rücken und den Wind im Gesicht spüren. Er mußte sich vergewissern, daß er frei war.

Und wenn auch nur für kurze Zeit.

4

Schneller Schritt folgte Zwei Schuhe in den Kreis, in dem sich die Mandan-Krieger versammelt hatten. Ein leises Murmeln ertönte aus der Gruppe, doch keiner sah auf, als sie näher trat.

Der Handel dauerte jetzt schon eine ganze Weile an, viele Pferde hatten schon die Besitzer gewechselt. Decken auf dem Boden waren mit schönen Handarbeiten der Crow übersät, und einige Mandan-Krieger trugen schon prächtigen Brustschmuck, den die Crows hergestellt hatten.

Sie sah Zwei Schuhe an, der ihr bedeutete, wohin sie sich stellen sollte. Sie nahm ihren Platz mit respektvoller Haltung ein, wie sie es gelernt hatte, denn sie wußte, was mit ihr geschehen würde, wenn sie das nicht tat. Schweigend stand sie vor ihnen, den Kopf unterwürfig gesenkt.

Als der Handel um Kriegskopfschmuck, Lederhosen und Mokassins beendet war, erhob sich Viele Siege. Er sah sie nicht an, sondern machte nur durch eine Handbewegung deutlich, daß Zwei Schuhe sie herüberbringen sollte.

Ohne zu zögern, folgte sie ihm. Sobald sie den vorgesehenen Platz erreicht hatte, trat Zwei Schuhe zurück, und sie blieb allein stehen. Sie holte tief Atem, und ohne wieder auszuatmen, hob sie den Kopf und starrte in die Gruppe der Mandan-Krieger, ohne wirklich einen von ihnen zu sehen, den Blick nur auf den Ohrring eines Mannes geheftet. Sie hörte nicht zu, während Viele Siege berichtete, wie sie vor fünf Jahren bei einem Angriff auf die Cheyenne eine weiße

Frau mitgenommen hatten, eine Gefangene, die die Cheyenne ihrerseits von den Comanchen entführt hatten.

Sie hatte schon bei vielen Stämmen gelebt, war immer wieder geraubt worden wie ein wertvoller Gegenstand. Doch dies war noch schlimmer. Heute würde sie nicht bei einem Angriff als Beute mitgenommen, sondern eingetauscht werden, so wie Pferde, Decken und Mokassins eingetauscht wurden. Man betrachtete sie nicht mehr als gute Beute, sondern als etwas, das man ablehnte oder gar fürchtete, etwas, das man lieber loswerden wollte. Man würde sie verachten und auf sie herabsehen. Der Gedanke an noch mehr Demütigungen machte sie traurig.

Sie hörte nicht, was gesprochen oder welche Geschichten über sie erzählt wurden. Sie sah auch die Mandans nicht an, um herauszufinden, wie sie auf Viele Sieges Worte reagierten. Wie so oft zog sie sich in ihr Inneres zurück, zu jenem Platz, der nur ihr gehörte und an den der Schmerz und das Unglück, das ihr das Schicksal bereitete, nicht folgen konnten.

Und einen Augenblick lang fand sie dort Frieden.

Nachdem William Sir Reginald und seinen Führer zurückgelassen hatte, ritt er eine halbe Stunde allein weiter, bevor Daniel und die Scouts ihn einholten.

Daniel lenkte sein Pferd neben Williams. »Willst du immer noch das Lager der Crow besuchen?«

Will nickte. »Natürlich. Es hat sich nichts geändert.«

»Was ist mit deinem Vater? Wirst du zurückgehen?«

»Ich weiß es nicht. Ich habe mich noch nicht entschieden.«

»Dein Vater ist krank.«

»Meinem Vater bin ich völlig egal. War ich immer schon. Abgesehen davon, daß er sich vor allem wünscht, ich hätte nie das Licht der Welt erblickt, bedauert er es außerordentlich, daß nicht ich anstatt James umgekommen bin.«

»Vielleicht ist das jetzt anders geworden. Im Alter ändert sich so manch einer, weißt du.«

»Nicht einmal du kannst die Wahrheit so beschönigen, daß etwas Glaubhaftes dabei herauskommt. Kannst du mir auch nur einen einzigen Grund nennen, warum mein Vater sich plötzlich etwas aus mir machen sollte?«

»Er liegt im Sterben. Er will seinen Titel gesichert sehen.«

»Er weiß, wohin er sich seinen Titel stecken kann.«

»Will, kraft englischen Gesetzes bekommst du den Titel, egal was du oder dein Vater wollen.«

»Das weiß ich.«

»Abgesehen davon glaube ich nicht, daß du den Titel nicht willst. Ich glaube, in dir ist immer noch so manches durch und durch englisch.«

»Auch richtig.« Will sah Daniel an. »So, und wenn du endlich fertig bist mit der Rolle des Weisen, die du übrigens schlecht spielst, können wir dann endlich zum Lager der Crow reiten?«

Dan grinste und nickte. »Nach Euch, Eure Lordschaft.«

Will galoppierte los. Dan ritt neben ihm. Nach kurzer Zeit erreichten sie einen schmalen Höhenzug und hielten an. Unter ihnen machte der Yellowstone River eine ungleichmäßige Biegung, die beinah wie das Hinterbein eines Hundes aussah. Im Innern der Biegung lag das Dorf der Crow.

An diesem Tag war dort eine Menge los. Selbst von seinem Standort aus konnte William erkennen, daß die Crow mit einer Gruppe von Mandan-Kriegern handelten. Das machte es für ihn um so interessanter, denn dann konnte er ein paar Szenen ihres Handels skizzieren, um sie später zu malen.

Dans Pferd schnaubte und begann zu stampfen. »Also reiten wir jetzt ins Dorf?«

Will hielt sein Pferd zurück. »Nein. Ich will erst von hier aus ein paar Zeichnungen machen.«

William wollte schon absteigen, um seinen Zeichenblock aus der Satteltasche zu holen, da hörte er einen der französischen Scouts fluchen.

Pierre sagte: »*Mon Dieu*! Sie wollen eine Squaw verkaufen!«

»Ich glaub' nicht, daß es eine Squaw der Crows ist. Kann mir kaum vorstellen, daß sie eine ihrer eigenen Frauen verkaufen«, sagte Fergus und ritt näher heran. »Wahrscheinlich ist sie eine Gefangene von einem ihrer Beutezüge.«

Der andere Scout, Etienne, sah Pierre an. »Bei allen Heiligen, ich könnte schwören, das Mädchen ist weiß. Seht euch ihre Haare an, sie sind braun.«

Fergus kümmerte sich nicht weiter darum. »Dann wird sie wohl ein Halbblut sein, schätze ich.«

Daniel, der sich die Squaw genauer angesehen hatte, schüttelte den Kopf. »Selbst das bezweifle ich.«

William, der Daniels Worte gehört hatte, drehte sich um und blickte unverwandt, aber eher uninteressiert auf die Szene unter sich, wo eine junge Frau herbeigebracht und vor die Mandan-Krieger gestellt wurde.

Pierre streckte eine Hand aus und legte sie auf seinen Arm. »Monsieur, sie ist eine Weiße.«

Es hatte eine Zeit in seinem Leben gegeben, da hatte William so etwas interessiert, doch das war schon lange her, zu der Zeit, als er sich auch noch für sich selbst interessierte.

Daniel ließ sein Pferd näher herangehen. Einen Augenblick später folgten ihm William und der Rest der Gruppe bis zu der Stelle, wo er stehengeblieben war.

»Will, ich glaube, Pierre hat vielleicht doch recht. Sie sieht nicht wie eine Indianerin aus. Sie ist größer und irgendwie anders.«

»Die Crows sind ein gutaussehender Stamm.«

»Das ist es nicht ... da ist so etwas ... ach, ich weiß es nicht.

Warum reiten wir nicht gleich hinunter? Da kannst du immer noch ein paar eindrucksvolle Zeichnungen machen.«

William nickte, und die fünf Männer ritten durch den Fluß. Als sie sich dem Lager näherten, erkannte William, daß dort inzwischen Uneinigkeit entstanden war. Plötzlich begann einer der Mandan-Krieger zu schimpfen, sprang auf und ging auf die junge Frau zu.

Gerade als sie den äußeren Rand der Gruppe von Handelnden erreichten, wurde William wieder auf die Frau aufmerksam. Er sah, wie der Mandan-Krieger vor ihr stehenblieb. Dann streckte er plötzlich die Hand aus und griff an der Schulter nach ihrem Kleid. Er zerrte mit einem Ruck daran. Die hirschlederne Naht riß, und das Kleid fiel herab, so daß sie bis zur Taille nackt war.

»Sieh dir das an«, sagte Pierre atemlos. »Sie ist wirklich schön.«

»Sie ist auch tatsächlich weiß«, sagte Will. Gerade wollte er sein Pferd umdrehen und davonreiten, da hob das junge Mädchen den Kopf und sah ihn direkt an.

Das lebhafte Grün ihrer Augen verblüffte ihn, als sie ihn kurz anstarrte. Doch kaum waren sich ihre Blicke begegnet, da schaute sie schon wieder zu Boden, und William sah ihre unbeugsam stolze Haltung. Er erkannte ihre offensichtliche Scham. Und sie war ganz sicher eine Weiße.

Dieser Anblick berührte ihn auf eine Weise, die er sich nicht erklären konnte. Er hatte das Gefühl, als stände er selbst an ihrer Stelle, als spürte er die Demütigung und die Scham. Seine Erinnerung warf ihn zurück an einen anderen Ort, in eine andere Zeit, damals in England, als seine eigene Zukunft genauso leer erschienen war wie jetzt die des jungen Mädchens. Das war eine Zeit gewesen, als er auch die Demütigung und den Schmerz erfahren hatte.

Damals, als die Frau, die er liebte, sich entschied, lieber

Geld zu nehmen als ihn. Als sein Vater den Tag seiner Geburt verfluchte und ihm die Schuld am Tod seines Bruders gab. »Kauf sie«, flüsterte William.

Dan wandte den Kopf mit einem Ruck zu ihm. »Sie kaufen? Will, was sagst du da?«

Seine Stimme war hart und tonlos. »Du hast mich gehört. Kauf sie.«

Dan sah wieder zu dem jungen Mädchen hinüber. »Überleg dir gut, was du da tust – sie ist mehr Wilde als weiß.«

Fergus, der sich immer schottisch ungerührt gab, sah William genauso verblüfft an. »Ihr wollt sie kaufen?«

»Gebt ihnen, was immer sie für sie haben wollen.« Ohne abzuwarten, ob noch jemand etwas zu sagen hatte, ließ Will sein Pferd kehrtmachen und ritt weg.

Daniel spornte sein Pferd an und erreichte ihn bald.

»Will, du kannst das Mädchen nicht kaufen.«

»Warum nicht?«

»Was sollen wir mit ihr machen?«

»Wir werden sie mitnehmen.«

»Mitnehmen? Hast du den Verstand verloren?«

»Wahrscheinlich.«

»Sieh her, wenn du eine Frau willst, könnten wir doch einfach ein paar Tage hier unser Lager aufschlagen, so daß du mit ihr oder einer anderen Squaw diesen … Drang … loswerden kannst. Weißt du, die Crows sind da sehr offen.«

»Ich kaufe sie nicht dafür.«

»Nein? Warum dann? Was willst du mit ihr machen?«

Will hielt sein Pferd an und sah Daniel in die Augen. »Ich habe vor, sie zu heiraten«, sagte er. Seine impulsive Antwort überraschte ihn selbst, denn er hatte wirklich keine Ahnung, wie er auf den Gedanken kam.

»Sie heiraten! Um Himmels willen, Will! Bist du völlig von Sinnen? Warum solltest du das denn tun?«

Die Antwort darauf stand Will plötzlich ganz klar vor Augen. »Vielleicht aus Wohltätigkeit. Das junge Mädchen ist eindeutig Weiße. Sie verdient es, daß wir sie retten. Sie verdient es, unter Gleichen zu sein. Sie verdient eine bessere Zukunft als die, die sie bekommt, wenn wir sie hierlassen. Sie wird verkauft, mein Gott, und ich …« William hielt plötzlich inne und wurde blaß.

Da entspannte sich Daniels Gesicht auf einmal, und seine Stimme wurde weich und verständnisvoll. »Und gerade du weißt ganz genau, wie es ist, wenn man verkauft wird, stimmt's?«

William sagte nichts.

»Es ist wegen Bess, oder? Du tust das wegen der Sache damals mit Bess.«

»Die Geschichte liegt lange zurück.«

»Stimmt, aber du hast die Angelegenheit nie überwunden.«

»Doch, habe ich. Ich denke nie mehr an Bess.«

»Mag sein, aber du denkst noch daran, was dein Vater damals getan hat. Du denkst daran, wie er zu ihrem Vater gegangen ist und ihnen Geld angeboten hat, damit sie einen anderen heiratet. Du denkst daran, wie sie sich von deinem Vater haben bestechen lassen, daß sie das Geld deines Vaters mehr liebte als dich.«

»Ich habe dir doch schon gesagt, daß ich daran nicht mehr denke, und wenn du klug bist, redest du nicht mehr davon.«

»Ich bin dein Freund, weißt du noch? Ich kenne dich schon, seit wir Jungen waren. Ich war damals auch dabei, Will. Ich weiß, was sie dir angetan hat. Ich war bei dir in der Nacht, als sie den Schmied geheiratet hat.«

»Und warum sollte sie nicht einen Schmied heiraten? Das war doch angemessen für sie, oder? Schließlich war sie nicht mehr als eine kleine Müllerstochter und auf keinen Fall, so mein Vater, die Art von Frau, die ein Viscount heiraten sollte.«

»Du tust nur so, als wäre dir das ganz egal.«

»Es war leicht zu vergessen.«

»Das kannst du ruhig glauben, wenn du willst, aber mir kannst du das nicht weismachen. Ich war dabei. Ich habe dich erlebt, als man dir mitteilte, daß sie geheiratet hat. Du bist durchgedreht.«

»Nur vorübergehend.«

»Ja, und drei Männer mußten mir helfen, dich festzuhalten, bis du wieder zu dir gekommen bist.«

»Aber ich bin wieder zu mir gekommen, das steht fest.«

»Nur um zu versuchen, dich zu Tode zu trinken.«

»Nur eine Nacht lang.«

»Danach warst du nie wieder derselbe, Will. Und dann kam die Sache mit James ...«

»Ich möchte nicht über meinen Bruder sprechen.«

»Warum nicht? Es würde dir sicher guttun. Mein Gott, du trauerst jetzt schon seit Jahren.«

»Nennst du mein Hiersein trauern?«

»Ich weiß, warum du England verlassen hast, Will. Du bist nach Amerika gekommen, um deine Familie nicht auseinanderzureißen. Für dich galt: dein Vater oder du. Wenn du dich nicht umgebracht hättest, hättest du deinen Vater umbringen müssen. Ich glaube, deine Mutter wußte das. Ich glaube, darum hat sie dich nicht daran gehindert fortzugehen. Sie kannte die Dämonen, die dich verfolgten. Sie wußte, daß du England verlassen mußtest, um deine Seele zu retten.«

»Ihr könnt jetzt alle aufhören, euch Sorgen um meine arme Seele zu machen. Was immer es für Teufel waren, die mich verfolgten, das liegt Jahre zurück. Ich denke nicht mehr daran. Bess ist schon seit fünf Jahren verheiratet, und James ist seit vier Jahren tot. Alles ist anders geworden.«

»Du kannst sagen, was du willst, aber ich kenne dich. Es gibt nur einen Grund, warum du diese junge Frau willst.«

Will drehte sich im Sattel zur Seite und sah Dan herausfordernd an. Nachdem er so weit gegangen war, konnte er auch zu Ende sprechen. »Nämlich?«

»Um es deinem Vater heimzuzahlen. Du hast recht: Er hat dich verkauft, so sicher wie Judas die dreißig Silberlinge genommen hat. Ich hätte nicht für möglich gehalten, daß du etwas tun könntest, das diesem Verrat gleichkäme. Jetzt ist mir klar, daß ich mich getäuscht habe.« Dan hielt inne und ließ seinen Blick über die Prärie schweifen. Dann schüttelte er den Kopf. »Mein Gott, aus Rache zu heiraten. Ich hätte nicht geglaubt, daß du so etwas tun könntest, Will. Das hätte ich wirklich nicht geglaubt.«

Will drehte sein Pferd zur Seite. »Geh zurück und hilf Fergus. Du kannst entschieden besser handeln als wahrsagen.«

»Es ist dein Leben.« Daniel gab seinem Pferd die Sporen und galoppierte davon.

William hörte den leiser werdenden Hufschlägen zu und dachte über Daniels Worte nach.

Wollte er die junge Frau wirklich, um sich an seinem Vater zu rächen? Warum wollte er sie heiraten?

Ein Teil von ihm behauptete, er handle nur aus altruistischen Gründen, aus Sympathie. Wenn er schon jemanden heiraten mußte, warum dann nicht sie? Wenigstens würde er sie damit retten. Und er würde sein Leben unter Kontrolle behalten. Er war derjenige, der die Entscheidungen traf, mit denen er dann leben mußte. Nicht sein Vater.

Schließlich machte er den beunruhigenden Gedanken ein Ende. Er tat dem jungen Mädchen einen großen Gefallen, indem er sie heiratete. Er rettete sie vor einem Leben, das keine weiße Frau sollte ertragen müssen. Sie würde wieder unter Menschen ihrer Art sein. Er wußte, warum er sie kaufte. Er brauchte keinen Dan, der die Sache in einer Weise verdrehte, die unhaltbar war.

Er wandte sein Pferd und ritt zurück. Er wollte die junge Frau haben. Besser ritt er zurück und sorgte dafür, daß sie sie auch wirklich kauften. Er wollte auf keinen Fall, daß noch etwas dazwischenkam.

Und was machte es schon aus, wenn er dadurch auch sich selbst ein wenig half? Soweit er den Plan überblicken konnte, war er perfekt. Er würde die junge Frau heiraten und nach England bringen, zu seiner Familie. Dort würde er seinem Vater zeigen, daß er nicht sein Leben für ihn leben konnte. Das junge Mädchen würde nicht leiden müssen. Als seine Frau würde sie ein Leben führen, das jeder Frau gefallen mußte.

Es war die vollendete Rache. Er sehnte sich regelrecht danach, das Gesicht seines Vaters zu sehen, wenn er ihm mitteilte, daß er leider die für ihn ausgewählte Frau nicht heiraten konnte, ganz einfach, weil er schon verheiratet war.

Verdammt perfekt.

5

Schneller Schritt sah den Mandan-Krieger kommen, sah auch seine erhobene Hand. Einen Augenblick später spürte sie, wie ihr das Kleid vom Körper gerissen wurde, wie es von der Taille herunterhing. Ein leises Murmeln erhob sich in der Versammlung der Krieger.

Sie senkte beschämt den Kopf und hatte das Gefühl, daß dies die schlimmste aller Demütigungen war. Sie griff nach dem zerrissenen Leder und hob es, um sich wieder zu bedecken, doch die Hand des Kriegers hinderte sie sofort daran, legte sich über ihre und schob sie weg. Sie konnte im Augenblick nichts tun. Sie mußte warten, den Schmerz, die Erniedrigung, die Scham ertragen, daß es so sein mußte. Sie hatte keine Wahl. Diese letzte Demütigung empfand sie als unwirklich. Jeder menschlichen Würde entblößt, hatte sie das Gefühl, ein Nichts zu sein.

Jetzt, wo sie alles ertragen hatte, jedes Gefühl von Körper, Geist und Seele ihr genommen war, was sollten sie ihr noch antun können?

Sie hörte Pferde näher kommen und hob den Kopf, um über die vor ihr sitzenden Krieger zu sehen. Aus einer Staubwolke erschienen fünf Reiter. Fünf Weiße, die gekommen waren, um Zeugen ihrer Erniedrigung zu sein.

Sie blieben in einiger Entfernung stehen. Sie senkte nicht den Kopf oder schloß die Augen, um sich weitere Entwürdigung zu ersparen. Irgend etwas hinderte sie daran. Sie stand vor ihnen, eine Gefangene, verängstigt, voller Abscheu vor sich selbst und beseelt von dem Wunsch zu sterben.

Ihre Augen trafen auf den harten Blick eines der Weißen, einen Mann wie diesen hatte sie nie zuvor gesehen: ein vollendeter Mann, makellos und schön – das schiere Gegenteil ihrer selbst.

»Dort steht sie in all ihrer Schönheit, die nackte Wahrheit«, sagte einer der Weißen.

Der Mann, der sie angesehen hatte, sagte: »Spar dir deine poetischen Ergüsse für später, Daniel.«

»Entschuldige, Will«, sagte der Mann, der Daniel hieß, und stieg vom Pferd. Er und ein zweiter Mann der Gruppe gingen hinüber zu Viele Siege.

Eine lange Unterredung folgte.

Sie konnte nicht alles verstehen, was dort gesprochen wurde, doch sie hörte genug, um zu wissen, daß um sie gehandelt wurde. Angst kroch ihren Rücken hoch.

Sie wußte, warum weiße Männer Squaws kauften.

Es war ihr Glück gewesen, daß die Crows sie für einen Unglücksbringer hielten, denn durch den Fluch war sie als Frau nicht begehrenswert. Sie wußte, daß die Weißen nicht an solche Dinge glaubten. Wenn sie sie kauften, würde sie ihnen völlig ausgeliefert sein.

Sie hob den Kopf noch höher, damit sie ihre Angst nicht sehen konnten. Der Mann, den die anderen Will nannten, beteiligte sich nicht an der Unterredung, sondern blieb auf seinem Pferd sitzen, den Blick auf sie gerichtet. Sie würde auch dies überleben, genauso wie sie alles andere überlebt hatte. Es blieb ihr nichts anderes übrig, als vor ihm zu stehen, entblößt, jedem Blick hilflos ausgesetzt.

Alle konnten ihre Demütigung sehen, und sie fand es seltsam, daß sie gerade deshalb den Kopf hochhielt. Sie hatte noch nie einen solchen Stolz empfunden, vor dieser Erniedrigung.

Schließlich endete die Unterredung, und die beiden Männer kehrten zu den anderen zurück. Während sie noch sprachen, hob Viele Siege die Hände und sagte: »Was die Comanchen den Weißen genommen haben, gebe ich jetzt zurück.«

Es war vorüber.

Sie zog ihr Kleid hoch, um sich zu bedecken. Ein Mann mit roten Haaren im Gesicht führte sechs schöne Ponys herbei. Das wäre ein guter Preis für eine Braut gewesen. Es war unerhört, daß jemand einen solchen Preis für eine Squaw bezahlte.

Dann kam der Mann namens Dan zu ihr herüber. Er legte ihr eine Decke um die Schultern und bedeutete ihr, ihm zu folgen. Sie ging mit ihm hinüber zu den Pferden, bei denen zwei Männer standen, zwei französische Scouts. Sie war mit dem Anblick solcher Männer vertraut, weil öfter französische Trapper im Gebiet der Crows jagten oder sogar während der kalten Monate mit ihnen im Lager lebten.

Nachdem Dan sie angewiesen hatte, ihre Sachen zu holen – er sprach die Sprache der Crow – brachte er ihr ein Pferd und hieß sie aufsitzen. Er hatte hellbraunes Haar, und seine Augen waren beinah von der gleichen Farbe. Er sah sie freundlich und verständnisvoll an.

Doch im Blick des Mannes namens Will lag weder Freundlichkeit noch Verständnis.

Sie wandte den Kopf ab und konzentrierte sich darauf, aufs Pferd zu steigen, was nicht einfach war, denn das zerrissene Kleid und die Decke, mit der sie ihre Blöße verhüllte, ließen ihren Händen wenig Bewegungsfreiheit, doch niemand schien das zu bemerken.

Den Männern folgend wandte sie ihr Pferd und verließ mit ihnen im Schritt das Dorf. Dan und Will ritten voraus, der Mann mit dem roten Bart neben ihr, die beiden französischen Scouts hinter ihnen. Als sie die Höhe eines Hügels erreichten, drehte sie sich um und warf einen letzten Blick auf das Lager, das während der letzten fünf Jahre ihre Heimat gewesen war. Sie fragte sich, ob sie den Crow je würde vergeben können, daß sie sie so gedemütigt hatten. Doch plötzlich war ihr klar, daß es nicht so sehr ihre Beschämung sein würde, die sie verfolgte, sondern die Tatsache, daß *er* sie gesehen hatte.

Sie hörte Dan leise lachen. Als sie zu ihm hinüberschaute, sagte er zu Will: »Sie sieht aus, als würde sie liebend gern dein Herz mit Knoblauch essen. Was haben wir getan, das so bald schon ihren Zorn geweckt hat?«

Will sagte nichts, doch der Rotbart meinte: »Wahrscheinlich nichts als atmen. Solche wie sie brauchen keinen besonderen Grund, um einem Mann das Herz herauszuschneiden. Einmal wild, immer wild.«

Dan warf ihm einen scharfen Blick zu. »Also bitte, Fergus,

du weißt nicht, ob sie von klein auf bei den Indianern aufgewachsen ist, obwohl ich auch gern wüßte, wie lange sie bei ihnen gewesen ist. Glaubst du, sie spricht Englisch?«

»Glaube ich kaum, aber ich schätze, es dürfte Wege geben, das herauszufinden.«

»Nämlich?«

»Frag sie.«

Dan zuckte mit den Schultern. »Gute Idee.« Er wandte sich zu ihr. »Sprichst du Englisch?«

Sie antwortete ihm nicht und hörte nur weiter ihrem Gespräch zu, denn sie hatte schon vor langer Zeit gelernt, daß ihr Überleben davon abhing, was sie hörte und erfuhr, nicht davon, was sie sagte. Sei still und du lebst länger.

Obwohl diese Männer Weiße waren so wie sie, nahm sie sich vor, sich genauso zu verhalten, wie sie es getan hätte, wenn ein Mandan-Krieger die sechs Ponys für sie bezahlt hätte. Sie würde tun, was man ihr sagte. Sie würde ihnen keinen Grund geben, unzufrieden mit ihr zu sein. Zumindest nicht gleich – erst mußte sie in Erfahrung bringen, ob man sie schlagen würde.

Es dauerte nicht lange, bis sie begriff, daß Will, der Mann, der sie gekauft hatte, der Anführer der Gruppe war, denn er verhielt sich wie ein Häuptling, der selbstbewußt und gelassen die anderen leitete. Trotzdem konnte sie einfach nicht verstehen, warum er sechs Ponys für sie bezahlt hatte, nur um sie dann völlig zu ignorieren.

Vielleicht bedeutete das tatsächlich, daß er nicht die Absicht hatte, sie zu besitzen, was ihr nicht unwahrscheinlich erschien, denn er betrachtete sie nicht in der Art, wie es die Krieger getan hatten, die sie begehrten. Genaugenommen schien er sie überhaupt nicht wahrzunehmen.

Warum also hatte er sie gekauft, wenn nicht, um sein Bett zu wärmen? Vielleicht hatte er Mitleid mit ihr gehabt, weil sie weiß war so wie er. Und das wiederum konnte nur eines bedeuten: daß er die Absicht hatte, sie freizulassen.

Bei dem Gedanken an die Freiheit entspannte sich ihr Körper völlig, und sie bewegte sich ganz im Rhythmus des Pferdes, das sie trug – noch eine neue Erfahrung, denn als Sklavin hatte man ihr nie erlaubt zu reiten, wenn das Lager unterwegs war. Sie ging zu Fuß, mit einer Traglast, genau wie die Pferde und die Hunde.

Die beiden Franzosen ließen ihre Pferde schneller gehen und überholten sie. Bald waren sie außer Sichtweite. Sie ritt in einem angenehmen Abstand hinter Will und Dan, Fergus ein Stückchen hinter ihr. Sie wußte jetzt, nachdem sie ihn ein paarmal hatte sprechen hören, daß er Schotte war, denn schottische Trapper aus dem Norden hatten das Crow-Lager fast genauso oft besucht wie die Franzosen und sprachen mit jenem weichen Klang, den sie immer schon so seltsam tröstlich empfunden hatte, auch wenn sie nicht wußte, warum.

Bald gab sie es auf, über ihre neuen Besitzer nachzudenken, denn der Gedanke an ihre mögliche Freiheit beschäftigte sie während des ganzen Ritts. Es überraschte sie völlig, als sie haltmachten.

»Wir werden hier lagern.«

Sie sah auf und stellte fest, daß Will das gesagt hatte. Als er vom Pferd stieg, schaute sie zum Himmel und bemerkte erst jetzt, daß die Sonne schon recht tief stand und sie viel länger geritten waren, als sie gedacht hatte.

Die beiden französischen Scouts kamen zurück, als Dan gerade vom Pferd stieg. Während Will mit ihnen sprach, ging Dan zu ihr, die wartend auf ihrem Pferd saß. Er gab ihr ein Zeichen abzusteigen und deutete an, daß die Pferde getränkt werden würden und sich ausruhen sollten.

Sie nickte. Als sie abgestiegen war, hielt sie ihr Kleid wieder mit einer Hand fest und wartete ab, was Dan tun würde.

Ohne ein weiteres Wort drehte er sich um und nahm etwas aus den Satteltaschen.

»Hier«, sagte er und warf ihr etwas zu. »Zieh das an.«

Sie fing das Bündel auf, schüttelte es und stellte fest, daß es ein Kleid war. Sie hielt es hoch. Die feine Arbeit und das gestickte Muster wiesen darauf hin, daß die Crow es hergestellt hatten. Es war ein sehr schönes Kleid, selbst nach den Maßstäben der Crow, denn viele Elchzähne schmückten es, nicht die üblichen Imitationen aus Knochen. Ein solches Kleid war teuer und würde nur von der Tochter oder Ehefrau eines der obersten Krieger getragen werden.

Sie hatte noch nie etwas so Hübsches besessen.

Sie rieb das weiche Hirschleder zwischen den Fingern und suchte am Flußufer nach einem Platz, um sich umzuziehen.

Dan mußte das verstanden haben, denn er lächelte ihr zu und sagte: »Geh nur und zieh dich um. Niemand wird dich stören.«

Ohne es zu wollen, sah sie zu Will hinüber. Er war unglaublich groß und schlank, mit Haar so schwarz wie das eines Crow-Kriegers. Doch dort endete auch die Ähnlichkeit, denn seine Augen waren von der Farbe des Himmels kurz vor dem Schneefall, mit einem ebenso kalten Ausdruck darin. Plötzlich eingeschüchtert senkte sie den Kopf und klemmte sich das Kleid unter den Arm. Sie verschwand lautlos und ging hinunter zum Fluß.

Bevor sie das Kleid anzog, tauchte sie die Hände ins Wasser und wusch sie, schöpfte auch etwas Wasser in ihr Gesicht. Dann flocht sie ihre Zöpfe neu, damit sie in dem schönen Kleid auch möglichst gut aussah. Als sie damit fertig war, ging sie zurück zu den fünf Männern, die bei den Pferden warteten.

Allerdings waren es jetzt nur noch drei, denn die beiden Franzosen waren auf Erkundung davongeritten. Fergus rückte die Last auf einem der Packpferde zurecht. Er sah auf, als sie vorüberging, und wandte sich dann wortlos wieder seiner Arbeit zu, was sie nicht weiter erstaunte. Die schottischen Trapper, die das Lager besucht hatten, waren auch nicht sehr redselig gewesen, ganz anders als die Franzosen, die immer eine Menge zu erzählen hatten.

Plötzlich und ohne überhaupt darüber nachzudenken, blieb sie einen Augenblick lang stehen. Fergus wandte den Kopf und starrte sie an. Wie seltsam, daß ihr der Anblick dieses Mannes vertraut schien – nicht etwa, weil sie ihn selbst schon einmal gesehen hätte, doch diese Art von Mann schon. Da wurde ihr bewußt, daß das Gefühl in ihrem Inneren Einsamkeit war, eine Art von Leere. Es erschien ihr seltsam, daß die Crow, obwohl sie weder mit ihr verwandt noch ihre Freunde waren, doch das einzige zu sein schienen, das ihr vertraut war, während diese Männer so waren wie sie und doch nichts als Fremde – Menschen, bei denen ihr einsam zumute war – und ängstlich.

Sie fühlte sich zu diesem Schotten hingezogen, vermutete sie, nur weil sie schon viele wie ihn im Lager gesehen hatte. Der vage Eindruck von Vertrautheit bewegte sie dazu, das Schweigen zu brechen, das sie eigentlich hatte bewahren wollen. »Sprecht Ihr die Sprache der Crow?«

Er unterbrach seine Tätigkeit nicht. »Ich kann sie sprechen ... wenn ich was zu sagen habe.«

Will und Dan unterbrachen plötzlich ihr Gespräch. Dan lächelte. Und doch wurde ihr Blick trotz dieser freundlichen Geste zu dem anderen Mann hingezogen und jenem Augenpaar, das sie kalt und herablassend betrachtete. Irgend etwas an diesem Mann namens Will faszinierte sie, und sie starrte ihn an, konnte den Blick nicht abwenden, obwohl ihr Puls ängstlich zu hämmern begann.

»Weißt du«, sagte Dan, »gewaschen und in einem modischen Kleid würde sie gar nicht mal schlecht aussehen. Sie hat hübsche Züge.«

Selbst seinem Freund gegenüber kühl und herablassend, warf ihr Will einen kurzen Blick zu. »Es würde sicher mehr als ein Kleid erfordern, ihr die Wildheit zu nehmen. Abgesehen von ihrer Haut und der Farbe ihrer Augen scheint sie nur wenig von einer zivilisierten Weißen an sich zu haben.«

»Das ist ja nicht ihre Schuld, Will«, sagte Dan mit einem Gesichtsausdruck, der ebenso nett und weich wirkte wie seine Worte.

Will seufzte. »Nein, das wohl kaum. Ein Jammer, daß sie nicht Englisch spricht. Es wäre interessant zu erfahren, wie alt sie war, als sie gefangen wurde ... was damals geschehen ist. Ich stelle mir vor, daß sie eine bemerkenswerte Geschichte zu erzählen hat.«

»Wenn sie bei ihrer Entführung schon etwas älter war, wird sie sich vielleicht wieder an ein paar Worte Englisch erinnern.«

Will betrachtete sie eingehend, ließ seinen Blick langsam über sie hinweggleiten, als könne er mehr über sie erfahren, nur indem er sie ansah. »Nein, ich würde sagen, sie wurde gefangen, als sie noch ziemlich jung war.«

»Wie kommst du darauf?«

»Hast du je eine Frau gekannt, die sprechen konnte und von dieser Fähigkeit nicht auch bei jeder Gelegenheit Gebrauch machte? Sieh sie an, Dan. Beobachte ihre Bewegungen, die Art zu handeln ... Indianerin bis ins Mark. Und dann ist da noch dieser wachsame Blick in ihren Augen, aber wenn man etwas genauer hinschaut, ist darin auch eine schlaue Wildheit, starker Überlebenswille.« Er sah seinen Freund an.

Jetzt war der weiche Ton aus Daniels Stimme verschwunden. »Ich akzeptiere die Menschen so, wie sie sich mir zeigen.

Ich begegne Freundlichkeit mit Freundlichkeit und in ihrem Falle Furcht mit Verständnis. Warum versuchst du nicht einmal ...«

»Mir im Geiste ihre Mokassins anzuziehen?«

»Genau.«

»Habe ich vielleicht schon getan. Vielleicht habe ich sie genau aus diesem Grund gekauft.«

»Versuche nicht, die Sache zu beschönigen, Will. Du kannst deine Motive nicht mit altruistischen Gründen schmücken. Nicht bei mir. Wir wissen beide, warum du sie gekauft hast, und wenn du es schon nicht zugeben kannst – ich kann es. Du hast sie gekauft, um dich zu rächen.«

»Doch darum geht es schließlich gar nicht, oder? Meine Gründe sind ganz unerheblich. Das einzige, was zählt, ist, wie es auf sie wirken wird. Ich habe sie vor völliger Demütigung und einem Leben in Sklaverei bewahrt. Sie wird das Leben einer Prinzessin führen, wohlversorgt und ohne alle Entbehrungen. Vielleicht bist du der Warmherzige von uns beiden, aber zweifellos wärest du einfach weitergeritten und hättest sie ihrem Schicksal überlassen. Und jetzt sage mir: Wer von uns beiden ist der wahre Schuft?«

»Vielleicht wäre es besser gewesen, sie ihrem Schicksal zu überlassen.«

»Das glaube ich nicht. Sie ist eine Weiße ... wild, aber eine Weiße.«

Dan wandte sich wieder dem jungen Mädchen zu und betrachtete nachdenklich ihr Gesicht. Sie erwiderte den Blick, ließ jedoch nicht erkennen, ob sie verstand, was sie redeten.

Schließlich sagte Dan mit einem Kopfschütteln: »Das einzige, was ich sehe, ist Furcht und Unsicherheit.«

»Und das wird sich geben, sobald sie merkt, daß wir ihr nichts antun wollen.«

»Sie ist wie ein gefangenes Tier, Will. Ein Fisch auf dem

Trockenen. Wenn du sie zu lange dort läßt, wird sie sterben.«

»Glaube mir, wenn ich dir sage, da gibt es nichts zu befürchten. Sie wird sich entspannen. Ich habe dir doch gesagt, daß in ihren Augen der Überlebenswille leuchtet.«

Dan sah sie noch einmal an, schüttelte wieder den Kopf. »Ich habe nicht deine künstlerisch feinsinnige Empfindsamkeit. Ich kann keine Dinge wahrnehmen, die ich nicht sehe. Aber ich kann mir nicht helfen: Hättest du sie wohl auch gekauft, wenn sie mehr Weiße als Indianerin gewesen wäre, frage ich mich?«

Will lächelte. »Tja, darauf wirst du wohl nie eine Antwort finden.«

»Ich habe dich noch nie wirklich verstanden, genausowenig wie ich verstanden habe, wie du ein Stück Leinwand und ein paar Farben nimmst und etwas Lebendiges, Atmendes daraus erschaffen kannst.«

»Und ich habe dafür niemals deine nüchterne, analytische Art verstanden, die Dinge zu sehen. Vielleicht waren wir deswegen immer so gute Freunde.«

»Weil wir so unterschiedlich sind?«

»Ja.«

Dan lachte. »Dann solltest du besser vorsichtig sein, mein Freund. Ich kann mir kaum etwas Unterschiedlicheres als euch beide vorstellen«, sagte er und nickte in Richtung der Frau.

»Dann dürfte es ja sehr interessant werden.«

Sie sah schweigend zu, wie die beiden miteinander lachten. Dann klopfte Dan Will auf den Rücken, als die beiden sich abwandten.

Es war besser, daß sie nicht zurückschauten, denn sonst hätten sie ihre geballten Fäuste gesehen. Und vielleicht hätten sie dann gewußt, daß sie Englisch sprach.

6

Der Mann namens Will war schon davongeritten, als ihr klar wurde, daß man sie nicht freilassen wollte, sondern erwartete, sie werde bei den Männern bleiben. Sie versteckte den Schmerz ihrer Enttäuschung, saß auf, als Dan und Fergus aufsaßen, und stellte sich einen Augenblick lang vor, sie wäre eine von ihnen.

Sie stellte sich oft vor, ein anderer zu sein, jemand, der eine Vergangenheit hatte. Sie fragte sich, ob sie jemals ihre Vergangenheit wiederfinden würde. Die Sehnsucht danach war immer gegenwärtig, manchmal nur leise und im Hintergrund, wie ein Büffel im flachen Wasser, der zufrieden mit seiner Bewegungslosigkeit ist. Bei anderen Gelegenheiten war sie eindringlicher geworden, zum Beispiel jedesmal, wenn ein Fremder ins Lager geritten kam oder wenn sie irgendwo Spuren von Weißen bemerkte.

Sie ritten noch eine Stunde weiter, bis sie die Stelle erreichten, wo sie das Lager aufschlagen wollten. Sie spürte Aufregung in ihrem Herzen wie kleine Flügel schlagen.

Jetzt würde er ihr sagen, daß sie frei sei …

Endlich würde sie gehen, wohin sie wollte, sein, wer immer sie sein wollte, und vielleicht die Familie wiederfinden können, die sie vor langer Zeit verloren hatte.

Wie so oft, wenn sie an den Tag ihrer Entführung zurückdachte, begann die Gegenwart zu verblassen. Sie konnte das Kriegsgeschrei hören und spürte den Staub auf der Zunge, den die Ponys aufwirbelten, als eine Gruppe habichtsnasiger Comanchen mit schwarzen, geflochtenen Haaren und Kriegerfedern in ihr Leben ritt und es so grundlegend veränderte.

Es gab nicht viel, an das sie sich erinnerte, zwanzig Jahre lagen dazwischen, und sie war noch sehr jung gewesen. Vor allem erinnerte sie sich an die Angst, die Angst, von ihrer Mutter getrennt zu werden, eine Frau, an deren Gesicht sie sich nicht erinnern konnte, die sie sich nur als sanft und freundlich vorstellte.

Das Grauen jenes Tages stand ebenfalls lebhaft in ihrem Gedächtnis. Die Comanchen erschienen plötzlich aus dem Nichts. Sie hatte sich nicht bewegen können und dagestanden wie erstarrt, konnte nicht schreien oder wegrennen. Sie konnte nur dastehen und zusehen, was um sie herum geschah, hörte die erschütternden Schreie und das Geräusch reißenden Fleisches, roch Blut und spürte, wie erstaunlich warm es war, als es ihr ins Gesicht spritzte. Sie würde nie vergessen, was sie gesehen hatte, die zerquetschten Schädel, deren Gehirne an die Wand geklatscht waren, und die aufgerissenen Bäuche, als die Toten verstümmelt wurden.

Auch jetzt noch erinnerte sie sich an die Gerüche, die Geräusche, das warme Blut, den Staub, der sich auf sie legte, während die Schreie und das Stöhnen verklangen. Wie seltsam, daß ihr gerade diese Dinge geblieben waren, während sie sich nicht erinnerte, was vorher geschehen war. Es war, als hätte das Gemetzel, dessen Zeuge sie gewesen war, ihre Erinnerung mit zerstört, als habe das vergossene Blut ihr Leben vor diesem Augenblick bedeckt. Das einzige, woran sie sich jetzt noch erinnerte, waren blasse Eindrücke von schattenhaften Gesichtern und gedämpfte Stimmen, die in den Tiefen des Schlafs zu ihr kamen. Und immer verblaßten die Eindrücke sofort, wenn sie erwachte, die Vision verging wie eine Adlerfeder, die der Wind davonträgt, und nur das melodiöse Klingen eines einzigen Wortes blieb ihr noch im Ohr.

Margery ... Margery ... Margery ...

Ihr Name.

Das war alles, woran sie sich erinnerte. Ihre einzige Verbindung mit der Familie, die sie verloren hatte. Ihr einziger

Beweis dafür, daß sie wenigstens eine Zeitlang weiß gewesen war.

Sie sah hinunter auf die braune Haut ihres Arms. Sie verstand schon, warum der Mandan-Krieger an Viele Sieges Worten gezweifelt hatte, als er behauptete, daß sie eine Weiße war, bis schließlich das abgerissene Kleid es offenbarte.

Die Sonne hatte ihre weiße Haut genauso verändert, wie die Comanchen, die Cheyenne und die Crow ihr Leben verändert hatten.

»Wir sind da. Du kannst jetzt absteigen.«

Sie sah auf und stellte fest, daß Dan sie angesprochen hatte. Erst jetzt bemerkte sie, daß sie noch auf ihrem Pferd saß, während alle anderen schon abgestiegen waren. Sie glitt zu Boden, sah hinüber zu Will in der Hoffnung auf ein Zeichen dafür, daß sie frei war und gehen konnte, daß der Augenblick, auf den sie so viele Jahre gewartet hatte, endlich gekommen war.

Sie sah Will an, als er sagte: »Sag ihr, daß sie ihre Sachen dort drüben hinlegen kann, und dann ...« Er verstummte plötzlich und sagte dann zu ihr gewandt: »Du kannst Englisch.«

Sie wußte nicht, woher er das wissen konnte, aber er wußte es. Sie beschloß, lieber nicht seinen Ärger zu riskieren, aus Angst, er würde sie womöglich nicht freilassen. »Ich spreche Englisch ... und etwas Französisch.«

Seine dunklen Brauen hoben sich. »Englisch und Französisch. Das ist ja interessant. Eine gebildete Wilde. Verdammt ungewöhnlich.«

Er wandte sich wieder seinem Freund zu. »Sie ist vollendet, findest du nicht? Sieh sie dir an. So vollendet wild. So hoffnungslos schmutzig. Und doch spricht sie zwei Sprachen ...«

»Drei«, sagte Dan, »wenn man Crow mitzählt.«

»Fünf«, sagte sie, »wenn man die Sprache der Comanchen und der Cheyenne mitzählt.«

Wills Blick ruhte wieder auf ihr. »Ich kann mir vorstellen, wie du die indianischen Dialekte gelernt haben könntest, aber wie ist es dir gelungen, Englisch und Französisch zu lernen?«

»Englisch bei Vater Marc Edouard ...«

»Und der ist?«

»Katholik ... ein Priester.«

»Ein französischer Priester, unterwegs, um die Seelen der Heiden zu retten. Sag mir, kleine Wilde, hat er deine heidnische Seele bekehrt?«

»Ich bin Christin.«

Er sah Dan an. »Eine christliche Wilde. Sie ist wirklich voller Überraschungen.«

»Wenn er Franzose war, warum hat er dich dann Englisch gelehrt?« fragte Dan.

»Damit ich nicht die Worte meiner Väter vergesse.«

»Du sprichst Englisch, aber ich nehme an, dein Französisch ist besser, oder?« fragte Will.

Sie nickte. »Das habe ich öfter gesprochen.«

»Wie kam das?«

»Ich bekam viele Worte von den französischen Trappern, die die langen Winter bei uns verbracht haben.«

Will schnaubte. »Ich frage mich, was du noch von den Trappern bekommen hast.«

»Will ...«

Will zuckte mit den Schultern. Er sah Dan nicht an, doch seine Worte klangen milder, als er wieder mit ihr sprach. »Da ja schon klar ist, daß du Weiße bist: Erinnerst du dich auch an deinen Namen?«

»Margery«, sagte sie und sprach es langsam und sorgfältig aus: Mar-jer-y.

»Margery ... Margery und weiter?«

»Mehr weiß ich nicht. Nur Margery.«

»Wie alt warst du ... als man dich entführt hat?«

Sie runzelte die Stirn in dem Versuch, sich zu erinnern. »Ich war zwölf Winter bei den Comanchen, vier bei den Cheyenne und fünf bei den Crow.«

Daniel pfiff leise. »Einundzwanzig Jahre. Dann kann sie nicht älter als vier oder fünf gewesen sein, denn meiner Meinung nach sieht sie aus wie irgendwo zwischen zwanzig und fünfundzwanzig.«

»Siebenundzwanzig«, wiederholte sie, und die Zahl klang fast genauso wie bei Vater Marc.

»Siebenundzwanzig?« Dan klang überrascht. Er sah Will an. »Hast du gehört, Will? Siebenundzwanzig. Dann wäre sie 1830 geboren und mit sechs entführt worden.« Er schüttelte noch einmal den Kopf. »Siebenundzwanzig. So alt sieht sie wirklich nicht aus.«

»Reg dich darüber nicht zu sehr auf. Ich bezweifle, daß sie wissen kann, wie alt sie ist. Wahrscheinlich hat ihr nur der Klang des Worts gefallen.«

»Vater Marc hat es geschrieben.« Sie drehte sich zu ihrem Pferd um und zog ihr Bündel herunter. Als es auf dem Boden lag, öffnete sie es und nahm ein Buch heraus. Sie setzte an, es William zu geben, und überlegte es sich dann anders.

Sie gab es Daniel.

»Eine Bibel«, sagte er und drehte es um. »Wie gut ist dein Französisch, Will?«

»Ist es eine französische Bibel?«

»Bis hin zum letzten *bon mot.*« Er öffnete die Bibel und las laut vor. »Margery, Kind Gottes, getauft im Namen des Vaters, des Sohnes und des heiligen Geistes, an diesem einunddreißigsten August 1851. Gefangengenommen im Jahre des Herrn 1836 von den Comanchen, höchstwahrscheinlich in Texas. Soweit ich es vermag, habe ich ihr Geburtsjahr als

1830 bestimmt. Möge Gott in seiner unendlichen G…
für sorgen, daß dieses verlorene Kind Gottes wieder mit s…
ner Familie vereinigt werde. Der Diener Gottes, Vater Marc Edouard.«

Daniel war offensichtlich angerührt von dem, was er da gelesen hatte, denn er schloß die Bibel und stand schweigend da.

Will war nicht im geringsten gerührt. »Also getauft bist du, ja? Ich vermute, dadurch bist du nur eine halbe Wilde.«

Dan wirkte betroffen. »Will, bitte nicht.«

»Ich bin keine Wilde, ich bin Christin!«

Er schien sie nicht zu beachten. Er nahm eine Feldflasche von seinem Sattel und trank in tiefen Zügen.

Sie wußte nicht, was sie dazu brachte zu sprechen, obwohl sie lieber hätte schweigen sollen. »Gott schützt Witwen und Waisen.«

»Eine Wilde, die aus der Bibel zitiert … Junge, Junge, Vater Marc war eine eifrige Seele, wie? Hat er auch irgendeinen der anderen Heiden zu Christen gemacht oder nur dich?«

»Die anderen wollten ihn nicht hören. Er hat mir geholfen, weil ich weiß bin und Waise.«

»Und Gott schützt Witwen und Waisen.« Er betrachtete sie von oben bis unten, als sehe er sie gerade zum ersten Mal. »Eine Waise und eine Witwe, hmm? Sage mir, wieviele Krieger hast du näher gekannt, meine Süße?«

»Will, ich finde, du solltest nicht so mit ihr sprechen.«

Will zuckte mit den Schultern. »Vielleicht hast du recht, aber wenn sie so alt ist, wie wir denken, kann man davon ausgehen, daß sie nicht so rein ist wie frischgefallener Schnee. Schließlich hat sie zugegeben, eine Witwe zu sein. Also warum sollte ich sie nicht danach fragen?«

»Ich bin eine Waise, nicht eine Witwe«, sagte sie und zeigte dabei auf ihre Brust.

Dan lachte. »Vielleicht hast du hier ein Geschäft mit dem Teufel gemacht, Will. Diese Frau scheint durchaus einen Standpunkt zu haben dir gegenüber.«

Will kümmerte sich nicht um Dans Stichelei. »Sag mir noch eines: Wie kann es sein, daß du siebenundzwanzig Jahre alt geworden bist, ohne daß man dich mit irgendeinem Krieger verheiratet hat?«

»Schneller Schritt ist ein Unglücksbringer.«

»Schneller Schritt ist ein Unglücksbringer.« Will hob die Augenbrauen und sah Dan an. »Nun, warum glaube ich das wohl?«

»Weil es typisch für dich ist, immer das Schlimmste zu glauben.«

»Vielen Dank, mein lieber, treuer Freund«, sagte Will und wandte sich wieder Margery zu. »Wo hast du einen Namen wie Schneller Schritt herbekommen?«

»Von den Kriegern der Crow. Wenn einer mit mir reden wollte, ging ich immer schneller.«

»Wie unglaublich klug. Trotzdem, von jetzt an wirst du dich nicht mehr Schneller Schritt nennen. Wenn dein Taufname Margery ist, dann gebrauche ihn auch.«

»Was meinst du damit, du bist ein Unglücksbringer?« fragte Dan.

Margery erklärte, daß der Sohn des Comanchenhäuptlings sie zur Frau begehrt hatte und dann am Tag der geplanten Hochzeit im Kampf ums Leben kam. Danach hielt man sie für einen Unglücksbringer, mißtraute ihr und behandelte sie als Sklavin. »Als der Frühling kam und der Stamm nach Norden ging, wurden wir von den Cheyenne angegriffen.«

»Und die Cheyenne nahmen dich mit?« fragte Dan.

Sie nickte. »Auf dem Weg zum Lager der Cheyenne wollte der Krieger, der mich gefangen hatte, mich zu seiner Frau machen.«

Will, der bis zu diesem Augenblick desinteressiert gewirkt hatte, sah sie an. »Du meinst, er hat versucht, dich zu vergewaltigen ... dich mit Gewalt zu nehmen.«

»Ja.«

»Und was geschah, nachdem er dich vergewaltigt hatte?«

»Er hat nicht. Ich wehrte mich gegen ihn, und er stolperte. Er fiel über den Rand einer Schlucht und zog mich mit sich hinab. Wir rollten bis zum Grund. Es war ein langer Weg. Als wir nicht mehr rollten, war ich schwindelig, aber ich stand auf. Der Cheyenne-Krieger konnte nicht, sein Hals war gebrochen.«

»Und von da an warst du für die Cheyenne ein Unglücksbringer«, sagte Dan. »Was geschah dann? Was haben die Cheyenne mit dir gemacht?«

»Ich war Sklavin der Cheyenne. Vier Jahre nachdem sie mich von den Comanchen geraubt hatten, wurde ich bei einem Überfall von den Crow mitgenommen.«

»Und offensichtlich gelang es dir auch bei ihnen, als Unglücksbringer zu gelten. Was hast du bei ihnen getan?« fragte er. »Jemanden getötet?«

»Nachdem ich zu den Crow kam, wurden viele im Dorf krank. Sie sagten, die große Krankheit käme von mir.«

»Pocken«, sagte Daniel. »Hast du die Krankheit nicht bekommen?«

Margery schüttelte den Kopf. »Nein, und weil ich sie nicht hatte, hat man mir die Schuld daran gegeben, daß die Krankheit gekommen ist.«

»Und dich wieder zur Sklavin gemacht«, sagte Dan.

Margery senkte den Blick.

Dan beugte sich vor und hob ihren Kopf. »Du hast von uns nichts zu befürchten. Du wirst nie wieder eine Sklavin sein.«

Ihre Augen brannten. Der Kloß in ihrem Hals erschien plötzlich zu groß zum Schlucken. Sie sah Will an, die Augen erwartungsvoll und leuchtend vor Hoffnung. »Dann bin ich frei und kann gehen?«

»Ich glaube nicht, kleine Wilde. Ich habe andere Pläne mit dir.«

7

Will sah ihr nach, als sie davonging. Er verstand sich selbst nicht. Er sah den Blick in ihren Augen und erkannte, was sie dachte. Obwohl er sie nicht gekauft hatte, um sie freizulassen, hätte er sie mit dieser schrecklichen Wahrheit nicht so hart konfrontieren müssen. Weil er voller Schmerz war, fügte er allen anderen auch Schmerzen zu. Er fühlte sich, als müßte er beide Hände an seine Schläfen legen und zusammendrücken, bis er die Dämonen zerquetscht hatte, die ihn quälten. Er hatte einen Unschuldigen verletzt. Er wollte sie benutzen, um seinem Vater eins auszuwischen. Wenn er nicht einen so klaren Verstand gehabt hätte, hätte er diese Wahrheit nicht so schnell erkennen können. Jetzt verdrängte er den Gedanken daran, daß er sie benutzen wollte, und konzentrierte sich lieber darauf, daß er sie gerettet hatte. In seinen Gedanken verdrängte das eine das andere. Doch als er Dan anschaute, war ihm sofort klar, daß Dan das anders sah.

Dans Sarkasmus machte die Sache nicht besser. »Wie nett von dir, dich auf ihre Ebene zu begeben. Auf eine solche Idee wäre ich nie gekommen.«

»Auf ihre Ebene? Was meinst du damit?«

»Ich meine, du hast sie so oft eine Wilde genannt, daß du schon selber ein Wilder geworden bist. Du hättest ihre Hoffnung nicht so zu vernichten brauchen. Offensichtlich hat sie geglaubt, du hättest sie gekauft, um ihr die Freiheit zu geben.

Keiner von uns beiden kann sich vorstellen, wie es ist, gefangen zu sein, jemandem zu gehören und ihm als Sklave dienen zu müssen. Und wir wissen auch nicht, wie sie in all diesen Jahren hat leiden müssen. Ich bezweifle, daß es viel Raum für Hoffnung in ihrem Leben gegeben hat – und jetzt, als sie hoffen konnte, hast du diesen Keim unter dem Absatz zerdrückt wie ein wertloses Insekt.«

»Also gut, ich bin ein Schuft.«

»Erster Güte.« Mit einem Fluch wandte Dan sich um und ging weg.

Noch eine ganze Weile nachdem sein Freund fortgegangen war, stand Will da, sah zu, wie Fergus Feuer machte, und fragte sich, wie es gekommen war, daß er so die Kontrolle über die Lage verloren hatte.

Dann ging er daran, sein Pferd abzusatteln. Der Wallach blies sanft die Luft aus den Nüstern, als er ihn erkannte, und Will kraulte ihn hinter den Ohren. Über den breiten Rücken des Wallachs hinweg sah er Dan mit dem Mädchen sprechen. Ihm wurde klar, daß er sie im Geiste schon wieder ein Mädchen nannte, und er schwor sich, von jetzt an immer an ihren Taufnamen zu denken. Margery, sagte er sich innerlich vor und erinnerte sich daran, wie sie den Namen ausgesprochen hatte, Mar-jer-y.

Margery ... irgendwie paßte der Name nicht zu der Indianerin, die er dort mit seinem besten Freund reden sah. Margery war ein zivilisierter Name. Die Frau war nicht zivilisiert. Er schüttelte den Kopf. Nein, eine in Hirschleder gekleidete Indianerin sah nicht aus, als könnte sie Margery heißen, aber auch nicht, als könnte sie die Braut eines adligen Engländers sein. Er faltete die Hände auf dem Rücken des Wallachs und fragte sich, ob er alles vereinfachen sollte, indem er hinüberging zu den beiden und ihr sagte, sie könnte ihr Pferd besteigen und gehen, wohin sie wollte. Teufel auch, es gab noch andere Möglichkeiten, es diesem Schuft, den er Vater nannte, heimzuzahlen, als ausgerechnet diese Frau mit sich nach England zu schleppen.

Also gut, er würde sie gehen lassen, sagte er sich. Wie seltsam, daß er sich nicht daran erinnern konnte, wann er sich zum letzten Mal so wohl gefühlt hatte.

Er sattelte den Braunen ab und band ihm die Vorderbeine in kurzem Abstand zusammen, damit er grasen konnte. Dann hob er den Sattel auf und legte ihn sich über die Schulter. Er begann zu den beiden hinüberzugehen, den Kopf voller Gedanken. Wenn er sie gehen ließ, sollte er ihr wohl auch etwas Geld mit auf die ersten Schritte in die Freiheit geben.

Die beiden beachteten ihn nicht, als er den Sattel niederlegte, wo er vorher seinen Schlafplatz eingerichtet hatte. Er beugte sich über die Satteltaschen, griff mit der Hand hinein und wollte seine Geldbörse herausholen.

Statt dessen berührte seine Hand ein Stück Papier, und er erstarrte. Er wußte, was es war, noch bevor er es ansah: der Brief von seinem Vater. Der Heimkehrbefehl. Die väterliche Anordnung, daß er die Frau heiraten müsse, die sein Vater ausgewählt hatte.

Welcher Anflug von Wärme auch eben noch seine Adern durchströmt haben mochte, jetzt gefror sein Inneres zu eisiger Entschlossenheit. In dem Ansturm heftiger Gefühle war ihm plötzlich wieder völlig klar, wieso er sich entschlossen hatte, sie zu heiraten.

Er überlegte, daß sie vielleicht als Weiße geboren worden sein mochte, aber doch als Indianerin aufgewachsen war. Sie wußte nicht, wie es in zivilisierten Gegenden zuging. Eine Frau wie sie würde sich nie allein durchschlagen können, nicht einmal mit ein wenig Geld. Die feine Gesellschaft würde sie nicht annehmen, und der Himmel wußte, was mit einer verstoßenen Frau geschehen würde, erst recht wenn sie hübsch war. Ohne daß sie es wollte, würde ein Mann sie benutzen, dann der nächste, man würde sie nicht besser behandeln als eine Squaw oder ein Halbblut. Und wenn sie sich erst einmal flachgelegt hatte, würde sie wahrscheinlich dabei bleiben – bis sie zu alt war, zu fett oder zu häßlich, um noch von irgendwem benutzt zu werden. Vielleicht war es grausam, ihr nicht die Freiheit zu geben, die sie wollte, doch für ihn war klar, daß es noch schlimmer sein würde, sie freizulassen.

Mit fest zusammengebissenen Zähnen und finsterer Entschlossenheit rief er zu Fergus hinüber: »Pack heute abend alles gut zusammen. Wir brechen morgen wieder auf.«

Fergus zeigte sich wie üblich nicht überrascht. »Wohin gehen wir denn jetzt?«

Pierre und Etienne verstummten und sahen ihn an. »St. Louis, denke ich.«

Er sah, daß auch Dan zu ihm hinüberschaute. Teufel auch, sollte er doch schauen. William hatte das junge Mädchen gekauft, nicht Daniel. Das bedeutete, sie gehörte ihm. Und das bedeutete, er konnte mit ihr machen, was er wollte.

Er hatte sie schließlich gerettet, oder? Das würde eben reichen müssen. Als die beiden Scouts das Gespräch wiederaufnahmen, rief Will zu ihnen hinüber: »Glaubt ihr beiden Franzmänner, daß ihr den Weg zurück nach St. Louis finden werdet?«

Pierre grinste. »*Oui*, Monsieur. Der Rückweg ist immer einfacher. Wann brechen wir auf?«

»Morgen in der Frühe.«

Pierre sagte nichts, doch sein fragender Blick wanderte flüchtig hinüber zu der jungen Frau.

»Natürlich kommt sie mit uns«, sagte Will, ohne Dan anzusehen, dessen Mißbilligung er auch so deutlich spürte.

Der Winter kam am Tag ihres Aufbruchs von den Bergen

heruntergeheult, trieb ihnen eisige Schneeluft ins Gesicht, als wollte er ihnen einen Ausblick auf die Zukunft geben. Als sie das Gebiet der Crow nach drei Tagen hinter sich gelassen hatten, kam der erste Schneefall wie ein Schlag, verbreitete Eiseskälte und verlangsamte ihr Vorankommen. Sie brauchten drei kalte, elende Wochen, bis sie St. Louis erreichten.

Es dauerte nur fünf Minuten, Margery zu Williams Frau zu machen.

Als es geschehen war, die Zeremonie vorüber war, stand sie schweigend neben ihm, und er fragte sich unweigerlich, ob sie überhaupt wußte, was es bedeutete, verheiratet zu sein. Ach, was soll's, dachte er. Er wollte verheiratet sein, und das war er jetzt auch. Wo vorher ein Mensch gewesen war, gab es jetzt zwei, und er hatte sich in seinem ganzen Leben noch nie so einsam, so hassenswert und so elend gefühlt. Er hatte ein menschliches Wesen gekauft und es zu seiner Ehefrau gemacht, und jetzt erfüllte ihn ein teuflisches Schuldgefühl. Doch er war gezwungen worden, das zu tun, von einer Macht, die er selbst nicht verstand. Er konnte den Schmerz und das Schuldgefühl nur erleichtern, indem er sich einredete, daß er sie vor einem noch schrecklicheren Schicksal in den Händen des Mandan-Kriegers bewahrt hatte.

Er wandte den Kopf ein wenig zur Seite und sah auf sie hinab, wie sie still und unterwürfig neben ihm stand. Seine Ehefrau.

Was im Namen aller Heiligen hatte er getan?

Der Pfarrer, ein müder Methodist, den sie aus den Tiefen des Schlafs geweckt hatten, sah ihn an. »Ihr dürft jetzt die Braut küssen.«

Als spüre sie seinen Blick, hob sie den Kopf und sah ihn an, Unsicherheit in den Augen. Es war offensichtlich, daß sie nicht wußte, was sie tun sollte.

Und er auch nicht.

Er stand eine Minute so da und dachte darüber nach, was er als nächstes tun sollte. Das karg möblierte Zimmer, in dem sie sich versammelt hatten, war klein und viel zu warm. Die Uhr auf dem Kaminsims tickte billig und laut. Er sah sich um, sein Blick traf auf die erwartungsvollen Gesichter von Fergus und Daniel, und er wußte, daß sie auf ihn warteten.

Ihr dürft die Braut küssen …

Er fragte sich, ob sie verstand, was der Prediger gesagt hatte. Ihr zu ihm gewandtes Gesicht war voller Erwartung. Sie glaubte doch bei Gott nicht etwa, er enthalte ihr ihre Freiheit vor und heirate sie, weil er irgendwelche Gefühle für sie hegte? Sah er aus wie einer jener Idioten, die beim Anblick einer Frau Liebe auf den ersten Blick empfanden? Nein, das dachte sie vielleicht nicht. Aber warum sonst sah sie ihn an, als hätte er gerade Steine in Brot verwandelt? Nein, Will, das geht nicht. Du kannst nicht zulassen, daß sie sich in dich verliebt …

Wie konnte er ihr zu verstehen geben, daß es sich hier um nichts als ein geschäftliches Arrangement handelte, daß er ihr dabei viel mehr gab, als sie je hoffen konnte zu bekommen – Reichtum, Prestige, einen Titel und, wofür die meisten verheirateten Frauen ihren feinsten Schmuck geben würden, einen Ehemann, der seine ehelichen Rechte nicht auszuüben gedachte? Und das einzige, was er dafür von ihr verlangte, war, daß sie ihn heiratete. Sonst nichts. Er hatte nicht die Absicht, mehr als auch nur ihre Hand zu berühren.

»Äh-hem!« Der Pfarrer räusperte sich, und Will war klar, daß er zu jenen Menschen gehörte, bei denen manche Dinge immer gleich abzulaufen hatten. Und bei ihm endete eine Trauung nun einmal damit, daß der Bräutigam die Braut küßte. Wahrscheinlich würde er wenn nötig den ganzen Tag dort stehen bleiben und warten.

Mehr um Zeit zu gewinnen als aus sonst einem Grund beugte sich Will vor, und seine Hände umfaßten leicht ihre Oberarme, dabei zog er sie zu sich. Er berührte ihre Lippen in einem unschuldigen Kuß.

Als er sie wieder ansah, war ihm klar, daß sie nicht verstand, aber immerhin klug genug war, zu begreifen, daß bei dieser Trauung etwas nicht stimmte. Er sah ihren schwärmerischen Blick der Verwirrung weichen.

Teufel auch, besser verwirrt als schwärmerisch.

Eine Weile lang stand sie einfach da und sah ihn an, ihr Gesicht voller Überraschung. Langsam hob sie die Hand und strich sich mit den Fingern über die Lippen.

Seltsamerweise berührte ihn diese unbewußte Bewegung.

Wenn sie nicht eine so schmuddelige kleine Wilde gewesen wäre, wäre er vielleicht geneigt gewesen, ihr mehr als nur einen Kuß zu geben. Natürlich war es seine Schuld, daß man ihr keine Zeit gegeben hatte, zu baden oder sich zu waschen. Doch andererseits war er sich nicht sicher, ob sie wirklich wußte, was ein Bad war, selbst wenn sie die Zeit gehabt hätte. Bis jetzt kannte sie die englische Vorstellung von einem Bad und Sauberkeit nicht. Auch das würde er sie noch lehren müssen.

Doch dann fiel ihm sein Vater wieder ein, und er beschloß, daß sie für die ihr zugedachte Rolle besser eine schmutzige kleine Wilde blieb – zumindest, bis er sie nach England gebracht hatte. Wenn er dann erst wieder fort war, würde seine Familie das Vergnügen haben, sie zu zivilisieren.

»Herzlichen Glückwunsch!« sagte Dan mit derart fröhlicher Stimme, daß Will ihn am liebsten geboxt hätte. »Nun, jetzt bist du also ein verheirateter Mann. Wie fühlst du dich?«

Will sah ihn finster an. »Was glaubst du denn, wie ich mich fühle?«

»Da ich den Grund für die Ehe von Anfang an nicht nachvollziehen konnte, würde ich es wohl auch mit Raten nicht herausfinden. Dennoch wünsche ich dir und deiner Viscountess ein langes, glückliches Eheleben.«

»Geh zum Teufel, Daniel.«

»Äh-hem!«

»Verzeihung«, sagte Will und sah wieder den Reverend an. Will nahm Geld aus seiner Tasche und gab es ihm. »Vielen Dank für Eure Dienste. Es tut mir wirklich leid, daß wir Euch mitten in der Nacht geweckt haben.«

»Eigentlich ist es eher Morgen«, sagte Reverend Pettigrew. »Es ist halb sechs.«

»Stimmt«, sagte Will und sah zum dunklen Fenster hinüber. »Dann wäre es wohl besser, wenn wir jetzt aufbrechen.«

»Einen Augenblick noch«, sagte der Reverend und setzte sich an seinen Schreibtisch. Er nahm seine Feder und tauchte sie ins Tintenfaß, dann begann er kratzend auf einem Blatt Papier zu schreiben. Als er fertig war, stand er auf und pustete auf das Papier, damit es trocknete. Dann kam er zu Will und gab ihm das Dokument. »Vielleicht werdet Ihr das hier brauchen.«

Will sah auf das Papier hinab.

»Nehmt es nur. Es ist Eure Heiratsurkunde ... Der Beweis dafür, daß die Ehe wirklich legal und verbindlich geschlossen ist.«

Will nahm die Urkunde und steckte sie in seine Tasche. Ohne jemanden anzusehen, sagte er: »Wir brechen jetzt auf.«

Er verließ mit seinen Begleitern das Haus des Predigers, während Margery in der typischen Art der Squaw hinter ihm herging. Draußen stiegen sie auf ihre Pferde und ritten die Straße hinauf.

Als sie das Lewis-und-Clark-Hotel erreicht hatten, stieg Dan ab. »Soll ich ein Zimmer für uns besorgen?« fragte er.

Sein Blick wanderte hinüber zu Margery, die schweigend auf ihrem Pferd saß. »Äh ... ein paar Zimmer?«

»Nein, das mache ich schon. Ich habe Fergus und den Franzosen gesagt, daß ich Umschläge mit ihrem Geld im Hotelsafe deponiere. Das werde ich jetzt gleich tun, bevor ich es vergesse.«

»Dann werde ich solange hier warten«, sagte Dan, als Will vom Pferd stieg und verschwand.

Will mietete drei Zimmer ... eines für sich selbst, eines für Daniel und eines für Margery. Als er wieder hinaus zu den Wartenden ging, fragte er sich, ob Daniel wohl seine Nase auch in diese Angelegenheit stecken würde, denn ihm war klar, daß er sicher irgendeinen Kommentar zu den drei Zimmern abgeben würde. In letzter Zeit schien Daniel sich überhaupt im wesentlichen damit zu beschäftigen, seine Nase in Wills Angelegenheit zu stecken, indem er sich in jede Entscheidung im Zusammenhang mit Margery einmischte und sich die größte Mühe gab, sein Schuldbewußtsein zu verstärken.

Und das würde er garantiert jetzt gleich wieder tun. Teufel auch! Daniel erwartete ja wohl nicht, daß er bei ihr schlafen würde, oder?

Will wollte gerade die Hoteltür öffnen, da blieb er mit einem Schlag stehen, denn gerade war ihm der Gedanke gekommen, daß er sie nicht nach England bringen und bei seiner Familie lassen konnte, wenn er die Ehe nicht vollzogen hatte.

Sein Vater würde natürlich als erstes die Ehe annullieren lassen und damit wieder das letzte Wort und die Kontrolle über Wills Leben behalten.

Er stieß die Tür auf und ging hinein. Ein paar Minuten später kam er zurück. Margery saß immer noch auf ihrem Pferd. Dan stand neben ihr, und sie unterhielten sich leise.

Will sah die beiden an. Er war wirklich erstaunt. Wann immer er in der Nähe dieser Frau war, sprach sie kaum ein Wort, doch kaum drehte er ihr den Rücken zu, steckten sie und Dan die Köpfe zusammen und schwatzten freundschaftlich miteinander wie ein paar alte Tanten.

»Hatten sie Zimmer frei?« fragte Dan.

»Heute nacht wirst du deinen hübschen Kopf auf ein Kopfkissen betten können.«

»Auf das Kopfkissen kann ich verzichten, wenn ich nur ein Bett habe.«

»Das gibt es als Zugabe zum Kopfkissen.«

Dan hob fragend eine Augenbraue und sah zu Margery hinüber.

Will warf ihm den Schlüssel für sein Zimmer zu. »Das hier öffnet dir die Tür zum Paradies«, sagte er. »Du hast Zeit genug, den verlorenen Schlaf nachzuholen. In zwei Tagen fährt ein Dampfer nach New Orleans ab. Den werden wir nehmen.«

Dans amüsierter Gesichtsausdruck wanderte in Richtung Margery. »Wir haben's wohl eilig, wie?«

Will kümmerte sich nicht um ihn und ging hinüber zu Margery, die schweigend auf ihrem Pferd wartete. Er wollte ihr helfen, doch als sie ihn auf sich zukommen sah, glitt sie selbst vom Pferd.

»Die Reise ist zu Ende«, sagte er zu ihr. »Jetzt ist es an der Zeit, daß du seit über zwanzig Jahren zum ersten Mal wieder ein Bett siehst. Ich bin gespannt, ob du noch weißt, wofür es ist.«

»Und ich bin noch gespannter, ob du es noch weißt«, sagte Dan und trat zur Seite, um ihn vorbeigehen zu lassen.

8

»Bett.«

Will sah zu, wie ihr Mund das Wort formte. Es fiel ihm wieder auf, daß sie etwas Bezauberndes an sich hatte, trotz ihres schmutzigen Zustandes und ihrer wilden Erziehung. Vielleicht war es ihre Unschuld. Es machte ihm Spaß, Dinge, die er ganz normal fand, mit ihren Augen neu zu sehen. Er schob den Gedanken beiseite. Sie war unwissend, nicht unschuldig.

»Bett«, sagte sie noch einmal, und er merkte an dem Ausdruck in ihrem Gesicht, daß sie versuchte, der Erinnerung habhaft zu werden, die zu diesem Wort gehörte. Er sah, wie das Leuchten in ihren Augen der Enttäuschung wich. Bisher hatte er noch nicht darüber nachgedacht, wie es sich wohl anfühlen mochte, wenn man nach einem Teil seiner Vergangenheit sucht, und sie nicht finden konnte.

Teufel auch, sie weiß gar nicht, was sie für ein Glück hat. Wenn ich nur auch meine Vergangenheit verlieren könnte ...

Er schloß die Tür zu ihrem Zimmer auf, und sie gingen hinein. Sie blieb stehen und sah sich um, die Augen so groß wie die Sonne, die gerade am Horizont aufging. Er wußte, daß sie nach etwas suchte, das sie wiedererkannte, etwas, das zu dem Wort Bett paßte.

Er spürte ihre Enttäuschung und ahnte, wie seltsam ihr hier alles erscheinen mußte. Auch ihm kam es eigenartig vor, jetzt wieder in einem Zimmer zu stehen. »Stell es dir einfach wie ein großes Tipi vor.« Er ging zum Bett hinüber und setzte sich darauf, hüpfte leicht auf und ab. »Das hier ist ein Bett. Man schläft darauf. Erinnerst du dich daran, wie es ist, in einem Bett zu schlafen?«

Sie schüttelte den Kopf. »Nein.«

»Komm her.«

Sie sah ihn mißtrauisch an, machte drei Schritte in seine Richtung, blieb stehen.

»Ich werde dich nicht vergewaltigen.« Er sah ihr an, daß sie mit dem Wort *vergewaltigen* keine konkrete Vorstellung verband. Das war verständlich. Er bezweifelte, daß ein solches Wort im Wortschatz des frommen Vater Marc vorgekommen war. »Du bist bei mir genauso sicher wie bei Daniel.«

»Daniel ist sehr freundlich.«

»Und ich nicht?«

»Ich weiß es nicht. Das konnte ich noch nicht sehen ...«

Sie war ein offener Mensch, die kleine Wilde, das mußte er ihr lassen. Soso, Daniel ist freundlich.

Teufel auch. Er würde sich nicht von Daniel übertreffen lassen, auch nicht, wenn er auf allen vieren kriechen und das Kleinkind spielen mußte. »Sei es wie es sei, ich versuche jetzt auch, freundlich zu sein. Komm her. Ich will dir zeigen, was du versäumt hast.«

Sie kam näher, ihr Bündel fest an sich gedrückt, und blieb beim Bett stehen, direkt neben ihm. Er registrierte, daß sie ihn und das Bett wachsam beobachtete.

Er legte die flache Hand auf die Matratze. »Setz dich.«

Sie rührte sich nicht, sondern sah nur das Bett mißtrauisch an.

»Komm schon, setz dich. Es ist kein Pferd und wirft dich auch nicht ab.«

Sie setzte sich steif neben ihn, ihre Besitztümer immer noch fest an sich gedrückt.

»Hier«, sagte er, nahm ihr das Bündel ab und warf es auf einen Stuhl. »Jetzt sieh her.« Er hopste im Sitzen ein paarmal auf und ab.

Ihr Blick folgte ihm ... auf ... ab ... auf ... ab ...

»Versuch es.«

Sie lächelte, und ihr Gesicht schien sich völlig zu verwandeln. Ihre Augen glitzerten. Wie kindlich sie wirkte, wie durch und durch unschuldig. Wie herrlich schmutzig.

Es tat ihm beinah leid, daß er sie in England würde zurücklassen müssen. Unter anderen Umständen hätte es ihm vielleicht Spaß gemacht, ihr alle möglichen Dinge beizubringen. Mein Gott! Wie gern würde er sie genau so malen, für alle Zeiten diesen verwunderten Blick aus ihren großen Augen festhalten.

»Komm schon, versuch es. Diesmal noch etwas höher.«

Sie hopste noch einmal, ein wenig höher, genau wie er es gesagt hatte. Sie hopste wieder. Und noch einmal.

Bald ertönte ihr Lachen in einem musikalischen Rhythmus, über den er sich unbändig freute. Seltsam. Er hatte vorher schon Frauen lachen hören, doch konnte er sich nicht exakt an ihr Lachen erinnern.

Jetzt stand sie auf dem Bett.

Wie frisch sie war. Wie unverdorben. Er konnte sich nicht vorstellen, daß es in ganz England auch nur eine einzige Frau gab, die soviel Spaß daran finden würde, auf einem Bett zu hopsen. Wenn man ihnen eine Matratze zeigte, würden ihre Gedanken in eine völlig andere Richtung gehen.

Er verstand nicht, warum er das machte – und das ihm, einem erwachsenen Mann, der es hätte besser wissen müssen. Vielleicht kam es dazu, weil sie das Gleichgewicht verlor und auf ihrem Hinterteil landete anstatt auf den Füßen. Ihr erschreckter Ausdruck dabei war hinreißend.

Sie blinzelte und riß die Augen dann weit auf, sah ihn voller Erstaunen an. Er konnte sich nicht helfen. Er fing an zu lachen, und dann war sie schon wieder auf den Füßen und streckte ihm die Hand hin, damit er ihr Gesellschaft leistete. Er kletterte zu ihr aufs Bett, um ihr zu beweisen, daß er genauso nett sein konnte wie Daniel.

Aber ich werde verdammt noch mal nicht hopsen …

Statt dessen lehnte er sich an die Wand, die Hände vor der Brust verschränkt.

Doch jetzt erfuhr er etwas Wesentliches über die Funktionsweise von Betten: Wenn zwei Menschen auf einem Bett stehen und der eine hopst, dann fliegt der andere mit nach oben. Bald hopste sie ordentlich drauflos, und er wurde auf der anderen Seite hochgeschleudert und versuchte trotz alledem, seine würdevolle Haltung zu bewahren. Sie lachte, und er fragte sich, wie lange es wohl hersein mochte, seit sie sich zum letzten Mal so amüsiert hatte.

Er erfuhr noch etwas anderes: Lachen ist ansteckend. Er stellte fest, daß er ebenfalls lächelte. Plötzlich machte sie einen kräftigeren Hopser als vorher, und als sie landete, stieß sie gegen ihn. Sie wurden beide zur Bettkante gekippt, und Will landete flach auf dem Rücken.

Sie hopste noch einmal und verschwand dann über die Bettkante.

Er rollte sich herum und sah über den Rand des Bettes hinunter.

Margery saß auf dem Boden und rieb sich ihr Hinterteil. »Ihr habt mich angelogen.«

Er blinzelte sie an wie eine schläfrige Eule. Lügen? Er?

»Ihr habt gesagt, es würde mich nicht abwerfen.«

Er öffnete den Mund, um darauf zu antworten, da packte sie ihn mit einer Hand am Kragen. Als nächstes hatte sie ihn schon vom Bett gerissen, als wiege er nicht mehr als zwanzig Kilo.

Er landete mit einem Plumpser schmerzhaft auf der Schulter. Verflucht, wen hatte er da geheiratet, eine Ringerin?

Da bemerkte er, daß sie sich aufsetzte und auf ihn hinuntersah und lachte. Daniel hatte recht. Ordentlich gewaschen würde sie nicht schlecht aussehen.

»Ach so, das findest du also komisch, wie?« Er griff nach ihren Armen und rollte sie herum, drückte ihren Körper mit dem seinen zu Boden. Das verursachte eine heftige Reaktion in ihm. Mochte sein, daß sie aussah wie eine Wilde, aber unter ihm fühlte sie sich an wie eine Frau. Eine sehr weibliche Frau. Und es war verdammt lange her, daß er mit einer Frau zusammengewesen war.

Teufel auch, warum nicht? Sie ist meine Ehefrau, rief er sich in Erinnerung. Er schaute hinab in ihr Gesicht, sah ihre Augen funkeln, die blühende Farbe auf ihren Wangen.

Er senkte den Kopf und wollte sie gerade küssen, mochte sie fette Haare haben oder nicht, als sich plötzlich die Tür mit einem Krachen öffnete.

»Verzeiht mein Eindringen, aber ich hörte einen schrecklichen Lärm und dachte, es wäre besser, wenn ich mal nachsehen komme, ob ihr ...« Während er redete, schob Daniel den Kopf durch den Türspalt und verstummte dann plötzlich.

Er fand die Beherrschung schnell wieder und sah die beiden abwechselnd an. »Offensichtlich hat ihr das Bett nicht gefallen«, sagte er trocken.

Will versuchte nicht, seinen Ärger zu verbergen. »Was tust du hier?«

Daniel grinste. »Ich dachte, du wärest allein hier. Und als ich den Lärm hörte, dachte ich, du hättest womöglich irgendwelche Schwierigkeiten – ein Dieb oder so etwas.« Er hielt inne, und ein Lachen tanzte in seinem Blick. »Jetzt sag mir, hat sie dir gerade gezeigt, wie es die Indianer machen, oder wolltest du sie beeindrucken, indem du ihr zeigst, wieviel Ausdauer deine Ellenbogen haben?«

Will schaute nach unten und sah, daß er auf den Ellenbogen lag und Margery still unter ihm. Auf ihrem Gesicht lag ein schelmischer Ausdruck, als wisse sie, was vorging.

»Sei ganz still«, sagte Will und rollte herunter von ihr.

Margery stand auf und sagte zu Dan: »Wir waren auf dem Bett.«

»Ach wirklich? Hat's Spaß gemacht?«

»O ja, es war wie ein Zauber.«

»Zauber?« Er hob eine Augenbraue und sah Will an. »So, so, also mit Zauberkräften verführst du sie, wie? Was hast du denn in deinem ... äh ... Ärmel gehabt? Einen Zauberstab?«

»Versuche nicht, komisch zu sein, das kannst du nicht.«

»Mach dir da nur keine Sorgen, du bist nämlich komisch genug für uns beide. Auf dem Bett hopsen ... in deinem Alter. Ich kann kaum erwarten, was passiert, wenn die Jungs in London davon erfahren.«

Glücklicherweise besaß Daniel den Weitblick, genau in diesem Augenblick hinter der Tür zu verschwinden und sie zuzumachen. Einen Augenblick später, und er hätte einen Wasserkrug an den Kopf bekommen.

So krachte der Krug nur gegen die Tür. Wasser und Scherben flogen durchs Zimmer.

Der Zauber war gebrochen.

Ohne nachzudenken, bückte sich Margery und hob eine der Scherben auf.

»Nicht!« rief Will. »Das ist scharf, du wirst dich schneiden!«

Sie fuhr zusammen bei seinem Ruf und schloß instinktiv mit einem Ruck die Hand. Er sah in ihrem Gesicht den plötzlichen Schmerz und wußte, was geschehen war.

»Teufel auch!« Er ging zu ihr.

Sie hatte die Hand geöffnet und blickte auf ihre Handfläche hinunter. Sie war schon voller Blut. Er nahm die scharfe Scherbe heraus, drehte sich hastig zum Tisch um und griff nach einem Handtuch. Er wickelte es um ihre Hand.

»Setz dich hin. Ich komme gleich wieder.«

Sie tat, wie er gesagt hatte. Will eilte zur Tür, Scherben mit dem Fuß aus dem Weg stoßend. Hastig ging er zu Dans Zimmer und klopfte. Als die Tür geöffnet wurde, sagte er schnell: »Geh und hol einen Arzt. Sie hat sich in die Hand geschnitten.«

»Schlimm?«

»Schlimm genug, daß wir einen Arzt brauchen. Und jetzt hör auf zu reden, sonst verblutet sie und wir brauchen keinen Arzt mehr.«

Glücklicherweise hatte Dan sich noch nicht ausgezogen, und so konnte er sofort in Eile loslaufen.

Will ging zurück ins Zimmer. Margery saß auf dem Bett.

Sie saß auf dem Bett? Herr im Himmel! Eine Frau, die tat, was man ihr sagte? Daran könnte man sich gewöhnen, aber auch an diese Augen voller Verwunderung und dieses Gesicht, das mit einem Anflug von Verehrung zu ihm aufsah.

»Halt das Handtuch fest auf den Schnitt gedrückt, dann blutet es nicht so sehr.«

»Es tut gar nicht weh.«

»Warte nur ab. Morgen wird es höllisch weh tun.«

Sie sah ihn schweigend an und schien dann aufstehen zu wollen.

»Wo willst du denn bloß hin?«

»Zu meinem Bündel ... da ist meine Medizin drin.«

»O nein, du wirst deine Hand jetzt nicht verderben mit einer Handvoll Eingeborenenkräuter, Büffelmist und wer weiß was noch.«

»Ich habe es von Batce Baxbe bekommen.«

»Wer ist das?«

Sie runzelte die Stirn, als versuche sie, sich an etwas zu erinnern. »Auf englisch nennt man ihn Medizinmann.«

Das konnte er sich genau vorstellen ... ein primitiver Kerl in einem wilden Kostüm, der eine federbesetzte Rassel aus einem Büffelschwanz schüttelte und dabei murmelte, grunzte und psalmte, über das Feuer sprang und Schießpulver hineinwarf.

»Behalte dein Medizinbündel, um es einst deinen Enkeln zu zeigen. Der Arzt wird gleich hiersein.«

Es vergingen kaum mehr als fünf Minuten, da kam Daniel schon zurück und schob einen hochgewachsenen, dünnen Mann mit zwei wirren, grauen Haarbüscheln auf dem Kopf ins Zimmer.

»Das ist Dr. Ellroy«, sagte Dan.

Als er Margery sah, erschrak Dr. Ellroy. Offensichtlich war er überrascht, eine Indianerin zu sehen, und einen Moment lang fragte sich Will, ob er wohl ihre Hand versorgen würde, ohne daß er ihm dabei eine Pistole an die Schläfe halten mußte. Doch dann fiel Dr. Ellroys Blick auf das blutige Handtuch in ihrer Hand, und der Heiler in ihm schien seine Vorurteile zu überwinden.

»Ich will mal sehen, was da los ist«, sagte er, ging hinüber zu Margery und stellte seine Tasche neben sie aufs Bett.

Sie hielt ihm ihre Hand hin. »Es ist ein tiefer Schnitt. Viel Blut.«

Dr. Ellroy sah Will an. »Sie spricht gut Englisch.«

»Natürlich. Sie ist Weiße.« Will war überrascht über seine eigene Verteidigungshaltung.

Er fragte sich, ob es noch jemandem aufgefallen war, und warf einen flüchtigen Blick in Dans Richtung. Teufel auch! Da stand Daniel und grinste wie ein Idiot.

»Junge, Junge, das ist aber ein häßlicher Schnitt. Den werde ich wohl nähen müssen.« Dr. Ellroy öffnete seine Tasche und holte eine Flasche mit Laudanum heraus. »Sie soll ein paar Schlucke hiervon trinken, das lindert den Schmerz.«

Will nahm die Flasche und schraubte den Deckel ab. Er hielt sie an Margerys Lippen.

Sie wandte den Kopf ab.

»Du mußt das trinken.«

Sie schüttelte den Kopf.

»Komm schon, nur zwei Schlucke, mehr nicht.«

Sie schüttelte den Kopf. »Nein.«

»Du mußt das trinken, dann hört der Schmerz auf. Der Arzt muß die Wunde nähen.«

Sie nickte, als würde sie verstehen.

Will sah Dans gerunzelte Stirn. Teufel auch! Hatte er nicht gerade vorher noch daran gedacht, wie erstaunlich es war, einer Frau zu begegnen, die tat, was man ihr sagte?

Er holte tief Luft und versuchte es noch einmal. »Du verstehst nicht«, sagte er. »Davon wirst du dich besser fühlen. Du wirst keinen Schmerz spüren. Du wirst müde werden, und wenn du wach wirst, ist der Arzt fertig und deine Hand schon auf dem Weg zur Besserung.«

Sie sah ihn mit einem Ausdruck voller Verständnis und Ernst an. »Ich verstehe schon. Er wird meine Hand nähen, wie ich ein Kleid aus Büffelhaut nähe.« Sie wandte sich dem Arzt zu. »Näht sie. Jetzt gleich, bitte.«

Will hob die Flasche zu ihren Lippen. Sie wandte den Kopf ab. »Ich will keine Medizin zum Schlafen.« Sie hob die Hand und streckte sie Dr. Ellroy hin. »Näht sie jetzt. Es ist nicht gut, wenn man so viel Blut verliert.«

Dr. Ellroy sah Will an.

Will wußte nicht, was er noch tun konnte, und zuckte mit den Schultern. »Ihr habt sie gehört. Also näht.«

Dan trat einen Schritt vor. »Will, du kannst doch nicht ...«

Will hielt eine Hand hoch. »Keine Sorge. Ich schätze, sie wird es sich schnell anders überlegen.«

Er behielt die Flasche in der Hand, während Dr. Ellroy die Wunde reinigte. Er war überrascht, daß sie es sich noch nicht überlegte, als er das Desinfektionsmittel auftrug, denn er wußte, daß das Zeug wie Feuer brannte.

Will biß die Zähne zusammen, als er sah, wie Dr. Ellroy begann, den tiefen Schnitt zu nähen. Er stieß die Nadel durch die aufgerissene Haut.

Will zog den Korken aus der Flasche und nahm einen Schluck.

»Ich will auch einen«, sagte Dan.

Will gab ihm die Flasche, und Dan nahm einen ordentlichen Zug.

Fünfmal stieß Dr. Ellroy die Nadel in die eine Seite des Schnittes und fünfmal in die gegenüberliegende, dabei zog er immer wieder an dem Faden, um die Ränder nah zueinander zu bringen.

Sie schrie nicht ein einziges Mal, zuckte nicht einmal zusammen.

Von Zeit zu Zeit schaute Will in ihr Gesicht. Er konnte den Schmerz in ihren Augen erkennen, doch sie vergoß nicht eine Träne. Wenn Will an ihrer Stelle gewesen wäre, hätte er inzwischen die ganze verfluchte Flasche Laudanum geleert und würde trotzdem noch herumbrüllen.

Als Dr. Ellroy fertig war, verband er ihre Hand. »Nehmt ihn nicht ab. Solltet Ihr baden, könnt ihr die Hand mit Seife und sauberem Wasser waschen und dann wieder mit sauberem Leinen verbinden. Nehmt den Verband sonst in ein paar Tagen ab, damit die Wunde trocknen kann. In einer Woche ziehe ich dann die Fäden.«

»Wir fahren morgen nach New Orleans«, sagte Will. »Ich werde sie dort ziehen lassen.«

Dr. Ellroy ließ seine Tasche zuschnappen und stand auf. »Sie ist eine bemerkenswerte junge Frau. Ich habe noch nie jemanden gesehen, der so viel Schmerz erträgt, nicht einmal der härteste Mann.« Er sah sie an und schüttelte den Kopf. »Bemerkenswert, wirklich.«

Will gab ihm fünf Dollar.

»Das ist viel zuviel.«

»Behaltet es. Wer weiß, vielleicht brauchen wir Euch ja noch einmal.«

Dr. Ellroy bedankte sich und ging.

Als er weg war, sah Will von Margery zu Dan. »Man fühlt sich irgendwie gar nicht mehr so männlich, was? Zehn Stiche, und sie gibt keinen Ton von sich.«

»Ich habe schon schlimmere Wunden gehabt«, sagte sie.

Dan und Will stießen beinah mit den Köpfen aneinander, als sie sich umwandten und sie ansahen.

»Schlimmer?« fragten sie wie aus einem Munde.

Sie nickte. »Ein verletzter Büffel hat mich einmal verwundet.«

Dan fragte: »Du meinst, ein Büffel hat dir die Haut aufgerissen?«

Sie nickte.

»Wo?« Sobald er die Worte ausgesprochen hatte, wußte Will, daß er einen Fehler gemacht hatte.

Einen großen Fehler.

Bevor er sie daran hindern konnte, stand Margery auf und zog ihr Kleid hoch. Sie zeigte ihnen eine lange Narbe, die seitlich von ihrem linken Knie nach oben lief bis fast zu ihrer Taille.

Es war eine scheußliche Narbe, aber Will bemerkte sie kaum.

Er bemerkte allerdings, daß sie unter ihrem Lederkleid völlig nackt war. Nackt und sehr schön.

Er hörte Dan tief Atem holen. »Mein Gott!«

Will sah Dan an, der, als wahrer Gentleman, den Kopf abgewandt hatte.

Keiner von beiden sah mehr als ihr bloßes Bein und die Hüfte, doch für Will war das mehr als genug. Er streckte hastig die Hand aus, griff nach ihrem Kleid und zog es mit einem Ruck herunter. »Das erste, was du lernen mußt, ist, nicht anderen Leuten irgendwelche Teile deines Körpers zu zeigen.«

»Bist du unglücklich mit mir?«

»Ja, das solltest du wirklich besser glauben. Und wenn du so etwas je wieder tust, gerbe ich dir die Rückseite, bis du eine Woche lang nicht mehr gehen kannst. Ich bin nur dankbar, daß Dan als einziger hier war, und nicht noch irgendein lüsterner Fremder. Das ist die beste Möglichkeit zu erreichen«, sagte er, »daß dich jemand vergewaltigt und mir dabei den Schädel spaltet.«

Margery setzte sich aufs Bett und brach in Tränen aus.

Verblüfft sahen Will und Dan einander an.

Diesmal hatte es Dan wirklich die Sprache verschlagen.

»Teufel auch!« sagte Will. »Ich kann das einfach nicht glauben.« Er warf die Arme in die Luft und begann im Zimmer auf und ab zu gehen. »Sie erträgt zehn Stiche so ruhig wie das Bett einer Witwe, und wenn ich ihr sage, sie soll ihr Kleid unten lassen, fängt sie an zu weinen. Frauen! Wer kann euch nur verstehen?«

Dan kicherte. »Du ganz offensichtlich nicht.«

»Ach ja, aber du dafür?«

»Diese hier schon.«

Will schaute von Dan zu Margery und zurück. »Ich brauche einen Drink.«

»Klingt wie ’ne wirklich gute Idee«, erwiderte sein Freund.

Will legte Margery die Hand auf die Schulter. »Dan und ich gehen für eine Weile hinunter. Kommst du zurecht?«

Sie schnüffelte und nickte. »Ich bin müde. Ich möchte gern schlafen.«

»Schließ die Tür ab, wenn wir weg sind, und verlaß das Zimmer nicht.«

Sie folgte ihnen zur Tür.

Sie warteten, bis sie das Schloß einschnappen hörten, dann gingen sie den Flur hinunter.

»Hast du wirklich verstanden, warum sie geweint hat?« fragte Will.

»Nur ein Idiot konnte das nicht verstehen.«

Will sagte kein Wort.

Dan wartete einen Augenblick. »Du willst damit doch wohl nicht sagen, daß du es nicht verstanden hast?«

»Natürlich. Ich wollte nur wissen, ob du es auch verstanden hast.«

Dan sagte nichts.

Will warf ihm aus den Augenwinkel einen kurzen Blick zu. *Wenn er jetzt lacht, kriegt er eins auf die Nase.*

Dan war glücklicherweise klug genug zu schweigen.

9

In jener Nacht kamen wieder die Träume. Zuerst war da nur die goldene Wärme eines sonnigen Sommertages, der musikalische Klang von Stimmen, ein fernes Lachen. Sie bewegte sich im Bett und murmelte im Schlaf. Die Wärme der Sonne berührte sie, erfüllte sie mit schläfriger Tatenlosigkeit. Sie hörte Flügelschlagen und sah auf, es flog ein riesiger Adler vorüber, dessen Schatten über den Boden huschte, so daß er die Wärme und das Licht der Sonne verdeckte.

Plötzlich wurde die Welt kalt und leer, erfüllt von Gesichtern, die keine Augen hatten. Aus der Dunkelheit streckten sich ein Dutzend Arme, lang und gierig, griffen in die Luft, suchten und tasteten, und sie wußte, daß die Arme nach ihr griffen. Sie konnte ihre Stimme hören, als sie rief: »Ich bin hier! Mama ... Papa ... Hier bin ich! Kommt und holt mich!«

Doch sie kamen nicht, und das Bild begann zu verblassen, verwandelte sich in einen dichten Nebel, der vor einer hellen Lichtquelle waberte. Aus der Leichtigkeit des Nebels erschien ein Schatten. Ängstlich wimmerte Margery im Schlaf. Weich und warm berührte sie eine liebevolle Hand, die ihr Gesicht zu streicheln begann. *Still, Kleines, still, Liebes ... still, still, hab keine Angst ... der schwarze Mann kriegt dich nicht ...*

Das Wimmern verstummte, der Adler am Himmel flog weiter, und die Dunkelheit begann sich zu zerstreuen. Margery spürte wieder die Wärme der Sonne auf ihrem Gesicht. Sie streckte die Hand aus, um jene andere Hand zu berühren, die ihre Wange so liebevoll streichelte, doch als sie versuchte, danach zu greifen, war sie fort. Nur ein schwacher Hauch von Schatten blieb, wurde dünner und dünner, bis er sich schließlich aufzulösen begann.

»Neiiin«, schrie sie. »Komm zurück! Geh nicht weg, Mama. Sie dürfen mich nicht mitnehmen!«

Sie setzte sich mit einem Ruck auf und hob die Hand an den Kopf, wo ein schnelles, heftiges Pochen dafür sorgte, daß sie die Augen schnell wieder zumachte. Sie hörte Geräusche ... das Knirschen eines Schlüssels, der sich im Schloß drehte, das Knarren einer Tür, die sich öffnete, das leise Tappen weicher Füße, die durchs Zimmer kamen. Das Bett gab unter einem schweren Gewicht nach.

Sie machte die Augen auf. William saß neben ihr, legte den Arm um ihre Schultern und sah sie besorgt an. »Was ist los? Was hast du? Hattest du Angst vor irgend etwas ... oder war es ein Traum?«

Sie sah ihn an, fühlte sich matt. »Ein Traum.«

»Jetzt ist alles wieder gut. Leg dich hin und versuche zu schlafen.«

Sie legte sich zurück und zog sich die Decke bis unters Kinn. »Du gehst nicht fort?«

Er lächelte sie an und hob die Hand, um ihr Gesicht zu streicheln. Sie lehnte sich an die warme Sicherheit seiner Berührung. »Ich bleibe hier bei dir, bis du wieder eingeschlafen bist.«

Sie schloß die Augen. »Dann werde ich schlafen, denn ich vertraue dir.«

Sie sank in tiefen Schlaf und bemerkte nicht, daß William bei ihr blieb bis zum Morgen, auf seinem Gesicht den Ausdruck von Bedauern.

Margery erwachte von einem Pulsieren in ihrer Hand und sah, als sie die Augen öffnete, in das trübe Grau des neuen Tages. Eine Weile lang lag sie in dem weichen Bett und lauschte dem vertrauten Plätschern von Regen in einer ungewohnten Umgebung.

Dies hier hatte keine Ähnlichkeit mit einem großen Tipi, wo der Regen mit weichem Pochen auf die Büffelfelle traf. Hier klang er viel lauter, wie *ping ... ping ... ping* an die Fensterscheiben und erinnerte sie daran, daß ihr Leben nie wieder so sein würde, wie sie es gewohnt war.

Sie sah sich in dem Zimmer mit den seltsamen Holzgegenständen um, hatte kein Wort dafür, bis auf das Wort *Bett*, das ihr irgendwie kurz vorkam angesichts der Tatsache, daß man in dem Ding so viel Zeit verbrachte.

Ein seltsamer Gegenstand, so ein Bett.

Gestern hatte sie es als Grund für viel Freude und Lachen kennengelernt, einen Platz zum Hopsen und sich des Lebens mit einem anderen Menschen zu erfreuen. In der vergangenen Nacht war es ein Ort des Rückzugs geworden, wo ihr Kopf weich lag, sie die Augen schließen und träumen konnte. Heute war es ein Ort des Kummers und der Trauer, wo sie liegen und in Schweigen und Einsamkeit nachdenken konnte.

Jemand klopfte an die Tür, und sie fuhr zusammen.

»Margery?«

Es war Dans Stimme.

Sie hastete aus dem Bett und zog ihr Lederkleid zurecht, während sie zur Tür ging. Als sie sie öffnete, stand Dan auf der anderen Seite und lächelte sie an.

»Guten Morgen. Wie fandest du die erste Nacht in einem Bett? Hast du gut geschlafen in deinen Kleidern?«

Sie schaute hinter ihn, ob Will wohl auch da wäre, doch außer Dan befand sich niemand im Flur. »Ich habe auf Wolken geschlafen. Diese Betten sind eine schöne Sache. Gibt es die überall?«

»Fast überall, außer in Tipis, nehme ich an.«

Sie lächelte ihn an, doch das Lächeln kam nicht von Herzen. Wo war William?

»Was macht dein Schnitt?«

Sie hob die Hand. »Er erinnert mich.«

Er sah sie verwirrt an. »Erinnert dich? ...« Dann lächelte er. »Ach so ... erinnert dich an sich. Pocht es in der Hand?«

Sie runzelte die Stirn. »Pocht?«

Er fuhr sich mit der Hand durchs Haar. »Pochen ... das ist wie ... wie soll ich sagen? Wie das Klopfen einer Trommel innen in der Hand.«

»Ah ja, ich kann die Trommel spüren.«

Er legte seine Finger an ihre Stirn. »Du hast kein Fieber. Das ist gut.«

»Fieber ist heiß?«

Er lächelte. »Ja, heiß.«

»Ich habe kein Fieber.«

»Du hast wahrscheinlich noch nicht gefrühstückt. Möchtest du mit mir nach unten kommen und etwas essen?«

»O ja, ich bin sehr hungrig. Mein Magen pocht.«

»Nein, deine Hand pocht. Dein Magen knurrt.«

»Knurrt ... wie ein Hund oder Bär?«

»Ja, wie ein Bär.« Er strich mit der Hand über ihr Haar.

»Komm. Wir wollen sehen, was wir zu essen finden können.«

Sie folgte ihm die Treppe hinunter.

Bald saßen sie beim Frühstück, und ihr Teller war gefüllt mit Dingen, die sie nicht kannte, deren Namen sie zwar schon gehört, die sie aber noch nie gesehen hatte. Eier. Speck. Brötchen. Das Essen der Weißen gefiel ihr. Immer wieder fragte sie sich, ob sie solche Dinge wohl schon einmal gegessen hatte. Sie seufzte. Wenn ja, dann war die Erinnerung an der gleichen Stelle verborgen wie der Rest ihrer Vergangenheit, zu der sie keinen Zugang mehr hatte.

»Wo ist Will?«

»Hinunter zum Fluß gegangen, um mit dem Flußschiffer zu sprechen.«

»Fahren wir heute nach New Orleans?«

»Ich weiß es nicht. Vielleicht müssen wir noch einen Tag hierbleiben. Man hat uns heute morgen gesagt, daß sich durch den Regen vielleicht noch ein paar Verzögerungen ergeben. Er hat den Schnee in eisigen Schlamm verwandelt, so daß das Ausladen des Schiffes länger dauern wird.«

»Dann kommt morgen.«

»Ja, es kommt immer ein Morgen. Aber mache dir keine Sorgen, dein Ehemann wird schon bald wieder zurück sein.«

»Ehemann.« Sie dachte kurz über das Wort nach. »Das ist ein gutes Wort, denke ich.«

Er war überrascht. »Du meinst, es gefällt dir, verheiratet zu sein? Das heißt ... ich meine ... Was ich sagen will: Ich hatte gefürchtet, du könntest die Lage unangenehm finden, weil du sozusagen ohne deine Zustimmung verheiratet worden bist.«

Sie dachte kurz darüber nach und wartete, bis die englischen Worte sich in ihren Gedanken zu einem Zusammenhang geformt hatten, denn Dan sprach viel schneller als Vater Marc. »Ich weiß nicht, ob es mir gefällt, verheiratet zu sein oder nicht. Mein Ehemann ist noch nicht zu mir gekommen.«

Dan gab ein gepreßtes Geräusch von sich.

Als sie ihn ansah, fiel ihr der Ausdruck von Unbehagen in seinem Gesicht auf. »Habe ich etwas Falsches gesagt?«

»Nein, es ist nur nicht richtig, solche Dinge mit jemand anderem als deinem Mann oder anderen Frauen zu besprechen.«

»Aber er ist nicht hier, und so kann ich es auch nicht mit ihm besprechen.«

Er nickte. »Margery, du darfst das nicht persönlich nehmen, als würde Will absichtlich versuchen, dich zu verletzen.«

»Ich glaube manchmal, daß er mich nicht mag. Wenn das so ist, verstehe ich nicht, warum er mich zu seiner Frau genommen hat.«

»Er hat dich geheiratet, um dich zu beschützen.«

»Beschützen? Bin ich nicht sicher hier bei den Weißen?«

»Natürlich bist du das. Nur jetzt, wo du verheiratet bist, bist du noch viel sicherer als vorher. Er hat dir seinen Namen gegeben. In dem Land, aus dem wir kommen, in England, ist seine Familie eine sehr große Familie. Sein Vater ist sozusagen wie einer der Anführer eines Stammes.«

»Also ein Häuptling?«

»Nein, es gibt nur einen Häuptling für viele Menschen, aber Wills Vater kommt gleich nach dem Häuptling in seiner Macht und seinem Reichtum.«

»Er hat viele Büffelfelle und Ponys?«

»Es gibt keine Büffel in England, aber die Ponys – wir nennen sie Pferde – sind feiner als jedes, das du je gesehen hast.« Er hielt inne. »Ich glaube nicht, daß ich dir das alles erzählen sollte. Will müßte derjenige sein, der dir alles über England erzählt.«

»Vielleicht hat er nicht vor, mich nach England mitzunehmen. Vielleicht will er mich hierlassen.«

Dan sah sie mit einem Blick an, den sie nur traurig nennen konnte. »Nein, er wird dich nach England bringen. Da bin ich sicher.« Er wirkte wirklich traurig.

»Und du kommst nicht mit?«

»O doch, ich komme mit. Ich bin schon lange nicht mehr dort gewesen ... zu lange. Ich möchte sehr gern wieder zurück zur Zivilisation.«

»Und in England gibt es Zivilisation?«

Er kicherte. »O ja, die Engländer sind sehr zivilisiert. Wir amüsieren uns nur aus edelmütigen Gründen. Tja, in England hat es seit Jahrhunderten keine Revolution mehr gegeben.«

»Eine Revolution?«

»Einen Krieg.«

»Ihr hattet keine Kriege?«

»Nicht auf englischem Boden.«

»Warum?«

»Es gibt nicht genug weiße Handschuhe.«

Sie verstand nicht, was er da sagte, aber er lachte, und so lachte sie auch.

»Am Anfang wirst du die Engländer vielleicht etwas seltsam finden, aber das wird vorübergehen.«

»Warum werde ich sie seltsam finden?«

»Die Engländer sind ein wenig wie ihr Wetter ... voraussehbar, naß und gravitätisch.«

»Gravitätisch«, sagte sie und wiederholte das Wort, als koste sie es und versuche es sich einzuprägen. »Ich kenne das Wort nicht.«

»Gravitätisch ist ... tja, so etwas wie ernst.«

»Ach so. Sie haben keinen Humor?«

»Sie hatten einmal welchen. Er wurde ersetzt durch Zeitunglesen und Teetrinken.«

Diesmal lachte sie, ohne zu warten, ob er es auch tat. Sie mochte Dan gern und freute sich, daß sie nach England fahren würde und dort Wills Familie begegnen und diesem Vater, der soviel Macht hatte wie ein Häuptling.

Aus dem Augenwinkel bemerkte sie eine Bewegung. »Will ist gekommen«, sagte sie. »Er ist nicht glücklich.«

Dan sah auf. »Nein, das ist er nicht. Das muß bedeuten, daß wir erst morgen abreisen können«, sagte er und fügte leiser hinzu: »Vielleicht gefällt es ihm aber auch nicht, wenn ich dir meine charmante Seite zeige.«

Sie hörte Dans Worte, aber sie war auf ihren Mann konzentriert, und sie antwortete nicht. Sie sah zu, wie Will sich ihnen näherte. Es gefiel ihr, ihm zuzusehen, zu beobachten, wie sich sein Körper bewegte, mit der ganzen Schönheit und Poesie eines majestätischen Flusses. Sie war sehr zufrieden mit ihm, mit diesem Mann, den sie Ehemann nennen konnte. Sie war noch nie einem Mann begegnet, der in ihr so seltsame Gefühle bewirkte wie dieser. Sie fand es angenehm, sein Gesicht anzusehen. Seine Wärme neben sich zu spüren erweckte in ihr einen Hunger, mehr davon kennenzulernen. Sie dachte an den vergangenen Abend, als sie vom Bett gefallen war und er sich auf sie gerollt hatte. Wie seltsam die Gefühle waren, die er in ihr hervorrief.

Wenn sie ihn betrachtete, schien ihr Herz leichter zu werden und pochte in ihrer Brust, ganz ähnlich wie es in ihrer Hand geklopft hatte. Ein machtvolles Pochen voller Geheimnisse wie die Trommeln der Crow beim Sonnentanz. Ihr Herz schien jetzt nicht mehr ihr zu gehören, sondern ihm, und sie fragte sich plötzlich, ob er davon wohl wissen mochte.

Als er sich dem Tisch näherte, spürte sie seine Gegenwart so deutlich, wie sie die Wärme der Sonne fühlen konnte.

Er setzte sich auf den Stuhl neben ihr.

Ihr Blick verließ sein Gesicht keinen Augenblick, auch nicht, als Dan fragte: »Schlechte Neuigkeiten?«

»Ich glaube langsam, daß es gar keine anderen gibt. Der Kapitän sagt, daß sie erst spät am Abend fertig sein werden.«

Die Leichtigkeit in ihrem Herzen war fort. An ihre Stelle war eine Schwere getreten, eine Traurigkeit, die sie in die Tiefe zu ziehen drohte, so wie einen schwere Kleider in die Tiefe eines mahlenden Flusses ziehen würden. Er hatte nicht mit ihr gesprochen und sie auch nicht angesehen. Sie verstand nicht, was es mit der Ehe der Weißen auf sich hatte. War das hier alles? Man heiratet, und dann lebt jeder sein eigenes Leben weiter? Sie dachte über diesen seltsamen Brauch nach, und ihre Augenbrauen zogen sich zusammen, so daß eine tiefe Falte dazwischen entstand. Wenn das so war, wie kamen sie dann jemals zusammen, um Kinder zu machen?

Sie konnte Dans Blick spüren, erwiderte ihn aber nicht. Statt dessen betrachtete sie das Essen auf ihrem Teller. Es sah gar nicht mehr so gut aus. Sie legte das seltsame Ding weg, dessen Gebrauch Dan ihr gezeigt hatte. Gabel. Es gab keinen Grund, diese Gabel weiter in der Hand zu halten. Der Bär in ihrem Magen war still geworden.

»Hast du Hunger?« fragte Dan.

»Nein, ich habe vorher schon gegessen. Wie geht es deiner Hand?«

»Sie ist gut. Sie knurrt nicht...« Sie spürte den Fehler, als Dan leicht den Kopf schüttelte. Sie korrigierte sich: »Sie pocht nicht.«

Will nickte und bemerkte den Blickwechsel zwischen Margery und Dan nicht. »Es überrascht mich, daß sie nicht weh tut«, sagte er. »Das war ein scheußlicher Schnitt.«

»Ich spüre ihn nicht.« Sie dankte Dan im stillen dafür, daß

er den Schmerz nicht erwähnte, den sie ihm gegenüber zugegeben hatte.

Will streckte sich und stand auf.

»Gehst du schon wieder?« fragte Dan. »Du bist doch gerade erst gekommen.«

Will schaute Margery an und wandte dann den Blick ab. Sie sah, wie sein Unterkiefer sich bewegte, als hielte er irgendwelche Worte zurück, oder vielleicht nur Gedanken. »Frühstückt nur in Ruhe zu Ende. Ich bin bald wieder da. Dann haben wir noch genug Zeit, uns zu unterhalten.«

Margery und Dan sahen beide zu, wie er davonging.

Sie hob die Hand und berührte das Ende eines ihrer langen Zöpfe, die ihr über die Schultern hingen. »Er hat viele böse Geister in seinem Herzen.«

»Ja, wir nennen das von Dämonen verfolgt werden.«

»Er ist nicht glücklich.«

»Nein, es gibt ... böse Geister ... zwischen Will und seinem Vater.«

»Warum?«

»Sicher war ich mir da nie. Will hat vier Schwestern und ist selbst der einzige Sohn, der Erbe vom Titel seines Vaters – und bevor du fragst: Ein Titel ist eine Ehre, wie Häuptling, die vom Vater auf den Sohn weitergegeben wird. In Wills Fall ist der Vater ein Graf, dadurch ist Will Viscount und du, meine Liebe, eine Viscountess.«

Er hatte wohl ihre Verwirrung bemerkt, denn er lächelte und sagte, er werde wieder einen Schritt zurückgehen in seiner Erklärung. Er fuhr dann damit fort, ihr klarzumachen, was es mit den Adelstiteln in England auf sich hatte.

Als er fertig war, verstand sie wesentlich mehr, allerdings immer noch nicht, warum Will sich entschlossen hatte, nach Amerika zu kommen, wenn sein Platz doch in England war. Das fragte sie Dan.

»Ich will versuchen, es dir verständlich zu machen«, begann Dan. »Wenn ein Junge im Dorf der Crow zum Mann wird, erfüllt ihn die Suche nach einer Vision. Er geht zu einem einsamen Berggipfel, um dort zu fasten, zu dursten, zu jammern. Er zieht sich alle Kleider aus, bedeckt sich mit einem Büffelumhang und legt sich in der Nacht mit dem Rücken nach Osten. Bei Tagesanbruch steht er auf und setzt sich mit dem Gesicht nach Osten. Sobald die Sonne aufgeht, hackt er sich ein Glied des linken Zeigefingers ab. Ist das bis hierhin richtig?«

Sie nickte und fügte hinzu: »Das Fingerglied wird auf ein Stück Büffelfleisch gelegt und der Sonne dargeboten. Während der Krieger um Größe und eine Vision betet, etwas, das so groß ist wie das, wovon er aus Legenden gehört hat.«

Dan fuhr fort: »Wenn ich richtig verstehe, haben einige junge Männer sehr schnell eine Vision, doch andere müssen noch viel mehr Qualen erdulden, bis sie ihre Vision bekommen. Will ist wie diese jungen Männer. Er ist auf der Suche nach seiner Vision, doch er gehört nicht zu den Glücklichen. Seine Vision und die Quelle seiner Kraft sind noch nicht zu ihm gekommen. Er wird weiter fasten und dursten und sich quälen, bis er die Vision bekommt.«

Sie runzelte die Stirn. »Es ist nicht gut, daß er in dieser Zeit eine Frau genommen hat.«

»Nein, aber er möchte gern glauben, daß er es aus Gründen der Nächstenliebe getan hat. Er glaubt, er würde dir auf diese Art helfen.«

Das verstand sie, und ihr Herz wurde wieder leichter. »Er ist ein sehr guter Mann. Sein Herz ist freundlich. Ich werde ihm eine gute Frau sein. Er soll nicht bereuen, was er getan hat.«

»Margery ...«

»Ja?«

»Du mußt verstehen ... ach, egal.«

»Warum gibt es so viele böse Geister zwischen Will und seinem Vater?«

Dan legte den Kopf zur Seite und biß sich auf die Unterlippe, als kaue er die Frage, bevor er sie beantwortete. »Ich wußte, daß du darüber würdest reden wollen«, sagte er. »Aber ich glaube, Will selbst sollte es dir erzählen.«

»Aber das wird er nicht tun, also mußt du.«

»Woher weißt du, daß er es nicht tun wird?«

»Er ist wie ein Adler. Er fliegt allein. Du bist wie der Büffel. Du umgibst dich mit anderen deiner Art.«

Dan sah sie seltsam an.

»Habe ich etwas Falsches gesagt?«

Sein Blick wirkte weich, so weich wie seine Worte. »Nein, ich finde es nur immer noch erstaunlich. Ich versuche, dir etwas beizubringen, aber ich bin es, der hier lernt. Du bist wirklich die bemerkenswerteste Frau, der ich je begegnet bin. Ich wünsche bei Gott, daß William es bemerkt, bevor ... Oh, Hölle und Teufel! Ich rede zuviel.«

»›Hölle und Teufel‹, das kenne ich nicht.«

Dans Gesicht wurde dunkler. »Das hätte ich nicht sagen sollen. Eine Frau sollte so etwas auf keinen Fall sagen.«

»Oh. Ist es verboten?«

»Nein. Sollte es aber sein.«

»Ich glaube nicht, daß du zuviel redest. Ich habe sehr viel zu lernen. Du redest. Ich lerne. Es ist ganz einfach. Erzähle mir noch mehr, damit ich etwas über meinen Mann lerne.«

»Er ist nicht leicht zu beschreiben, aber ich nehme an, seine bemerkenswerteste Eigenschaft war immer schon seine Leidenschaftlichkeit, in der er sozusagen vor sich selbst zurückschreckt. Ich verstehe, daß du darin keinen Sinn siehst, aber es ist einfach schwer zu erklären. Logik bedeutet ihm nichts ...« Er lachte. »Aber ich glaube, dir bedeutet sie auch nicht sehr viel. Ich mache dir das Verstehen nicht gerade leicht, stimmt's?«

»Ich verstehe nicht alle Worte, aber das meiste von dem, was du sagst.«

»Ich werde versuchen, es so einfach wie möglich zu halten. Das wichtigste, was du bei Will verstehen mußt, ist, daß immer schon eine Art Wildheit in ihm war, etwas in seinem Geist, das es ihm nicht erlaubte, sich selbst zu verzeihen ... oder auch anderen. Obwohl es keinen Grund gibt, warum er seinem Vater vergeben sollte. Charles und Will haben sich noch nie verstanden. Aus diesem Grund solltest du auch nicht erwarten, daß sein Vater dich billigen wird. Charles würde keine Frau mögen, die Will heiratet, außer, wenn er sie selbst ausgesucht hat.«

»Ich verstehe nicht, warum sie Feinde sind.«

»Als Will noch viel jünger war, verliebte er sich in ein junges Mädchen und wollte es heiraten. Sie war nicht die Tochter einer wichtigen Persönlichkeit wie Wills Vater, und deshalb wollte Charles nicht, daß Will sie heiratete. Will hörte nicht auf ihn, und so ging Charles zu dem Vater des Mädchens. Er bot ihnen eine Menge Geld an, wenn das Mädchen einen anderen heiratete. Vier Tage später heiratete sie einen anderen Mann. Will ist zweimal betrogen worden, einmal von seinem Vater und einmal von der Frau, die er liebte, und das machte es doppelt so hart für ihn.«

»Und darum hat er sein Heim verlassen?«

»Ja, das und die Tatsache, daß Charles auch dafür gesorgt hatte, daß alle erfuhren, was geschehen war. Er ertrug den Spott und die Demütigung für eine Weile, doch es war schwer, die Witze und die Lieder, die über ihn erzählt und gesungen wurden, nicht zur Kenntnis zu nehmen. Nicht lange nach Wills Demütigung wurde sein jüngerer Bruder, James, getötet.«

»Er hat viel Schmerz mit sich nach Amerika gebracht.«

»Ja, aber es hat ihm gutgetan hierherzukommen. Ich glaube wirklich, wenn er damals nicht fortgegangen wäre, hätte er sich irgendwann vernichtet.«

»Dann war es also gut für ihn, dieses Land?«

»Ja. Will ist sehr begabt. Wenn du mich daran erinnerst, zeige ich dir ein paar von seinen Zeichnungen. Ich glaube, daß es gut war, daß er in den Westen gekommen ist, daß er eine Zeitlang weit weg sein konnte von allem, was ihn an die Zivilisation erinnerte. Doch er ist zerrissen von Unentschlossenheit. Er wurde für eine edle Aufgabe erzogen, für die Aufgabe, ein Earl zu sein. Ich glaube wirklich, daß er das sehr gern werden will. Er liebt England und alles Englische, doch er trägt das englische Wetter mit sich in seinem Herzen.«

»Und das Wetter ist traurig?«

»Es ist wie das Wetter heute. Es regnet oft.«

»Oh.« Sie verstand, was es bedeutete, wenn ein Mensch diese Art von Regen in seinem Herzen trug. Auch in ihrem Herzen war sehr oft Regen gewesen. »Ich denke, das Leben ist sehr seltsam. Er hat seine Familie und läuft vor ihr davon. Ich habe keine Familie, und doch bete ich, die meine eines Tages zu finden.«

»Gibt es denn nichts, an das du dich erinnerst?«

Sie schüttelte den Kopf. »Nein. Nur nachts habe ich manchmal Träume. Ich höre Stimmen und sehe Schatten, aber keine Gesichter.«

»Glaubst du, daß du aus einer großen Familie gekommen bist?«

»Ja, das glaube ich schon. Ich weiß auch, daß man mich dort geliebt hat.«

Darüber lächelte er. »Du wirst auch wieder geliebt werden, Margery. Habe Geduld. Die Liebe kommt manchmal gerade dann, wenn man sie am wenigsten erwartet.«

10

Will saß auf seinem Bett und starrte den Skizzenblock auf seinem Schoß an. Während der vergangenen Stunden hatte er sich mehr um eine Flasche Fuselwhisky gekümmert als um seine Zeichnung.

Er konnte nicht denken. Er konnte sich nicht konzentrieren. Jedesmal, wenn er es versuchte, wanderten seine Gedanken wieder zu dem Anblick eines nackten Beins, einer weich gerundeten Hüfte mit satinglatter Haut. »Teufel auch!«

Dan, der an einem kleinen Schreibtisch saß und Eintragungen in sein Tagebuch machte, sah auf. »Hast du was gesagt?«

»Nein.« Will nahm noch einen Schluck. Nicht einmal der Whisky konnte ihn von ihrem Bild befreien.

»Hast du irgendwelche Probleme?«

»Nichts, was ich nicht in den Griff kriegen könnte.«

Dan sah ihn noch einen Moment an und wandte sich dann wieder seinem Tagebuch zu.

Will achtete nicht auf ihn. Er wollte auch auf sie nicht achten. Eigentlich wollte er überhaupt nicht an sie denken. Nicht so. Er war ein Mann mit einer Mission, und das war nicht leicht. Er war schon verwirrt genug. Er wollte sich nicht noch mehr durcheinanderbringen lassen.

Er hatte sie geheiratet, um sie beide vor einem Schicksal zu bewahren, das sie nicht wollten. Daran sollte er öfter denken, es sich mahnend vor Augen halten. Es war jetzt nicht der richtige Zeitpunkt, sentimental zu werden.

Er nahm einen Stift und schrieb oben über die Seite des Zeichenblocks: »Für alles gibt es eine Zeit … eine Zeit für Umarmungen und eine Zeit, sich Umarmungen fernzuhalten … eine Zeit zum Bewahren und eine Zeit zum Fortwerfen … eine Zeit zum Lieben und eine Zeit zum Hassen …«

Dies war für ihn die Zeit, sich von Umarmungen fernzuhalten, die Zeit fortzuwerfen, die Zeit zu hassen. Er hatte eine Mission in seinem Leben, die er nicht würde vollenden können, ohne dabei viel Schmerz zu verursachen. Er wußte, daß das ein Spiel war und daß der Gewinn am Schluß vielleicht den Schmerz nicht aufwiegen würde.

»Warum versuchst du nicht, darüber zu reden?«

»Es gibt nichts, worüber ich reden könnte.«

»Es ist ihretwegen, oder? Du hast sie gekauft und geheiratet, und jetzt weißt du nicht, was du mit ihr tun sollst.«

»Nein, das ist es nicht. Du täuschst dich. Ich weiß genau, was ich mit ihr tun soll. Ich wußte es schon, als ich sie gekauft habe. Nichts hat sich geändert. Ich habe immer noch vor, sie nach England zu bringen.«

»Aber eigentlich willst du das nicht, stimmt's?«

»Ich will wirklich nicht mein Leben mit dir diskutieren.«

Dan grinste. »Nein, aber du würdest dich wohler fühlen, wenn du es tätest. Es ist leichter, darüber zu reden, als dich ihretwegen stumpfsinnig zu trinken.«

»Ich trinke nicht ihretwegen, und ich will auch nicht über sie reden.« Er wollte auch nicht an sie *denken*. Er wollte bei seinem ursprünglichen Plan bleiben: sie heiraten, sie nach England bringen und ihnen beiden dort ein neues Leben schaffen.

Nein, er wollte nicht an sie denken ... an sie mit ihrer ruhigen, sachlichen Offenheit, mit ihrer Unschuld, ihrer sanften Kraft, ihrer frischen Art, das Leben zu betrachten. Das war verdammt hart. Denn wenn er in ihrer Nähe war, vergaß er die Qualen in seinem Leben, die Dämonen, die ihn jede Nacht erwarteten, die Erinnerungen an eine einsame Kindheit, eine ruinierte Liebesgeschichte, die Schuld am Tode seines Bruders.

»Sie versteht nicht, wieso du ihr aus dem Wege gehst.«

»Das ist vielleicht auch besser so. Ich bin im Augenblick kein sehr liebenswürdiger Mensch.«

»Das stimmt allerdings. Es würde mich überraschen, wenn du selbst dich im Augenblick mögen würdest.«

»Gib's auf, Daniel.«

»Aha, jetzt heißt es also Daniel, wie?«

Will starrte seinen Freund an.

Dan hielt die Hände hoch, als würde er sich ergeben. »Okay, ich bin ja schon still. In erster Linie bin ich schließlich dein Freund, weißt du noch?«

»Ja, aber ich habe gerade angefangen, mich zu fragen, ob du es auch noch weißt.«

»Wie kannst du so etwas sagen, Will? Ich war dein bester Freund, seit wir sieben waren und ich dir die Nase eingeschlagen habe.«

»Wir waren acht, und ich habe dir die Nase eingeschlagen.«

»Na gut, wie auch immer. Weißt du noch, worum es bei dem Streit ging?«

»Ja, um Lady Mary Louise Braddock, die, im reifen Alter von sieben Jahren, die blauesten Augen und die blondesten Haare besaß, die wir beide je gesehen hatten.«

»Wir haben zusammen eine Menge durchgemacht, oder?«

»Ja, und ich habe das Gefühl, daß das noch nicht alles war.«

»Wenn wir nach England kommen, meinst du?«

»Genau.«

»Bist du in Sorge, was passiert, wenn du deinem Vater begegnest?«

Will sah ihn amüsiert an. »Wärest du das nicht an meiner Stelle?«

Dan lachte. »Ja, ich muß schon sagen, deinem Vater mit einer Indianerin als Ehefrau gegenüberzutreten entspricht nicht gerade meiner Vorstellung von einem gemütlichen Familientreffen ...«

Will sagte nichts.

Dan stand auf. »Ich war jetzt so lange in der freien Wildbahn, daß es mich ruhelos macht, drinnen sitzen zu müssen. Ich bringe das hier in mein Zimmer und geh' mir dann eine Weile die Beine vertreten. Willst du mitkommen oder lieber hierbleiben und abgeklärt aussehen?«

»Abgeklärt steht mir gut.«

Dan nahm eine Blume aus einer Vase auf dem Schreibtisch und steckte sie im Vorübergehen in Wills Hand. »Soll ich den Bestatter auch gleich rufen?«

»Warte noch eine Weile«, sagte Will und bemühte sich, seine Stimme getragen klingen zu lassen. »Ein paar Atemzüge hab' ich noch.«

Dan öffnete die Tür. »Schade, daß sie dich jetzt nicht sehen kann. Du bist ein Bild von einem gedankenvollen Helden.«

»Ich bin verdammt noch mal kein Held, weder ein gedankenvoller noch sonst einer.« Will warf die Blume nach Dan, verfehlte ihn und traf die Tür.

»Ein guter Lügner bist du auch nicht gerade.«

Als Will auch in der zweiten Nacht ihrer Ehe nicht zu ihr kam, beschloß Margery, nicht länger zu warten, sondern die Angelegenheit selbst in die Hand zu nehmen. Da sie bei den Indianern aufgewachsen war, lag ihr die indianische Art, an Dinge heranzugehen. Dazu gehörte die indianische Vorstellung von körperlicher Liebe und Ehe.

Da es ihre Art war, offen und ehrlich zu handeln, beschloß sie, Dan um Rat zu fragen.

Er war nicht schwer zu finden, denn als sie die Tür aufmachte, ging er gerade draußen durch den Flur.

Dan sah sie, als er sich anschickte, die Treppe hinunterzugehen, und blieb auf der zweiten Stufe stehen. »Ich sehe an deinem Gesichtsausdruck, daß du eine wichtige Frage hast. Was ist es, das dir Sorgen bereitet?«

»Ich möchte gern, daß du mir erklärst, wie es bei den Engländern ist.«

Er hob eine Augenbraue. »Wie es bei den Engländern ist?«

Sie nickte.

»Wie was bei den Engländern ist?«

Sie ging zu ihm hinüber und blieb oben an der Treppe stehen. »Wie es in eurem Land mit der Ehe ist. Wenn ein Mann und eine Frau heiraten, was geschieht als nächstes?«

»Nun, gewöhnlich leben sie zusammen und gründen eine Familie.«

»Ich kann keine Familie gründen, wenn mein Ehemann mich nicht kennt.«

Eine plötzliche Erkenntnis verdunkelte Dans Gesicht. Er wirkte erleichtert, als sie weitersprach.

»Ich muß wissen, wie man bei den Engländern Kinder macht.«

In seinen Augen blitzte Humor auf. »Ich habe den Verdacht, daß es im wesentlichen genauso abläuft wie bei den Indianern.«

Sie runzelte die Stirn. Das verstand sie nicht. Es konnte nicht genauso sein, denn bei den Indianern wäre es Sache des Mannes gewesen, zu seiner Frau zu gehen und mit ihr zu schlafen. Will hatte das nicht getan. Er hatte sie ja kaum angesehen.

»Tja, du scheinst wirklich besorgt. Liegt das daran, daß Will bis jetzt noch kein Ehemann für dich gewesen ist?«

»Ich verstehe nicht, warum.«

»Vielleicht will er dir Zeit geben, dich an ihn zu gewöhnen, bevor er zu dir kommt. Ihr kennt euch ja kaum, und ...«

»Wenn er zu mir käme, würden wir einander besser kennen.«

Dan hob eine Augenbraue und nickte, als zähle er Punkte und hätte den letzten ihr gutgeschrieben. »Stimmt, aber bei den Engländern benimmt sich ein Mann immer als Gentleman, und das bedeutet, daß man sich einer Frau nicht gegen ihren Willen aufdrängt.«

»Ich wäre ja willig.«

»Der Traum eines jeden Mannes.« Dan kicherte. »Du solltest Parlamentsmitglied werden.«

»Was ist das, Parlament?«

»Eine Sache der Männer, schwer zu erklären, und nichts, wobei man besonders viel Spaß hat.«

»So wie die Ehe?«

Bei diesen Worten legte Dan den Kopf in den Nacken und lachte. »Komm mit«, sagte er und nahm ihren Arm. »Wir machen einen Spaziergang und sehen, ob wir nicht eine Idee haben.«

Sie sah ihn verwirrt an.

»Du willst, daß dein Mann dich, äh, näher kennenlernt, richtig?«

Sie nickte.

»Dann wollen wir zusammen nachdenken, ob wir nicht einen Weg finden, daß das geschieht.«

»Ich weiß, wie man das macht.«

Dan lachte und hob hilflos die Arme. »Mich brauchst du davon nicht zu überzeugen.«

Sie durchquerten die Hotelhalle und traten hinaus unter den bedeckten Himmel. Aber das Wetter war warm und die Straßen einigermaßen trocken, also gingen sie auf den hölzernen Bürgersteigen weiter.

»Wenn er nicht zu mir kommen will, werde ich zu ihm gehen.«

»Ein Jammer, daß ich dich nicht vor ihm gekauft habe«, sagte Dan. »Eine Frau wie du ist ein wahrer Schatz.«

Doch sie hörte ihm nicht zu. »Ich werde heute nacht zu ihm gehen und unter seine Kleider kriechen.«

»Seine Decke.«

»Ich werde unter seine Decke kriechen.«

Sie überquerten die Straße und wandten sich nach rechts. Dan ging auf ihre andere Seite, um sie innen gehen zu lassen.

»Gefällt dir die andere Seite nicht?« Sie betrachtete den Platz, an dem er gerade noch gewesen war.

»Ein Gentleman läßt eine Dame immer innen gehen.«

»Warum?«

»Das gehört zu einer Sache, die man gute Manieren nennt, und es würde sehr lange dauern, sie zu erklären. Also zurück zu deinem Besuch bei Will. Ich meine, daß das eine gute Idee ist, aber eines solltest du dazu wissen, was doch ein deutlicher Unterschied ist zwischen der Art, wie man es in England und wie man es bei den Indianern macht.«

Sie sah in sein Gesicht und beobachtete seine Lippen, als könne sie so seine Worte besser verstehen.

»Ich weiß, daß es bei den Crow üblich ist, das Haar mit Bärenfett einzureiben ...«

»Bärenfett mit Kräutern.«

»Tu das nicht.«

»Die Kräuter?«

»Das Bärenfett.«

»Mag er lieber Bibergeil?«

Dan verzog das Gesicht. »Ich glaube, sauber wäre es ihm lieber, ohne alles.«

»Ich sollte also mein Haar waschen, bevor ich unter seine Decke gehe?«

»Ja. Du solltest dir die Haare waschen und baden, bevor du gehst.«

»Ich habe heute morgen schon gebadet.«

»Heute morgen?«

Sie nickte.

Er wirkte immer noch skeptisch. »Bist du sicher, daß du gebadet hast?«

»Ja.«

»Richtig gebadet?«

»Es ist bei den Crow üblich, jeden Morgen zu baden.«

»Jeden Morgen baden sie? Bist du sicher?«

»Ja.«

»Im Fluß?«

»Nur im Sommer. Im Winter ist es üblich, den Mund mit Wasser zu füllen und es sich auf die Hände zu spucken, so daß man sich waschen kann, wo man schmutzig ist.«

»Ich sag' dir was. Wir gehen jetzt zurück zum Hotel, und ich werde ein Bad für dich organisieren – ein englisches Bad.«

»Genauso, wie man es in England macht?«

»Ich schwöre.« Und er hob die Hand zum Schwur.

Sie kehrten um und gingen zurück zum Hotel. Dan redete weiter, aber Margery konnte sich kaum darauf konzentrieren, was er sagte. Die Sache mit diesem englischen Bad verwirrte sie. Wenn man nicht Wasser in den Mund nahm und es sich in die Hände spuckte, was machte man dann?

Auf dem Weg zurück zum Hotel sah sie sich jede Frau, an der sie vorbeikamen, ganz genau an. Ob sie heute morgen ein solches Bad genommen hatten? Sie sah, wie sie ihr Haar trugen, und fand es recht kompliziert, denn gewöhnlich hatten sie es irgendwie hochgesteckt und unter einem Hut verborgen.

Bei ihren Haarstudien fiel es Margery auf, daß die anderen Frauen sie ebenfalls beobachteten. Jetzt, auf dem Weg durch die Hotelhalle, war ihr plötzlich bewußt, wie sehr sie sich im Aussehen von den anderen Frauen unterschied. Und alle vermittelten den Eindruck, ihr Hirschlederkleid mit den seltenen Elchzähnen sei nicht fein genug.

Plötzlich fühlte sie sich genau wie damals, als ihr der

Mandan-Krieger das Kleid heruntergezogen hatte. Sie richtete sich hoch auf, nahm eine gerade Haltung an und betrachtete die anderen Frauen mit herausfordernder Mißachtung im Blick, auch wenn sie sich am liebsten versteckt hätte. Dann beschloß sie, Dan nicht zu sagen, welche Gefühle die anderen in ihr weckten. Sie wollte nicht noch einmal gedemütigt werden.

11

Sie war noch nicht lange in ihrem Zimmer, da kamen drei Zimmermädchen hereinmarschiert, bewaffnet mit einem riesigen Kochtopf.

Sie musterte den Topf mißtrauisch.

Wollten sie sie in dem Topf kochen wie ein Stück Büffelfleisch? Wurde die Haut der anderen Frauen dadurch so schön glatt und weiß? Ihr gefiel es auf die indianische Art besser, und um das deutlich zu machen, trat sie ein paar Schritte zurück und stellte sich mit verschränkten Armen hin.

»Wohin sollen wir die Badewanne stellen?«

Margery sah das gelbhaarige junge Mädchen an, das sie gefragt hatte. »Weit weg.«

Eines der Mädchen sagte: »Habt ihr gehört, was sie gesagt hat? Weit weg. Das ist komisch.« Die drei Mädchen kicherten und stellten die Badewanne neben dem Bett ab. Dann wandten sie sich Margery zu.

»Ich bin Moll. Das ist Betsy und das Sarah.«

Als Moll und Sarah Wasser in die Wanne gossen, ertönte ein Klopfen an der Tür. Margery drehte sich um, da hatte Betsy schon geöffnet und trat zur Seite, um sieben andere Mädchen hereinzulassen, von denen jede einen großen Topf dampfend heißen Wassers trug.

Margery hatte noch nie so viel heißes Wasser und noch nie so viel Wasser in einem Topf gesehen. Die sieben Mädchen gossen den Inhalt ihrer Töpfe in die Wanne und verschwanden wieder. Margery trat näher und sah fasziniert zu, wie die drei verbliebenen Mädchen Flaschen mit Öl in die Wanne gossen, das so süß duftete wie die Prärieblumen, die nach einem Frühlingsregen aufblühen.

Es war entschieden zuviel Wasser in der Wanne, um es in den Mund zu nehmen und wieder auszuspucken, ganz abgesehen davon, daß ihr der Gedanke, Wasser mit Öl zu trinken, nicht sehr sympathisch war, selbst wenn es nach Prärieblumen duftete. Ihr kam die Idee, daß dieses Bad vielleicht gar nicht so schlecht war, wenn sie einfach ihre Hände und ihr Gesicht ...

Die drei Mädchen wandten sich langsam zu ihr um.

Margery war sich nicht sicher, was sie wohl vorhaben mochten, denn der Blick ihrer Augen hatte Ähnlichkeit mit dem Blick eines Kriegers kurz bevor er jemanden skalpierte. Sie begann, rückwärts zu gehen.

»Kommt her, wir helfen Euch beim Ausziehen.«

Margery würde nirgendwo hingehen, außer noch weiter von ihnen weg. *Beim Ausziehen helfen?* Das gefiel ihr nicht.

Sie machte noch einen Schritt rückwärts und wandte sich dann um, damit sie die Entfernung zur Tür besser einschätzen konnte.

»Zu weit«, sagte Moll, faltete ihre starken Arme über ihrer starken Brust und stellte sich breitbeinig hin. Margery schoß der Gedanke durch den Kopf, die Crow hätten ihr wohl den Namen *Steht wie ein Büffel* gegeben.

Sarah sah Moll an. »Er hat gesagt, wir würden sie etwas ermutigen müssen.«

Sarah hatte die Worte kaum ausgesprochen, da stürzten sich die drei Frauen auf Margery. Sie schrie überrascht auf und versuchte auszuweichen, aber drei zu eins war keine günstige Ausgangsposition. Außerdem war Moll fast so mächtig wie ein Elchbulle, und ihre Arme hatten eine Spannweite wie ein Adler.

»Laßt mich los!« rief Margery und fing an, in drei Sprachen zu fluchen: Comanche, Cheyenne und Crow mit hier und da einem französischen Wort.

Später überlegte sie, daß sie beim Englischen hätte bleiben sollen, dann hätten die anderen wenigstens mitbekommen, wann sie anfing, sie zu beschimpfen.

Sie gaben ihr jedoch nicht die Zeit, noch weiter nachzudenken, zerrten sie zum Bett wie ein Bündel abgeschabter Felle.

Als sie beim Bett ankamen, warfen sie sie darauf und fielen über sie her wie eine Horde hungriger Raubvögel. Margery kämpfte um ihr Leben und schrie: »Laßt mich los! Ich schneide euch die Leber heraus! Ich skalpiere euch und binde die Skalps an mein Medizinbündel!«

Als das nicht funktionierte, versuchte sie es zivilisierter. »Ich habe es mir anders überlegt«, schnaufte sie.

Die Mädchen lachten, und Moll sagte: »Er hat uns schon gesagt, du würdest eher abgeneigt sein.«

Abgeneigt? Verstanden sie unwillig nicht? Entsetzt? Sie hätte kaum mehr Angst haben können, wenn sie gedroht hätten, ihre Füße über ein Feuer zu halten. Sie kam hoch und versuchte zu fliehen. Aber auf dem Weg zur Tür erwischte Sarah sie am Zopf, was sie langsamer machte, so daß die beiden anderen sie auch noch zu fassen bekamen.

Sie rangen sie zu Boden, und Margery schwor, sich den Kopf zu rasieren, so daß sie beim nächsten Mal nicht so leicht zu erwischen war. Sie vergaß ihr Haar, als Betsy sich rittlings auf sie setzte. Jetzt begannen sie allen Ernstes, sie auszuziehen, und das einzige, was Margery zu diesem Zeitpunkt noch tun konnte, war kreischen.

Und das tat sie.

Sie heulte und trat und kreischte, bis eine ganze Gruppe von Leuten, die das Getöse aus ihrem Zimmer gehört hatten, sich vor ihrer Tür zu versammeln begannen.

Ungefähr zu diesem Zeitpunkt kamen Dan und Will die Treppe herauf. Sie hörten das gequälte Geschrei und sahen die Versammlung vor der Tür.

»Was ist da los?« fragte Will. »Das klingt, als wenn jemand ermordet würde. Kommt das nicht aus Margerys Zimmer?«

Dan, der amüsiert wirkte, sagte: »Ja, aber mach dir keine Sorgen. Es ist nur eine Meinungsverschiedenheit.«

»Wer ist da drin mit ihr? Der Marquis de Sade?«

»Nein, es handelt sich um eine andere Form von Folter.«

»Nämlich?«

»Ein Bad. Ich glaube, die genaue Konstellation ist: drei Zimmermädchen, eine Badewanne, heißes Wasser und genug Seife, um durch mindestens vier Jahre Dreck und Schmiere auf die rosige Haut darunter zu gelangen.«

»Offensichtlich warst du an dieser Sache beteiligt.«

»Vielleicht war es ihre Idee, und sie hat mir nur davon erzählt.«

»Nicht sehr wahrscheinlich. Nach ihrem Jaulen zu schließen, hat sie überhaupt nichts mit der Idee zu tun.«

»Also ist es meine gewesen?«

»Natürlich. Du hast dich in eine verdammte Mutter Oberin verwandelt, seit sie bei uns ist.«

»Junge, Junge, sind wir etwa eifersüchtig?«

Will knirschte mit den Zähnen. »Zur Hölle mit dir.«

»Ich weiß nicht … die Hölle ist womöglich kein so toller

Platz. Du würdest dich dort auch nicht besonders amüsieren.«

»Daniel, ich warne dich.«

»Keine Sorge, bald wird sich alles ändern. Ich verspreche dir, daß du feststellen wirst – wenn diese Frauen mit ihr fertig sind –, was für eine höllisch gute Ehefrau du erwischt hast.«

»Ich mag sie genau so, wie sie ist.«

»Ach, wirklich? Und dabei hatte ich gedacht, du beachtest sie kaum.«

»Ich bin der verdammte Bastard, der sie gekauft hat, falls du das vergessen haben solltest. Und was meinst du damit, ich hätte sie kaum beachtet?«

»Ich würde sagen, mein alter Freund, dir ist noch nicht einmal die Farbe ihrer Augen aufgefallen.«

»Braun.«

»Grün wie Gras.«

»Ich habe sie ja nicht wegen ihrer Augen geheiratet.«

»Jetzt kommen wir langsam weiter. Also sag mir doch bitte: Warum hast du sie dann geheiratet?«

In diesem Augenblick stieß Margery einen lauten Schrei aus, und Dan lachte. »Komm mit. Es ist wirklich nicht nötig, daß wir auch hier herumstehen und die Aufmerksamkeit der Leute auf uns ziehen ... nicht, solange Margery die Hauptattraktion ist. Gehen wir hinunter. Ich gebe einen Drink aus.«

»Warum solltest du das wohl tun?«

»Weil ich dein Freund bin.«

»Ach ja, jetzt bist du also wieder mein Freund?«

»Ich bin immer dein Freund, Will. Selbst wenn ich dir in den Hintern treten muß.«

Will gab ein ungläubiges Schnauben von sich, doch er kehrte um und folgte Dan die Treppe hinunter.

Zurück zum Land der Folter. Margerys Haut war geschrubbt worden, bis sie leuchtendrosa glänzte. Sie jammerte über den Verlust ihrer Haut und das elende Brennen und war nur noch dankbar, als sie ihr ein letztes bißchen Haut ließen und mit dem gräßlichen Geschrubbe aufhörten.

Sie wollte sich gerade zurücklehnen und sich entspannen, froh, daß das Schlimmste vorüber war, da tauchte ihr jemand den Kopf unter Wasser.

Als sie wieder auftauchte, schnüffelte eines der Mädchen angeekelt.

»Mann, was ist denn das für ein abscheulicher Gestank?«

Margery wischte sich das Wasser aus den Augen und sah, daß die drei schnupperten, als ginge es darum, den Geruch von etwas Verwestem zu verfolgen.

Sie schnupperte auch, aber es fiel ihr nichts auf.

Sarah beugte sich etwas herunter. »Herr im Himmel, das kommt aus ihrem Haar!«

Die anderen beiden hielten wie betäubt den Atem an. Moll, die Stärkste der drei, bekam noch genug Luft, um sie fragen zu können: »Was ist auf deinem Haar?«

»Bärenfett.« Margery stellte fest, daß sie das Brennen ihrer Haut glatt in Kauf nahm, wenn sie dafür diesen Ausdruck auf ihren Gesichtern zu sehen bekam. Doch sie konnte ihre Gedanken nicht weiterspinnen, denn ihr Kopf wurde noch einmal untergetaucht, und als sie diesmal wieder hochkam, bedeckten sie ihn großzügig mit einer blumig duftenden Seife.

Bärenklauen können kaum so scharf sein, dachte Margery, während sich die drei Mädchen dabei abwechselten, ihr Haar zu schrubben. Soviel sie auch schreien und protestieren mochte, sie ließen nicht locker, tauchten sie noch zweimal unter und bedeckten sie wieder gründlich mit Schaum.

Als sie dachte, es würde nie ein Ende nehmen, sagte Betsy: »So, jetzt sind wir fertig!«

Jetzt kann ich mich entspannen, dachte sie, doch da zerrten sie sie schon ohne Federlesen aus der Wanne und wickelten sie in ein Handtuch. Dann machten sich ihre Folterknechte daran, ihr Haar mit einem Handtuch zu trocknen, und Moll rief dabei aus: »Ja seht euch das mal an. Ihr Haar ist ja gar nicht braun, es ist blond!« Sie stemmte ihre vollen Arme in die Hüften und sagte: »Kann mich nicht erinnern, je eine gelbhaarige Indianerin gesehen zu haben.«

»Vielleicht ist sie keine Indianerin?« meinte Sarah.

Moll sah sich Margery kritisch an. »Sie muß aber Indianerin sein.«

»Und warum?« fragte Sarah.

»Weil sie so angezogen war.«

»Oh«, sagte Sarah. »Da könntest du recht haben.«

Betsy betrachtete Margerys Haar. »Hast du eine Bürste?«

Margery nickte und ging zu ihrem Bündel. Sie holte ihre Bürste hervor und hielt sie hoch.

»Mein Gott, was ist das?« fragte Sarah.

»Ist es tot?« fragte Moll.

Margery sah die Bürste an. »Natürlich ist es tot.«

Betsy ächzte. »Du meinst, es war früher mal ... lebendig?«

Bevor Margery antworten konnte, fragte Sarah wieder: »Was ist das?«

»Ein Schwanz von einem Stachelschwein.«

»Ich bin gleich wieder da«, sagte Moll und hastete aus dem Zimmer.

Ein paar Minuten später kam sie mit einem Ding zurück, das sie Bürste nannte ... und das in Margerys Augen auch nicht besser aussah als ihr Stachelschwein-Schwanz. Aber die drei waren damit zufrieden, und Margery war bedacht, die drei in absehbarer Zeit wieder loszuwerden.

Nicht einmal Foltern dauern ewig, und schließlich rief Betsy aus, sie sei hübsch wie eine Prinzessin. Natürlich hatte Margery noch nie eine Prinzessin gesehen, und deswegen wußte sie nicht, wie hübsch das sein sollte, aber als Moll sie vor den Spiegel führte und sie anwies hineinzusehen, verstand Margery.

Ich bin hübsch ...

Während Margery dastand und ihr Spiegelbild bewunderte, ließ Betsy ein langes weißes Gewand über ihren Kopf fallen und nahm das Handtuch weg. Ein paar Minuten später begannen die drei, ihre Sachen zusammenzusammeln, denn das Zimmer sah inzwischen aus, als wäre gerade ein Wintersturm hindurchgefegt.

Solange Sarah und Moll fertig aufräumten, ging Betsy, um die Helferinnen zum Wegräumen der Wanne zu holen.

Margery stand immer noch da und starrte in den Spiegel, als sie fortgingen. Sie hob eine Strähne von ihrem Haar und schnupperte daran. Es verströmte einen süßen Duft wie Gras am Fluß. Sie berührte ihre Haut und konnte kaum glauben, daß sie durch das Bad weiß geworden war.

Dies hatte wirklich keine Ähnlichkeit damit, wie Indianer badeten, und sie mußte sogar zugeben, daß jetzt, als alles vorüber war, dieses englische Bad gar nicht so schlimm gewesen war.

Margery fragte sich, ob sie Will jetzt nach dem Baden besser gefallen würde, wie Dan angekündigt hatte. Es klopfte an ihrer Tür. Margery, die Angst hatte, die Mädchen wären zurückgekommen, um sie noch einmal zu überfallen, gab keinen Ton von sich.

Es klopfte wieder.

Stille.

»Margery? Bist du da drin?« Es war Wills Stimme.

»Ich bin hier.«

Diesmal war es Dans Stimme, die fragte: »Geht es dir gut?«

»An manchen Stellen besser als an anderen«, erwiderte sie und hörte die beiden draußen kichern. Aber als sie sagte: »Ich brenne«, war es nur Will, den sie ächzen hörte.

Englische Männer waren wirklich seltsam, fand sie, dann kehrte sie dem Spiegel den Rücken und ging zur Tür. Sie stellte fest, daß es in diesem Ding, das sie Kleid nannten, nicht ganz leicht war, sich zu bewegen, denn der lange Stoff geriet ihr ständig unter die Füße. Sie überlegte sich gerade, ob sie es anlassen oder ausziehen sollte, da ertönte Wills Stimme durch die Tür.

»Wir dachten, wir fragen dich, ob du vielleicht mit uns hinunterkommen willst zum Essen.«

Sie sah an sich hinab und war sich plötzlich unsicher. Sie brauchte noch etwas Zeit, um sich an all das Neue zu gewöhnen, bevor sie den beiden Gesellschaft leistete. Also entschied sie sich gegen das Abendessen und blieb lieber in ihrem Zimmer, um das Gehen in dem Kleid noch etwas zu üben.

Als sie weg waren, wartete Margery und fragte sich, wie lange es wohl dauern würde, bis sie vom Essen zurückkamen.

Sie wartete, bis der Lärm auf der Straße unten leiser zu werden begann. Aber immer noch hatte sie sie nicht zurückkommen hören. Langsam fragte sie sich, ob sie sich schon so an die englische Lebensart gewöhnt hatte, daß sie es nicht hörte, wenn zwei lärmende Männer die Treppe heraufkamen, obwohl sie ähnlich laut waren wie ein verwundeter Hirsch, der durchs Unterholz bricht.

Als plötzlich an ihre Tür geklopft wurde, erschrak sie fürchterlich. Sie hastete zur Tür, legte ein Ohr ans Holz und fragte leise: »Ja?«

»Will ist ins Bett gegangen«, flüsterte Dan. »Bist du sicher, daß du es wirklich tun willst?«

Nach all dem, was sie hatte erdulden müssen, war sie entschlossen, sich außer von einem Präriefeuer von nichts abhalten zu lassen, doch das sagte sie Dan nicht. »Ich bin sicher.«

Sie glaubte, sie hätte ihn kichern hören. »Braves Mädchen.«

Einen Augenblick später hörte sie etwas und sah einen Umschlag, der unter ihrer Tür hindurchgeschoben wurde.

Sie hob ihn auf und öffnete ihn. Ein Schlüssel fiel heraus. Dan hatte ihr den Schlüssel zu Wills Zimmer gebracht.

Sie lächelte und wollte ihm schon danken, da hörte sie seine leisen Schritte verschwinden und dann die Tür zu seinem Zimmer – direkt neben ihrem –, die geöffnet und wieder geschlossen wurde.

Margery stand da, eine Hand auf dem Türknauf. Ihr Herz pochte heftig, ihre Kehle war trocken wie Wüstensand, und alles andere zitterte wie Espenlaub.

Sie öffnete die Tür und sah in den Flur hinaus. Er war verlassen. Langsam machte sie sich auf den Weg zu Wills Zimmer. Unterwegs dachte sie daran, daß sie Dan noch mehr über die Art der Engländer hätte fragen sollen.

Denn plötzlich wurde ihr klar, daß sie nicht die leiseste Ahnung hatte, was gewöhnlich nach dem Bad geschah.

12

Will saß mit hochgezogenen Knien auf seinem Bett, seinen Zeichenblock auf dem Schoß. Es war still im Zimmer, nur seine Feder kratzte auf dem Papier oder klickte leise, wenn er sie in die Flasche mit brauner Tinte tauchte.

Er betrachtete die Zeichnung einen Augenblick und blinzelte, um klarer zu sehen. Heute abend hatte er etwas zuviel getrunken. Trotzdem fühlte er einen Drang, seine Arbeit zu beenden, und sah sich immer wieder die Zeichnung an, die er ergänzte. Vielleicht lag das daran, daß er sich heute abend besonders empfindsam fühlte – eine Stimmung, in der er besonders gut Feinheiten ausarbeiten konnte.

Er hielt einen Augenblick inne, als es leise an seiner Tür klopfte. Doch noch bevor er reagierte, ertönte das Klopfen wieder, diesmal lauter, aber nicht laut genug, um Daniels gewohntem Pochen zu ähneln.

Will runzelte die Stirn. Er fragte sich, wer um diese Nachtzeit bei ihm klopfen könnte. »Herein. Die Tür ist offen.«

Er schaute zu, wie die Tür langsam geöffnet wurde.

Er sah etwas Weißes.

Meterweise weißes, zartes Kleid reflektierte das Licht seiner Lampe, bewegte sich schwingend um ihre nackte Gestalt.

Margery, wie er sie noch nie zuvor gesehen hatte ...

Margery, die Frau, die Vision in Weiß, die Verführerin, gehüllt in kaum mehr als zarten Stoff und langes, goldenes Haar.

Sie trat weiter vor ins Zimmer, machte die Tür hinter sich zu. Dann lehnte sie sich daran, als brauche sie sie als Halt.

Er hatte gelernt, jede Regung auf seinem Gesicht zu verbergen, und er wußte, daß, auch wenn er sie ansah, sie nicht erkennen konnte, wie er auf ihr ungebetenes Kommen reagierte.

Eine ganze Weile lang verharrten sie bewegungslos, und keiner der beiden zeigte seine Gedanken. Schließlich ließ Will den Block in seinem Schoß liegen und nahm sein Whiskyglas in die Hand. Ohne den Blick abzuwenden, hob er es an die Lippen und goß den Whisky hinunter.

Dann hielt er das Glas weiter unbeweglich vor sein Gesicht und betrachtete ihr Bild durch den Boden des Glases. Selbst so verzerrt wirkte sie wunderschön und außerordentlich begehrenswert. In diesem Augenblick bemerkte er erst, daß er bis jetzt den Atem angehalten hatte. Er atmete in einem Flüstern aus. »›Gib meinen suchenden Händen statt und laß sie wandern/ Nach vorn und hinten, zwischen, oben oder unten.‹«

Er sprach undeutlich, das war sicher, doch das schien sie nicht zu bemerken. »Es ist wohl nicht anzunehmen, daß der Name John Donne dir etwas sagt, oder, meine kleine Wilde?«

Sie sah ihn neugierig an, sagte aber nichts.

Er haßte diesen Blick, denn er konnte ihm nicht ansehen, ob er verständnisvoll oder verächtlich gemeint war. Er stellte das Glas auf den Nachttisch. Er hatte sie etwas gefragt, oder? Ja. Ob ihr der Name John Donne etwas sagte. »Natürlich sagt er dir nichts. Und warum auch. Ich bezweifle, daß dein frommer, heiliger Priester sehr viel Sinn für die Feinheiten der Poesie hatte, ausgenommen im biblischen Sinne.«

Sie antwortete ihm nicht, aber warum sollte sie auch? Sie hatte keine Ahnung, worüber er gerade faselte. »Du verstehst mich nicht, oder? Du besitzt nur jene primitive Art von Verstehen, etwas sehr Einfaches. Du hast schon verstanden, daß wir verheiratet sind, und in deinem zurückgebliebenen kleinen Verstand gibt es noch einiges an Wagemut. Du traust dich an Orte, die Engel nicht zu betreten wagen würden. Du bist wie ein zufälliger Wanderer, der am Strand entlanggeht und ein goldenes Medaillon findet, das aus der Tiefe hervorgespült worden ist. Er weiß nichts von dem schönen Halsschmuck, zu dem es einst gehört hat. Du weißt nicht, was dich deine Fähigkeit gekostet hat ... vieles ist dir genommen worden, mehr als nur deine Identität und deine Familie. Du, mit deinem natürlichen Unwissen, deinem begrenzten Verständnis. Wenn du nur wüßtest ... Doch dein primitiver kleiner Verstand ist verloren wie Babylon. Du kommst hier herein und trägst dein Unwissen mit dir wie eine exotische Blume, ohne zu wissen, daß die Blüte vergeht, wenn sie erst vom Wissen berührt wird. Du bist so primitiv mit deiner einfachen Logik und deinen grundlegenden Bedürfnissen. Dein Verstand sagt dir, daß du meine Frau bist, und ruft alle möglichen Gedanken an deine Pflicht in dir wach, nicht wahr? Nun, mach dir nicht die Mühe. Ich habe dich geheiratet, aber nicht aus Liebe, nicht einmal aus Lust. Es ist nicht deine Pflicht, deine Schenkel für mich zu öffnen. Das ist es nicht, was ich von dir will. Verstehst du das nicht? Ich habe meine inneren Dämonen, gegen die ich kämpfe, meine speziellen Gründe, warum ich so gehandelt habe. Ich kann mich nicht um deine Kämpfe kümmern, um deine Dämonen. So stark bin ich nicht und viel zu selbstsüchtig. Ich benutze dich, mein Mädchen, doch dabei rette ich deine verlorene Seele. Sei froh, daß du etwas an dir hattest, das mich angesprochen hat, etwas, das mir deine Qual zu Bewußtsein gebracht hat. Ich hatte Mitleid mit dir, habe eine gefühlsmäßige Ähnlichkeit mit dir empfunden, etwas an dir, das mich an meinen eigenen Schmerz erinnert hat. Aber mache daraus nicht mehr, als es ist. Ich habe dich gekauft, doch das bedeutet nicht, daß ich dich auch besitzen will. Von jetzt an wird vieles in deinem Leben wesentlich einfacher werden, und eines Tages, wenn du dir neues Wissen erarbeitet hast, wirst du mich verstehen. Und dann wirst du mir danken.«

Er seufzte tief und sah den leeren Ausdruck, den endlos tiefen Blick in ihren Augen. »Gott, wenn es mir nur gelingen würde, daß du mich verstehst ...«

Sie fuhr sich mit der Zunge über die Lippen und fragte sich, wie es sein würde, seinen Mund auf dem ihren zu spüren. »Mein Gott ... kein Aphrodisiakum ist so stark wie die Unschuld«, flüsterte er. »Komm her, kleine Wilde ... mein Engel in Weiß. Komm her und sag mir, was du hier tust, was du möchtest. Komm ...«

Sie löste sich von der Tür, und der Zauber war dahin.

Plötzlich kam ihm der Gedanke, daß sie so, wie sie war, durch den Flur gegangen war, in nichts als dem Nachthemd, das kaum dazu beitragen konnte, irgend etwas Wesentliches zu verbergen, allerdings sehr viel dazu, die Phantasie zu beflügeln.

»Hat dich jemand gesehen, als du hereingekommen bist? Hat dich irgend jemand in dieser Kleidung gesehen?«

Sie schüttelte den Kopf. »Nein.«

»Was tust du hier um diese nachtschlafende Zeit? Was willst du? Bist du dir nicht im klaren, was dir geschehen könnte? Du siehst aus wie eine blühende Einladung.«

Er wußte, daß die Crow der promiskuitivste der Indianerstämme waren, die er kennengelernt hatte. War sie hierhergekommen, um sich verführen zu lassen? Betrachtete sie es als ihre Pflicht, jetzt, da sie seine Frau war? Der Gedanke war ihm plötzlich sehr unangenehm. Wie lange es auch hersein mochte, seit er die letzte Frau gehabt hatte, wie begehrenswert sie auch sein mochte, er hatte nicht die Absicht, mit ihr zu schlafen, nur weil sie das als ihre Pflicht empfand.

Doch sein Körper war da verdammt anderer Meinung.

Er fand es ironisch, daß Gott, in seinem endlosen Sinn für Humor, es sinnvoll gefunden hatte, seiner männlichen Schöpfung so viel mehr Sinn für Leidenschaft mitzugeben als für Vernunft. Und als wäre es nicht genug, hatte er es auch noch eingerichtet, daß dieses bißchen Vernunft einen ganz unwichtigen Teil des Gehirns besetzte, während die Leidenschaft den ganzen Rest des Körpers innehatte.

Sein Körper mochte sie vielleicht begehren, doch Liebe, aus Pflichtgefühl gegeben, trug wenig zu seiner Erregung bei. »Geh nur wieder zurück in dein Zimmer. Du solltest eigentlich schon lange schlafen.«

Sie sagte nichts, sondern kam näher und immer weiter auf ihn zu, bis sie neben dem Bett stand. Als sie stehenblieb, war sie ihm so nah, daß er die zarte Berührung ihres Kleides spüren konnte, das seinen Handrücken streifte.

»Hast du verstanden, was ich gesagt habe?«

Sie nickte, sagte aber nichts.

»Dann tu, worum ich dich gebeten habe. Geh zurück in dein Zimmer. Jetzt gleich.«

Sie blieb still, denn sie wußte einen Weg, ihm zu antworten, ohne zu sprechen, indem sie daranging, die Knöpfe ihres Kleides zu öffnen.

Sein Mund wurde trocken. Er wollte ihr sagen, daß es ganz egal war, was sie tat, daß er nicht die Absicht hatte, sich verführen zu lassen, doch er wußte, daß das eine so jämmerliche Ausrede war, daß sogar ein Blinder sie würde durchschauen können.

Als die Knöpfe offen waren, ließ sie eine Schulter ihres Nachtkleides herunterrutschen.

Ihre Haut war glatt und unglaublich weiß. Er schluckte. Seine Kehle war wirklich trocken.

Sie ließ auch die andere Schulter herunterrutschen und das Kleid fiel hinab bis zu ihrer Taille.

»›O Tollheit, sieh, wie schnell sie nur den Geist Verzweifelter durchdringt.‹ Ich bin dem Untergang geweiht.«

Er sah zu, wie sie das Kleid herunterschob und es mit schimmerndem Flattern zu Boden sank. Sie war verdammt gut fürs erste Mal – wenn es überhaupt ihr erstes Mal war.

Ganz nackt und straff verlockte ihn ihr Körper, und beim Himmel, er war Manns genug, der Verlockung zu folgen. Sein erster Instinkt war, sie sich zu greifen, sie zu sich aufs Bett zu zerren und ihr zu geben, wonach sie offensichtlich verlangte.

Er war auf dem besten Wege, genau das zu tun, als ihm etwas in den Sinn kam, das sein langjähriger Lehrer, Guy Montgomery, einmal zu ihm gesagt hatte: »Ein Gentleman trampelt nicht … er gleitet.«

In dem Bemühen, das Trampeln zurückzuhalten, damit er ein wenig gleiten konnte, suchte er nach einem Gedanken, der ihm vielleicht helfen würde, das Getöse in seinem Körper etwas zu bremsen.

Teufel auch! Er hatte keine Ahnung gehabt, daß das so schwierig sein könnte. Er hatte noch niemals eine Frau gesehen, die so direkt war. Nicht einmal die erfahrensten Huren in Covent Garden benahmen sich so drastisch. Das mußte er ihr lassen: Wenn sie etwas wollte, verbarg sie es nicht hinter einer Menge Gerede oder Flirt. Sie kam direkt zur Sache.

Er betrachtete sie eingehend, vom Kopf bis zu den Füßen, verweilte an einigen strategisch wichtigen Punkten etwas länger als an anderen. Sie strahlte eine Anziehungskraft aus, der er sich kaum erwehren konnte, denn schließlich gab es nichts Erregenderes als eine nackte Frau, vollendet gebaut, die kaum mehr als eine Handvoll, äh, Handbreit von ihm entfernt stand.

Er rief sich immer wieder die alte Redensart in Erinnerung: »Man muß die Verteidigung einer Frau durchdringen. In ihren Kopf zu kommen ist Voraussetzung dafür, daß man auch in ihren Körper kommt.« Irgendwie schien das hier nicht zuzutreffen, denn Margery wirkte absolut bereit für etwas, was ganz sicher nicht Konversation war.

Nun, ein Mann tut, was er zu tun hat. Er ließ den Zeichenblock auf den Boden fallen und legte die Feder auf den Nachttisch. Sein Blick blieb fest auf ihren Körper geheftet, wie sie so stolz vor ihm stand. Ihre Beine waren lang und wohlgeformt, ihre Taille schmal, ihr Bauch flach und glatt.

Sie war wirklich eine Schönheit, und er begehrte sie.

Er hatte die ganze Zeit gewußt, daß er die Ehe würde vollziehen müssen, wenn sie gültig sein sollte, doch war es nicht seine Art, sich einer Frau aufzudrängen. Er war Gentleman genug, ihr Zeit zu geben, Zeit, ihn kennenzulernen, sich anzupassen. Aus diesem Grunde hatte er gewartet.

Margery schien jedoch keine Zeit zu brauchen, um sich an ihn und ihre neue Umgebung zu gewöhnen. Sie war seine Frau und sie begehrte ihn. Und zu allem Überfluß war sie auch noch verdammt begehrenswert – so begehrenswert, daß kein vernünftiger Mann ihrem Angebot den Rücken kehren würde. Sie hatte einen Körper wie Aphrodite, bei dessen Anblick sogar eine Bronzestatue von Donatello von ihrem Sockel gefallen wäre.

Und er war ganz sicher keine Statue.

Jetzt kam ihm plötzlich der Gedanke, daß er eigentlich nicht wußte, was er als nächstes tun sollte. Er war nicht daran gewöhnt, daß eine Frau die Initiative ergriff. In seinen vergangenen Affären hatte es immer ein verführerisches Vorspiel gegeben, bevor es zum eigentlichen Liebesakt kam.

Irgendwie hatten sie das alles ausgelassen. Es war verdammt frustrierend. Hier hatte er eine nackte Frau an der Hand und war sich doch nicht sicher, was er als nächstes tun sollte. Es gab nur zwei Möglichkeiten: sich zurücklegen und sehen, was sie als nächstes tun würde, oder sie zu sich ins Bett zerren und vernaschen.

Bevor er weiterdenken konnte, ergriff sie noch einmal die Initiative. Sie ließ sich neben ihm auf die Knie sinken und begann, ihn auszuziehen. Ihre geschickten Hände öffneten die Knöpfe an seinem Hemd einen nach dem anderen. Als sie fertig war, zog sie es ihm aus und ließ es auf den Boden fallen. Als sie sich vorbeugte, fiel ihr langes, blondes Haar in seidigem Fließen auf die heiße Haut seiner Brust. Er griff mit seinen Händen hinein und unterdrückte den Drang, die Kontrolle an sich zu reißen, indem er sie auf sich herabzog.

Die leichte Berührung ihrer Hände an seinen Hosenknöpfen ließ ihn die Luft anhalten. Er fürchtete, wenn er jetzt atmete, könnte das das Ende seiner süßen Qual bedeuten.

Er hätte sich keine Sorgen zu machen brauchen, denn als er, wenn auch unsicher, weiteratmete, zog sie mit festen Bewegungen seine Hose über die Hüften hinunter, und er stellte fest, daß er einfach nicht mehr länger passiv bleiben konnte, egal wie neugierig er war, herauszufinden, wie weit sie wohl schließlich gegangen wäre in dieser Sache.

Sie war ein seltsames Geschöpf, lebendig vor Neugierde und einem Durst nach Wissen. Er bedauerte sie unwillkürlich, denn sie würde es im Leben nicht leicht haben. Auch jetzt hatte sie schon viele Schwierigkeiten zu bewältigen. Er beobachtete sie, betrachtete ihr Gesicht und fragte sich dabei, was für dunkle Geheimnisse sich wohl hinter ihren Augen verbergen mochten ... jenen bemerkenswerten grünen Augen, die leuchteten vor Humor und Verstehen. Wie hatte er sie je für braun halten können?

Er begehrte sie, begehrte sie verzweifelt.

Der einzige Weg, sich der Versuchung zu entledigen, war, ihr nachzugeben. Wie edelmütig er war, wie weise. Er hatte geglaubt, seine Sorgen alle in einer Flasche Whisky ertränkt zu haben. Jetzt sah er, wie sehr er sich getäuscht hatte. Er konnte seine Lust verbergen, wenn er wollte, aber ein Abend mit viel Whisky würde sie immer enthüllen.

Er hob den Arm und griff nach ihrer Hand, als sie den letzten Knopf seiner Hose zu öffnen begann. Ihre Hand in festem Griff haltend, drückte er sie flach an sich. Er sah den schockierten Ausdruck in ihrem Blick, kümmerte sich aber nicht weiter darum. Ihre Unschuld war eine verführerische Art von Folter. »Sag mir, was du willst.«

»Ich ... bin deine Frau.«

»Stimmt. Bist du. Aber du bist doch nicht hereingekommen, um mich daran zu erinnern, oder?«

Sie wandte die Augen ab. »Nein.«

»Nun komm, werde doch nicht plötzlich schüchtern. Jede Hure war irgendwann einmal eine Jungfrau. Sag mir, warum du hier bist. Sag mir, was du willst.«

»Ich möchte bei dir liegen.«

Ihre Ehrlichkeit war teuflisch verführerisch und brachte ihn dazu, den Rest seiner Kleidung mit wahrhaft militärischer Eile abzulegen. Er hatte kaum den zweiten Stiefel auf den Boden geworfen, da legte sie sich schon auf ihn und begann, ihn zu küssen.

Sie küßte wie eine Novizin.

Und er wußte ja, daß sie das nicht war.

Sein erster Gedanke war, daß das Küssen wohl keine Beschäftigung war, mit der sich der durchschnittliche Indianer sehr viel abgab, denn ihre Küsse wirkten eher keusch und ungeschickt. Er hatte eine flüchtige Vision davon, wie ihre weißen Glieder sich wanden, eng verbunden mit der nackten, braunen Haut eines Kriegers, dem seine ledergefransten Beinlinge bis zu den Knien reichten, während die beiden sich in einer Büffelsuhle liebten.

Er konnte das Bild nicht aufrechterhalten, denn der süße Duft ihres Haares und die seidige Weiche ihrer Haut vertrieben jeden Gedanken aus seinem Kopf. Er hatte jetzt nur noch ein Ziel: Zu vollenden, was er begonnen hatte. Er vergrub seine Hände an ihrem Hinterkopf in ihrem Haar, zog ihr Gesicht zu sich herunter und küßte sie, öffnete seinen Mund, zwang auch sie, den ihren zu öffnen. Seine Hände wanderten über die glatte Haut ihres Rückens, die Mulde an ihrer Wirbelsäule entlang und umfaßten schließlich die Rundung ihrer Beine, die sie geöffnet hatte, so daß sie auf beiden Seiten seiner Hüften lagen. Er streichelte ihre Schenkel und spürte, wie sich ihre weiche Mitte an ihrem Gegenüber entlangbewegte. Das Verlangen wuchs heftig in ihm.

Sie flüsterte etwas in einer Sprache, die er nur als Crow erkannte.

Er fragte sich, ob sie es sich anders überlegte, ob sie ihm wohl sagte, er solle aufhören. Doch das war nicht von Bedeutung. Er wollte nicht mehr aufhören … hätte es an diesem Punkt auch gar nicht mehr gekonnt.

Jetzt übernahm er die Führung und rollte sie unter sich, hielt sie mit dem Gewicht seines Körpers auf dem Bett fest. Er spürte, wie ihr Herz unter seinen Rippen pochte. Er sah, wie sie ihn betrachtete, mit großen, vertrauensvollen Augen, und er spürte bitteres Bedauern. Er hatte sie verspottet mit seinem Gequatsche von der unwissenden Wilden, und jetzt fragte er sich plötzlich, wer hier wohl der eigentliche Wilde war. War sein zivilisiertes Gehabe nicht nur der Schafspelz, der den Barbaren in seinem Innern verbarg?

Er spürte, wie sie sich unter ihm bewegte, doch ihre Worte ergriffen ihn noch mehr.

»Ich habe einen großen Hunger nach dir.«

Er schob sich ihrem Körper entgegen. Sie war bereit. Eine Sekunde später spürte er das zarte Häutchen reißen und hörte ihr scharfes Einatmen.

Oder war es sein eigenes? Denn überrascht, daß sie Jungfrau war, hatte er plötzlich innegehalten.

Eine Jungfrau?

Unmöglich. Unglaublich. Indianerkrieger ließen keine Frau, mochte sie Weiße oder Indianerin sein, mit ungestörter Jungfräulichkeit siebenundzwanzig Jahre alt werden – außer wenn sie hundegesichtig und häßlich war, was man von Margery sicher nicht sagen konnte.

Er fühlte sich, als hätte er einen Blitz in einer Flasche gefangen, und wußte nicht, was er jetzt damit tun sollte. Sein erster Instinkt war, sich zu entschuldigen, ihr die Zärtlichkeit und Sanftheit zu zeigen, die er in seinem Inneren spürte, doch von irgendwo aus seinem Unterbewußten ertönte die Stimme seines Vaters, die ihn daran erinnerte, daß ein adliger Gentleman keine Gefühle zu zeigen hatte.

Doch sie war weich und warm und kuschelte sich an ihn, und er war nicht so ein arroganter, gefühlloser, kalter Hundesohn wie sein Vater. Mit unendlicher Sanftheit begann er sich zu bewegen, flüsterte Worte, deren Sinn er nicht wahrnahm, begrub sich tief in ihr und fühlte sich, als hätte er ihr Herz berührt.

Sein Drängen nahm zu, und er spürte, wie es ihn betroffen machte, daß sie nicht mit ihm kam, während er schon zu weit gegangen war, um noch auf sie warten zu können. Er konnte seinen Körper jetzt nicht mehr beherrschen, und einen Augenblick später bäumte er sich hoch auf, beherrscht von der wilden Ekstase des Rhythmus und Margerys atemlosem, weichem Flüstern.

Einen Herzschlag später war es schon vorüber, und er lag erschöpft auf ihr. Sie wimmerte, und er war voller Enttäuschung, daß nicht auch sie mit ihm zum Höhepunkt gekommen war.

Er rollte von ihr herunter, zog sie an sich, berührte sie mit seiner Hand. Er konnte nicht ändern, was geschehen war, denn es war nicht möglich, an den Punkt zurückzugehen, wo er sie verlassen hatte, doch er konnte ihr Erleichterung verschaffen. »Komm«, flüsterte er. »Komm jetzt mit mir.«

Sie wiegte sich in einem hypnotischen Rhythmus neben ihm, bis ihre Bewegungen schneller und schneller wurden, sie sich schließlich aufbäumte und ihr Körper zuckte.

Ihre Augen öffneten sich langsam, und ihre Blicke begegneten sich. »›Und ihr werdet sein wie Gott und Gut und Böse erkennen‹«, flüsterte er, und sein Mund legte sich langsam auf den ihren.

Er hatte schon vorher Erfahrungen mit körperlicher Liebe

gemacht, viele Erfahrungen. Doch er fragte sich immer wieder, was es wohl diesmal gewesen sein mochte, das wie ein altes Lied in seinem Kopf nachklang.

»Wir haben eine Decke geteilt. Jetzt bin ich deine Frau.«

»Ja«, sagte er und küßte sie zärtlich, »jetzt bist du meine Frau.«

»Ich werde dir auch in deinem England eine gute Frau sein. Ich bin glücklich.« Mit einem Seufzer, den man bis zum anderen Ozean hätte hören können, kuschelte sie sich unter seinem Kinn zurecht, und ihr Haar legte sich um ihn wie eine seidene Fessel. Kurz darauf hörte er, wie ihr Atem ruhig wurde, und wußte, daß sie eingeschlafen war.

Er hielt sie weiter in den Armen. Wie er sie beneidete, daß sie so einfach schlafen konnte. Er schloß die Augen und wünschte sich in den schläfrigen Trost des Schlummers, wünschte, er möge so leicht zu ihm kommen wie zu ihr, denn erst dann, wenn er schlief, würde er frei davon sein zu heucheln.

Während er sie weiter an sich gedrückt hielt, während die Nacht verging, dachte er immer wieder daran, daß er jetzt den größtmöglichen Verrat begangen hatte. Er hatte die richtige Sache aus dem falschen Grund getan.

13

Am nächsten Morgen brachen sie auf nach New Orleans. Und eine Woche nach ihrer Ankunft dort setzte ihr Schiff Segel in Richtung England.

Für Margery war das keine angenehme Erfahrung. Sie hatte noch niemals so viel Wasser gesehen und noch nie ein so großes Schiff. Die Crows waren Steppenindianer und kannten viele unheimliche Legenden über große Wasserflächen. Margery hatte entsprechend grausige Erwartungen.

Zuerst weigerte sie sich rundweg, das Schiff zu betreten. Ihrer Meinung nach gab es einen Grund dafür, warum sie mit Füßen und nicht mit Flossen geboren worden war. Selbst nachdem sie sie überredet hatten, fühlte sie sich unbehaglich. Die Schaukelbewegungen des Schiffes gefielen ihr genausowenig wie das Gefühl von Wasser unter sich.

Als die Segel gesetzt wurden, pochte ihr Herz plötzlich heftig vor lauter Panik. Sie hätte nicht gedacht, daß sie sich so weit vom Land entfernen würden. Nicht einmal das ruhige, lässige Zureden von Will und Dan konnte ihre Ängste besänftigen. Es wunderte sie, daß sie nicht seekrank wurde, obwohl sie solche Angst vor dem Wasser hatte und vor der Tatsache, das Land nicht sehen zu können.

Dan allerdings wurde seekrank. Es traf ihn am zweiten Tag der Reise.

»Wird er sterben?« fragte sie.

Will sah Dan noch einmal an, der sich auf der schmalen Koje in seiner Kajüte hin- und herwarf. »Würde er wahrscheinlich gern, aber er ist weit davon entfernt.«

Da ächzte Dan, als wolle er Wills Worten widersprechen. Will lachte. »Er wird auf Schiffsreisen immer seekrank.«

»Warum macht er sie dann?«

Will lächelte. »Weil er es nicht ertragen kann, von mir getrennt zu sein.«

Margery sah ihn verwirrt an. Seine Worte waren ihr logisch erschienen, sie konnte es sich nicht anders vorstellen.

»Komm jetzt«, sagte er. »Er schläft wie ein Baby.«

Sie folgte Will hinauf aufs Deck. »Wann werden wir England erreichen?«

»Frag das nicht schon jetzt. Wir sind doch gerade erst aufgebrochen.«

»Warum nicht?«

»Wenn ich dir jetzt darauf antworte, erscheint dir die Reise übermäßig lang.«

»Das macht mir nichts aus.« Sein Blick wanderte über sie hinweg und kam schließlich auf ihrem Gesicht zur Ruhe. Irgend etwas sagte ihr, daß er gerade an die Nacht dachte, in der sie zu ihm gekommen war.

Als könne er ihre Gedanken lesen, wandte er sich ab, lehnte seine Arme auf die Schiffsreling und starrte hinaus aufs Wasser.

»Bist du unzufrieden?«

»Unzufrieden? Womit?« Er sah sie nicht an.

»Weil wir einander kennengelernt haben. Weil ich in dein Bett gekommen bin.«

»Nein, natürlich bin ich nicht unzufrieden. Wie kommst du denn darauf?«

»Du siehst mich nicht an. Und wenn ich dein Gesicht betrachte, sehe ich Scham.«

»Bist du immer so verdammt ehrlich? Sagst du immer alles, was du denkst?«

»Ist Ehrlichkeit in England nicht üblich? Würdest du es vorziehen, wenn ich die Unwahrheit sage?«

»Die Engländer schätzen Ehrlichkeit ebensosehr wie andere Menschen, aber es ist etwas anderes, ob man die Wahrheit spricht oder ob man zu schnell oder zu offen einfach sagt, was man denkt. Die Engländer sind da zurückhaltender. Sie hüten ihre Zungen gut.«

»Ahhh«, sagte sie plötzlich voller Verständnis, »darum ist dir also das Herz schwer.«

»Mein Herz ist nicht schwer.«

»Dein Herz ist schwer. Ich sehe die Last, die du trägst, an deinem Blick. Natürlich verstehe ich jetzt auch, daß ein Engländer sagen würde, sein Herz sei nicht schwer, selbst wenn es schwer ist.« Sie runzelte die Stirn, legte die Arme auf die Reling so wie er und starrte wie er hinaus aufs Wasser. »Ich verstehe das noch nicht alles. Vielleicht werde ich mit der Zeit lernen, zu sagen, was ich nicht denke, zu denken, was ich nicht sage, und meine Gedanken und Gefühle zu verbergen wie eine Hirschkuh ihr Junges.«

Teufel auch! Sie war so voller Charme, daß er ihr nicht widerstehen konnte. Er wandte den Kopf und sah zu ihr herunter. »Du brauchst nicht anders zu werden, als du bist. Du hast nichts falsch gemacht.«

»Aber du bist Engländer, und deine Lebensart ist englisch, und ich bin deine Frau. Deine Art wird auch die meine werden. Ich habe nicht den Wunsch, dich zu beschämen.«

»Du beschämst mich nicht.«

»Ich habe gesehen, wie mich zivilisierte Frauen ansehen. Ich benehme mich nicht so wie sie. Ich trage nicht ihre Art von Kleidung. Wenn sie mich ansehen, sind ihre Augen voller Fragen. Sie fragen sich, was ein feiner, englischer Gentleman wohl mit einer solchen Wilden zu schaffen hat.«

»Wenn es dich stört, warum trägst du dann nicht die Kleider, die ich in New Orleans für dich gekauft habe?«

»Noch stört es mich nicht so sehr. Ich bin, wer ich bin. Ich sehe keinen Grund, mich meiner Art zu schämen. Ich habe mir mein Leben so nicht ausgesucht und bin deswegen nicht ein Mensch von geringerem Wert. Ich werde die englischen Kleider irgendwann tragen, aber dann, wenn ich Lust dazu habe ... wenn ich mich englisch *fühle*, nicht, weil ich es peinlich finde, so zu sein, wie ich bin. Für mich ist es wichtiger, im Inneren englisch zu werden, bevor ich äußerlich versuche, englisch auszusehen.«

»Du bist eine sehr seltsame und ungewöhnliche Frau.«

»Ich habe ein sehr seltsames und ungewöhnliches Leben gelebt.«

»Ja«, sagte er, »das stimmt allerdings.«

Da wandte sie den Blick von ihm ab und sah wieder aufs Wasser hinaus. »Immer wenn ich mir ansehe, wie das Wasser in der Ferne den Himmel zu berühren scheint, erinnert es mich daran, wie meine Vergangenheit und mein jetziges Leben zusammentreffen, sich scheinbar berühren. Aber der genaue Punkt ihrer Berührung ist undeutlich und schwer zu erkennen. Ich bin der Ozean, in dem jede Welle nach der vorigen zu suchen scheint. Meine Vergangenheit ist wie der Himmel, immer jenseits von mir, verborgen in den Wolken und außerhalb meiner Reichweite.«

»Hast du keine Erinnerung an deine Kindheit? Keine Namen, Orte, nichts?«

Sie seufzte. »Nichts. Nur schattenhafte Gesichter und der undeutliche Umriß eines Hauses. Manchmal versuche ich so sehr, mich zu erinnern, daß mir der Kopf weh tut.«

»Ich stelle mir das sehr schwierig vor ... nicht zu wissen, wer man ist und woher man kommt.«

»Ja, wir sind sehr verschieden, du und ich. Ich suche nach einer Vergangenheit, die ich nicht kenne, während du vor der deinen davonläufst.«

»Ich laufe nicht vor meiner Vergangenheit davon.«

Sie sah ihm direkt in die Augen, sagte aber nichts. Er erschien ihr jetzt sehr gutaussehend mit seinem vom Wind zerzausten dunklen Haar und dem Charme der Sonnenbräune auf dem Gesicht. Er war umgeben von einer Stimmung schweigenden Nachdenkens, schon fast wie Verständnis, und sie fühlte sich plötzlich sehr verletzbar.

Er war ihr Ehemann, und doch kannte sie seinen besten Freund besser als ihn. Will war ein stiller Mann, sehr zurückgezogen, empfindsam, belastet. Er war ein begabter Künstler, voller Klarsicht und vieler Empfindungen fähig, und doch hatte sie das bisher nur in den Kunstwerken gesehen, die er schuf. Wie konnte sie zu diesem Mann durchdringen und das Herz berühren, das unter seiner belasteten Oberfläche schlug? »Warum hast du England verlassen?«

»Suche nicht nach Dingen, die aus mir einen guten Mann machen. Du wirst keine finden. Meinen Wert kann man nur an meiner dicken Geldbörse und meinem adligen Titel messen. Wenn du nach mehr suchst, wirst du enttäuscht werden. Ich bin eine Enttäuschung für meine Familie und ein völliger Versager in den Augen meines Vaters. Ich habe meinen toten Bruder betrogen. Meine Mutter ist der liebevollste und sanfteste Mensch auf der Welt, und ich habe ihr öfter das Herz gebrochen, als ich zu denken wage. Das Gesetz zwingt mich, eines Tages den Titel meines Vaters und alles was er nach sich zieht zu erben, aber mein Vater würde lieber meinen Cousin als Erben einsetzen, wenn er könnte.«

»Warum?«

Er lächelte schief, und sie empfand ihn als den schönsten Mann der Welt. »Du hast die erstaunliche Fähigkeit, kurze Fragen zu stellen, die viele Einzelheiten beinhalten. Und übrigens ist dein Englisch wirklich außerordentlich gut.«

»Vater Marc hat das seine in England gelernt, das war mein Glück. Er hatte keine Bücher, außer natürlich die Bibel, aber er besaß ein außergewöhnliches Gedächtnis. Er war schon ziemlich gebildet und belesen, und so fiel es ihm nicht schwer, mir die Geschichten von vielen großen Büchern und Ideen zu erzählen. Ich hatte auch großen Durst nach seinem Wissen.«

»Warum hat er nie versucht, dich zurückzubringen in die Zivilisation, zu den Weißen?«

»Vater Marc konnte mich nicht mit sich nehmen und hatte keinen Platz, an dem er mich hätte lassen können. Sein Orden kam aus Kanada. Er hielt es für grausamer, mich mitzunehmen und dort einer fremden Welt auszusetzen, als mich einfach zu lassen, wo ich war. Es würde dort Männer geben, sagte er, die mich nur benutzen würden, Männer, die meine Gehorsamkeit mißbrauchen würden.«

Sie hörte, wie er tief Atem holte und leise fluchte. Als sie ihn ansah, war sein Blick jedoch wie immer undurchsichtig. Er zeigte ihr von sich nur, was er wollte.

»Du hättest auf ihn hören sollen.«

»Das habe ich getan. Darum habe ich mir große Mühe gegeben, mich an alles zu erinnern, was er mich gelehrt hat. Er pflegte immer zu sagen, daß etwas Wunderbares mich erwarte, etwas, das all mein frühes Leid verblassen lassen würde. Er glaubte, ich werde eines Tages meine Familie wiederfinden. Darum hat er es auf sich genommen, mir soviel er konnte von der Lebensart der Weißen beizubringen. Er entschuldigte sich oft dafür, daß er mir mehr von England und Frankreich erzählte als von Amerika, aber seine Reisen waren dort nur auf Indianerdörfer beschränkt gewesen.«

»Nun, vielleicht wirst du ja dein Wissen über England gebrauchen können, wenn wir erst dort sind.«

»Ich möchte sehr gern etwas über dein Heim erfahren und deine Familie kennenlernen. Sie werden es wohl seltsam finden, daß du eine Frau geheiratet hast, die Gefangene bei den Indianern war, oder?«

»Oh, das werden sie bestimmt.«

»Glaubst du, sie werden mich leiden können?«

»Manche von ihnen schon.«

»Manche ... aber nicht alle?« Sie hielt inne und dachte daran, was Daniel über Wills Vater gesagt hatte.

»Mein Vater wird dich nicht leiden können.«

»Warum? Er kennt mich nicht.«

»Als hätte das etwas zu sagen. Er wird dich einfach deswegen ablehnen, weil du meine Frau bist. Er haßt alles, was mit mir zu tun hat. Nicht einmal meinem Hund ist es gutgegangen, nachdem ich England verlassen hatte. Er ist verschwunden, kurz nachdem ich fort war.«

Seine Worte waren zu schrecklich, sie konnte es nicht verstehen. »Dein Vater würde sich an deinem Hund rächen?«

»Zu solchen Handlungen ist er fähig. Wie ich schon sagte, was immer mit mir zu tun hat, ist bei meinem Vater nicht gut angesehen.«

»Vielleicht wird es diesmal anders werden. Vielleicht wird er verstehen, daß du eine Frau genommen hast, die ihm Enkelkinder geben wird, und daß du dich geändert hast.«

»Aber ich habe mich nicht geändert.«

»Du hast geheiratet und du gehst zurück nach Hause. Eine Veränderung in deinem Leben bedeutet, daß es auch eine Veränderung in dir gegeben hat.«

»Es hat keine Veränderung gegeben. Ich habe dich nicht aus Liebe geheiratet. Ich gehe nicht aus Ehrgefühl zurück.«

»Also warum gehst du zurück? Und warum hast du mich geheiratet?«

»Ich habe dich geheiratet, um dich zu retten. Ich dachte, du hättest das verstanden.«

»Dafür hättest du mich nicht zu heiraten brauchen. Du hattest mich doch schon gekauft. Ich gehörte dir. Du hättest mir die Freiheit geben können.«

»Es wird langsam kalt. Ich glaube, du solltest zurück in deine Kajüte gehen. Ich möchte nicht, daß du krank wirst.« Seine Worte klangen freundlich, aber es lag auch spürbares Ausweichen darin. Er nahm ihre Hand. »Eines Tages wirst du verstehen, und wenn du verstehst, versuche dich daran zu erinnern, daß es nie meine Absicht war, dich zu verletzen.«

»Aber warum ...«

Sein Gesicht wirkte wieder verschlossen und er wandte sich ab. »Ich möchte nicht mehr darüber sprechen. Geh zurück in deine Kajüte, es wird kalt.«

»Ich werde nachsehen, wie Dan sich fühlt.«

»Ja, leiste Dan etwas Gesellschaft. Er ist ein wesentlich besserer Gesellschafter für dich als ich.«

»Aber du bist mein Mann.«

»Eine Tatsache, die du sicher bald bedauern wirst.«

Er wandte sich ab und ging hinüber zu einer großen Seilrolle, auf der sein Zeichenblock lag. Er nahm ihn zur Hand, setzte sich und begann zu zeichnen. Er zog sich in jene innere Welt zurück, die nur er kannte, eine Welt, in der all der Schmerz und das Leiden in ihm sich in bemerkenswerter Schönheit Ausdruck verschafften. Wie sie ihn darum beneidete – seine Fähigkeit, sich in sich zurückzuziehen, wie eine Schildkröte in ihren Panzer, auf der Suche nach Schutz wie sie –, während sie nicht mehr tun konnte, als sich anzupassen wie der Schneehase, dessen Fell in der Kälte weiß wird, damit er im Schnee nicht mehr erkennbar ist.

Auf dem Weg hinunter zu ihrer Kajüte fragte sie sich, ob wohl jemals ein Zeitpunkt kommen würde, an dem sie nicht mehr das Gefühl hatte, sich noch mehr anpassen zu müssen, eine Zeit, in der sie ein schwarzes Kaninchen sein konnte, das ringsum von gleißendem Schnee umgeben war.

Für den Rest der Fahrt gab sich Will die größte Mühe, ihr so weit wie möglich aus dem Weg zu gehen. Aber eine Woche, bevor sie London erreichten, machte er, während er trank, den Fehler, in seinem Zeichenblock zu blättern. Er war voller Bilder von ihr.

Margery und Whisky. Eine schlechte Mischung.

Er sah hinab auf den Block, den er mit Bildern von ihr gefüllt hatte. Nur wenn er diese betrachtete, konnte er sie als Person sehen und nicht als Objekt seiner Rache. Hier schien sie lebendig, Kohle auf Papier bot ihm das Medium, sie genau zu betrachten. Er blätterte die Seiten durch, bis er zu der

Seite kam, die er am Tag jenes letzten Gesprächs bearbeitet hatte – eine der seltenen Gelegenheiten, bei denen ihre Unterhaltung ehrlich und direkt gewesen war. Er betrachtete ihr Gesicht, die vollendete Fülle ihres Mundes, die unglaubliche Offenheit in ihren Augen. Hier hatte er die Essenz ihres Vertrauens festgehalten, ein Vertrauen, das bald verlorengehen würde.

Er starrte auf ihr Abbild hinab. Sie mit ihrer offenen Art, ihrem hübschen, ehrlichen Gesicht, den grünen Augen, die alles sahen – Augen, die leuchteten vor Neugier und glitzerten vor Klugheit –, er war noch nie einem Menschen wie ihr begegnet. Sie war unzivilisiert, und doch leuchtete sie regelrecht vor Menschlichkeit. Sie war nicht mehr als eine Wilde, ohne etwas von Sauberkeit oder Tischmanieren zu verstehen, doch sie strahlte eine sanfte Fügsamkeit aus, die all jenen fehlte, die er einst für die kultiviertesten und feinsten Menschen gehalten hatte.

Frauen wie sie konnte man sonst nirgendwo finden. Sie war so selten wie das Grab eines Pharaoh. Er hatte mit einer Gruppe wilder Ponys eine Perle von großem Wert erstanden. Der Gedanke machte ihm mächtig angst. Er sah das Gesicht seines Vaters vor sich, rot vor Zorn, der ihm seine nie enden wollende Kritik entgegenschleuderte, seine Gnadenlosigkeit, seine Härte, seinen Zorn, seine Bitterkeit, und Will erinnerte sich wieder daran, worum es ihm ging.

Er schloß seinen Zeichenblock mit einem heftigen Fluch und wischte mit einem Arm schwungvoll über den Tisch, so daß Kohlestifte und Pinsel klappernd auf dem Boden landeten. Er liebte sie nicht, doch sie hatte etwas in sich, das ihn anzog, etwas in ihrer stillen, verständnisvollen Art, ihrer Sanftheit. Er bewunderte ihre Kraft, ihre Ausdauer, ihre Fähigkeit, im Leben ein logisches Prinzip zu erkennen, wo er nur Hoffnungslosigkeit sah. Wie seltsam, daß sie, die alles verloren hatte, ein so glückliches Wesen war, während er, der alles hatte, verzweifelte.

Er leerte seinen Drink und stand auf. Auf dem Weg zu seiner Koje trat er auf etwas. Er schaute hinunter und sah den Zeichenblock. Margerys Gesicht, ihre Augen gerundet vor Überraschung, der Mund geschlossen und voll zum Küssen. Er rieb mit dem Daumen über ihre volle Unterlippe und konnte beinah ihre Haut spüren. Seine Erinnerung wanderte zurück zu der Nacht, in der sie zu ihm gekommen war.

Er erinnerte sich nicht mehr an all die Gründe, warum sie seine Frau war, nur noch daran, wie sie nackt vor ihm gestanden hatte, wie sie sich angefühlt hatte, als er sich in ihr bewegte.

Er spürte, wie sein Körper hart wurde und seine Kehle trocken. Sein Verlangen nach ihr umwand ihn wie eine schöne Schlange, glänzend und verführerisch, verlockte ihn mit all den Farben des Regenbogens und dem Versprechen von einem Topf Goldes am Ende. Er kämpfte gegen den Drang an, zu ihr zu gehen, sagte sich, daß das nur beweisen würde, wie schwach er war, und alles dahingehen würde, wenn er nachgab.

Er goß sich noch einen Whisky ein, doch nicht einmal der konnte ihm helfen gegen die Erinnerung an sie, die an ihm zu haften schien wie ein exotischer Duft. Sein Denken wurde leer. Nichts mehr war darin, außer der Erinnerung an jene eine Nacht mit ihr. Margery. Sein Körper machte ihm klar, wie sehr ihn nach ihr verlangte. Margery. Er nahm noch einen Schluck und sah ihren Körper, feucht von Schweiß und ausgebreitet auf seinem Bett. Margery. Er warf das Glas quer durchs Zimmer und ging zum Bullauge, um es zu öffnen.

Ein Hauch von kühler Seeluft streifte ihn, doch nicht einmal das konnte das Gefühl ihres Haars auf seiner Brust vertreiben, die Geräusche, die sie machte, den Duft ihrer Umarmung.

Er durchquerte das Zimmer und sah zu, wie seine Hand den Türknauf drehte. Er hatte es genausowenig willentlich getan, wie er willentlich zu ihr ging, aber jetzt waren seine Füße in Bewegung, von ganz allein. Sie zog ihn zu sich hin wie ein Wesen aus einer anderen Welt, dem kein Sterblicher widerstehen konnte.

Er ging zur Tür ihrer Kajüte. Sein Begehren bäumte sich auf, übertönte seine Fähigkeit zu denken, während eine Stimme in seinem Inneren ihm sagte, nur sie könne ihn heilen, sie zu lieben würde den Schmerz vergehen lassen.

Seine Hand schob sich vor und legte sich um ihre Türklinke. Er fühlte sich losgelöst, als wäre er aus einer anderen Zeit gekommen, von einem anderen Ort – als hätte er eine große Reise hinter sich, die schrecklich lange gedauert hatte, alles nur für diesen einen Augenblick. Den Augenblick, in dem er diese Tür öffnen und den vergebenspendenden Trost der Wärme zwischen ihren Beinen suchen würde.

Er öffnete die Tür ein wenig. Ein tiefer, warmer, einladender Duft umschmeichelte ihn, lockte ihn herein. Er kämpfte dagegen an. Doch ihr warmes Fleisch war so verführerisch. Und er war so schrecklich erschöpft.

Sie sah zu, wie er ins Zimmer kam.

Er brachte den Geruch des Meeres mit herein, dazu eine kühle, feuchte Brise, die den Raum erfüllte und ihre heiße Haut kühl berührte. Sie hatte Will noch nie so gesehen, denn eine Art von Unordnung umgab ihn, seine Kleider wirkten lose, sein Haar war wirr, so daß er insgesamt menschlicher wirkte – und viel männlicher.

Vielleicht sollte sie sich vor ihm in acht nehmen. Er sah aus wie ein Fremder mit seinem losen Haar, das sonst immer ordentlich nach hinten gebunden war. Und doch war er ihr Mann, und sie war bei einer anderen Gelegenheit in ganz ähnlicher Weise in sein Zimmer gekommen.

War es das, was er vorhatte? War er gekommen, um mit ihr zu schlafen, um sie mit der Kraft seines Begehrens zu erfüllen?

Er blieb gleich an der Tür stehen, als hätte ihn die Unentschlossenheit gepackt. Er sah sie an, dann die offene Tür, und sie wußte, daß er hin und her gerissen war. Schweigend und besorgt stand er eine Weile lang da. Schließlich streckte er die Hand aus und gab der Tür einen Stoß.

Als er sich ihr wieder zuwandte, lag etwas Zwingendes in seinem Blick, etwas, das ihren Atem zum Stocken brachte, als wäre er ein gefangener Vogel. Und sie wußte, was er wollte und warum er gekommen war.

Ihr erster Gedanke war, die Bettdecke zurückzuschlagen und ihm zu zeigen, daß sie nackt war, ihm zu sagen, daß sie gerade dagelegen und an die Nacht gedacht hatte, in der er sie geliebt hatte.

Doch das hätte es ihm zu leicht gemacht.

Also sagte sie nichts und sah ihn weiter an, betrachtete das Spiel der Emotionen in seiner Miene, empfand seine Qual und sein Drängen. Jetzt begann er auf sie zuzugehen, und sie spürte seine Hitze, doch es war seine Erschöpfung, sein Schmerz, sein Hunger nach einem sicheren Platz, mit dem er ihre Seele berührte.

Plötzlich war er neben ihr und bückte sich zu ihr, um sie zu küssen, wie ein scheuer Hirsch an den Fluß kommt, um zu trinken, mit langsamen, vorsichtigen Schritten, und seine Wärme und sein Duft schlossen sich um sie so zärtlich, wie seine schmalen Finger ihr Gesicht berührten und ihre Wangen streichelten.

Und sie öffnete sich ihm, ein köstliches Gefühl, das sich

schnell nach unten ausbreitete. Sie spürte den Druck seines Knies auf dem Bett, und dann lag er neben ihr, seine Arme drückten sie fest an sich, ihre nackte Haut an die seine, und ihr wurde erst jetzt klar, daß es ihm irgendwie gelungen war, inzwischen seine Kleider auszuziehen.

Seine Hände schienen plötzlich überall zu sein, berührten sie, streichelten sie, strichen über ihren Körper mit der Kunstfertigkeit und der Eleganz eines Kanus, das über die Stromschnellen eines Flusses gleitet. Sie holte tief Atem und atmete schnell wieder aus, ihr kam der Gedanke, sie könnte ohnmächtig werden.

»Liebe mich. Heile mich. Mache mich gesund.«

Seine Worte waren wie ein Lied, erfüllt von einem Rhythmus, einer Melodie, die aus ihm strömte und in sie floß. Er küßte sie immer und immer wieder, seine Hände berührten ihre Brüste, ihren Bauch, sein Mund drückte sich in die Mulde an ihrer Kehle. Ihr ganzer Körper kribbelte von seiner Nähe. Jede Stelle, die er berührte, schien zu brennen.

Es war eine Wildheit in seinem Benehmen, eine Art von Verrücktheit, die ihn vorantrieb und sie mit sich riß, bis sie genauso wild und heftig war wie er. Sie hob die Hände, um ihn zu streicheln, um zu erfahren, wie sich seine Haut und sein Haar anfühlten. Er war ein Mann, mit männlichem Drängen und der Festigkeit des Mannes. Das gefiel ihr, und sie fühlte sich erfüllt von einem köstlichen Gefühl, als er gleitend in sie eindrang und ihr Körper sich zu bewegen begann.

Eine wunderschöne Spannung, die sich löste, wieder zunahm.

Wieder und wieder ergriff es sie wie Wellen, eine nach der anderen, jede die nächste versprechend, bis sie begann, sich zu winden und schwer zu atmen.

»Ja, komm mit mir. Zeige mir dein Feuer. Brenne für mich.«

Er rollte sich ganz über sie, schob sie unter sich, sein wildes Haar fiel auf sie herab, streifte ihr Gesicht, kühl und glatt wie der Herbst auf einem friedlichen See.

Und dann spürte sie, wie er sie mit Macht erfüllte, mit einer Gewalt, die zu diesem Mann und diesem Augenblick zu passen schien. Er bedeckte noch einmal ihren Mund mit seinen Lippen, und sie spürte eine heiße Wärme, die sie überspülte. Und sie erkannte die Liebe. »Gib mir dein Kind«, flüsterte sie.

Doch er antwortete nur: »Vergib mir.«

14

Dan ging an Margerys Kajüte vorbei und fragte sie, ob sie Lust habe, einen Spaziergang mit ihm auf Deck zu machen. Das Wetter war kalt und feucht, und er entschuldigte sich dafür, daß er sie bei diesem Wetter nach draußen führte. Sie lachte nur. »Ich habe in solchem Wetter gelebt.«

Sie nahm ihren Mantel vom Haken bei der Tür und folgte ihm hinaus.

»Ich habe dich gebeten, mit mir zu gehen, weil ich dachte, Will könnte zurückkommen, bevor ich die Gelegenheit hatte, mit dir zu reden.«

»Du möchtest mit mir über etwas reden, das Will nicht erfahren soll?«

Sie erreichten die Reling, und sie blieb stehen. Es lag ein nachdenklicher Ton in seiner Stimme, und sie wandte sich zu ihm um, weil sie wissen wollte, was in den goldenen Tiefen seiner Augen zu erkennen war. Die Melancholie, die sie gehört hatte, kam ihm von Herzen, denn sie hatte das Feuer in seinem Blick zum Erlöschen gebracht.

Sie wartete darauf, was er zu sagen hatte, und doch war es vor allem sein Schweigen, das zu ihr sprach. »Du suchst nach Worten, doch sie sind glitschig wie ein Fisch in unruhigem Wasser. Du mußt zuschlagen, aber du suchst nach einer Möglichkeit, den Schlag zu dämpfen.«

Der Wind zerzauste sein braunes Haar, als er sich zu ihr umwandte. »Du darfst dich nie für ungebildet halten. Was immer du auch an Wissen versäumt haben magst, hast du an Weisheit gewonnen. Es ist nicht leicht, vor dir etwas zu verstecken. Du spürst, was andere übersehen.«

»Du verläßt uns.«

»Ja. Wenn wir in London sind, muß ich zurück nach Hause. Ich habe meine Familie schon seit längerer Zeit nicht mehr gesehen. Ich wollte es dir sagen, damit du mich verstehst.«

»Du wirst uns nicht später einmal besuchen?«

»Nein, ich glaube, es ist besser, wenn ich das nicht tue.«

»Das verstehe ich nicht.«

»Das weiß ich, und deswegen möchte ich dich bitten, meiner Einschätzung der Lage einfach zu vertrauen. Ich muß mich fernhalten.«

»Warum?«

Er lehnte den Kopf in den Nacken und sah hinauf in den Himmel. »Ich wußte, daß du das fragen würdest, und hatte doch gehofft, du würdest es nicht tun.« Er schloß einen Augenblick die Augen, und als er sie wieder öffnete, trafen sich ihre Blicke. »Es ist so, daß ich dich sehr gern habe, Margery ... mehr als gut ist. Will und ich sind Freunde, seit wir Kinder waren, und ich möchte nicht, daß meine Gefühle für seine Frau zwischen uns geraten.«

»Das wußte ich nicht.«

»Ich weiß, und wenigstens dafür bin ich dankbar.«

»Wirst du es Will sagen?«

»Nein.«

»Ich glaube, das ist auch besser.« Sie sah dem Spiel der Gefühle in seinem Gesicht zu – dem Gesicht des einzigen wahren Freundes, den sie je gehabt hatte. Sie war so sehr an seine Gegenwart gewöhnt, an seine sanfte Leitung, seine ruhige Art, sie Dinge zu lehren, seine Ermutigungen, wenn sie glaubte, nicht weiterzukönnen. Wie hatte sie so dumm sein können zu glauben, er würde immer dasein, als könnte sie, wenn sie einen Mann heiratete, so glücklich sein, zwei zu bekommen? Sie verstand, was Dan sagte, warum er ihr fernbleiben mußte, doch der Gedanke daran, seine Freundschaft zu verlieren, war schwer zu ertragen.

»Ich werde dich vermissen.«

Sein Mund formte ein Lächeln, zu dem er sich offensichtlich zwingen mußte. »Ironisch, nicht wahr? ... daß ich meine Freundschaft mit einem von euch beiden lösen muß, um die mit dem anderen zu erhalten.«

»Du mußt ihn sehr lieben.«

»Ja, das tue ich.«

»Ich werde dich und alles, was du für mich getan hast, nie vergessen.«

»Ich dich auch nicht«, sagte er und küßte sie sanft auf die Wange. »Werde glücklich.«

»Ich will es versuchen«, sagte sie und wischte sich die Tränen mit dem Handrücken von den Wangen.

Sie kamen zwei Tage vor Weihnachten in London an. Margery sah Dan nach ihrem Gespräch nur noch einmal. Sie wußte, daß sie das Schiff jeden Augenblick verlassen würden, und betrachtete suchend die Gesichter derer, die von Bord gingen, in der Hoffnung, ihn zu entdecken. Sie konnte nicht fortgehen, ohne sich von ihm zu verabschieden.

Sie stand schweigend neben Will, fühlte sich angespannt

und ängstlich. Will erschien ihr wie ein Fremder, und sie fragte sich unwillkürlich, ob er sie auch weiterhin meiden würde, jetzt, als er wieder zu Hause war.

Will gab gerade Anweisungen bezüglich ihres Gepäcks, als Daniel herbeikam. »Ich wollte mich verabschieden.«

»Gehst du jetzt fort?« fragte sie und bemühte sich, ihre Stimme nicht traurig klingen zu lassen.

»Ja, meine Kutsche wartet.«

»Möchtest du es dir nicht doch noch überlegen und mit uns kommen?« fragte Will.

»Nein, ich habe plötzlich ein großes Bedürfnis, schnell nach Hause zu meiner Familie zu fahren.«

Will und Daniel schüttelten sich die Hände und umarmten sich kurz, dann verließ Will das Schiff, um nach ihrer Kutsche zu sehen.

Dan wandte sich zu Margery und hob ihr Kinn. »Sieh doch nicht so verloren aus. Dies ist nicht das Ende der Welt ... es ist der Anfang eines neuen Lebens. Du wirst mich als deinen Tutor nicht in deiner Nähe haben, aber Octavia, Wills Mutter, wird da sein, und im Augenblick brauchst du das, was sie dich lehren kann, viel mehr, als du jemanden wie mich brauchst.«

Margery nickte, denn sie konnte nicht sprechen, zu viele Gefühle drängten sich in ihrer Kehle.

»Mach dir keine Sorgen, du wirst prima zurechtkommen. Will ist kein grausamer Mann, nur ein dickköpfiger. Eines Tages wird er zu sich kommen und verstehen, was er an dir hat. Denke nur immer an all das, was ich dir beigebracht habe.«

Sie gab sich die größte Mühe, die heißen Tränen wegzublinzeln, die über ihre Wangen flossen. »Ich denke daran. Nehme mir Zeit. Übereile nichts. Langsam und entspannt ist das Geheimnis.«

Seine Augen blitzten erfreut auf. Dann nahm er plötzlich

ihre beiden Hände in die seinen. »Wie sehr wird mir deine Abwesenheit dem Winter ähnlich erscheinen, umgeben von der kahlen Stimmung des Dezember.« Er drückte ihre Finger, dann drehte er sich um und verließ das Schiff, ohne noch einmal zurückzuschauen.

Sie trat an die Reling und sah ihn fortgehen.

Erst als er die Tür der Kutsche geschlossen hatte, sah er aus dem Fenster und winkte.

Margery winkte zurück.

Will, der gerade zurückgekommen war, nickte mit dem Kopf und hob ein wenig die Hand.

Einen Augenblick später verschwand die Kutsche mit dem Wappen von Daniel Boardman, Lord Waverly, außer Sichtweite.

»Mach nicht so ein betretenes Gesicht. Du hast ihn nicht zum letzten Mal gesehen.«

Margery sagte nichts.

Eine zweite Kutsche hielt vor dem Schiff, und Will sagte: »Das ist unsere, sie werden jetzt unser Gepäck einladen.«

Margery folgte ihm die Gangway hinunter zu der Kutsche. Auf dem Weg dorthin sah sie zwei wunderschön gekleidete Frauen aus einer anderen Kutsche steigen, ihre Kleider fein und bunt wie die Federn eines Vogels. Im Vorübergehen sahen die beiden sie an und wechselten dann einen Blick. Als sie vorübergegangen waren, brachen sie in Gelächter aus.

Will schien das nicht zu bemerken, aber Margery sah hinab auf ihr abgetragenes Hirschlederkleid und wünschte, ihr dummer Stolz hätte sie nicht davon abgehalten, die Kleider zu tragen, die Will in New Orleans gekauft hatte. Sie zog ihren Umhang fester um sich, fühlte an der weichen grünen Wolle und war dankbar, daß sie wenigstens nicht zu stur gewesen war, ihn zu tragen.

Es war ein so dunkler Wintertag, daß der Nebel gelb zu sein schien, getönt von den brennenden Gaslampen, die die Londoner Straßen erhellten. Auf der anderen Straßenseite wanderten viele Menschen über die Bürgersteige, und auch die Ladenfenster waren hell erleuchtet, als wäre es Nacht.

Margery saß steif auf ihrem Sitz, die Füße unter sich verschränkt und ihr Bündel im Schoß, während sie mit erwartungsvoller Miene aus dem Kutschenfenster starrte und Dinge sah, die sie nicht bezeichnen konnte.

»Du brauchst dich nicht den ganzen Weg bis Emberly an deiner Tasche festzuhalten«, sagte Will, nahm ihr das Bündel ab und warf es in eine Ecke. »Du kannst ruhig ein wenig schlafen. Wir haben eine lange Fahrt vor uns und werden nicht über Nacht haltmachen. Wir müssen direkt durchfahren, wenn wir rechtzeitig zu Weihnachten zu Hause sein wollen.«

Rechtzeitig zu Weihnachten … Sie wußte nicht so recht, was das Besondere an dieser Zeit war, obwohl ihr Vater Marc die Geschichte von der Geburt des Christuskindes erzählt hatte. Doch die Dinge, von denen Daniel erzählt hatte – Julfeuer, Mistelzweige, Stechpalmenblätter, gefüllte Gans –, waren ihr noch fremd. Sie wandte ihr Gesicht dem beschlagenen Fenster zu und sah hinaus in den dichter werdenden Nebel. Doch schon nach kurzer Zeit überquerten sie eine Brücke und ließen die Stadt hinter sich, so daß die Reise, die sie vor sich hatten, ihr wie eine lange, einsame Straße erschien. Obwohl sie nichts erkennen konnte, sah sie ständig weiter hinaus, bis all das dunkle Grau, das die Kutsche umgab, so schwer wurde wie ihre Lider und sie einschlief.

Sie wußte nicht, wie lange sie geschlafen hatte, doch als sie wach wurde, gab Will ihr einen Korb und hieß sie essen. In dem Korb fand sie kaltes Huhn und Tee, die er beim letzten Halt der Kutsche gekauft hatte. Sie hielt den Korb im Schoß und sah aus dem Fenster. Es war jetzt ganz dunkel, und sie sah nichts mehr von England, doch die feuchte Kälte, die ihr in die Knochen kroch, zeigte ihr, daß es noch da war.

Nach einer Weile aß sie von dem Huhn und trank Tee, der dunkel und bitter war, dann lehnte sie sich in ihrem Sitz zurück. Während des Rests ihrer Reise widmete sich Will einer Flasche Whisky, und Margery lehnte den Kopf ans Fenster und starrte in die undurchdringliche Dunkelheit hinaus. Dicht vor ihnen warfen die Lampen der Kutsche einen kleinen Lichtkegel voraus, so daß sie schließlich doch etwas Bekanntes sah. Es schneite, und sie fand es tröstlich, daß nicht alles in diesem Land ihr eigenartig und fremd vorkommen würde. Langsam ließ ihre Anspannung nach, und sie spürte, wie sie wachsam für ihre neue Umgebung zu werden begann.

Das erste, was ihr auffiel, war die Weichheit dieses seltsamen Landes, in das William Woodville sie gebracht hatte. Hier erschien der rauhe Biß des Winterschnees nur ein entfernter Verwandter der grausamen und gewalttätigen Winter in den Tälern des Yellowstone River. Trotz der Kälte wirkte die Luft erstaunlich weich, sie streichelte ihr Gesicht mit einer Zärtlichkeit, die sie nicht erwartet hatte. Die Schneeflocken waren nicht hart und gefroren und wurden auch nicht mit der beißenden Kraft des Windes gegen ihre Haut getrieben. Sie fielen sacht und schwerelos, schwebten abwärts mit der Anmut eines Schmetterlings und schmolzen freundlich auf ihrem Gesicht.

William schlief auf dem Sitz gegenüber, und sie schloß die Augen und lauschte dem rhythmischen Schritt der Kutschpferde – ein Geräusch, das seit Wochen das erste war, das ihr vertraut erschien. Sie konnte nicht wieder einschlafen und starrte nur schweigend hinaus in die Dunkelheit, sah den wirbelnden Schneeflocken zu, wie sie im gelben Kreis des Lichtes dicht vor ihnen tanzten.

Einige Zeit später hörte sie das Geräusch des Korkens, der aus der Whiskyflasche gezogen wurde, danach ein kräftiges Schlucken, ein zufriedenes Seufzen.

»Mach das Fenster zu. Dein Haar wird naß. Ich lasse nicht zu, daß du dir schon am ersten Tag hier den Tod holst.«

Sie schloß das Fenster, sperrte die Kälte aus und zusammen damit die Erinnerung daran, daß sie den größten Teil ihres Lebens im Freien verbracht hatte, wo es niemanden gestört hatte, wenn ihr Haar naß wurde, und deswegen auch keine Krankheit erwartet wurde.

Sie fühlte sich unbehaglich unter Wills Blick. Sie dachte an Dan und wie anders alles gewesen wäre, wenn er sich entschlossen hätte, mit ihnen zu kommen, denn die Kutsche wäre mit dem Klang seiner Stimme erfüllt gewesen, während er ihr von der Landschaft draußen erzählt, ihr die Namen der Städte und Flüsse und tausend anderer Dinge genannt hätte, die sie brauchen würde, um die Zeit zu meistern, die jetzt vor ihr lag.

Der Blick ihres Mannes lag immer noch auf ihr, und sie sah hinunter auf die beiden langen Zöpfe, die auf ihrer Brust lagen. Unter diesen Zöpfen erschien das einst schöne Hirschlederkleid inzwischen abgetragen, und viele der wertvollen Elchzähne waren auf der langen Reise nach England verlorengegangen. Ihre kniehohen Lederbeinlinge und Mokassins waren schmutzig und abgenutzt. Doch wie der Schnee gab ihr auch ihre Kleidung ein Gefühl von Heimat in diesem fremden Land.

Will hob die Blende von dem Fenster neben sich und sah hinaus, so daß ein kalter Luftstrom über ihr Gesicht blies. »Wir sind schon fast da. Ich kann die Tore sehen.«

Sie schaute aus dem Fenster und folgte der Richtung seines Blickes, wo dicht vor ihnen ein schwaches Licht erschien. Einen Augenblick später durchquerten sie ein großes, eisernes Tor mit zwei Flügeln, die ein Mann mit einer Laterne und einem langen, schwarzen Kapuzenmantel öffnete.

Hinter dem Tor fuhren sie eine ganze Weile durch einen Tunnel, der von hohen Bäumen gebildet wurde, die sich über ihnen zu begegnen schienen.

»Sind wir da?«

»Beinah. Es ist etwas weiter als eine Meile vom Tor bis zum Haus. Du wirst doch wohl nicht ängstlich, oder, meine kleine Wilde?«

»Nein.«

Er lachte und hielt in einer grüßenden Geste die Whiskyflasche hoch, dann legte er den Kopf nach hinten und trank. Sie schaute an ihm vorbei, als ihre Aufmerksamkeit von den Lichtern eines großen, massiven Hauses gefesselt wurde, das vor ihnen lag. Die Kutsche rasselte über einen mit Steinplatten belegten Hof und kam dann vor dem riesigen Haus zum Stehen. Für sie hatte das Haus die Größe eines Berges, der in einem Bett aus weichem Schnee schlummerte – ein großer Bär mitten im Winterschlaf. Die Familie ihres Mannes mußte so groß sein wie der Stamm der River Crow, dachte sie, denn das Licht von mehr als einem Dutzend Fenstern erhellte den Schnee.

15

Die Tür des Hauses öffnete sich, und ein Mann trottete die Stufen herunter. »Ho! Wer kommt denn um diese Tageszeit noch? Es ist Weihnachtsabend heute!«

»Ich bin es, William.«

Margery sah zu, wie William aus der Kutsche stieg und taumelte, weil er zuviel Whisky getrunken hatte.

Der Mann auf den Stufen schnappte nach Luft. »Lord William?«

William trat ins Licht und nahm den Hut ab.

»Oh, Eure Lordschaft ... verzeiht. Ich hatte nicht gewußt, daß Ihr zu Weihnachten nach Hause kommen würdet. Eure Mutter hat nicht gesagt, daß sie Euch erwartet.«

»Tut sie auch nicht. Ich fürchte, sie wird ebenso überrascht sein wie Ihr, Jenkins. Ich hatte nicht angekündigt, daß ich komme, und auch nicht, daß ich meine Ehefrau mitbringe.«

Jenkins' Blick wanderte zu der Kutsche, in der Margery immer noch geduldig saß. Sein Gesichtsausdruck veränderte sich drastisch, als er sie sah: Seine Augen schienen vorzuquellen, und seine Kinnlade fiel herunter. »Eure ... Eure ... Eure Ehefrau, Eure Lordschaft? Ihr seid verheiratet?«

»Komm, kleine Wilde, es ist an der Zeit, daß du meine Familie kennenlernst.«

Sie stand gehorsam auf und stieg aus der Kutsche.

Will stolperte zurück zu ihr und griff nach ihrer Hand, als sie die letzte Stufe hinabstieg. »Dies ist meine Frau, Lady Margery Woodville, die Viscountess von Linwood.« Erstaunlicherweise sprach Will diesmal ganz deutlich, auf seinem Gesicht war keine Spur von Gefühl zu erkennen.

»Willkommen in Emberly Hall, Mylady«, sagte Jenkins mit steifer, förmlicher Stimme. Er rührte sich nicht von der Stelle, schien regelrecht am Untergrund festgefroren zu sein. Er betrachtete sie von oben bis unten, und es war nicht klar, ob er entsetzt war über ihre Erscheinung oder nur völlig fassungslos über die Enthüllung, daß Lord William geheiratet hatte. Vielleicht war es auch beides.

Was immer auch der Grund für seine Verblüffung sein mochte, er ließ sich Zeit, und sein Blick wanderte über jedes Detail des Hirschlederkleides bis hinunter zu den Mokassins an ihren Füßen. Zuletzt starrte er ihre langen Zöpfe an.

William ließ ihre Hand los und ging dann vor ihr her zum Eingang seines heimatlichen Hauses. Die großen, geschnitzten Türen öffneten sich in eine riesige Eingangshalle, die mit grünen Zweigen und mit Bändern geschmückt war. Es hingen so viele helle Lampen darin, daß die aufgestellten Rüstungen förmlich glitzerten und die Portraits an den Wänden und im Treppenhaus ganz neu wirkten.

»Ich werde Eurer Familie Eure Ankunft mitteilen.«

»Das wird nicht nötig sein, Jenkins. Ich werde es ihnen selbst mitteilen.«

»Sehr wohl, Eure Lordschaft.«

Margery stand unsicher und verschämt in der Eingangshalle. Alles um sie her wirkte unfreundlich und überlegen – von den harten Steinfußböden bis zu den dunklen, polierten Möbeln. Zwei rote Stühle auf beiden Seiten einer alten, geschnitzten Truhe wirkten so steif und unbequem, daß sie sie an Jenkins erinnerten. Sie drehte sich nach einer großen Standuhr hinter ihr um, die langsam und stetig tickte, und stellte bei eingehender Betrachtung fest, daß selbst das Mondgesicht darauf eher streng dreinblickte.

Doch es war warm in der Eingangshalle, und ein köstlicher Duft erfüllte sie – Zweige, Lorbeerölkerzen und das Aroma von Äpfeln und Muskat, Zimt und Lebkuchen –, Düfte, deren Namen sie nicht kannte. Und doch war etwas Vertrautes an ihnen, etwas, das ihr Herz mit einer Sehnsucht erfüllte nach jemandem, an den sie sich nicht genau erinnern konnte: ihre Mutter.

Jenseits der Eingangshalle ertönten Musik und viele Stimmen ... fröhliche Stimmen ... und sie beschloß, daß sie dieses Ding, das sie Weihnachten nannten, gern hatte.

William stand vor ihr im Licht vieler Kerzen, und der Schnee auf seinem Mantel schmolz zu Wassertropfen, die das Licht reflektierten. »Jenkins wird deinen Mantel nehmen.«

Sie zog den Mantel aus und gab ihn Jenkins.

William drehte sich im gleichen Augenblick um wie sie, und ihre Blicke trafen sich. Flügel schienen in ihrer Brust zu flattern. Einen kurzen Moment lang stand er da und sah auf sie herab, sein Gesicht von den gleichen strahlenden Lichtern erhellt, die sie auch in seinen Augen leuchten sah. So hatte er sie seit jener Nacht auf dem Schiff, in der sie sich geliebt hatten, nicht mehr angesehen.

Was immer es auch gewesen sein mochte, das ihn seitdem gequält hatte, es schien auf einmal wie fortgeblasen, und sie spürte eine tiefe Freude darüber. Vielleicht war hier ein fremdes Land mit seltsamen Leuten, doch dies war ihr Mann, und er hatte sie in seine Heimat gebracht. Hier würden sie leben und ihre Kinder aufwachsen sehen, und der Gedanke erfüllte sie mit einem wunderbaren Gefühl von Sicherheit.

Sein Blick war verlockend, fast zärtlich. Er war so gut aussehend, seine Züge so schön. Er hob die Hand zu einem ihrer Zöpfe und streifte dabei sacht ihre Brust. Sie sah sein Gesicht so klar, klarer als je zuvor. Sein Blick verließ ihr Gesicht nicht, und jetzt sah sie den Jäger in ihm, das Verlangen nach ihr, das in den Tiefen seiner Augen leuchtete und flackerte wie eine blauweiße Flamme. Ein erwartungsvolles Prickeln tanzte ihre Wirbelsäule entlang. Eine Sekunde lang glaubte sie, er würde sie küssen, doch plötzlich verdüsterte sich die blaue Flamme, flackerte noch einmal kurz auf und verlosch dann ganz. Er ließ ihren Zopf fallen, und die Züge, die ihr gerade noch so wunderschön erschienen waren, erstarrten zu einer harten Maske.

»Komm, kleine Wilde. Ich will dich meiner Familie vorstellen.«

Margerys Herz flatterte und erschauerte beim Spott seiner Worte. Er kehrte um und ging durch die lange Eingangshalle vor ihr her. Vor Demütigung bleich folgte sie ihm, vorüber an vielen Bediensteten, die ihre Tätigkeit bei ihrem Anblick kurz einstellten und sie anstarrten.

Sie folgte William in ein Zimmer, das vom Strahlen der Sonne erfüllt zu sein schien, denn es war hell von vielen Lichtern und warm.

Es war auch voller Menschen.

Musik erklang. Das schrille Lachen eines Kindes durchdrang den Raum. Der warme Strom köstlicher Düfte war hier noch stärker, umhüllte ihren Kopf und erinnerte sie daran, wie lange sie schon nichts mehr gegessen hatte.

Plötzlich wurde ihr bewußt, wie schrecklich still es im Zimmer geworden war und daß die etwa zwanzig Menschen darin sich alle umgedreht hatten und sie anstarrten, als hätten sie den Geist eines Toten gesehen.

Zwischen den überraschten Atemzügen, dem fragenden Flüstern und den entsetzten Blicken hindurch wanderte Will wortlos direkt auf einen Mann zu, von dem sie wußte, daß er der Earl von Warrenton, Williams Vater, sein mußte.

Als sie dann neben ihrem Mann stand, erlaubte sie ihrem Blick, flüchtig den Raum und die dort versammelten Menschen zu überblicken. Das mußte wohl der Rest der Familie sein, von dem ihr Daniel erzählt hatte – Wills vier Schwestern, ihre Männer und Kinder und ein paar andere Verwandte und Freunde. Daniel hatte von Weihnachten als einer Zeit erzählt, in der Familien und Freunde zusammenkamen.

Das Zimmer war gefüllt mit Dingen, die sie als etwas zu Weihnachten Gehöriges erkannte: Viele grüne Zweige, Stechpalmen und Misteln, und in einer Ecke, vor einem großen Fenster, stand ein prachtvoller Baum, ganz ähnlich wie die, die es auch im Land der Crow gab – nur dieser hier glitzerte im Licht vieler Kerzen, wunderschön geschmückt mit Figuren und Sternen, die an seinen Zweigen hingen.

Beim zweiten Blick auf Wills Familie erkannte sie, daß alle besonders schön gekleidet waren, wie es wohl zu einer außergewöhnlichen Situation passen mochte. Und doch waren das Lachen, die Freude und die schönen Lieder, die sie anfangs gehört hatte, verstummt.

Schließlich wurde das Schweigen gebrochen, als Octavia, Williams Mutter, vortrat. Außer seiner Körpergröße, die er wohl von seinem Vater geerbt hatte, war William Woodville das Abbild seiner Mutter.

Margery sah sofort, welche Zuneigung er zu ihr empfand, denn in dem Moment, als er sie sah, verschwand der immer präsente Schmerz in seinen Augen.

Während es offensichtlich war, daß seine Mutter sich freute, ihn zu sehen, konnte sie genauso deutlich erkennen, daß sein Vater anders dachte. Hitzige Worte wurden gewechselt, die Kinder aus dem Zimmer geschickt. Niemand wagte zu sprechen – niemand außer William und seinem Vater.

Margerys Handflächen waren feucht. Ein schwaches Zittern begann in ihren Knien. Furcht kroch ihr durch den Rücken, und sie erkannte an der Kälte, die alle ihre Glieder durchdrang, daß jede Farbe aus ihrem Gesicht gewichen war. Sie sah Williams Mutter an, erwartete, sie eingeschüchtert angesichts der Autorität ihres Mannes zu sehen und daß sie seinen Zorn gegenüber ihrem Sohn anerkannte. Doch dort sah sie nichts Derartiges.

Octavia schaute von ihrem Mann zu ihrem Sohn, als kämpfe sie einen inneren Kampf, zu wem sie stehen solle. Dann trat sie wortlos vor, legte ihre Arme um ihren Sohn und drückte ihn an sich. Einen Augenblick später stellte er ihr Margery als seine Frau vor.

Octavia sah sie mit einem freundlichen Blick an. »Ihr Name ist ... Schneller Schritt?«

Williams Blick war unverwandt auf seinen Vater gerichtet.

An seinem Unterkiefer bewegte sich ein Muskel. »So nannten sie die Crow.«

Octavia sah aus, als verstehe sie nicht. »Die Crow?«

»Indianer.«

»Oh, sie ist Indianerin ...«

Charles atmete schwer. »Eine Indianerin? Du hast eine Indianerin geheiratet, eine Wilde?«

Ein hartes Lächeln schien sich Wills Mund zu bemächtigen. »Ich habe eine Frau geheiratet. Was sie ist, finde ich nicht wichtig.«

Charles schlug heftig mit der Hand auf einen Tisch. Eine Kristallkaraffe klirrte neben zwei Gläsern. »Das werde ich nicht dulden. Ich werde nicht dulden, daß mein Sohn, der Erbe meines Titels, eine Wilde heiratet.«

Ein triumphierender Blick blitzte in Wills Augen auf. »Ich fürchte, dazu ist es ein wenig zu spät.«

»Das hast du absichtlich gemacht.«

»Denk doch, was du willst«, sagte Will, als wäre er eine Schlange, die ihr Gift verspritzt. »Und wenn du mir das nächste Mal ein Ultimatum schickst, hoffe ich, daß du eines bedenkst: Mein Leben gehört mir, und ich tue, was ich will ...«

Wie Margery an der Freundlichkeit in Octavias Blick zu sehen glaubte, hatte diese keine Schwierigkeiten, sie zu akzeptieren, doch die Reaktion von Williams Vater war heftig: »Du wagst es, hier hereinzukommen, zu deiner Mutter, zu deinen Geschwistern und ihren Familien, mit dem Aussehen eines Heiden, der du wohl geworden bist.«

Margery stand schweigend da, den Kopf voll wirbelnder Gedanken. Obwohl sie sich schon einmal gefragt hatte, warum William sie geheiratet haben mochte, war sie nie auf den Gedanken gekommen, er könnte es nur aus Rache getan haben. Wie falsch es gewesen war, einen edleren Grund anzunehmen. Sie hatte sich getäuscht, als sie ihn für ihren

Retter, ihren Helden und, ja, ihren liebenden Ehemann gehalten hatte. Seine Motive waren wesentlich selbstsüchtiger gewesen.

Sie wollte davonlaufen. Sie wollte von diesen Menschen und diesem Ort wegkommen. Sie wollte rennen, immer weiter rennen, bis sie dieses Haus und England hinter sich lassen konnte, bis ihre Beine sie nicht mehr tragen würden und der Schmerz in ihrer Brust unerträglich würde. Erst dann würde sie wieder stehenbleiben können. Erst dann, wenn der körperliche Schmerz übermächtig war, würde sie darüber nachdenken können, was er getan hatte.

Langsam wurde ihr wieder bewußt, daß die zornige Auseinandersetzung zwischen William und seinem Vater weiterging.

»Ich kann nicht glauben, daß du das getan hast«, sagte Charles. »Es ist unverzeihlich.«

»Du hast doch gesagt, du wolltest, daß ich heirate.«

»Verdammt in ewige Hölle! Du weißt, was ich gemeint habe. Ich habe dir in meinem Brief geschrieben, daß ich schon die Verlobung zwischen dir und Lady Jane Penworthy arrangiert habe.«

»Du hast dabei nur eine Kleinigkeit vergessen. Lady Jane Penworthy ist keine Frau, die ich zu heiraten wünsche.«

»Und diese unkultivierte« – er winkte mit einem Arm in Margerys Richtung –, »unzivilisierte, ungebildete Wilde ist es? Sieh sie doch nur an. Sie ist eine Schande für die heiligen Hallen von Westminster ... nicht würdig, englischen Boden zu betreten.« Er hielt einen Augenblick inne und fuhr dann fort: »Das war noch nicht das letzte Wort.« Er trat einen Schritt vor, bis er ganz dicht vor Williams Gesicht zu stehen kam. »Eher sehe ich dich in der Hölle brennen, bevor ich das hier zulasse.«

Octavia trat zwischen sie. »Jetzt ist es wirklich genug.

Wenn ihr zwei nicht genug Verstand habt, aufzuhören, werde ich dafür sorgen. Es ist Weihnachten. Unsere Familie ist zu Besuch. Hört doch, wie ihr redet.«

William achtete nicht auf seine Mutter und wandte sich wieder seinem Vater zu. »Ich werde nicht zulassen, daß du mein Leben dirigierst. Jetzt nicht und auch später nicht. Mag sein, daß du mich oder die Frau, die ich geheiratet habe, nicht billigst, aber zumindest habe *ich* sie mir ausgesucht.«

»Das hast du verdammt noch mal nicht besonders gut angefangen, mein Kleiner. Das hätte ich ja im Vollrausch noch besser hingekriegt.«

Margery brauchte die anderen im Zimmer nicht anzusehen. Sie spürte die Hitze ihrer Blicke, hörte das schockierte Flüstern hinter ihrem Rücken. Ihr Gesicht glühte. Die Kerzen schienen vor dem leeren Blick in ihren Augen zu schwimmen. Nichts in ihrer Vergangenheit hatte sie auf eine solche Situation vorbereitet. Nicht einmal damals, als sie ihr das Kleid herunterrissen, hatte sie sich so erniedrigt gefühlt wie jetzt.

Ihr Blick richtete sich noch einmal auf ihren Mann, der sich ihr plötzlich wieder zugewandt hatte. Sie schaute in seine vertrauten, blauen Augen und erkannte die Wahrheit. Ihr zertretenes Herz sank noch tiefer.

Es war wahr. Alles. Der Blick, die Entschuldigung in seinen Augen, war die letzte Bestätigung. Er hatte sie vor der Wildheit der Indianer errettet, nur um sie einer neueren, brutaleren Form der Wildheit auszusetzen, die man Zivilisation nannte. Jetzt war sie mit diesem Mann verheiratet, durch ein Band mit ihm verbunden, das nicht gelöst werden konnte, ein Band, das sie fester hielt, als es jede Gefangenschaft konnte.

Wie dumm es von ihr gewesen war, ihn für ihren Retter zu halten, wo er doch in Wahrheit nichts anderes getan hatte, als sie zu benutzen, um seiner Familie Schmerzen zuzufügen.

Sie war ein Instrument der Rache, etwas, das man verachten und hassen mußte. Und nach dem Gesichtsausdruck seines Vaters zu schließen, war William diese Rache gelungen. Noch niemals hatte sie jemand mit einer solchen Abscheu, einem solchen Haß angesehen. Nicht einmal die rücksichtslosesten Comanchen haßten ohne Grund.

Sie schloß einen Moment lang die Augen und dachte daran, daß Will sie mit ihrem Crow-Namen vorgestellt hatte. Jetzt war ihr natürlich völlig klar, warum er das getan hatte. Dieser Name war ihm als zusätzliche Beleidigung gelegen gekommen. Er wollte, daß sie glaubten, sie sei als Heidin geboren worden und nicht nur aufgewachsen. Trotz ihres Schmerzes haßte sie die warmen Tränen auf ihrem Gesicht. Sie wünschte, es hätte einen Ort gegeben, wohin sie hätte flüchten können. Einen Ort, um sich zu verstecken. Würde sie niemals einen sicheren Platz finden, den sie Heim würde nennen können?

Plötzlich erfüllte sie eine große Sehnsucht nach der Wildnis, wo der Himmel und das Wasser ihre Wunden heilen würden. Wie ein gefangener Vogel hatte man sie von ihrer freien Natur getrennt. Sie würde lernen müssen zu kämpfen, und zwar hart, um ihre Integrität zu bewahren. Sie mußte Kraft suchen in ihrer Erinnerung an grüne Keime, die sich durch den Schnee schoben, an die schnell rennende Wölfin, die, den Blick auf den Boden geheftet, die Ohren in wacher Bereitschaft nach vorn gerichtet hat. Jetzt hatte sie nichts mehr als ihren Instinkt, um sie zu leiten – einen Instinkt, den sie übernommen hatte von allen Frauen, die vor ihr gewesen waren. Gerade als sie dachte, sie würde zusammenbrechen und weinen, stellte sich Williams Mutter neben sie. Octavias Arm legte sich um Margerys Schultern, und so sah sie ihren Sohn und ihren Mann an. In dem Augenblick, als Octavia sie berührte, spürte Margery die Kraft und die Macht zahlloser

Frauen, die ihr aus der Tiefe der Zeit den leidenschaftlichen Kern des Bewahrens schickten und sie mit einer weiblichen Beständigkeit erfüllten, mit deren Hilfe sie die dunklen Tage durchstehen würde, die vor ihr lagen.

»Genug! Schämt ihr euch denn nicht?« Octavias Stimme klang scharf und klar. »Wer auch immer sie ist oder was sie ist, sie ist Williams Frau und sie ist ein menschliches Wesen. Und so ist sie auch zu behandeln.«

Charles warf Margery einen trotzigen Blick zu. »Menschlich? Da übertreibst du doch wohl. Sie ist ein Säugetier. Darüber hinaus kann ich nur Vermutungen anstellen.«

»So wie wir alle Säugetiere sind ... nur *manche* von uns sind auf eine höhere Ebene gelangt, als wir die Fähigkeit zu fühlen entwickelten.« Sie sah von Charles zu William. »Ich schäme mich euretwegen ... Wie könnt ihr nur so grausam sein? Ganz offensichtlich hat sie Gefühle, und die habt ihr platt getreten wie ein Geldstück. Besitzt ihr nicht die Spur von menschlicher Freundlichkeit? Nicht einmal zu Weihnachten?«

Octavia drehte sich um, nahm eine silberne Tasse mit Glühwein zur Hand und hielt sie Margery hin. »Trink das. Es wird dich wärmen, aber was noch wichtiger ist, es wird ein wenig die Härte jener giftigen Worte von dir nehmen.«

Ohne Will anzusehen, nahm Margery die Tasse und sah zu, wie Octavia noch zwei Tassen nahm und sie Charles und William in die Hände drückte.

»Und jetzt trinken wir auf die Rückkehr unseres Sohnes und den Gewinn einer neuen Tochter.«

Als Reaktion darauf warf Charles den Glühwein von sich. Wein spritzte in alle Richtungen, und die Tasse rollte über den Boden bis an den Fuß des hell erleuchteten Weihnachtsbaumes.

Charles wandte sich an seinen Sohn. »Ich verfluche den

Tag, an dem du geboren wurdest. Und wenn es bis zum Ende meines Lebens dauert und ich den letzten Heller dafür hingeben muß, ich werde dafür sorgen, daß es dir auch noch leid tut.«

»Dann kannst du dich freuen, Vater. Es wird dich weder Zeit noch Geld kosten. Du wirst kaum warten müssen, denn solange ich mich erinnern kann, tut es mir schon leid, daß ich dein Sohn bin.«

»Was auch immer du für Gefühle für mich haben magst, ich bin immer noch dein Vater und werde dir ein solches Verhalten nicht durchgehen lassen. Morgen schicke ich nach meinem Rechtsanwalt. Was geschehen ist, kann wieder ungeschehen gemacht werden.«

Octavia mischte sich ein. »Morgen ist erster Weihnachtstag, Charles.«

Charles funkelte sie böse an und murmelte dann etwas über den folgenden Tag.

»Das ist der zweite Weihnachtstag.«

Seine Stimme bebte vor Zorn, und Charles schrie beinah: »Bei Gott, ich werde die Ehe annullieren lassen, und zwar schnell, und weder Weihnachten noch die Hölle werden mir dabei im Wege stehen.«

William gelang es, vielleicht nicht einmal absichtlich, seine Stimme ruhig und fest klingen zu lassen. »Ich fürchte, nicht einmal der mächtige Earl von Warrenton und all sein Geld können diese Ehe annullieren. Egal wie sehr du es auch möchtest, es gibt nichts, das du tun kannst.«

»Was meinst du, ich kann nichts tun? Gerade du solltest doch wissen, daß ich schon lange verdammt genau das tue, was ich tun will.«

William zuckte mit den Schultern. »Dann versuche es nur ... wenn du daraus irgendeine Befriedigung ziehen kannst. Aber früher oder später wirst du dich der Tatsache stellen müssen, daß niemand, nicht einmal du, diese Ehe annullieren kann.«

»Ich möchte gern wissen, warum nicht.«

»Weil sie vollzogen ist ... und mehr als einmal, könnte ich hinzufügen.«

Ein Schnaufen des Entsetzens ertönte überall im Zimmer. Octavia machte eine Handbewegung, und viele der noch Anwesenden verließen den Raum.

William fuhr fort. »Und um dir die Mühe zu ersparen, beweisen zu müssen, was ich gesagt habe ...« Er griff in seine Tasche und zog ein Dokument hervor, das er hochhielt, damit sein Vater es sehen konnte. »Ein legales, bindendes Zertifikat, für eine legale, bindende Ehe, geschlossen durch einen geweihten Priester.«

»Du Hundesohn!« Charles schlug seine Hand zur Seite.

William faltete das Papier zusammen und steckte es zurück in seine Tasche.

Er sah Margery an. Als spüre er ihren Schmerz, unterbrach er den Blickkontakt und wandte die Augen ab. Sie versuchte, an Dan zu denken und was er ihr in einer solchen Situation zu tun raten würde. Dann holte sie tief Atem in der Hoffnung, ihr wildes Herzklopfen würde dadurch beruhigt, und erinnerte sich daran, daß William betrunken war und erfüllt von seinem Wunsch nach Rache, zwei Dinge, die viel stärker waren als jedes Gefühl oder Mitleid, das er für sie empfinden konnte.

Plötzlich fluchte er, ging quer durchs Zimmer und ließ sie allein bei seinen Eltern stehen.

Charles rief hinter ihm her: »Wo gehst du hin? Wir haben noch nichts geregelt. Wir sind hier noch nicht fertig.«

»Doch, das sind wir.« William blieb an der Tür stehen und sagte etwas, das ihre letzte Hoffnung vernichtete: »Ich war ein pflichtbewußter Sohn und habe geheiratet. Meiner Verpflichtung gegenüber dir und der Zukunft deines Titels ist damit Genüge getan. Und jetzt werde ich nach Amerika zurückkehren.«

»Vorher bringe ich dich in die Hölle!«

Er winkte seinem Vater salutierend. »Reserviere mir einen Platz, wenn du dort hinkommst«, sagte er und wandte sich ab.

Die Stimme seines Vaters zitterte vor Wut. »Komm zurück!«

William blieb nicht stehen.

»Ich befehle dir zurückzukommen!«

William ging weiter.

»Du Hundesohn.«

»Dummerweise sagen alle, ich sei das Abbild meines Vaters.«

»Du hast etwas vergessen«, rief Charles und warf Margery einen bösen Blick zu. »Geh nur, wenn du willst, aber nimm deine Heidenfrau mit.«

Williams Stimme ertönte rückwärts: »Meine Frau bleibt hier.«

»Zur Hölle mit dir! Die kannst du nicht bei uns abladen. Ich werfe sie hinaus, sobald du fort bist.«

»Du wirst nichts Derartiges tun. Williams Frau bleibt«, sagte Octavia, und der Klang ihrer Stimme machte klar, daß dies für sie das Ende der Auseinandersetzung war.

Charles senkte seine Stimme, als er seine Frau ansprach: »Sie ist eine Wilde, Octavia, eine Heidin.«

»Offensichtlich hast du vergessen, was in der Bibel steht über die Fremden, die man willkommen heißen soll, denn manche könnten Engel sein.«

»Engel? Du kannst sie doch nicht mit einem Engel vergleichen. Sie ist eine Viper, die darauf wartet, ihre Zähne zu zeigen.«

»Sie ist Williams Frau und meine Schwiegertochter. Und ich werde dafür sorgen, daß sie mit Respekt behandelt wird.«

Man hörte, daß eine Tür geöffnet wurde. Gleichzeitig drehten sich Charles, Octavia und Margery um und sahen, wie William, der Viscount Linwood, der einzige Sohn und Erbe des Earl von Warrenton Margerys Leben verließ.

16

Octavia lief hinter ihm her.

»William«, rief sie. »Bitte warte! Es ist Heiligabend. Kannst du deine Abreise nicht ein paar Tage verschieben?«

»Nein, Mutter, kann ich nicht.«

»Dann gehe wenigstens nicht, bevor ich mich richtig von dir verabschiedet habe.«

Will blieb stehen. Er drehte sich langsam um. Er hatte den Wünschen seiner Mutter nie gut widerstehen können.

Octavia erreichte ihn. »Ich bitte dich, nicht heute abend fortzugehen. Bleib doch wenigstens ein paar Tage.«

»Du weißt, daß ich das nicht tun kann, Mutter. Es war falsch … ein Fehler, daß ich überhaupt hierhergekommen bin. Das weiß ich jetzt.«

Er sah auf sie herab, und seine Hand berührte ihre Wange. »Du weißt, daß ich dir nie etwas abschlagen konnte. Es bekümmert mich, daß es auch dafür ein erstes Mal geben muß.«

»Bitte bleib, ich flehe dich an. Es ist Weihnachten.«

Er spürte ein Brennen in den Augen, sein Inneres zog sich qualvoll zusammen. Er wünschte sich nichts so sehr, wie die Arme um seine Mutter zu legen und ihr zu sagen, er würde bleiben, aber er konnte nicht. »Ich kann nicht. Wenn ich es tue, werden wir uns womöglich gegenseitig umbringen. Ich kann nicht zulassen, daß er mich zerstört. Das weißt du. Das hast du immer gewußt.«

Octavia seufzte. »Und was ist mit ihr? Was ist mit deiner Frau?« fragte sie und deutete in Richtung Salon. Will folgte dem Blick seiner Mutter durch die offene Tür zu der Stelle, wo Margery stand mit ihrem erschütterten, weißen Gesicht, in dem ihre unsicheren Augen riesig wirkten. Sein Herz zog sich schmerzlich zusammen. Er hatte noch nie in seinem Leben jemandem absichtlich Leid zugefügt.

Er konnte nicht aufgeben. Er biß die Zähne zusammen, und sein Kinn wirkte hart und entschlossen. »Ihr wird es hier bessergehen ... ohne mich.«

»Wie kannst du das sagen, William? Sie ist deine Frau.«

»Und deswegen tut sie mir leid.«

»Du kannst sie doch nicht hier zurücklassen, ohne wenigstens ein paar Tage zu bleiben. Wir sind ihr völlig fremd. Sie braucht dich.«

Sein Blick verließ Margerys Gesicht nicht einen Augenblick, seine Stimme war leise und voller Bedauern. »Was sie braucht, kann ich ihr nicht geben.«

»Du bist es ihr schuldig, wenigstens ein paar Tage zu bleiben. Gib ihr Zeit, sich einzufügen, uns kennenzulernen.«

»Sie braucht mich nicht. Sie ist erfüllt von einer uralten Weisheit und dem Instinkt zu überleben. Keine Gesellschaft hat sie *zivilisiert* und in ihre engen Regeln gezwängt. Sie ist ein wildlebendes Geschöpf und besitzt ein instinktives Wissen, das von Kultur und Verfeinerung noch unbetroffen geblieben ist. Sie wird dich ebensoviel lehren, wie du sie lehren wirst. Im Augenblick weiß sie es noch nicht, aber ihre Gefangenschaft wird nicht nur der schwierigste Punkt in ihrem Leben gewesen sein, sondern auch die Quelle der Kraft, mit der sie überlebt. Fern von unserer korrupten Welt ist sie in der Wildnis aufgewachsen und besitzt eine scharfe Wahrnehmungsfähigkeit und einen spielerischen Geist. Sie ist zutiefst intuitiv begabt und Meisterin in der Kunst, sich ständig wechselnden Umständen anzupassen.«

»Sie wird völlig verändert sein, wenn du wiederkommst. Wenn du sie jetzt verläßt, wirst du niemals ...«

Will nahm seine Mutter in die Arme. »Ich kann nicht bleiben. Und was Margery betrifft ... mach dir keine Sorgen ihretwegen. Höre ihr und ihrer Geschichte zu, dann wirst du verstehen, warum ich ihr nicht geben kann, was sie braucht. Das, was sie jetzt braucht, viel mehr als alles andere, ist die Liebe einer Familie.«

»Und du glaubst, die wird sie hier finden, trotz des Zorns deines Vaters?«

»Ich weiß es, denn ich kenne dich und meine Schwestern. Wenn ich erst fort bin, wirst du Vater zurechtweisen und ihn dazu bringen, die Rolle des liebenden Vaters und Ehemannes zu spielen. Dann wirst du dich mit Margery beschäftigen. Sie hat einen großen Teil ihres Lebens verloren. Ich würde mich freuen, wenn sie ihn wiederfinden könnte. Sie wird viel zu lernen haben, um eine zivilisierte Frau zu sein. Solche Dinge kann ich ihr nicht beibringen.« Er hielt einen Augenblick inne. »Und es gibt auch Dinge, die ich ihr nicht geben würde, obwohl ich es könnte, denn ein Teil von mir bereut, was ich getan habe. Ich hätte sie in der Wildnis lassen sollen. Doch jetzt bin ich dafür verantwortlich, daß sie die Fähigkeit erwirbt, in dieser neuen Gefangenschaft zu überleben.« Er küßte Octavia auf die Wange. »Sorge für sie, Mutter. Sorge für sie, als wenn sie dein Kind wäre.«

Diesmal rief Octavia William nicht zurück, als er fortging. Doch sie winkte einem kleinen, dunkelhaarigen Mann, der am Klavier stand, zu ihr zu kommen.

Als Guy Montgomery zu ihr kam, sagte sie: »Er geht fort, Guy, was soll ich tun?«

»Vielleicht ist es besser so. Er hat noch nicht gelernt, mit seinem Schmerz umzugehen.«

»Ich weiß, und ich kann es nicht ertragen, mir vorzustellen, wie er ganz allein mit all seinem Schmerz fortgeht. Geh mit ihm, Guy.« Octavia holte tief Atem und fühlte sich plötzlich erschöpft. Sie legte eine Hand auf Guys Arm. »Du verstehst ihn besser als jeder andere.«

Guy sah zur Tür und bedachte offensichtlich genau, was Octavia gesagt hatte. Dann nickte er.

»Du weißt doch, daß du immer mehr warst als nur sein Lehrer, eher warst du wie ein Vater. Er wird auf dich hören, Guy. Paß auf ihn auf, und wenn es in deiner Macht steht, hilf ihm, die Dämonen zu vertreiben, die ihn quälen ...«

Octavias Stimme brach, und sie zog ein Taschentuch aus dem Ärmel. »Geh. Geh schnell. Und bitte ... schreib mir, Guy. Laß mich wissen, wie es ihm geht. Denn ich weiß, er wird nichts von sich hören lassen.«

»Ich werde schreiben, wenn ich kann«, erwiderte Guy, dann eilte er in die Richtung, in der William verschwunden war.

Charles goß sich einen Drink ein und stürzte ihn hinunter, dann goß er gleich den nächsten ein. Als Octavia langsam zurück ins Zimmer kam, sagte er: »Er ist nicht mein Sohn.«

Margery stand da und wußte nicht, was sie tun oder wohin sie gehen sollte. Sie sah zu, wie Williams Vater den zweiten Drink leerte, dann das leere Glas auf ein Tablett stellte und aus dem Zimmer ging, so daß nur Octavia und Margery zurückblieben.

Sie sah Octavia an und erkannte die Erschöpfung in ihren Augen. Octavia warf ihr einen entschuldigenden Blick zu, dann verlor sie die Fassung, die sie den ganzen Abend bewahrt hatte.

Wortlos ließ sie sich in einen Sessel fallen und begann, leise zu weinen.

Margery stand da, hörte Octavias Weinen und fühlte sich einsam und ängstlich. Der Gedanke quälte sie, was jetzt wohl aus ihr werden würde. Jetzt, wo Will fort war.

Ihr Herz schien bersten zu wollen vor Kummer. Alles Licht schien aus ihrem Leben verschwunden zu sein. William war fort.

Und dann erinnerte sie sich daran, daß er freiwillig fortgegangen war, daß er sie selbstsüchtig und ohne Rücksicht benutzt hatte. Weine nicht um ihn. Weine um das, was er getan hat. Um die Lügen. Den Betrug ...

Sie setzte sich neben Williams Mutter, wollte sie trösten und wußte doch nicht, wie. Schließlich legte sie ihre Hand auf Octavias Schulter.

Octavia schnüffelte und hob den Kopf, dann nahm sie ihr Taschentuch, um sich die Augen zu trocknen. »Nun, jetzt fühle ich mich besser. Ich bin wie eine Bibermütze. Ich werde durch Nässe besser.«

»Es ist also gut zu weinen?«

Octavia lächelte sie an. »Das hat man mir gesagt. Eine Träne auf der Wange oder eine Falte im Gesicht ... obwohl ich denke, daß kein Kummer je all diesen Tränen angemessen war.« Sie schnüffelte noch einmal und nahm dann Margerys Hand. »Mein armes, liebes Kind. Du mußt völlig verängstigt sein und dich sehr einsam fühlen. Dennoch möchte ich, daß du weißt, daß es Heiligabend ist, nach Mitternacht schon, und daß ich ohne jeden Zweifel glaube, daß du das größte Weihnachtsgeschenk bist, das ich je bekommen habe.«

Octavia seufzte tief, stand auf und betrachtete Margery. »Ich weiß nicht, was ich sagen soll. Mir ist klar, daß unsere Art zu leben dir seltsam erscheinen muß, und ich hoffe, daß du mir glaubst, wenn ich dir versichere, daß wir normalerweise wirklich nicht so miteinander umgehen, wie du es heute gesehen hast. Will und sein Vater haben sich noch nie verstanden, und unglücklicherweise müssen meistens die Unschuldigen büßen. Ich kann nicht ungeschehen machen, was mein Sohn getan hat, aber ich werde mir die größte Mühe geben, damit du dich bei uns willkommen fühlst. Ich weiß, daß du mir das jetzt nicht glauben wirst, aber ich gehe wirklich davon aus, daß du eines Tages England und unsere Familie lieben lernen wirst. Wir sind eigentlich gar nicht so schrecklich.«

»Wills Vater …«

»Ist ein Esel … Es tut mir leid, daß ich das bei unserer ersten Begegnung sage, aber warum sollte ich die Wahrheit zurückhalten? Oh, er kann ungeheuer charmant und lieb sein, aber im Zusammenhang mit seinem Sohn ist er mehr als stur. Ich werde dir nichts vorlügen und behaupten, daß du es in Charles' Nähe leicht haben wirst. Er ist stur und voller Vorurteile, und er ist nicht wählerisch mit Worten. Das sage ich dir jetzt gleich, damit du weißt, daß es am ehesten in deinem Sinne sein wird, ihm ganz aus dem Wege zu gehen – zumindest, bis du dich stark genug fühlst, ihm entgegenzutreten.«

Octavia hielt inne und sah Margery ins Gesicht, wo sie deutlich ihre Verwirrung und die drohenden Tränen erkannte. »Oh, mein liebes, liebes Kind, ich bin sicher, daß du mehr als genug Kummer hast. Wir sollten uns besser weiter unterhalten, wenn dir danach ist. Bis dahin werde ich tun, was ich kann, um deine Zukunft froher zu gestalten. Du bist Wills Frau und damit wie meine fünfte Tochter. Komm doch mit mir, damit ich dir die anderen vorstellen kann.«

Octavia zog an ihrer Hand.

Margery stand auf, bewegte sich aber nicht von der Stelle. Sie sah an sich herunter. Ob Octavia wohl verstand, wie sie sich fühlte, daß sie es einfach nicht über sich bringen konnte, die anderen zu treffen, die so schön gekleidet waren, während sie so aussah?

Octavia schlug sich mit der Handfläche gegen die Stirn. »Ich bin so gedankenlos. Natürlich möchtest du niemanden sehen, ohne dich nicht vorher gewaschen zu haben. Außerdem ist es schon spät, und wahrscheinlich sind alle ins Bett gegangen. Komm mit, ich bringe dich in dein Zimmer.«

Margery folgte ihr in den ersten Stock, und Octavia sagte dem Zimmermädchen, Dotty, Margery würde von jetzt ab im Eckzimmer wohnen. »Geh in Emilys Zimmer und schau nach, ob du nicht ein Nachthemd findest, das Margery passen könnte.«

Dotty nickte eifrig, und die Bänder an ihrer Haube flatterten, als sie den Flur entlangging.

»Die nächsten paar Tage mußt du mit dem auskommen, was wir in Emilys Schrank finden können, denn während der Feiertage haben wir bestimmt kein Glück, wenn wir Kleidung kaufen wollen. Doch danach machen wir uns gleich daran, dir eine vollständige Garderobe zusammenzustellen.«

»William hat mir in New Orleans englische Kleider gekauft.«

Octavia ging weiter den Flur hinunter. »Dann werden wir sie uns morgen ansehen.« Octavia öffnete eine der Türen und führte Margery in ein großes Eckzimmer mit vielen Fenstern. »Dieses Zimmer hat eine wunderschöne Sicht hinaus auf die Landschaft. Es ist eines meiner Lieblingszimmer. Ich glaube, du wirst es bald genauso gern haben wie ich. Jetzt komm und setz dich zu mir, solange wir auf Dotty warten. Ich möchte etwas über dein Leben erfahren. Das einzige, was ich weiß, ist, was Will mir vorher kurz gesagt hat, und das ist wahrlich wenig.«

Margerys Herz begann heftig zu schlagen. Wenn sie Wills Mutter jetzt alles erzählte, würde sie sie dann fortschicken?

Octavia mußte die Angst in ihren Augen gesehen haben. »Ich bitte dich nicht darum, damit du dich unbehaglich fühlst, sondern um dir zu helfen. Je mehr ich über dich und deine Vergangenheit weiß ... über alles, was du so erfahren hast ... über die Dinge, die du kennst und nicht kennst, desto eher werde ich dich lehren können, was du noch brauchst. Es ist offensichtlich, daß dein Englisch sehr gut ist ... bemerkenswert, wenn man bedenkt, daß du bei Wilden aufgewachsen bist.«

Margery war sich nicht sicher, womit sie anfangen sollte, doch da es Weihnachten war, entschloß sie sich, ihr von Vater Marc zu erzählen. Und als sie erst von ihm gesprochen hatte, schien es ganz einfach, auch von den anderen Ereignissen in ihrem Leben zu berichten. Das war eine neue Erfahrung für sie, und als sie schließlich fertig war – Dotty war zurückgekommen und schon eine Weile wieder fort –, saßen sie und Octavia beide da und weinten.

Octavia gab Margery ihr Taschentuch und forderte sie auf, sich die Nase zu putzen.

Margery versuchte es und empfand es als seltsam und sinnlos, aber das sagte sie Octavia nicht.

Als Margery ihr das Taschentuch zurückgeben wollte, forderte Octavia sie auf, es zu behalten. »Liebes Kind, ich kann nicht ungeschehen machen, was du erlitten hast, aber ich kann versprechen, daß ich alles in meiner Macht stehende tun werde, damit du dich nie wieder unerwünscht oder ungeliebt fühlst.« Sie hielt inne und schüttelte den Kopf. »Gut für Will, daß er nach Amerika zurückfährt. Denn wenn er hiergeblieben wäre, hätte ich zu ihm gehen und ihm die schlimmste Standpauke halten müssen, die er gehört hat, seit er noch kurze Hosen trug. Denn ich glaube wirklich, daß es viel besser für dich gewesen wäre, wenn er wenigstens noch ein paar Tage geblieben wäre.«

Octavia stand auf, glättete ihre Röcke und sah dann auf die Uhr an ihrer Brust. »Mein Gott, es ist spät, und du mußt erschöpft sein. Ich habe viel zu lange geredet. Vergib mir.«

»Es ist dein Recht, meine Geschichte zu erfahren.«

»Ich habe dich nicht darum gebeten, weil es mein Recht ist, sondern weil ich mich um dich kümmern möchte. Jetzt geh ins Bett und schlafe gut. Morgen sprechen wir wieder miteinander.«

»Morgen ist Weihnachten?«

Octavia runzelte die Stirn. »Ja... Nun, wie ich vorher schon sagte, ist es nach Mitternacht, also ist es jetzt schon morgen, aber das verwirrt mich. Also laß uns einfach trotzdem sagen, daß morgen erster Weihnachtstag ist.« Sie hielt inne. »Weißt du, was Weihnachten bedeutet?«

Margery nickte. »Ich bin Christin. Vater Marc hat mir von Weihnachten erzählt, und Dan hat mir auf dem Schiff noch mehr berichtet.«

»Dan? Oh, Lord Waverly? Er und Will sind Freunde gewesen, solange ich mich erinnern kann. Ich habe ihn immer gern gemocht. Er ist ein so vernünftiger Bursche. Und wirklich lieb, findest du nicht?«

»Er ist mein Freund. Er hat mir sehr geholfen. Ich werde ihn vermissen.«

»Dann werden wir ihn einmal zu Besuch einladen.« Mit diesen Worten ging Octavia fort und überließ es Margery, sich im Eckzimmer einzurichten, in dem sie von jetzt an wohl noch eine ganze Weile wohnen würde.

Margery zog ihre Kleider aus und dann das weiche, weiße Nachtkleid über den Kopf. Wie alles andere in diesem Haus duftete es wunderbar.

Sie kletterte ins Bett und machte das Licht aus. Als sie dann im Dunkeln dalag, dachte sie über diesen unglaublich langen Tag nach. Sie mochte Williams Mutter und nahm sich vor, seinem Vater so weit wie möglich aus dem Weg zu gehen. Was den Rest der Familie betraf, würde sie warten, bis sie ihn kennengelernt hatte. Erst als sie sich all das vorgenommen hatte, schaffte sie es, wieder an Will und seinen Verrat zu denken.

Der Morgen schimmerte schon, als Margery endlich die Augen zum Schlafen schloß. William war fort, doch den Schmerz seines Verrats hatte er ihr zurückgelassen.

Jemanden zu lieben, der diese Liebe nicht erwiderte, war ein Schmerz, der irgendwann heilen würde. Aber jemanden zu lieben, der dich dann verrät … Es war eine unverzeihliche Qual, so tief im Innern und schmerzlich, als würde man Arme und Beine oder das Augenlicht verlieren.

Eine Wunde würde heilen … doch dieser Verlust würde ewig schmerzen.

Im Augenblick fragte sie sich, ob sie seinen Vertrauensbruch je würde verschmerzen können, doch schon als sie dies dachte, schlug ihr Herz, das sie für gebrochen gehalten hatte, weiter. Während sie ihm zuhörte, konnte sie spüren, wie es wieder stärker und kräftiger klopfte. Wo einst ein Herz gewesen war, das bei jedem Schlag seinen Namen geflüstert hatte, war nichts geblieben als ein kalter, harter Stein.

Steine fühlten nicht …

17

Er war nicht der kaltherzige Schuft, als der er sich gab.

Ein kaltherziger Schuft wäre ohne jeden weiteren Gedanken einfach davongegangen. Will hatte noch einen weiteren Gedanken. Genaugenommen sogar mehrere. Sie hatten alle Margery zum Thema. Margery, die Frau, die er zurückgelassen hatte.

Als er das Gefühl nicht mehr abschütteln konnte, daß er womöglich einen Fehler gemacht hatte, als er sie verließ, wurde ihm klar, daß er gar nicht ein solcher Bösewicht war, so düster er sich auch geben mochte. Es war ermutigend zu erfahren, daß sein Gewissen, das er seit so langer Zeit verloren glaubte, doch noch funktionierte, aber auch entmutigend zu erkennen, daß er vielleicht einen Fehler gemacht hatte, den er noch sehr bedauern würde.

Guy, der ihm in der Kutsche gegenübersaß, räusperte sich.

Will warf ihm einen kurzen Blick zu und sagte: »Was hat dich bewogen, mit mir zu kommen? Und sage mir nicht, daß es der Wunsch meiner Mutter war. Du hattest bisher auch nie Schwierigkeiten, meiner Mutter irgendwelche Ideen auszureden.«

Guy kicherte bei diesen Worten. »Ich bin mitgefahren, weil ich mein Leben lang auf eine solche Gelegenheit gewartet habe. Einmal nur wollte ich etwas spontan tun, etwas, das irgendwie gewagt zu sein scheint. Ich möchte einen Weg gehen, den ich noch niemals gegangen bin, eine Tür öffnen, die ich noch nie geöffnet habe. Ich möchte wissen, was auf der anderen Seite ist.«

»Und was glaubst du, was du dort finden wirst? Dunkelheit? Verzweiflung?«

»Ich weiß es nicht. Vielleicht einen Rosengarten.«

»Vielleicht, vielleicht auch nicht.«

»Ich weiß, daß du wahrscheinlich nicht verstehen kannst, wie jemand einen solchen Wunsch haben könnte. Du hast oft in deinem Leben Dinge spontan getan und etwas riskiert. Du hast dadurch die halbe Welt gesehen. Ich will nicht eines Tages ein alter Mann geworden sein und das Gefühl haben, das Leben wäre an mir vorübergegangen.«

Will verstand ihn. »Dann sollten wir wohl jetzt noch deine Sachen holen, oder? Wo lebst du zur Zeit?«

»Ich lebe bei meiner Schwester Elisabeth, seit vor zwei Jahren ihr Mann gestorben ist. Sie hat ein Stadthaus in London. Wir können dort unterwegs haltmachen.«

Will nickte und sah dann aus dem Fenster, wo der erste Schimmer des Morgengrauens zu erkennen war. In der Ferne entdeckte er die Türme und Dächer der Stadt, bald würden sie da sein.

Er schloß die Augen und versuchte, sich auszuruhen. Aber schlafen konnte er nicht. Es kamen nur immer wieder Gedanken an Margery. Margery, mutig wie die Unschuld, voller Weisheit, Spenderin von Liebe. Und er hatte sie verlassen.

Ob sie das je verstehen würde? Ob es ihr mit dem großzügigen Herzen gelingen konnte, ihm zu vergeben? Er hätte es ihr erklären sollen. Das wäre richtig gewesen. Wenigstens das war er ihr schuldig.

Doch bis zu diesem Augenblick hatte er nie daran gedacht. Jetzt war es zu spät. Zu spät, und eine weitere Gelegenheit würde er nicht bekommen. Er fluchte über dieses Versäumnis, diese Gefühllosigkeit ihr gegenüber. Aber vor allem schämte er sich darüber, daß sein wildes Verlangen, sich an seinem Vater zu rächen, ihn so gedankenlos und unempfindlich gemacht hatte.

Erst als die Hufe der Pferde auf der gepflasterten Straße der Stadt klapperten, öffnete er wieder die Augen und sah hinaus. Sie waren in London angekommen, und er sah schon die Masten der Schiffe, die vor ihnen im Hafen vor Anker lagen.

»Tut dir leid, was du getan oder gesagt hast?« fragte Guy.

»Keines von beidem. Aber die Dinge, die ich hätte sagen können, bereiten mir Probleme.«

»›Eure Augen werden aufgetan, und ihr werdet sein wie Gott und wissen, was Gut und Böse ist‹,« zitierte Guy.

»Wenn man erst einmal vom Baum der Erkenntnis gekostet hat, gibt es kein Zurück mehr.«

»Und Nachdenken über die Vergangenheit wird mir nur klarmachen, wo ich gewesen bin, nicht, wo ich hinkommen werde.«

»Ach, die Qual der Wahl. Und jetzt suchst du nach etwas, was dich leiten könnte.«

Will warf ihm ein Lächeln zu. »Du warst immer schon eine Art Hellseher.«

»Das war nicht allzu schwer. Du siehst so verloren aus wie ein Engländer ohne Regenschirm. Möchtest du darüber reden?«

»Nein.«

Guy nickte. »Vielleicht ist es auch klüger so. Denn wie man weiß, ist Schweigen Gold.«

Will sagte nichts, seine Gefühle waren noch so neu, zu frisch und zu empfindlich, um sie zur Diskussion zu stellen.

Guy lehnte den Kopf an die Wand der Kutsche und schloß die Augen. Seine Worte klangen leise, als würde er nur ausatmen. »Ich bin jederzeit da … wenn dir je nach Reden zumute ist.«

»Ich weiß.«

Guy öffnete ein Auge. »Dir ist ja wohl klar, daß alles, was dich beunruhigt, nur lauter und deutlicher werden wird, bis du nicht länger daran vorbeileben kannst. Probleme sind wie dicke Sahne – sie steigen immer nach oben.«

»Dann werden wir darüber reden, sobald die Sahne nach oben gestiegen ist.«

Guy lachte leise und sagte nichts mehr.

Kurze Zeit später stand Will an der Reling und sah zu, wie das Schiff sich immer weiter von der Hafenmauer entfernte, bis London genauso fern und grau wirkte wie der Nebel. Eine schreckliche Traurigkeit begann sich auf ihn zu legen, und er wußte, daß er den kritischen Punkt überschritten hatte ... jenen Sekundenbruchteil, als es noch möglich gewesen wäre, seine Entscheidung rückgängig zu machen.

Doch er hatte nichts getan, und der Augenblick war vorüber, wie Schritte, die nur noch in Gedanken nachhallen und uns an den Weg erinnern, den wir nicht eingeschlagen haben, die Tür der Gelegenheit, die wir nicht geöffnet haben.

18

Als Margery am nächsten Morgen die Augen öffnete, drang ein seltsames Licht in ihr Zimmer. Sie stieg aus dem Bett und schlich barfuß über den Holzboden, stolperte auf dem Weg zum Fenster beinah über den Saum ihres Nachthemdes. Sie öffnete die Vorhänge und sah hinaus auf die Welt vor dem Haus, um im Tageslicht einen ersten Blick auf ihre neue Heimat zu werfen. Was sie sah, war eine Überraschung, denn alles vor dem Fenster war still und weiß.

Eine weiche Schneedecke lag auf den Wiesen und Obstgärten – Schnee, der immer noch fiel, stetig und sanft, die Giebeldächer des Hauses weiß zudeckte und die Zweige der Kastanien mit einem zarten Puder bestreute. Unter den Bäumen entdeckte sie die Spuren von zahlreichen Vögeln, die sie an die alten Höhlenzeichnungen am Yellowstone erinnerten.

Wo immer sie auch hinschaute, war es weiß und still. Die Welt vor dem Fenster hatte sich geduldig unter der Schneedecke eingerichtet und wartete auf den Frühling. Wie sehr das ihrem Leben glich, dachte sie und fragte sich, während sie auf die gefrorene Welt unter sich hinaussah, ob wohl je eine Zeit kommen würde, in der die kalte Hülle des Winters von ihr abgleiten und sie den Frühling wiedersehen würde.

Ein paar Minuten später kamen Wills jüngste Schwester Emily und ihre Mutter ins Zimmer marschiert, gefolgt von einer Armee von Zimmermädchen, die eine Wanne und Eimer mit heißem Wasser transportierten, was verdächtige Ähnlichkeit mit Margerys Badetortur in St. Louis hatte.

»Wir fangen den Tag mit einem Bad an«, verkündete Octavia. »Ich muß mich unten um alles kümmern, aber Emily wird bei dir bleiben und dafür sorgen, daß alles seine Ordnung hat.«

Octavia ging fort.

Margery betrachtete die dampfende Wanne. »Teufel auch!«

Emily sah sie überrascht an und ließ sich dann in einem heftigen Lachanfall aufs Bett fallen. Das war der Punkt, an dem Margery beschloß, daß sie Wills Schwester gern hatte. Sie verstand sie nicht und hatte auch noch nie jemanden gesehen, der so aussah wie sie, auch wenn ihr Haar die gleiche Farbe hatte wie Margerys. Emilys Haar war sehr sehr lockig. Ihre Gestalt war klein und drahtig, ihre Bewegungen schnell und mühelos wie die eines Hirsches. Noch nie war ihr jemand so Fröhliches begegnet, der so leicht und gern lachte. Emilys Augen glitzerten regelrecht vor Lebenskraft, und da war noch etwas anderes, etwas, das Margery erschien wie ein Bedürfnis, Unsinn zu machen.

Als Emily sich so weit erholt hatte, daß sie wieder sprechen konnte, fragte sie: »Wo hast du das gelernt?«

»Von William.«

»Das hätte ich wissen müssen«, sagte Emily. »Es war immer schon Wills liebster Ausdruck. Sei nur vorsichtig, wann du ihn gebrauchst.« Emily betrachtete die Wanne. »Dein Bad wird kalt, wenn du dich nicht beeilst.«

Bald saß Margery in der Wanne, hatte auch schnell ihr Bad

beendet, wobei sie feststellte, daß es viel angenehmer verlief als beim ersten Mal. Sie schrak allerdings zurück, als Emily die Kästen öffnete und ihr zeigte, was sie anziehen sollte.

Noch nie in ihrem Leben hatte sie so viele Dinge gesehen, die man gleichzeitig tragen mußte. Sie konnte auch kaum glauben, daß sie genug Stellen besitzen könnte, um alle diese Kleidungsstücke daran zu hängen. Wie konnte es einem nur gelingen, diese vielen Teile in der richtigen Reihenfolge und alle an die richtigen Körperteile anzuziehen?

»Mach schon«, sagte Emily. »Zieh sie an.«

Margery betrachtete die Sachen mit Mißtrauen. In ihren Augen wirkten sie eher wie Marterinstrumente.

Ihr erster Instinkt hatte sie nicht getäuscht. Sie waren Marterinstrumente, besonders das Gerät, das man Korsett nannte, ein unvorstellbarer Folterapparat, verziert mit Fischbein und im Rücken zu schnüren. Und als sie es anhatte, konnte sie nicht atmen. »Teufel auch ...«

Emily hatte kein Mitleid. »Niemand kann darin richtig atmen, aber so ist die Mode, also lernt man, duldsam zu sein.«

»Warum?«

Emily wirkte verwirrt. »Mein Gott, ich weiß nicht, warum, wir tun es einfach ... ohne zu denken.«

Das verstand Margery nicht so recht, denn irgendwie hatte sie immer gedacht, für alles, was man tat, müsse es auch einen Grund geben. Man machte ein Feuer, wenn man fror, aß, wenn man hungrig war, suchte sich einen trockenen Platz, wenn es regnete. Aber warum sollte man Kleider, in denen man sich elend fühlte, völlig grundlos tragen? Seltsam, diese Engländer ...

Als Margery erst einmal angezogen und ihr Haar auf dem Kopf hochgesteckt war, erklärte Emily, trotz ihrer Unfähigkeit zu atmen wäre sie die hübscheste Frau, die die Midlands, nein, ganz England in den letzten Jahren gesehen hatte.

»Mutter wird das nicht glauben können«, sagte Emily und nahm Margerys Arm, um sie die Treppe hinunterzubegleiten.

Als Emily und Margery unten ankamen, war schon die ganze Familie Woodville um den Weihnachtsbaum versammelt, und die Kinder bekamen ihre Weihnachtskästchen, in denen Geld war.

Unter dem Geschrei und den fröhlichen Rufen der Kinder wurde Margery dem Rest der Familie vorgestellt, nämlich drei älteren Schwestern, Elizabeth, Caroline, Marianne und ihren Ehemännern – ein Viscount, ein Marquis und ein Earl –, die alle Margery Komplimente über ihr gutes Aussehen machten. Dann lernte sie noch die Kinder und ein paar Cousins kennen, die zu Besuch waren.

Als Margery sich im Zimmer umsah, stellte sie fest, daß Charles abwesend war, und das kam ihr ganz gelegen.

Als könne sie ihre Gedanken lesen, warf Octavia ihr ein wissendes Lächeln zu und verkündete laut: »Charles ist zu eurem Onkel gegangen, um mit ihm zu frühstücken. Den armen Rand hat es erwischt – ein schlimmer Fall von Schniefnase.«

»Das bedeutet also, daß John auch nicht kommt«, sagte Emily, und ihre Stimme klang enttäuscht.

Margery erinnerte sich daran, daß Dan ihr von John, Wills Cousin, der Arzt war, erzählt hatte, und ging davon aus, daß es sich um denselben handeln mußte.

»Nein, John kommt nicht, aber Charles wird zum Essen zurück sein«, sagte Octavia. Margery wäre es auch recht gewesen, wenn er nie zurückkam, aber sie nickte nur und trat näher zum Weihnachtsbaum, denn etwas so Hübsches hatte sie in ihrem Leben noch nicht gesehen. Caroline und Marianne kamen und stellten sich zu ihr.

»Gibt es in Amerika auch Weihnachtsbäume?« fragte Marianne, beugte sich vor und zog ihrer zweijährigen Tochter den Daumen aus dem Mund.

»Ich weiß es nicht.«

»Es muß ja sehr traurig für dich sein, wenn du dich an solche Dinge nicht erinnern kannst.«

»Vielleicht auch nicht«, sagte Marianne. »Schließlich kann man nicht vermissen, woran man sich nicht erinnert.«

»Ist das wirklich wahr?« fragte Emily, die gerade herbeigekommen war. »Hast du noch nie einen Weihnachtsbaum gesehen?«

Margery betrachtete den Baum. »Ich erinnere mich nicht, je einen gesehen zu haben.«

»Das ist doch durchaus möglich, wenn man bedenkt, daß es sie in England auch noch nicht so sehr lange gibt. Vergeßt nicht, daß unser eigener Prinzgemahl es war, der vor eigentlich nicht sehr langer Zeit die Tradition aus Deutschland mitgebracht hat«, sagte Elizabeth, die sich auch zu ihnen stellte. Sie trug ein rundliches, lächelndes Baby auf der Hüfte.

»Ach ja, das hatte ich vergessen«, sagte Caroline. »Irgendwie scheint es, als hätten wir die Tradition schon immer.«

»Elizabeth weiß alles darüber, denn sie ist die einzige, die alt genug ist, sich daran zu erinnern«, sagte Emily, und alle lachten.

»So alt bin ich auch wieder nicht«, erwiderte Elizabeth. Dann sagte sie zu Margery: »Es muß sehr schwer für dich gewesen sein, so harte Zeiten zu überstehen.«

»Ja, es war sehr schwer.«

Elizabeth nahm das Baby in die Arme. »Hast du immer gewußt, daß man dich eines Tages retten würde?«

»Es ist schwer zu sagen, ob ich sicher war, gerettet zu werden, oder ob ich es mir nur einfach so sehr gewünscht habe, daß ich es glaubte. Ich war oft beinah soweit, die Hoffnung aufzugeben.«

Caroline wollte gerade etwas sagen, da kam Octavia und verkündete: »Es ist fast zehn Uhr.«

»Zeit für das Frühstück im Eßzimmer«, flüsterte Emily zu Margery, »aber wir haben noch ein paar Minuten Zeit, denn meine Schwestern müssen sich erst ihrer Kinder entledigen, bevor sie zum Frühstück gehen.«

Margery sah sich im Zimmer um, betrachtete die Kinder und fand, daß diese Schwestern eine ungeheure Aufgabe zu bewältigen hatten. An Elizabeth Chatsworth hatten sich zwei der vier Chatsworths gehängt, die sie nur mit großer Mühe davon abhalten konnte, die kleinen Landsdowns-Mädchen zu plagen, die zu dritt waren und sich weinend an Mutter Carolines Röcke hängten. Marianne de Burgh übergab ihr Baby der Kinderfrau, während ihr Ehemann Hugh, der Earl von Chillinghurst, die beiden jüngeren de Burgh-Jungen trennte, die sich um ein Stück Lametta stritten, das vom Baum gefallen war. Nicht weit entfernt plagten die beiden älteren de Burghs zwei ihrer Cousinen, die mit Silhouettenschneiden beschäftigt waren. Mitten unter dieser Versammlung tummelten sich die restlichen Kinder, dazu zwei Cousins – sie gingen im Zimmer umher und schwenkten Stöcke, an die bunte Bänder gebunden waren. Unter das Geschrei der Kinder mischten sich das Gekläffe von drei Hunden und das Knistern und Knacken eines prasselnden Feuers.

Als die Kinder aus dem Zimmer gebracht waren, kehrte wieder so etwas wie Ordnung ein. Selbst das Feuer wirkte ruhiger, da es heruntergebrannt war und nur noch hier und da ein Knacken von sich gab.

Um drei Minuten nach zehn wanderte Margery mit Emily ins Frühstückszimmer, ein kleiner Raum mit femininer Note und hellpfirsichfarbenen Wänden, abgesetzt in Grün und mit weißem, goldverziertem Stuck. Von ihrem Platz aus konnte sie entweder ihr Spiegelbild in einem großen Wandspiegel gegenüber betrachten oder hinüberschauen in den runden Wintergarten, der sowohl zum Frühstücks- als auch zum Eßzimmer eine Tür hatte. Wenn jemand sie gefragt hätte, hätte sie gesagt, der Wintergarten sei der schönste Raum, denn darin stand in einem Springbrunnen eine halbnackte Statue, umgeben von üppigen, exotischen Pflanzen.

Was das Essen betraf, mußte sie zugeben, daß ihre erste Mahlzeit mit der Familie ihres Mannes nicht so glatt verlief, wie sie es sich gewünscht hatte. Als sie das Frühstückszimmer betraten, flüsterte Emily, daß die »kalten Gerichte auf der Anrichte« stünden, was immer das sein mochte.

Als sie sich erst einmal gesetzt hatten, schenkte Octavia Kaffee ein, während Elizabeth heiße Schokolade servierte. Dabei sah sich Margery auf dem Tisch um. Was Emily als Muffins, Haferkekse, Hörnchen, Frühstückskuchen, Brötchen, Croissants und Brezeln bezeichnete, war zusammen mit einer Sammlung der unterschiedlichsten Gebäcke angeordnet, von denen eines sogar grün war, wie sie feststellte. Es gab auch eine Vielzahl von Butter-, Marmelade-, Honig- und Konfitüregefäßen.

Neben ihrem Teller stand ein silberner Eierbecher mit einem kleinen Löffel dazu, und während sie sich noch fragte, was sie damit wohl tun sollte, blieb der Butler neben ihr stehen und fragte sie, was sie gern essen würde.

Da sie nicht wußte, was zur Auswahl stand, sagte sie: »Ich werde nehmen, was es gibt.«

Ohne eine Ahnung zu haben, was sie gerade bestellt hatte, wurde Margery langsam klar, daß sie etwas falsch gemacht haben mußte, als Emily beinah erstickte in dem Versuch, nicht zu lachen.

Währenddessen füllte der Lakai »was es gab« auf Teller und reichte es dem Butler, der es vor Margery stellte. Mit schreckerfülltem Gesicht starrte sie auf die ihr servierten Portionen, die eine ganze Anzahl von Speisen umfaßten. Einige davon erkannte Margery als Speck, Schinken, Würste, frisches Obst, Küchlein, gebackene Pilze, geräucherten Lachs, Hühnchen, gebratenes Kaninchen, geröstetes Rebhuhn, Taube, Fasan, Wildpastete, Toast mit Mark, Hammelcurry und Rinderbein in Tomatensauce.

Margery, die noch nie in ihrem Leben an einer solchen Mahlzeit teilgenommen hatte, starrte hoffnungslos auf die Speisen vor sich und dann ebenso hoffnungslos auf die vielen Gläser, Schüsseln und Eßgeräte. Sie hatte noch nie so viele verschiedene Dinge gesehen. Was sollte sie tun?

Sie erinnerte sich an Daniels Rat: »Laß dir Zeit. Schau zu, was die anderen machen, und folge ihrem Vorbild, tue, was sie auch tun.«

Das versuchte sie. Mit katastrophalem Ergebnis.

Ganz ruhig sah sie zu, wie Octavia ihr Messer und ihre Gabel zur Hand nahm, um die fette, runde Wurst zu schneiden, die auf ihrem Teller lag. Als Margery das gleiche versuchte, schoß die Wurst quer über den Teller, schubste die Pilze an, so daß sie über das Tischtuch rollten und einer auf dem Brotteller des Viscount Downley landete. Zur gleichen Zeit warf die Wurst, inzwischen fliegend unterwegs, den Eierbecher um, und das Ei fiel, mit einer Zwischenlandung, in Emilys Tasse mit heißer Schokolade, während die fliegende Wurst über den Teller des Marquis von Handley raste und ihn dazu bewegte, seine Brille in seinen Auflauf fallen zu lassen. Während der Marquis seine Brille aus dem Auflauf fischte, zischte die Wurst haarscharf am Salzfaß vorbei und landete in Caroline Landsdowns Schoß, wo sie endlich zur Ruhe kam.

»Teufel auch«, sagte Margery.

Niemand lachte laut, aber alle griffen hastig nach ihren Servietten und schienen sich gleichzeitig zu verschlucken.

Nachdem der Earl von Chillinghurst wieder zu Stimme gekommen war, sagte er: »Ich nehme an, das ist auch eine Methode, den Teller zu leeren.«

Während der Lakai und der Butler sich hastig daranmachten, den Tisch zu ordnen, wechselte Octavia das Thema, offensichtlich wollte sie von dem Zwischenfall ablenken. »Sag uns doch, Margery, was essen die Indianer, bei denen du gelebt hast.«

»Büffel.«

»Büffel?« erwiderte Octavia.

»Ich habe schon Bilder von einem Büffel gesehen«, sagte Simon, der Marquis von Handley. »Es ist ein großes Tier mit Hörnern und einem Buckel.«

»Ich habe auch schon einen gesehen«, sagte Marianne. »In Wills Zeichnungen.«

»Ist das alles, was man ißt?« fragte Octavia. »Nur Büffel?«

Margery nickte. »Manchmal gab es auch Kaninchen, aber der Büffel ist die Hauptnahrung der Crow.«

»Wird es einem nicht langweilig, immer dasselbe zu essen?« fragte Elizabeth.

»Es gibt viele verschiedene Büffelteile, und viele verschiedene Arten, ihn zuzubereiten.«

»Was für Teile?« fragte Emily.

»Die beliebtesten sind Zunge, Gehirn, rohe Leber, Nieren und ein Dessert aus Beeren gemischt mit Blut.«

Drei Personen verließen den Tisch.

19

Charles überraschte alle damit, daß er seinen Neffen John mitbrachte.

Margery war in der gotischen Bibliothek mit dem Rest der Familie. Es war ein großer Raum mit einer Empore, auf der Tische und Stühle standen und wo die drei Schwiegersöhne Simon, Hugh und Robert sich ruhig bei einem Kartenspiel unterhielten. Unter ihnen im Zimmer saß Margery zusammen mit Octavia und ihren Töchtern, und all ihre kleineren Enkelkinder spielten zu ihren Füßen.

Alle sahen auf, als Charles und John den Raum betraten. Als Charles Margery entdeckte, ging er direkt nach oben, um sich mit seinen Schwiegersöhnen zu unterhalten, aber John sprach nur kurz mit den Männern und kam dann herunter, um die Frauen zu begrüßen.

Nachdem jede von ihnen einen Begrüßungskuß bekommen hatte, sah er Margery an und sagte: »Also du bist Williams Frau?«

Margery spürte, wie sie erstarrte. Sie fragte sich unwillkürlich, ob Charles ihn wohl gegen sie eingenommen hatte, noch bevor sie einander kennenlernen konnten. »Ja, ich ...«

»Wie nachlässig von mir«, sagte Octavia. »John, dies ist deine neue Cousine, Margery.«

»Ich habe ja immer gesagt, daß Will ein teuflisches Glück hat. Wer sonst hätte durch die Wildnis reisen können wie er und mit einer schönen Frau zurückkommen.« Er neigte sich tief über ihre Hand. »Ich bin jetzt schon entzückt.«

»Beschämt, meinst du«, sagte Emily. »Ich habe dich noch nie so eloquent reden hören, John.«

»John ist der Fehlschlag der Familie«, sagte Caroline. »Er ist zwar Arzt, hätte aber Dichter werden müssen.«

»Um Himmels willen!« sagte Elizabeth. »Ein grübelnder Künstler in der Familie reicht, nicht noch mehr.« Sie blinzelte Margery zu. »Du bist doch keine Künstlerin, oder?«

Margery mußte über den Gedanken lachen. »Mir fällt es schon schwer, nur eine gerade Linie zu ziehen.«

Marianne beugte sich vor und tätschelte ihr die Hand. »Dann wirst du dich prima mit den Frauen der Familie verstehen. Keine von uns hat auch nur eine Spur von künstlerischer Begabung.«

»Und so ist es richtig«, sagte Octavia. »Denn hier gibt es mehr als genug von jenen nachdenklichen, empfindsamen Männern, die lieber jammern als essen.«

»Autsch!« sagte John und griff sich in der Region des Herzens ans Hemd. Alle lachten.

Margery fand ihn sofort sympathisch.

Der Rest des Tages verstrich angenehm. Die Kinder wurden mit ihrer Kinderfrau nach oben geschickt, und Hugh verkündete, der Schnee vom vergangenen Tag sei schon fast völlig geschmolzen. Mehr brauchten die Männer nicht, um eilig im Waffenzimmer zu verschwinden. Als sie wiederkamen, wohl ausgerüstet mit mehr Waffen, als sie irgend hätten abschießen können, sahen die Frauen sie nur noch zu einem Nachmittag mit Scheibenschießen aufbrechen.

Das Mittagessen war bescheiden und nur für die Frauen, denn die Männer waren noch draußen. Am späteren Nachmittag spielten die älteren Kinder Spiele, und die Frauen setzten sich in den kleinen Salon, um sich zu unterhalten und ein wenig zu nähen.

Als die Männer schließlich zurückkehrten, waren die Frauen schon alle verschwunden, um sich zum Abendessen umzuziehen.

Als Emily fertig war, klopfte sie an Margerys Zimmertür und erklärte ihr, es sei Zeit, hinunterzugehen. Margery war nervös, weil sie Charles wieder begegnen würde, doch die fröhlich plappernde Emily schien das nicht zu bemerken.

Margery versuchte, sich auf dem Weg nach unten am Gespräch mit Emily zu beteiligen, doch ihr sank das Herz wie ein leckes Kanu, als ihr auffiel, daß sie als letzte kamen. Alle anderen saßen schon, einschließlich Charles, der seinen gewohnten Platz an der Stirnseite des Tisches eingenommen hatte.

Octavia wandte den Blick nicht von Charles ab, der die beiden Frauen finster betrachtete, aber er sagte nichts, als Emily Margery ihren Platz zeigte.

Emily setzte sich neben sie.

Als sie beide saßen, hallte Charles' Stimme durch den Raum, durchschnitt das leise Murmeln der Unterhaltung, die sofort verstummte. »Dies ist ein Essen im Kreise der Familie. Was tut *sie* denn hier?«

Octavia wußte, daß Margery spürte, wie sie jeder am Tisch ansah. Sie konnte auch erkennen, wie der Atem der jungen Frau flacher wurde, und soweit das aus der Röte ihres Gesichtes zu schließen war, wurde es ihr ziemlich warm vor Scham. Offensichtlich wußte sie nicht recht, was sie tun sollte. Wie Octavia die Sache sah, hatte Margery drei Möglichkeiten: etwas zu ihrer Verteidigung vorzubringen, sich zu entschuldigen oder einfach fortzugehen.

Octavia beschloß, ihr die Entscheidung abzunehmen. »Von wem sprichst du, mein Lieber?«

»Das weißt du ganz genau. Diese indianische Wilde ... sie sollte draußen bei den Bediensteten essen, oder allein in der Küche.«

Octavia sah sich am Tisch um. »Ich sehe keine Wilde hier, Charles, nur nahe Familienmitglieder.«

»Versuche nicht, mich umzustimmen, Octavia. Mag sein,

daß ich ihre Gegenwart in Emberly Hall dulden muß, aber am selben Tisch mit ihr brauche ich nicht zu sitzen. Ich will nicht, daß sie mit uns ißt. Ich will nicht nach jedem Bissen aufsehen und sie anschauen müssen.«

Octavia warf einen Blick zu Margery, die offensichtlich alles verstand und wußte, daß sie nicht willkommen war. Wenn Octavia sie richtig einschätzte, würde es ihr lieber sein, nicht der Grund einer Konfrontation innerhalb der Familie zu sein. Nach Octavias Vermutung suchte Margery den Weg des geringsten Widerstandes, indem sie beschloß, daß es wohl besser war, zu tun, was ihr Schwiegervater verlangte, und ihm aus den Augen zu gehen. Octavia sagte nichts, als Margery ihren Stuhl zurückschob und aufstand. Sie sprach auch nicht, als Margery zur Tür ging, zu beschämt und gedemütigt, um irgend jemanden anzusehen.

Octavia wartete, bis Margery die Tür fast erreicht hatte. Erst jetzt zeigte sie ihren Entschluß, ihrer Schwiegertochter zu Hilfe zu kommen, indem sie auch aufstand, wobei ihr Stuhl leise über den türkischen Teppich scharrte. »Wenn das so ist, Charles«, sagte sie und warf ihre Serviette auf ihren Stuhl, »werde ich dafür sorgen, daß dein Wunsch erfüllt wird.«

Mit diesen Worten nahm Octavia ihren Suppenteller und ging in Richtung Tür.

»Octavia!«

Octavia blieb nicht stehen, erst als sie Margery erreicht hatte, wandte sie sich um und sagte: »Ja, mein Lieber?«

»Wo gehst du hin?«

»Nun, ich gehe in die Küche, um mit Margery zu essen, damit du sie nicht bei jedem Bissen sehen mußt.«

Charles murmelte etwas, doch der Sinn seiner Worte verschwand im Scharren anderer Stühle, die zurückgeschoben wurden. Während Octavia das Eßzimmer verließ, sah sie, daß ihre vier Töchter aufgestanden waren. Genau wie Octavia nahmen sie ihren Suppenteller und wandten sich vom Tisch ab, um ihrer Mutter aus dem Zimmer zu folgen, während ihre Männer am Tisch sitzen blieben und dabei in keinster Weise so erstaunt wirkten wie Charles.

Octavia warf einen Blick zurück und sah, daß Margery neben Emily als letzte den Raum verließ.

Auf ihrem Weg hinter den anderen her, sah Emily Margery an und sagte: »Du hättest deinen Suppenteller mitbringen sollen.«

»Warum?«

»Mutter sagt, Revolten sind immer effektiver, wenn man Requisiten benutzt.«

Als sie alle am Küchentisch saßen, fragte Caroline ihre Mutter, was sie in bezug auf Charles' Einstellung gegenüber Margery zu tun gedenke.

Octavia sah Caroline an und beschloß, daß es Zeit war, ihnen ihren Plan zu erklären. »Ich habe die Absicht, ihm klarzumachen, wie falsch er sich benimmt.«

Elizabeth ließ ihren Löffel auf halbem Wege zum Mund ruhen. »Und wie willst du das machen?«

»Indem ich ihm zeige, daß sie eine absolut perfekte Lady sein kann ... genausosehr eine Lady wie jede adlige Frau, die in England erzogen worden ist.«

Marianne schnaufte tief. »Du hast doch nicht wirklich vor, eine solche Herausforderung anzunehmen?«

»Natürlich habe ich das. Warum denn nicht?«

»Mutter, das willst du Margery doch nicht antun.«

»Was?«

»Etwas aus ihr machen, das sie gar nicht ist«, sagte Marianne.

»Und woher sollen wir wissen, was sie ist, wenn wir es nicht ausprobieren?«

»Was hast du denn mit ihr vor?« fragte Caroline.

»Ich werde eine feine Dame aus ihr machen, und dann nehmen wir sie mit nach London und stellen sie während der Saison dem ganzen adligen ›Ton‹ vor – der feinen Gesellschaft«, fügte sie zu Margery gewandt erklärend hinzu.

Caroline hätte fast ihr Glas fallen lassen. »Das wäre grausam.«

»Caroline, ich kann mir nicht vorstellen, was dich auf diese Idee bringt. Was wäre daran grausam?«

»Du würdest sie vor dem Ton demütigen.«

»Es würde sie nicht demütigen, ihnen zu zeigen, was für eine Lady sie ist.«

Elizabeth, die immer als die Vernünftigste galt, sagte: »Bist du dir im klaren, was du ihr alles beibringen müßtest, um sie während der Saison dem Ton auszusetzen? Reiten, tanzen, ausgefeilte Gespräche führen, gehen, die richtigen Diskussionsthemen beherrschen, knicksen, jeden Adligen richtig ansprechen ... das ist unmöglich.«

»Nichts ist unmöglich«, sagte Octavia, und ihre Stimme schien die gleiche Tragweite zu haben, wie sie wohl Gott gehabt haben mußte, als er Moses die Zehn Gebote übergab.

Marianne lehnte sich in ihrem Stuhl zurück und begann, sich Luft zuzufächeln. »Ich kann das nicht glauben.«

Octavia sah sie streng an. »Glaube es ruhig.«

Marianne fragte: »Und was, wenn du es nicht schaffst, Mutter? Was, wenn sie nicht bereit ist und etwas Schreckliches tut, womit sie sich blamiert ... womit sie uns alle blamiert?«

Emily grinste. »Du und Hugh könntet uns einfach verstoßen.«

»Das ist nicht der richtige Augenblick für solche Scherze, Emily«, warnte sie Octavia.

Marianne hob die Hand an den Kopf. »Ich glaube, ich werde gleich ohnmächtig.«

»Emily, bring deiner Schwester ein Glas von Vaters Weinbrand.«

Emily stand auf.

»Ich brauche keinen Weinbrand«, sagte Marianne.

»Vielleicht könntest du mit Margery rechtzeitig soweit sein, im Februar zur Jagd bei Onkel Rand einen Versuch mit ihr zu machen«, sagte Caroline.

»Februar!« rief Marianne und griff sich an den Kopf. »Wo ist der Weinbrand?«

Emily stand sofort wieder auf. »Ich hole ihn, ich weiß schon, wo Vater ihn aufbewahrt.«

Octavia hob die Augenbrauen. »Ach, und woher weißt du das?«

Emily sah auf ihre Füße hinunter. »Ich habe ihm nachspioniert.«

»Emily Justine! Wenn du an dieser Schwesternschaft teilnehmen willst, mußt du lernen, vorsichtig zu sein. Du darfst niemals spionieren … wenn du keinen Wachposten hast. Jetzt geh und hole den Weinbrand deines Vaters.«

Emily warf Octavia ein Lächeln zu und lief aus dem Zimmer. Octavia sah Margery an, die inzwischen völlig verbiestert wirkte. Sie tätschelte ihr die Hand. »Oh, mein liebes Kind, du brauchst nicht so erschreckt auszusehen. Ich habe wirklich großes Zutrauen in dich. Unter meiner Anleitung wirst du glänzen.«

Trotz Octavias optimistischer Worte machte Margery nicht den Eindruck, als könnte sie auch nur ein Wort davon glauben.

20

Will hatte noch nicht die Hälfte seiner Reise hinter sich, da wußte er, daß er eine schreckliche Sünde begangen hatte, indem er Margery in England ließ und allein nach Amerika zurückkehrte. Ihm wurde auch klar, daß er sich in seinen Gefühlen getäuscht hatte. Die Zeit hatte sie nicht verändert.

Im Gegenteil, die verstreichende Zeit hatte ihm vielmehr klargemacht, was er da verlassen hatte. Wie seltsam das Leben sein konnte. Da hatte er versucht, seinem Vater das Leben schwerzumachen, und dabei sich selbst genau das angetan. Bei dem Versuch, seinem Vater weh zu tun, hatte er sich selbst verletzt.

Er war ganz benommen vor Schreck. Er vermißte sie. Er vermißte sie wirklich sehr. *Sie*! Die Wilde mit der wilden Lebensart. *Sie*! Die Unzivilisierte, die ihn mehr Menschlichkeit gelehrt hatte, als er aus tausend Büchern hätte lernen können.

Selbst jetzt noch war er erstaunt, wie sehr er sie schätzte, wie sehr er begonnen hatte, ihr Verständnis und ihre Weisheit zu bewundern. Er dachte an ihre ruhige Art, ihre scheue Gegenwart. Er wußte jetzt auch, daß es richtig gewesen war, seine Gedanken anfangs nicht mit Guy zu teilen, denn seine Gefühle waren noch zu neu, zu zart und zu beunruhigend, um sie vor jemand anderem darzulegen.

Seine Selbstverbannung hatte vor allem ein unstillbares Verlangen in ihm geweckt: bei ihr zu sein.

Je mehr er sie begehrte, um so mehr bestrafte er sich. Wenn ihn überhaupt etwas trösten konnte, dann das Wissen darum, was für eine Frau seine Mutter war. In seinem Herzen war er sich sicher, daß Margery nicht schlecht behandelt werden würde. Er wußte, daß Octavia sie in ihrem Nest genauso willkommen heißen würde wie ihre eigenen Küken. Ihr Mutterinstinkt war sehr stark ausgeprägt. Margery stellte eine Herausforderung dar, der Octavia nicht würde widerstehen können. Und schon bald würde sich Margery ihrer ganzen Aufmerksamkeit erfreuen können.

Das bedeutete nicht, daß sie auch verstehen würde, warum er fortgegangen war, oder daß sie nicht durch sein Handeln verletzt sein würde. Und den Schmerz würde es auch nicht verringern. Ironischerweise begann er, seinen Schmerz zu begrüßen, sich darauf zu freuen, denn dieser Schmerz gab ihm die Kraft, auszuhalten. Und immer mehr stellte er fest, wie sehr seine Widerstandskraft auf die Probe gestellt wurde, bis selbst er glaubte, es nicht mehr ertragen zu können.

Guy hatte sich während der ganzen Reise nicht wohl gefühlt, und so war er oft in seiner Kajüte geblieben. Er wurde von Fieber und zusehends schwindendem Appetit gequält. Er war dünn und blaß und wurde von Tag zu Tag schwächer. An Deck kam er nur, wenn das Wetter ruhig war und er eine Stelle finden konnte, die Sonnenwärme zu genießen.

Heute fand ihn Will an einem solchen Platz. Er lag in der Nähe eines der Rettungsboote ausgestreckt, den Kopf auf eine Rolle Seil gelegt, seinen zerbrechlichen Körper vom Sonnenlicht bedeckt.

Er hörte Will kommen, öffnete die Augen und blinzelte ihn an. »Du weißt immer« – er hielt einen Augenblick inne, weil ihn ein Hustenanfall schüttelte –, »wo du mich finden kannst.«

Will runzelte die Stirn. Trotz Guys Bemühungen, es zu verstecken, sah er Blut auf seinem Taschentuch. Schließlich sagte er: »Das ist nicht besonders schwierig. Ich brauche nur zu horchen, wo jemand hustet und pfeift. Übrigens wird es immer schlimmer. Ich glaube, in Boston sollten wir einen Arzt aufsuchen.«

»Wir wollen nicht von meinen Beschwerden sprechen. Sag mir, warum du gekommen bist. Um dir mit Schwatzen die Zeit zu vertreiben oder vielleicht, weil die Sahne sich jetzt oben abgesetzt hat?«

Will grinste ihn an. »Ganz oben, genau wie du gesagt hattest.«

Guy lächelte und machte eine Handbewegung, damit Will sich setzte.

Will setzte sich ihm gegenüber. »Ich habe nachgedacht.«

»Der Herr erhöre uns.«

Will war nicht in Stimmung für Scherze. »Willst du es hören oder nicht?«

»Ja, trotz deines kummervollen Tons.«

»Also, wie ich schon sagte, ich habe nachgedacht.«

»Du warst noch nie ein Künstler darin, zur Sache zu kommen. Seit wir die Reise angetreten haben, bist du nachdenklich. Erkläre mir die Ursache aller dieser Denkerei. Ist es deine Frau?«

Will schüttelte den Kopf. »Warum sollte ich es erklären? Vermutlich weißt du die Antwort sowieso selber.«

»Mag sein, aber ich will sie von dir hören ... Bekenntnisse sind gut für die Seele und so.«

»Ich werde von Schuldgefühlen geplagt ... sie verzehren mich. Überrascht dich das?«

»Nein, aber was wichtiger ist, ich denke, dich überrascht es auch nicht. Habe ich recht?«

Will nickte. »Ich wußte, daß ich mich schuldig fühlen würde. Schon am ersten Tag ... noch bevor wir in London waren, habe ich die ersten Ansätze gespürt, wie die Unruhe, die einer Krankheit vorausgeht.«

Das stimmte, denn seit jenem Tag in London, als er das erste Bedauern in Ansätzen gespürt hatte, waren seine Gedanken immer bei ihr gewesen. Nur bei ihr. Er sehnte sich mit einer Eindringlichkeit nach ihr, die wie ein ewiges Licht in ihm brannte, und er akzeptierte das willig. Es war seine Strafe, die er für das Unrecht bezahlen mußte, das er ihr angetan hatte. Es bereitete ihm ein seltsames Gefühl von Trost, zu wissen, daß Schuldgefühle ihn quälen würden und er so dafür bezahlen mußte, was er getan hatte. Darin lag seine Befriedigung.

Obwohl er öfter seekrank wurde, hatte erst eine andere Krankheit ihn wirklich aus dem Gleichgewicht gebracht: diese Sehnsucht seines Herzens.

Als hätte er das laut ausgesprochen, sagte Guy einfach: »Du hast sie gern.«

»Ja.«

»Ist es Liebe?«

»Das möchte ich gern denken, aber sicher bin ich nicht. Ich nenne es Liebe, aber eine Stimme in meinem Innern fragt immer wieder: Ist es Schuldgefühl ... oder Liebe?«

»Manchmal ist es leichter, die Gefühle der anderen zu deuten, als sich selbst zu verstehen.«

»Mir war nicht klar, daß es so lange dauern würde. Meine ersten Gefühle waren Bedauern. Es tat mir leid ... nicht so sehr, was ich getan hatte, aber weil ich es in dieser Weise getan hatte. Langsam aber sicher wurde mir dann klar, daß sich mein Bedauern und meine Reue in Schuldgefühl verwandelten. Immer, wenn ich an sie dachte ... wirklich daran dachte, wie es zwischen uns gewesen ist, dann war ich ... ich bin mir nicht sicher, was ich empfand. Verwirrt, wäre vielleicht eine Annäherung an das Gefühl.«

»Also wußtest du nicht, ob deine Gefühle Ausdruck von Liebe oder Mitleid waren?«

Er sah Guy direkt in die Augen. »Wenn es Mitleid ist, kann ich nicht zurückgehen.«

»Und Liebe? Wie ist es damit?«

»Falls ich zurückgehe, dann nur deswegen und aus keinem anderen Grund. Wenn ich ohne jeden Zweifel weiß, daß ich sie liebe und seit einiger Zeit geliebt habe.«

»Aber sicher bist du nicht?«

»Nein.« Will verstummte. Nach kurzem Nachdenken sagte er: »Erkläre es mir, Guy. Erkläre mir, wie ich die wahre Ursache dieses Sehnens in meinem Innern erkenne. Ist es Liebe? Oder Schuldgefühl?«

»Nur du kannst das beantworten.«

Will sprang auf und wandte sich ab, schob die Hände tief in die Taschen. Er konnte seinen Gesichtsausdruck verbergen, aber nicht die Enttäuschung in seiner Stimme. »Ich kann es nicht! Wenn es möglich wäre, glaubst du nicht, ich hätte es inzwischen bemerkt? Ich sage dir, es geht nicht! Ich kann nicht sicher sein. Wie soll ich es nur herausfinden?«

»Du wirst es einfach wissen. Wenn die Zeit gekommen ist. Nicht vorher.«

»*Zeit*! Immer die Zeit.« Er schien die Worte zu knurren. »Zeit ist vielleicht das einzige, das ich nicht habe.«

Es stellte sich dann allerdings heraus, daß Zeit dasjenige war, das William zur Genüge hatte, denn Guy war ziemlich krank, als sie Boston erreichten. Sobald Will ihn in einem Hotelzimmer untergebracht hatte, machte er sich auf die Suche nach einem Arzt.

Nach der Untersuchung war Will fassungslos über die Diagnose des Doktors.

»Schwindsucht? Seid Ihr sicher?«

»Ich bin sicher, aber wenn Ihr Zweifel habt, konsultiert doch noch einen zweiten Arzt. Glücklicherweise gibt es in Boston viele davon.«

Will ließ Guy noch von drei weiteren Ärzten untersuchen, die alle dasselbe feststellten: Schwindsucht.

Außer Bettruhe konnten die Ärzte kaum etwas verschreiben. Ihre Hauptsorge war, ihn zum Essen zu bewegen, damit er wieder zu Kräften kam.

Zuerst schob Will alle Gedanken an Margery beiseite, doch als Guy langsam wieder an Gewicht zunahm und es ihm etwas besserging, kehrte Wills Denken mehr und mehr zu Margery zurück. Er hatte nicht lange gebraucht, um zu erkennen, daß Guy recht gehabt hatte. Schon bald hatte er gemerkt, daß seine Schuld eine Folge seiner Gefühle für sie war, nicht ihre Ursache.

Doch Will war sich unsicher, worin seine Gefühle nun genau bestanden. Er wußte nur, daß es keine andere Möglichkeit gab, endgültig sicher zu sein, als nach England zurückzukehren und sie zu treffen. Er hätte sie niemals verlassen dürfen. Er würde zurückgehen, sobald Guys Gesundheit es zuließ.

Kaum war Will zu dieser Entscheidung gelangt, rannte er den ganzen Weg zurück zum Hotel, um es Guy zu sagen.

Als er den dritten Stock des Hotels erreicht hatte und Guys Eckzimmer ansteuerte, lag echter Enthusiasmus in seinen Schritten. Selbst vom anderen Ende des langen Flurs aus konnte er erkennen, daß die Tür des Zimmers nur angelehnt war.

Will hatte erst die Hälfte des Flurs durchquert, da erkannte er den vollen Bariton von Dr. Rutherford C. Bernards Stimme.

»Ich sagte, es würde Euch wieder gut genug gehen, um ein normales Leben wiederaufzunehmen. Ich sagte nicht, Ihr würdet das erstmögliche Schiff nehmen können. Ich halte eine Schiffsfahrt nach England für jemanden, der bei der vorigen beinah gestorben wäre, nicht für empfehlenswert. Die feuchte Seeluft war nicht gut für Eure Lungen. Versucht das noch einmal, und Ihr werdet Euch damit umbringen. Wollt Ihr das?«

»Wir können doch nicht immer in Boston bleiben.«

»Das würde ich auch nicht empfehlen. Neben New York gibt es hier mit die meisten Fälle von Schwindsucht in den Vereinigten Staaten. Niemand weiß es sicher, aber wir vermuten, daß es etwas mit dem Klima zu tun hat. Fahrt hinüber in den Westen, wo die Luft trocken ist, so wie Ihr es ursprünglich vorhattet. Die feuchte Seeluft hier ist für Euch wahrscheinlich auch nicht besser als die Überfahrt. Eine Reise in den Westen hat schon vielen in Eurem Zustand geholfen. Die meisten bleiben dort, wenn sie erst angekommen sind.«

Einen Moment lang stand Will vor der Tür mit dem Gefühl, als wäre sein Leben eine lange Linie. Sein Traum von einem Leben mit Margery war am einen Ende. Seine Angst davor, den Traum nie zu verwirklichen, war am anderen. Er sah sich selbst in der Mitte stehen.

Ohne eine Ahnung zu haben, in welche Richtung er sich wenden sollte, betrat Will das Zimmer. Er begrüßte Guy und unterhielt sich dann mit dem Arzt, als hätte er nichts gehört. Als der dann fort war, setzte sich Will an Guys Bett, genau wie Guy oft an seinem Bett gesessen hatte, als er noch ein Junge gewesen war. »Also, was hatte der gute Doktor zu sagen?«

»Er sagte, angesichts meiner Fortschritte würde ich in etwa einer Woche bereit sein, wieder um die Welt zu segeln. So gesehen könntest du vor dem Ende des Sommers wieder in England sein.«

Will entging Guys unabsichtlicher Ausrutscher bei den Worten nicht. Ja, Will würde vielleicht wieder zurück sein, aber Guy wußte offensichtlich, daß er England nicht wiedersehen würde.

Will wollte nichts auf der Welt mehr, als das erste Schiff zurück nach England zu nehmen. Es gab so viel, was er wiedergutmachen wollte, so viel Unrecht, das er getan und für das er sich entschuldigen wollte. Er hatte gewußt, daß der Preis vielleicht hoch sein würde. Er hatte nicht damit gerechnet, daß es das Leben seines Freundes sein könnte. Einen Augenblick lang war ihm, als schwebe er zwischen zwei Welten: zwischen Dunkelheit und Morgengrauen; zwischen Himmel und Erde; zwischen einer Frau und einem Freund.

Am Schluß war klar, daß er eigentlich keine Wahl hatte. Die Antwort war genauso rein wie Margerys Gewissen von Anfang an gewesen war. Will hatte von dem Augenblick an, als er das Gespräch mit Dr. Bernard gehört hatte, gewußt, was er würde tun müssen. Das Leben war viel wertvoller als das Glück, heiliger als die Liebe.

»Hast du gehört, was ich gesagt habe?«

Will konzentrierte sich wieder auf Guy. »Habe ich.«

»Du scheinst nicht allzu entzückt zu sein, über den Gedanken, nach Hause zu gehen.«

Will zuckte mit den Schultern. »Warum sollte ich erfreut sein, wenn es ums Zurückfahren geht?«

»Was ist mit deiner Frau? Haben deine Gefühle für sie sich geändert?«

»Was auch immer meine Gefühle sind, sie wird noch da sein, wenn ich zurückkehre.«

»Was genau willst du damit sagen? Daß du nicht zurückgehen *willst*?«

»Nein, nur daß ich im Augenblick nicht bereit bin zurückzugehen.«

»Ich verstehe nicht.«

»Ich bin zu dem Entschluß gekommen, daß ich wirklich genau wissen muß, was ich will, wenn ich zurückkehre, sonst mache ich alles nur noch schlimmer. Ich möchte immer noch alles das unternehmen, was wir uns ursprünglich vorgenommen hatten.«

»Was schlägst du vor? Daß wir hier in Boston bleiben? Vielleicht einen Eisenwarenladen eröffnen?«

Darüber lachte Will kurz. »Das kannst du ruhig tun. Ich allerdings mache mich auf den Weg nach St. Louis. Ich möchte wieder malen. Ich möchte noch ein letztes Mal in den Westen fahren, und dann werde ich wissen, ob dort meine Zukunft liegt oder in England bei meiner Frau.«

Guys Blick wurde nüchtern. »Und du bist sicher, daß du das so willst?«

»Ich war in meinem Leben noch nie bei etwas so sicher.«

»Du hast dich nicht durch etwas anderes umstimmen lassen?«

»Nichts hat mich umgestimmt – außer der Unsicherheit meiner Gefühle.«

»Wenn du es dir anders überlegst … wirst du es mir sagen?«

»Das werde ich tun.«

»Auf dein Ehrenwort?«

»Auf mein Ehrenwort«, sagte Will.

21

Am nächsten Nachmittag saß Octavia mit Margery im Salon und fragte sich, wie sie nun vorgehen sollte. Es gab vieles, was sie ihrer neuen Schwiegertochter zu sagen hatte, doch Margerys Hintergrund machte es ihr nicht gerade einfach. Sie seufzte und betrachtete Williams hübsche Frau. Es hätte ihr das Herz brechen können, wenn sie bedachte, was das schöne junge Mädchen schon alles ertragen hatte und noch würde ertragen müssen.

Octavia betete, sie würde genügend Weisheit finden. Wie

konnte sie William irgend jemandem erklären? – William, das Kind ihres Herzens, jenes Kind, das nur sie wirklich zu verstehen schien. Sie wollte schon etwas sagen, hoffte und wünschte, daß die notwendigen Worte ihr zufallen würden, da wurde ihr plötzlich klar, daß eine Erklärung von Williams Charakter nicht das war, was die junge Frau brauchte.

Margery brauchte viel eher eine Familie als einen Ehemann. Sie brauchte Liebe und Sicherheit mehr als Erklärungen. Sie brauchte Zeit, die Welt um sich her zu entdecken und herauszufinden, wer sie wirklich war. Sie brauchte es, daß sie jemand verwöhnte und ihr ein schönes Leben bereitete. Sie mußte erst noch erfahren, wie schön und absolut einzigartig sie war.

Octavia erinnerte sich, daß William vor seiner Abfahrt so ziemlich das gleiche gesagt hatte. Vielleicht kannte ihr Sohn seine Frau besser, als Octavia zuerst gedacht hatte. In gewisser Weise war es vielleicht besser, daß alles so gekommen war, denn zweifellos würde Williams Abwesenheit Margery Zeit geben, die Frau zu werden, die sie werden sollte.

Nur eines gab es, das Octavia Sorgen bereitete: die Schüchternheit des jungen Mädchens. Sie würde auf keinen grünen Zweig kommen, wenn sie weiter ohne Frage alles tat, was man ihr sagte, ohne Rücksicht auf ihre eigenen Gefühle und Wünsche.

»Liebst du meinen Sohn?«

Mit dieser Frage wollte sie Margery aufrütteln, was ihr offensichtlich gelang. »Ich ... ich habe ihn geliebt, als wir hier angekommen sind. Jetzt bin ich mir nicht mehr so sicher.«

Octavia stand auf und stellte sich vor die Frau ihres Sohnes. »Erzähle mir, wie du dich bei dieser ganzen Sache fühlst.«

»Was meinst du damit?«

»Dein Ehemann, den du geliebt hast, hat dich einfach verlassen. Wie fühlst du dich dabei?«

»Zuerst war ich verletzt und traurig. Jetzt versuche ich zu verstehen, wie er sich gefühlt hat und warum er es nötig fand, mich zu verlassen.«

»Aha.«

»War das nicht die richtige Antwort?«

Octavia seufzte. »Es gibt keine richtigen Antworten, Kind. Du solltest ärgerlich sein, Margery. Sehr ärgerlich angesichts dessen, was William dir angetan hat.«

»Aber ich verstehe, warum er so gehandelt hat.«

Octavia hob die Augenbrauen. »Ach ja? Nun, das ist bemerkenswert, denn ich bin seine Mutter – ich habe ihn seit seiner Geburt gekannt –, und ich verstehe es nicht.« Sie schwenkte abweisend die Hand. »Oh, ich verstehe natürlich schon die Probleme zwischen Charles und William, aber es gibt andere Möglichkeiten, solche Probleme zu lösen, als davonzulaufen. Ich will damit nicht sagen, daß William nicht Unrecht geschehen ist, denn das war ganz sicher der Fall. Und ich sage auch nicht, daß Charles nicht tyrannisch war, gnadenlos, hart, stur und dumm bis zum Letzten, denn das war er ganz sicher. Ich sage nur, daß William immer in seinen Entscheidungen frei war: Er hätte immer hierbleiben und für sein Recht auf eine eigene Persönlichkeit eintreten können – oder eben weglaufen. Und es ist nicht deine Schuld, daß er sich entschieden hat wegzulaufen.«

Octavia hielt inne, dachte nach und schüttelte dann den Kopf. »Und dich hierherzubringen, nur um seinem Vater ordentlich eines auszuwischen, ist unverzeihlich. Dennoch will ich zu seiner Verteidigung vorbringen, daß ich denke, William mag dich viel mehr, als ihr beide wißt. Ich vermute, daß er das recht bald bemerken wird, und dann dürfte er zurückkommen. In der Zwischenzeit hast du viel zu lernen und an dir zu arbeiten.«

»Was denn für Arbeit?« fragte Margery und sah auf, als

Caroline und Elizabeth hereinkamen. Sie setzten sich beide schweigend in ihre Nähe.

»Meine Liebe, diese demütige, milde Haltung, das unterwürfige Benehmen ist nicht das richtige. Bleibe dabei, sei es mit William oder sonst irgendeinem Mann, und schon hat er das Gebiß zwischen den Zähnen, und du wirst ihn nie mehr zügeln können. Fängst du erst einmal liebenswürdig und freundlich an, dann mußt du auch so bleiben. Bist du aber von Anfang an fest und unabhängig, dann kannst du immer noch ab und zu liebenswürdig sein, wenn du möchtest, ohne deine Position aufgeben zu müssen. Eine Frau sollte sein wie ein Sandkorn in der Auster. Man erzeugt nicht die Perle, indem man still und zufrieden ist.«

Elizabeth lachte. »Mutter, bei dir klingt es eher nach Krieg.«

»Doch genau das ist eine Ehe – eine Art Krieg. Eine Schlacht der unterschiedlichen Willensrichtungen, wenn du so willst. Darum sollte eine Frau Kampftaktiken erlernen, bevor sie heiratet. Verzeih mir den Vergleich, aber Männer sind wie Hunde: Erziehe sie richtig, und sie werden treu und sind dir Gefährten fürs Leben. Mach es falsch, und sie knurren und fletschen die Zähne und beißen dich bei jeder passenden Gelegenheit.«

Margery lächelte, ihre Augen strahlten, und sie schien offensichtlich genau zu überdenken, was Octavia gesagt hatte.

»Mutter«, sagte Elizabeth. »Wann hast du zum ersten Mal gemerkt, daß die Verhältnisse zwischen Mann und Frau so ungerecht gelagert sind?«

»Ich war siebzehn ... oder achtzehn? ... Nun, auf jeden Fall ging ich damals zum ersten Mal auf einen Ball. Ich tanzte mit Geoffrey Tutberry, da stellte sich mir plötzlich die Frage, warum ich eigentlich als Frau den Rest meines Lebens damit verbringen sollte, rückwärts zu tanzen.«

Caroline lachte mit ihrer Schwester und sagte dann zu ihrer Mutter: »Du hast zwar schon viel dazu getan, die Ungerechtigkeiten des Lebens auszugleichen, aber die Frauen tanzen immer noch rückwärts.«

»Ich weiß, aber ich habe es noch nicht aufgegeben.«

»Der Vikar wäre bestimmt entzückt, deine Worte zu hören«, sagte Caroline. »Er würde denken, daß du die Position eines Ehemannes nicht anerkennst.«

Octavia erwiderte: »Seit Adam haben die Männer die Funktion des Mannes irgendwie mißverstanden.«

»Seit Adam?« fragte Elizabeth. »Ich hatte keine Ahnung, daß die Sache so weit zurückgeht.«

»In der Heiligen Schrift heißt es: ›Und Adam erkannte sein Weib und sie wurde schwanger.‹ Es ist traurig, es zuzugeben, aber viele Männer wissen nicht mehr von ihren Frauen als das.«

»Sie hat recht«, sagte Caroline. »Sanft und bescheiden zu sein, ist nicht Teil der Aufgabe der Frauen. Eine Frau ist dem Mann gleichwertig, nicht sein Besitz.«

Octavia blinzelte und sah ihre Tochter an. »Also wirklich, Caroline, das war ja regelrecht poetisch ... ganz zu schweigen von wahr.«

»Oh, vielen Dank, Mutter.«

Octavia hielt einen Moment inne, um einen Blick in Margerys Richtung zu werfen und herauszufinden, wie die junge Frau mit alldem umging. Ein Blick auf ihren neuen Schützling machte ihr klar, daß sie nicht nur alles akzeptierte, was sie sagten, sondern daß sie schon über den puren *Gedanken* einer möglichen Unabhängigkeit und Selbstverantwortung lächelte. Was für eine Frau würde sie für William abgeben. Es war schließlich allgemein bekannt, daß Männer die Abwechslung liebten. Darum nahmen sich so viele von ihnen eine Geliebte. Wenn eine Ehefrau klug war, bemühte sie sich, eine abwechslungsreiche Frau zu sein. Dann schwebte ihr Mann immer in einem Zustand des Glücks, einer Art spirituellem Harem.

Octavia lächelte. Wie herrlich Unabhängigkeit doch war. Doch, dies alles würde ihr wirklich Vergnügen bereiten. Dieses liebe, liebe Wesen war wirklich ein Glücksfall. Ihr Geist war scharf und klar wie ein Sommertag. Sie war ehrlich und direkt und wollte mit ganzem Eifer etwas lernen. Ausgerüstet mit den richtigen Waffen, um in der Welt der Männer zu überleben, würde sie genau die richtige Frau werden, die sich und William für den Rest ihres Lebens zufrieden und glücklich machen konnte.

Elizabeth fragte: »Mutter, woran denkst du?«

»Was? Oh ...« Octavia lachte. »Genaugenommen dachte ich gerade an ein Gedicht von Tennyson:

›Er wird dich schätzen, wenn die erste Leidenschaft verraucht/ Ein wenig wärmer als den Hund, heftiger auch wohl als sein liebstes Pferd.‹«

Sie lachten alle vier, und Elizabeth und Caroline gingen hinaus, weil sie zu ihren Kleinsten gerufen wurden, die nach ihrem Mittagsschlaf die Brust verlangten.

Jetzt wurden Octavias Gedanken ernst. Sie überlegte, was wohl geschehen würde, wenn sie keinen Erfolg hatte und Margery dieses willige, passive kleine Ding bleiben würde – William würde sicher schon zwei Wochen nach seiner Heimkehr eine Geliebte haben. »Ich möchte, daß du mir einen Gefallen tust.«

»Gern.«

»Ich möchte, daß du daran denkst, daß du William böse bist für das, was er dir angetan hat.«

»Böse? Wie könnte ich ihm böse sein? Er hat mich aus der Gefangenschaft gerettet.«

»Doch dafür brauchst du nicht mit deinem persönlichen

Glück zu bezahlen. Ich will nicht, daß du ihm böse bist für das Gute, das er getan hat, sondern für das Unrecht. Du mußt lernen, die beiden auseinanderzuhalten. Also, glaubst du, daß du ihm ausreichend böse sein kannst?«

Margery wirkte amüsiert. »Ich werde es versuchen.«

»Gut. Ich will, daß du ihm böse bist, weil es normal ist, jemandem böse zu sein, wenn er einem Unrecht getan hat. Sei böse. Später kannst du ihm verzeihen. Also, bleibe ruhig sitzen und denke ein paar Minuten über deine Lage nach. Erinnere dich daran, wie er dich für seine Zwecke benutzt hat. Er war nicht ehrlich zu dir, Margery. Er hat dich gekauft und dich dann behandelt, als wenn du sein Besitz wärest, etwas, das ihm gehört, und damit ist er auch nicht besser als die Wilden, von denen er dich gekauft hat. Er brachte dich nach England, ohne dir je ein Wort davon zu sagen, was er vorhatte, daß er dich im Augenblick eurer Ankunft hier verlassen wollte. Meine Liebe, er hat dich hier zurückgelassen ... unter lauter Fremden ... ohne auch nur lange genug zu bleiben, um dich seiner Familie vorzustellen. Und du sagst, du verstehst und liebst ihn? Das geht nicht. Das geht einfach nicht.«

»Möchtest du denn nicht, daß ich ihn liebe?«

»Du kannst ihn lieben, *nachdem* du ihm böse warst, *nachdem* du gelernt hast, für dich selbst zu sorgen und dich jenen zu widersetzen, die versuchen, dich zu benutzen. Du mußt immer daran denken, mein Kind, daß ein Herz oft gebrochen werden kann, und doch schlägt es nachher weiter.«

Octavia stand mit raschelnden Röcken auf. »Ich werde dich für ein paar Minuten allein lassen. Und wenn ich wiederkomme, wollen wir sehen, ob du schon ärgerlich genug bist.«

Sie ging zur Tür, blieb stehen und warf Margery ein verständnisvolles Lächeln zu. »Und wenn du schon dabei bist:

Wenn du noch irgend jemand anderem böse sein willst, weil er dich verletzt oder benutzt hat, dann tu das ruhig. Man hat dir in deinem Leben schon oft Unrecht getan, und du hast gelernt zu leiden, um dich zu schützen. Ich verstehe, warum du gelernt hast, untergeordnet und folgsam zu sein, doch jetzt brauchst du dich nicht mehr so zu verhalten. Du mußt nicht mehr deine Seele verkaufen, um zu überleben. Außer Leiden gibt es auch noch andere Alternativen.«

»Ich werde es versuchen.«

»Du solltest besser mehr tun, als es nur zu versuchen, mein Kind. Du hast William nun einmal geheiratet. Und wenn du nicht willst, daß das schlimm endet, mußt du lernen, für dich selbst zu sorgen. Und wenn du das kannst, verspreche ich dir, daß du dich sehr viel besser fühlen wirst.«

Mit diesen Worten ging Octavia hinaus.

Nachdem sie fort war, saß Margery in dumpfem Schweigen da. Sie verstand die Worte, die Octavia zu ihr gesagt hatte, aber warum sie sie gesagt hatte, verstand sie nicht. Warum konnte eine Frau auf den Gedanken kommen, etwas gegen ihren eigenen Sohn zu sagen? Besonders eine Frau wie Octavia, die William offensichtlich anbetete. Und dann kam ihr der Gedanke, daß das, was Octavia vorhatte, vielleicht nicht nur sie glücklich machen würde, sondern auch William.

Margery dachte über die Art nach, in der sie gelernt hatte, sich zu schützen – zu sein oder zu tun, was immer andere von ihr wollten. Sie war brav. Sie war gehorsam. Sie war treu, ehrlich und untergeben.

Sie benahm sich wie die Hunde im Dorf der Crow.

Diejenigen, die sich unterlegen gaben, wurden oft schlecht behandelt. Diejenigen, die knurrten und ihre Zähne zeigten, wurden mit Respekt behandelt. War also das das Geheimnis? Knurren und Zähnefletschen, genau wie Octavia es gesagt hatte?

Sie dachte an die Wolfsrudel, die manchmal den Crow von Lager zu Lager folgten und immer in der Nähe blieben. Manchmal fingen zwei von ihnen einen Kampf an, bis der eine bemerkte, daß er verlieren würde. Dann legte er sich auf den Boden und bot dem anderen Wolf die Kehle dar. Meistens war das für den Gewinner genug, und der Verlierer zog den Schwanz ein und schlich sich davon. Ihr wurde klar, daß sie sich denjenigen gegenüber, die sie gefangengenommen hatten, benahm wie der verlierende Wolf und immer ihre Kehle entblößte, nicht die Zähne. Nur daß die Menschen sich solchen Verlierern gegenüber aggressiver verhielten als die Wölfe, denn es kam kaum vor, daß ihnen erlaubt wurde, den Schwanz einzuziehen und sich davonzuschleichen.

Es schien so einfach aus dieser Perspektive betrachtet. Sie hatte sich wirklich genau so verhalten. Es fiel ihr ein, wie sie duldsam daneben gestanden hatte, als William die Auseinandersetzung mit seinem Vater führte und dann aus ihrem Leben verschwand, ohne auch nur auf Wiedersehen zu sagen. Ja, sein Verhalten war wirklich, wie Octavia gesagt hatte, unverzeihlich. Und was hatte sie dagegen unternommen? Ihre Gefühle mißachtet, damit sie keinen Schmerz empfand.

Dieser Gedanke machte sie so zornig, daß sie sich am liebsten selbst einen Tritt versetzt hätte. Doch statt dessen verlagerte sie den Zorn dorthin, wohin er gehörte: auf William, der sie so schlecht behandelt hatte. Je länger sie darüber nachdachte, desto böser wurde sie.

Als Octavia schließlich mit einem Teetablett zurückkam, hatte Margery die Fäuste geballt.

Octavia stellte das Tablett ab und goß zwei Tassen Tee ein. Als sie Margery ihre reichte, fielen ihr die geballten Fäuste auf. Sie nahm ihre eigene Tasse und setzte sich in den Sessel Margery gegenüber. »Sind wir schon böse?«

»Ja. *Sehr* böse.«

»Gut. Und auf wen sind wir böse?«

»Die Comanchen, die Cheyenne, die Crow, meine Eltern und William.«

»Die ersten drei sind Indianerstämme, nehme ich an?«

»Ja.«

»Warum bist du deinen Eltern böse?«

»Weil sie mich nicht besser beschützt haben, weil ich entführt und meiner Kindheit beraubt wurde und danach dann noch des Lebens, das ich hätte führen können. Weil sie mich nicht gefunden und wieder nach Hause geholt haben, wegen all dessen, was ich leiden mußte.«

»Hervorragend!« Octavia stellte ihre Tasse ab und rutschte auf die Sesselkante, wie sie es öfters tat, wenn sie aufgeregt war. »So, jetzt müssen wir als erstes alles in zwei Gruppen einteilen: diejenigen, bei denen wir noch etwas ausrichten können, und diejenigen, bei denen wir das nicht können. In die erste Gruppe, wo wir nichts tun können, gehören die Indianer und deine Eltern. In die zweite Gruppe gehört William, denn im Zusammenhang mit ihm können wir sicher etwas tun.«

»Aber William ist nicht hier.«

Octavia lächelte. »Das stimmt ... aber er wird es irgendwann sein. Und jetzt sag mir: Warum bist du böse auf William?«

»Weil er mich auch nicht besser behandelt hat als meine anderen Entführer; weil er mich aus egoistischen Gründen geheiratet hat; weil er mich hier um seiner Rache willen verlassen hat; weil er mir nie die Wahrheit gesagt hat.«

»Kannst du mir noch mehr sagen?«

»Ich wünschte, *er* wäre jetzt hier.«

»Warum?«

»Dann könnte ich ...« Margery hielt inne und sah zu Octavia auf.

Octavia lächelte und trank einen Schluck Tee. »Was würdest du tun, wenn er jetzt hier wäre? Genau hier in diesem Zimmer?«

»Ich würde ihm gern einen Kinnhaken versetzen.«

»Kein schlechter Anfang.«

»Es war nicht sehr nett, was er mit mir getan hat. Er hat mich benutzt.«

»Ich gebe dir völlig recht. Die Frage ist nur: Was tun wir jetzt?«

»Ich weiß es nicht.«

»Nun, so wie ich die Sache sehe, können wir entweder hier sitzen und böse sein und Selbstmitleid haben, oder wir finden einen Weg, mit diesem Ärger fertig zu werden und machen uns dann an die Arbeit.«

»Welche Arbeit?«

»Tja, die Arbeit, aus dir den Star der feinen Gesellschaft, des Ton, wie wir sagen, zu machen. Du hast keine Zeit für Kummer, meine Liebe, du wirst viel zu beschäftigt sein. Du hast eine Menge nachzuholen, weißt du ... was haben sie dir alles genommen, als sie dich entführt haben! Du mußt dein ganzes Leben finden. Du bist jung. Du wirst später noch Zeit haben, dich mit William auseinanderzusetzen. Du bist seine Frau, und als solche hast du das Recht und die Gelegenheit, dafür zu sorgen, daß er sich in dich verliebt ... wenn du es bis dahin mit dem Dummkopf noch nicht ganz aufgegeben hast.«

Octavia beugte sich vor, nahm Margerys Gesicht zwischen ihre Hände und küßte sie auf die Stirn. »Ich habe das Gefühl, ich müßte dir dankbar sein, weißt du.«

»Mir? Wofür? Dafür, daß ich deinen Sohn verscheucht habe?«

»Ach, mein liebes Kind, du hast William nicht verscheucht. Er ist auf der Suche nach sich selbst, wie ein heiliger Mann, der in die Wüste geht, um zu fasten. Er wird finden, wonach er sucht. Inzwischen werden wir uns gut auf jenen Tag vorbereiten.«

Mit einer Energie, die sie seit Jahren so nicht mehr gespürt hatte, marschierte Octavia durchs Zimmer und zog heftig an der Klingelschnur.

Einen Moment später stürmte Lucy herein, das wilde rote Haar um den Kopf fliegend, während die Sommersprossen von ihrem blassen Gesicht zu springen schienen. Sie knickste kurz. »Ihr habt geläutet, Mylady?«

»Ja, danke, Lucy. Bitte suche Emily und schicke sie zu mir. Und dann bringe noch Mrs. Singleton so schnell wie möglich hierher.«

»Ja, Mylady.« Lucy knickste wieder, und noch eine wilde rote Locke löste sich aus ihrem Knoten.

»Und dann mach irgend etwas mit deinen Haaren. Du siehst aus, als hätte dich jemand zu Tode erschreckt.«

»Ja, Madam.« Lucy hastete hinaus.

Octavia sagte: »Weißt du was? Ich fühle mich regelrecht jugendlich! Du bist genau, was diese Familie gebraucht hat: ein Grund, sich zu versammeln. Und bei Gott, die Frauen in dieser Familie sind versammelt und zu allem bereit.«

Emily, die während dieses Ausbruchs hereingekommen war, blieb mit offenem Mund an der Tür stehen. »Mutter, geht es dir gut?«

»Komm herein, Emily, und mach die Tür zu. In meinem ganzen Leben ist es mir noch nie besser gegangen.«

Emily gehorchte Gott sei Dank, doch ihr Gesichtsausdruck war mißtrauisch.

Octavia zögerte nicht, ihre offensichtliche Sorge anzusprechen. »Sei doch kein so dummes Gänschen! Deine Mutter hat nicht den Verstand verloren. Du wirst jetzt gleich eingeführt werden in jene uralte Geheimgesellschaft, die bekannt ist als: Frauen-rotten-sich-für-eine-gute-Sache-zusammen.«

»Also davon habe ich noch nie gehört.«

»Doch, jetzt gerade. Es ist schon eine Art Ritual damit verbunden, etwas, das von Mutter zu Tochter weitergegeben wird, von Generation zu Generation, und diesmal bist du die glückliche Tochter, an die das Wissen in dieser Generation weitergegeben wird.«

Emily betrachtete sie fragend. »Was soll ich tun?«

»Nichts als eine gute Beobachterin sein ... außer bei jenen Gelegenheiten, wenn dich die Stimmung des Augenblicks hinreißt oder du gezwungen bist, dein weibliches Recht auszuüben.«

»Was für ein Recht soll das sein?«

»Tja, das Recht, du selbst zu sein, einzutreten für die Dinge, die du erreichen willst, die Dinge, an die du glaubst – dem Gegner entgegenzutreten. In anderen Worten, es bedeutet zu lernen, für dich selbst zu sorgen, damit du nicht irgendwann unglücklich wirst, weil jemand anderes die Entscheidungen in deinem Leben trifft. Du mußt mir glauben, es gibt nichts Schlimmeres, als zum Kriechen gezwungen zu sein, wenn man eigentlich den Himmel stürmen möchte.«

»O Gott«, sagte Emily mit einem Seufzer und ließ sich neben Margery auf einen Sessel fallen. »Vater wird das gar nicht mögen.«

»Nein, wird er wirklich nicht ... hat er noch nie, aber er soll sich nur vorsehen, denn ihm steht eine Revolution bevor.«

»Er wird uns *alle* aus dem Haus werfen ... oder uns im Schlaf erschießen lassen.«

»Gnädiger Himmel! Es sieht allen Ernstes so aus, als wäre ein Feigling in unserer Mitte. Sage mir, Emily, wärest du lieber das Pferd, das vorn läuft und den Wind im Gesicht spürt, oder das hinten, das den Staub der vorderen schlucken muß?«

»Ich wäre lieber an deiner Seite, Mama. Ich möchte so stark sein wie du. Ich möchte nicht schwach und gedankenlos sein ... aber ich will auch nicht, daß Vater zornig auf mich ist.«

»Hast du mich je erlebt, wie ich deinem Vater entgegentrete?«

Emily nickte heftig. »Oft.«

»Und hast du je ... auch nur einmal gesehen, daß dein Vater die Hand gegen mich erhebt oder mich aus dem Haus wirft?«

»Nein.«

»Du bist entweder für uns oder gegen uns, Emily. Was wählst du?«

»Ich bin für dich.« Emilys Gesicht nahm einen bedrückten Ausdruck an. »Jetzt werde ich niemals heiraten.«

»Ach Unsinn. Wie kommst du denn auf eine so dumme Idee?«

»Weil mich Vater so sicher wie das Amen in der Kirche als Verräterin brandmarken wird und mir entsprechend niemals eine Mitgift oder seinen Segen geben wird.«

»Ach Quatsch! Dein Vater bellt vor allem, er ist ein Rückfall in jene Zeiten, als die Männer auf die Jagd gingen und sich gegen die Brust trommelten. Denke nicht an ihn. Von mir und von deiner Großmutter wirst du genug erben, und schließlich kann man immer noch durchbrennen, aber sorge dich nicht darum. Dein Vater ist viel mehr darauf erpicht, einen feinen Schwiegersohn zu bekommen, als darauf, eine Tochter zu behalten, die sich unabhängig gemacht hat.«

Emily schnüffelte und rieb sich die Nase. »Ich schätze, ich stecke in dieser Sache drin, ob ich will oder nicht. Wohin soll ich gehen, um mich einzuschreiben?«

Octavia sah Margery an, die die Vorgänge mit verwirrtem Stirnrunzeln beobachtete. »Du siehst ganz schön verloren aus, aber mache dir nichts daraus. Ich habe alles unter Kontrolle. Wenn ich mit dir fertig bin, wirst du mich für eine Zauberin halten ...«

Emily schnappte nach Luft. »Mutter! Was hast du mit ihr vor?«

»Ich werde sie verwandeln, was sonst. Ich werde sie unabhängig machen. Und wenn ich fertig bin, wird es keine schönere, anmutigere, gebildetere Frau in England geben. Je länger ich darüber nachdenke, desto eher glaube ich, daß Caroline da eine hervorragende Idee hatte: Margery an der Jagd von Onkel Rand im Februar teilnehmen zu lassen.«

»Aber das ist nicht viel Zeit«, jammerte Emily.

»Unsinn. Du darfst niemals die Kraft deiner entschlossenen Mutter unterschätzen. Margery wird dort alle Frauen mit Neid erfüllen, und keiner der Junggesellen wird weggehen, ohne den Tag verflucht zu haben, an dem sie einen anderen geheiratet hat.«

Der niedergeschlagene Ausdruck verschwand aus Emilys Gesicht. »Und bin ich dran, wenn wir mit ihr fertig sind?«

Octavia lächelte. »Aber natürlich.«

Octavia betrachtete Emilys strahlende, dann Margerys bedenkliche Miene. Sie ging zu Margery, nahm ihre Hand und zog sie hoch. »Jetzt komm, wir haben viel zu tun, Liebes. Wenn William zurückkommt ...«

Margery schüttelte den Kopf. »Er wird nicht zurückkommen.«

»Quatsch. Er wird, und dann soll er sehen, ob es nicht noch Überraschungen gibt.«

Allerdings hatte jemand eine große Überraschung vor sich, doch das war nicht William.

22

Als Margery zum vierten Mal erbrechen mußte, wußte sie, daß sie ein Kind bekommen würde.

Beim fünften Mal wußte es auch Octavia.

Margery hatte solche Sorgen wegen der möglichen Reaktion ihres Schwiegervaters, daß ihre Euphorie dadurch deutlich gedämpft wurde. Sie würde ein Kind von Will bekommen, aber sie wollte nicht, daß sein Vater davon wußte. Deswegen bat sie Octavia, es ihm nicht zu erzählen.

»Aber früher oder später wird er es doch erfahren.«

»Dann bitte lieber später. Ich möchte erst Zeit haben, mich selbst an die Tatsache zu gewöhnen, bevor ich mich deswegen verteidigen muß.«

Octavia nickte voller Sympathie. »Ich verstehe, du hast völlig recht. Wir können es schon noch eine Weile geheimhalten. Ich werde natürlich mit dem Personal ein Wörtchen reden müssen, aber keine Sorge, ich habe seine Loyalität.«

Als Octavia deswegen fortging, ließ sich Margery, die noch im Morgenzimmer war, matt auf einen der eleganten griechischen Sessel sinken.

»Wann wird das Kind denn kommen?«

Margery erschrak heftig, sprang in einem riesigen Satz auf und hob die Hände vor die Brust. Und da stand Emily strahlend hinter ihr. »Teufel auch.«

Emily kam herüber, sie setzten sich beide hin und lächelten einander zu.

»Emily, du solltest dich nicht so an Leute anschleichen, ich habe mich ganz schön erschreckt. Es tut mir leid wegen meines Ausrufs, das ist eine schlechte Angewohnheit, fürchte ich.«

»Ich habe es schon bei anderen Gelegenheiten von dir gehört. Aber keine Sorge, ich sage es selbst auch manchmal.« Emily schaute zu Boden. »Es tut mir leid, daß ich dich erschreckt habe.«

»Ist schon gut. Ich habe dich nicht hereinkommen hören.«

»Oh, ich bin nicht hereingekommen. Ich war schon hier. Ich hatte mich hinter dem Sessel dort versteckt. Daher wußte ich auch, daß du ein Baby bekommen wirst.«

Margery sah sie strafend an.

Emily wirkte angemessen beschämt. »Ich weiß, Mutter hat gesagt, ich sollte niemals lauschen, wenn ich nicht einen Wachposten habe.«

Margery wurde milder. »Du wirst es doch geheimhalten, oder?«

»O ja! Ich werde es keinem Menschen sagen.«

Zwei Tage später kam Williams Cousin John auf einen kurzen Besuch vorbei und brachte eine langjährige Freundin der Familie mit, Lydia Lancaster.

Nachdem Margery der hübschen, dunkelhaarigen Lydia vorgestellt worden war, sah sie die junge Frau mit John und Charles hinausgehen, um sich den neuen Wallach anzusehen, den Charles für die bevorstehende Jagd gekauft hatte.

Wie üblich beachtete Charles Margery gar nicht und forderte sie nicht auf, die anderen zu begleiten.

Als sie davongingen, flüsterte Margery Emily zu, daß Lydia die hübscheste Frau sei, die sie je gesehen habe. »Ich kann nicht glauben, daß Will mit ihr aufgewachsen ist und sich nicht in sie verliebt hat.«

»Lydia hat unseren Bruder James geliebt«, sagte Emily.

Margerys Gesichtsausdruck schien zu erstarren. »Euren ... euren Bruder? Ich habe von James gehört, aber ich wußte nicht, daß er und Lydia ... ich meine, ich hatte nur gehört, daß er gestorben ist, weiter nichts von seiner Geschichte.«

Emily sah plötzlich aus, als hätte sie etwas Verbotenes gesagt. »Ach, ich rede zuviel.«

Emily sah hinüber zu Octavia, die zu Margery sagte: »James war unser jüngster Sohn. Er ist in einer der ersten Schlachten auf der Krim gefallen.«

»Oh, das tut mir leid. Wißt ihr, Will hat mir nie von ihm erzählt. Das wenige, was ich weiß, habe ich von Dan.«

»Das war zu erwarten. Für ihn ist die Wunde immer noch frisch ... selbst jetzt ist es noch schmerzlich für uns alle, davon zu sprechen.«

»Es tut mir leid, daß ich euch an eine so traurige Zeit erinnert habe.«

»Mach dir deswegen keine Gedanken. Wenn die Welt nur voller Glück wäre, würden wir niemals lernen, geduldig oder tapfer zu sein.«

Margery erwähnte James nicht wieder.

Lydia und John kamen ein paar Minuten später zurück, Charles nicht. Sie unterhielten sich kurz mit Octavia, dann kam John zu Margery herüber. »Ich habe gehört, du kommst in ein paar Wochen mit herüber nach Wiltshire Manor zur Fuchsjagd.«

»Ja, darauf freue ich mich schon.«

»Hast du schon eine Jagd mitgemacht?«

»Nein.«

»Auch nicht in Amerika?«

»Indianerfrauen jagen nicht.«

»Dann wird das ja eine ganz neue Erfahrung für dich. Kannst du gut reiten?«

»Der Reitknecht sagt, mein Sitz sei recht natürlich, auch wenn ich den Damensattel als ziemlich ungewohnt empfinde.« Sie schaute zur Seite und versuchte, enttäuscht zu klingen.

»Natürlich reitest du zur Zeit wohl auch nicht viel.«

Margery warf ihm einen kurzen Blick zu. »Du weißt es?«

John betrachtete sie mit einem wissenden Lächeln und erfreutem Blick. »Ja, Octavia hat es gerade erwähnt, aber ich hielt es für besser, nichts davon zu sagen, bevor du es nicht selbst wolltest. Jetzt mußt du mir erlauben, dir meine Glückwünsche auszusprechen. Kinder werden wieder ein neues Abenteuer für dich sein. Ich weiß, daß du dich freust.«

»Ja, ich freue mich sehr.« Sie lächelte. »Und sei es nur, weil ich deswegen nicht auf diese vermaledeite Jagd gehen muß. Reiten ist nicht gerade meine liebste Beschäftigung.«

John legte den Kopf in den Nacken und lachte. »Ich kann verstehen, warum Will dich geheiratet hat. Du bist wirklich ein erfreulicher Mensch, weißt du das?«

Margerys fröhliche Stimmung verflog. »Will hat mich nicht wegen meiner geistreichen Art geheiratet. Er hat mich aus Rache geheiratet.«

»Ich habe die Geschichte gehört, aber ich glaube sie nicht.«

»Nein? Warum nicht?«

»Nicht einen Augenblick. Ich kenne meinen Cousin recht gut. Wir waren einander während unserer Jugend immer sehr nah. Ich weiß, daß Will dich niemals nur aus Rache geheiratet hätte. Es muß noch etwas anderes gegeben haben, er hatte bestimmt noch einen anderen Grund.«

»Du vergißt, daß er mich hierhergebracht hat, um mich hier zurückzulassen.«

»Ich kann dir beinahe versichern, daß der Gedanke, das zu tun, erst nach dem Entschluß kam, dich zu heiraten.«

»Glaubst du wirklich?«

»Ich würde mein Leben darauf verwetten.«

»Vielen Dank, daß du mir das sagst.«

»Ich bin froh, daß ich es gesagt habe, besonders, wenn es dir leichter macht, was er getan hat.«

»Das tut es nicht, aber es ist so weniger demütigend.«

Ein paar Wochen später kam jener große Tag der Fuchsjagd in Wiltshire Manor bei Onkel Randolph. Da Margery nicht vorhatte zu reiten, trug sie auch nicht ihr modisches Reitkleid, das sowieso schon zu eng zu werden begann. Statt dessen trug sie ein blaugrün schottenkariertes Tageskleid aus feiner Wolle, das mit dunkelgrünen Seidenfransen besetzt war. Der Rock war sehr voll, hatte drei Volants und erforderte eine ganze Menge von Krinolinen und einen steifen Unterrock aus Pferdehaar, um richtig bauschig zu fallen.

Nach ihrer Ankunft verbrachte sie erst eine Weile mit Johns Vater Rand, der genauso freundlich und sanft war wie Charles rauh und laut. Nach dem Gespräch mit Rand machte sich Margery mit den verschiedenen Nachbarn bekannt und sprach auch mit Lydia.

Dann stand sie bei Octavia im Hof und bewunderte die scharlachroten Reitjacken der Jäger. Plötzlich nahm Octavia sie am Arm. »Komm, wir fahren in einer offenen Kutsche mit hinaus, so daß du besser zusehen kannst. Es ist wirklich ein prächtiger Anblick, wenn die Jäger in voller Hatz nach dem flüchtenden Fuchs den Hügel heruntergestürmt kommen.«

Margery hatte schon viel über den englischen Fuchs gehört und wollte schon gern wissen, ob er Ähnlichkeit mit amerikanischen Füchsen hatte. Erfreut, daß sie ihre erste Jagd zu sehen bekam, fuhr sie mit Octavia. Gerade als sie sich in die Kutsche setzten, ertönte ein Horn, und die Reiter stoben davon.

Margery war enttäuscht, daß sie so den Fuchs nicht zu sehen bekommen hatte.

»Vielleicht kommen sie ja an unserer Kutsche vorüber, und du kannst noch einen Blick auf ihn werfen«, sagte Octavia.

Sie fuhren schweigend weiter, und Margery horchte auf das ferne Trappeln der Pferde und das Bellen der Hunde.

»Hier ist, glaube ich, ein guter Platz zum Warten«, sagte Octavia und forderte den Kutscher zum Halten auf. »Wir haben von hier aus einen guten Blick auf die offenen Wiesen am Waldrand, und dahin wird der Fuchs sicher unterwegs sein, wenn er klug ist.«

Margery wartete, horchte, schaute. Die Spannung, die sie spürte, war ganz ähnlich wie damals im Dorf der Crow, wenn Büffeljagd war, nur daß dort wenige Jäger Hunderte von Büffeln hetzten, während hier viele Jäger hinter einem Fuchs her waren.

Nach ein paar Minuten wandte sie sich an Octavia. »Glaubst du, ich kann aussteigen?«

Octavia nickte. »Natürlich. Was könnte dagegen zu sagen sein?«

Margery verließ die Kutsche und wanderte ein wenig herum. Als sie gerade wieder auf dem Weg zurück zur Kutsche war, wurde ihr Spaziergang vom lauten Bellen der näher kommenden Hunde gestört.

Einen Augenblick später sah sie ein mitleiderregend kleines Tier über einen flachen Hügel herunterlaufen. Nicht weit dahinter kamen die Hunde und dann die Reiter, deren Pferde im Galopp Erdklumpen hochschleuderten.

»Ist *das* der Fuchs?«

Octavia schaute in die Richtung, in die Margery deutete. »Ja.«

»Aber er sieht ja genauso aus wie der amerikanische Fuchs. Ich hätte nie geglaubt, daß sie etwas so Kleines jagen könnten. Essen sie hier in England Füchse?«

»Nein, man jagt ihn nur des Sports wegen.«

Margery runzelte die Stirn. Von einer solchen Jagd um des Sports willen hatte sie noch nie gehört. Die Indianer gingen zur Jagd, aber sie benutzten jedes Teil der Tiere, die sie dabei erbeuteten. Jagen war ein Beitrag zum Überleben, nicht ein

Sport. Sie wandte sich zu Octavia. »Es scheint mir irgendwie nicht richtig, ein so schönes Tier nur zu jagen, um es sterben zu sehen.«

»Tja, das habe ich auch immer gedacht, und genau aus diesem Grund fand ich die Jagd nie besonders reizvoll, weißt du.«

Margery antwortete nicht, denn in diesem Augenblick machte der Fuchs eine scharfe Linkswendung und begann auf sie zuzurennen, offensichtlich, um sich in den Bäumen hinter ihnen zu verstecken. Je näher er kam, desto besser konnte sie erkennen, daß er – wohl aus Erschöpfung – immer langsamer zu werden begann.

Die Hundemeute hatte ihn schon fast erreicht.

Ohne recht darüber nachzudenken, was sie tat, wurde Margery plötzlich von der Anspannung überwältigt, die in ihr immer weiter wuchs. Der Fuchs kam über die Wiese herüber, er rannte um sein Leben. Die Hunde näherten sich weiter.

Plötzlich kreischte Margery: »Sieh zu, daß du deinen Hintern hier wegbringst!«

Nur etwa fünf Meter vor ihr ging dem Fuchs die Kraft aus, und er brach schwer atmend zusammen.

»Um Himmels willen!« rief Octavia.

Eine Sekunde später rannte Margery los und kümmerte sich nicht um Octavias Rufe, sie solle stehenbleiben. Sie erreichte den Fuchs nur Sekunden vor den Hunden und sah sich wild nach etwas um, womit sie die Hunde würde fernhalten können. Da sie nichts fand, tat sie das einzige, was ihr in den Sinn kam: Sie hob ihre Röcke, stellte sich neben den Fuchs und ließ ihr weites Kleid darüberfallen.

Sie hatte die Fuchsjagd abrupt unterbrochen, plötzlich war überall um sie her nur noch große Verwirrung.

Die Hunde umkreisten sie bellend, kratzten an ihren

Röcken und versuchten, ihre Köpfe darunter zu stecken. Nur mit ihrem Sonnenschirm bewaffnet, schlug sie nach ihnen. »Geht weg. Verschwinde, du kleiner Köter!«

John, der sie als einer der ersten Reiter erreichte, gab sich die größte Mühe, im Sattel zu bleiben, doch er wirkte so schwach vor Lachen, daß schwer zu sagen war, ob ihm das gelingen würde. Charles und Rand ritten als nächste herbei, gefolgt von Lydia und Emily und einem Dutzend anderer, hauptsächlich Männer.

Alle starrten Margery einen Moment lang an und fingen dann einer nach dem anderen an zu lachen – alle, außer Charles, der ihr befahl, zurück in die Kutsche zu steigen.

»Ich rühre mich nicht von der Stelle, solange ihr nicht die Hunde zurückruft«, sagte sie und versetzte einem weiteren Hund mit ihrem Sonnenschirm einen Schlag hinter den Kopf. »Zurück, du Teufel!«

Einen Augenblick lang geschah nichts weiter, außer daß Charles schimpfte und drohte, während Margery ihn nicht beachtete und stehen blieb, als hätte sie Wurzeln geschlagen.

Charles' Stimme bebte vor Zorn, und er drohte, sie auf das nächste Schiff nach Amerika zu setzen.

Margery blieb weiter ungerührt.

»Beweg dich, oder bei Gott, ich lege dich über meine Schulter und trage dich persönlich zur Kutsche.«

»Charles«, sagte Rand.

»Halt du dich da raus«, erwiderte Charles und stieg vom Pferd.

Plötzlich stand Octavia neben Margery.

Charles kam auf sie zu.

»Du wirst uns beide tragen müssen«, warnte ihn Octavia.

Charles blieb stehen und starrte sie an, bis sein Gesicht dunkelrot wurde. »Octavia, ich warne dich.«

»Ja, mein Lieber, das weiß ich.«

»Es schickt sich nicht für Frauen, dickköpfig und rebellisch zu sein.«

Einen Moment lang standen Charles und Octavia da und starrten einander an, und Margery sah an seinem Blick, daß Octavia die Niederlage sicher war. Charles war nicht gewillt, einen Rückzieher zu machen, und hätte es ihm Königin Victoria persönlich befohlen.

»Ich hätte auf meinen Vater hören sollen. Er hat mich davor gewarnt, eine gebildete Frau zu heiraten, und er hatte recht. Ein Mann hat mehr Glück mit einer Frau, die dafür sorgt, daß das Essen rechtzeitig auf dem Tisch steht, als mit einer, die Griechisch kann.«

Octavia starrte ihn an. »Ich werde nicht behaupten, du wärest ein Dummkopf, Charles, aber einer von uns beiden ist ein Dummkopf, und ich bin es nicht.«

Plötzlich drehte er sich wortlos um, stampfte zurück zu seinem Pferd, stieg auf und riß den armen Wallach so heftig und schnell herum, daß er beinah gestürzt wäre. Dann grub er ihm die Sporen in die Seiten und galoppierte über die Wiese davon.

Rand folgte dem Rückzug seines Bruders mit den Augen, dann sah er John an und sagte: »Weißt du, Frauen schaffen es oft, auch die bockigsten Männer zur Umkehr zu bewegen.«

Als die beiden lachten, sah Octavia Margery an.

»Es tut mir leid«, sagte Margery und fühlte sich schrecklich.

»Wenn du schon einmal deinen Standpunkt vertrittst, Margery, dann stehe auch dazu und entschuldige dich nicht dafür.«

Margery nickte. »Danke für deine Hilfe.«

»Frauen sind wie Schwestern, und so sollte es auch sein, wenn man bedenkt, daß die Männer das Gesetz auf ihrer Seite haben.«

»Ich hoffe, ich habe dir keine Schwierigkeiten bereitet. Meinst du, er wird dieses Ereignis leicht überwinden?«

Octavia schaute in die Richtung, in die Charles verschwunden war. »Er wird lernen, damit zu leben. Ein Mann vergibt einer Frau niemals, wenn sie dumm genug ist, klüger zu sein als er.«

»Klugheit oder nicht, ich würde sagen, die heutige Jagd ist zu Ende«, sagte Rand und blinzelte Margery zu. »Und jetzt sage mir, Octavia, was ißt deine Schwiegertochter zum Frühstück? Davon würde ich morgen auch gern eine Schüssel essen.«

»Nägel«, sagte Octavia. »Pfundweise.«

Rand lachte und führte sein Pferd in großem Bogen davon, während der Jagdmeister die Hunde zurückrief.

Ein paar Minuten später standen nur noch John, Lydia und Emily bei Margery und Octavia.

Emily stieg vom Pferd. »Ach, ich wünschte, ich wäre mit euch in der Kutsche gefahren. Das war die tapferste Tat, die ich je jemanden habe tun sehen.«

»Und die verrückteste«, sagte Octavia und wandte sich Margery zu. »Was hättest du denn getan, wenn einer von diesen Hunden unter deinen Rock gekrochen wäre?«

»Ich denke, ich wäre weggegangen.«

Bei diesen Worten brachen alle zusammen in Lachen aus.

Jetzt machte Margery einen Schritt zur Seite und schaute hinunter auf den kleinen, roten Fuchs mit der spitzen Nase, der heftig schnaufte.

»Was sollen wir jetzt mit ihm tun?« fragte sie John.

»Laß ihn einfach. Er wird sich eine Weile ausruhen. Wenn er sich erholt hat, wird er schon wieder seiner Wege gehen.«

»Bist du sicher?«

»Wenn du magst, komme ich später zurück und sehe nach.«

»Danke«, sagte Margery und wandte sich der Kutsche zu.

»Übrigens«, rief John ihr nach. »Was genau hast du dem Fuchs vorhin zugerufen?«

»Ich sagte ihm, er solle zusehen, daß er seinen Hin-«

»Margery!« sagte Octavia. »Denke an deine Manieren. Eine Lady gebraucht keine unschönen Worte.«

Dann sagte sie zu John: »Warte nur, bis Will nach Hause kommt. Für diesen Spruch werde ich ihm beide Ohren langziehen. Es ist unerhört, daß er einer jungen, beeindruckbaren Frau solche Dinge beibringt.«

»Oh, nicht nur Will hat das gesagt«, meinte Margery. »Daniel ebenso.«

»Dann habe ich guten Grund, doppelt so wütend zu sein.«

John verschränkte mit einem breiten Grinsen die Arme und beugte sich über sein Pferd zu Margery hinunter. »Bist du sicher, daß du verheiratet bist?«

»Natürlich bin ich verheiratet. Warum fragst du so etwas?«

»Weil ich glaube, ich würde selbst um deine Hand anhalten, wenn du nicht schon vergeben wärest.«

»Das solltest du dir besser überlegen«, sagte Margery. »Denn ich werde unabhängig sein.«

John lachte. »Ich würde sagen, das eben war schon ein recht guter Anfang.«

Octavia nahm Margery den Sonnenschirm ab und versetzte John einen leichten Stoß damit. »Benimm dich, du Rauhbein. Dies ist die Mutter meiner Enkel, mit der du gerade flirtest.«

»Verzeih mir, Tante ...« Dann sah er Margery an, blinzelte und sagte: »Und du auch, Margery.«

»Angenommen«, sagte Octavia. »Und zur Strafe mußt du mir jetzt in die Kutsche helfen, du ungehobelter Kerl.«

23

Will und Guy reisten zwei Monate lang mit einer Gruppe von Cheyenne. Während dieser Zeit erstaunte es Will immer wieder, wie schnell sich Guy dem Nomadenleben anpassen konnte. Mehr als einmal hatte Guy schon gesagt, er wolle den Rest seines Lebens hier draußen verbringen, wo ein Mann lernen konnte, was es bedeutete, wirklich frei zu sein.

Je mehr Guy darüber redete, desto eher konnte sich Will vorstellen, daß er sich tatsächlich hier niederlassen würde. Wenn er das täte, würde Will ihn verlassen und zurückkehren zu der Frau, die er geheiratet hatte.

Will wollte vorschlagen, hier irgendwo eine Hütte für Guy zu bauen, doch er fürchtete, der richtige Augenblick würde nie kommen. Es gab kaum einen Zweifel, daß es Guy gutgetan hatte, in den Westen zu reiten, aber trotz seines robusten Aussehens machte sich Will Sorgen.

Guys Gesundheit mochte Fortschritte gemacht haben, aber sein Husten wurde immer schlimmer. Wenn Will ihn dazu befragte, sagte er nur: »Ein wenig Husten hat noch nie jemanden umgebracht.«

»Wir beide wissen, daß Schwindsucht entschieden mehr ist als nur ein wenig Husten.«

»Also, dann tu mir den Gefallen und nenne es ein wenig Husten. Vielleicht gefällt es mir einfach nicht, ständig daran erinnert zu werden, daß ich bald sterben werde.«

Guy sterben?

Irgendwie hatte Will diese Möglichkeit nie in Betracht gezogen. Er hatte einfach und sehr naiv, wie ihm jetzt klar wurde, angenommen, daß Guy wieder gesund werden würde, solange sie nicht nach England fuhren.

In jener Nacht, lange nachdem Guy schon eingeschlafen

war, saß Will noch am Lagerfeuer, stocherte mit einem Stock in der Glut und starrte in die Flammen. Kurz vor Morgengrauen fluchte er und warf den Stock ins Feuer. Ein paar Minuten später breitete er seine Decken aus und legte sich hin. Er konnte immer noch nicht einschlafen, also lag er nur auf dem Rücken, die Arme unter dem Kopf verschränkt, und sah hinauf zum Himmel, der von funkelnden Sternen übersät war.

Immer wieder kam ihm der Gedanke, ob nicht dort draußen in der Weite des Universums doch irgend etwas war, das sich seiner Kontrolle entzog, noch jenseits der Sterne, die ihr Leben beherrschten – seines und Margerys –, irgend etwas, das alles lenkte. Er konnte es sich zusehends besser vorstellen, denn wie Hiob schien auch ihm das Unglück zugeneigt.

Stand es irgendwo geschrieben, daß er und Margery dazu bestimmt waren, ihr Leben getrennt voneinander zu verbringen?

Will schloß die Augen. Es war nicht wichtig. Nichts außer seinem eigenen Tod würde ihn davon abhalten können, zu ihr zurückzugehen.

24

Es dauerte nicht lange, bis Margery und Emily dicke Freundinnen wurden. So war es nur natürlich, daß Emily, sozusagen als Ausgleich für die vielen Dinge, die Margery über England und die englische Lebensart lernte, ein wenig von Margerys Vergangenheit erfahren wollte. Denn für ein junges Mädchen von siebzehn war ein Leben mit Wilden in einem rauhen, ungebändigten Land eine tolle Sache.

Schon bald war es für alle im Haus klar, daß Emily mehr als fasziniert war von Margerys ungewöhnlichem Hintergrund.

»Es würde mich nicht überraschen, wenn sie eines Tages Kriegsbemalung und Federn im Haar tragen würde«, bemerkte Octavia einmal beim Nachmittagstee zu Lydia und Margery.

Später fragte sich Margery dann, ob Emily wohl wieder hinter dem Sessel versteckt gewesen war und die Worte ihrer Mutter gehört hatte.

Eines Nachmittags Ende März roch Margery einen so köstlichen und vertrauten Duft, daß sie ihm bis in die Küche folgte. Als sie hereinkam, sah sie Octavia mit der Köchin sprechen. Diese war über eine große Schüssel mit einer gelblichen Masse gebeugt, die Margery nicht kannte. Jetzt nahm die Köchin ein Stück von der gelben Masse und rollte sie in einer anderen Schüssel, die mit Zucker gefüllt war. Sobald das Stück ringsrum mit Zucker bedeckt war, legte die Köchin es auf ein flaches Blech. Fasziniert sah Margery zu, wie die Köchin das gefüllte Blech dann in den Ofen schob und dabei ein zweites herausholte. Warme, köstliche Düfte umwehten sie, und sie trat näher. Irgend etwas an den runden, flachen Dingern auf dem Blech kam ihr so bekannt vor. »Was ist das?« fragte sie.

»Plätzchen«, sagte die Köchin. »Möchtet Ihr es auch versuchen?«

Margery wollte das allerdings, und die Köchin trat zur Seite. Margery nahm ein Stück von der Masse, die die Köchin als Teig bezeichnete, rollte ihn in den Händen, bis er rund war, und die Kugel dann durch den Zucker, der nach Octavias Aussage mit Zimt gemischt war. Sie legte gerade den runden Teigball auf das Blech, da sah sie plötzlich Octavia an. »Ich glaube, ich habe das schon einmal gemacht.«

Octavia nahm sie in die Arme. »Da bin ich ganz sicher. Es bereitet einer Mutter große Freude, mit ihren Kindern Plätzchen zu backen. Du hast es bestimmt mit deiner Mutter genauso gemacht.«

Margery erinnerte sich nicht daran, ob das stimmte oder nicht, aber der Gedanke erfüllte sie mit inniger Wärme.

Nachdem sie die Küche verlassen hatte, wanderte sie im Haus herum und saß eine Weile im Wintergarten, den sie besonders gern hatte, weil er so voller Fenster und üppiger Pflanzen war. Es fühlte sich an, als wäre die fröhliche Wärme des Sommers darin gefangen.

Sie trat ans Fenster. Der Ausblick von dort aus faszinierte sie immer wieder, weil die Landschaft hier so völlig anders war als die Hügel in der Nähe des Yellowstone. Das Wetter war trübe, wie Octavia es zu nennen pflegte, und Margery wußte inzwischen, daß das Stunden von dichtem Nebel und Regen bedeutete, der die Felder und Straßen schnell in eine Schlammwüste verwandelte und die Flüsse schwellen ließ, bis sie gurgelten und rauschten. Die flachgedrückten Reste der verwelkten Blumen vom letzten Jahr wirkten verloren. Selbst die Vögel, die auf den kahlen Zweigen der Kastanien hockten, schienen geduldig auf den Frühling zu warten. Sie saßen völlig ergeben da, den Rücken dem Wind zugewandt, und der Regen tropfte von ihren Federn.

Sie verließ den Wintergarten und kehrte zurück in ihr Zimmer, wo sie Emily antraf, die vor dem Spiegel stand und eines von Margerys Hirschlederkleidern angezogen hatte.

»Ich hoffe, du hast nichts dagegen, daß ich es anprobiere.« Ihre Stimme klang heute anders als sonst, als kneife sie sich beim Sprechen die Nase zusammen. »Verzeih, ich bin etwas erkältet«, sagte sie und putzte sich die Nase mit dem Lärm einer Kavallerietrompete, dic zur Wachablösung bläst. Dann sah sie Margery beschämt an.

Margery lächelte über den Anblick. »Natürlich habe ich nichts dagegen.«

Emily lief zu ihr. »Kannst du mir nicht zeigen, wie ich meine Haare flechten und diese Federn hineinstecken kann?« Sie hielt Margery eine Handvoll Federn entgegen.

»Wo hast du die denn her?« Margery betrachtete die zerrupften Federn in ihrer Hand.

»Vom Staubwedel.«

Margery lächelte und ließ Emily sich an den Toilettentisch setzen. Sie flocht ihr Haar, steckte die Federn in die langen Zöpfe und lächelte wieder angesichts des hingerissenen Blicks, mit dem Emily ihr Spiegelbild betrachtete.

»Findest du, ich sehe ... exotisch aus?«

»Unbedingt.«

»Oh, danke!« Emily sprang auf. »Ich will es Mutter zeigen.«

Margery folgte ihr und blieb mitten auf der Treppe stehen, als sie sah, daß Emily drei ihrer Freundinnen begegnete, die eben zu Besuch gekommen waren.

Die drei entsetzten Mädchen sahen Emily nur an und wären beinah in Ohnmacht gefallen.

»Du siehst aus wie eine Heidin«, rief Josephina aus.

»Wenn ich du wäre, würde ich mich vor niemandem so sehen lassen«, riet ihr Jane.

»Du solltest deine Freundinnen besser auswählen, Emily. Wenn der Ton je hiervon erfährt, bist du ruiniert.«

Emily, die ganz offensichtlich genug von diesen Kommentaren hatte, befahl den dreien, das Haus zu verlassen. Dann brach sie in Tränen aus.

Margery kam die Treppe herunter. »Es tut mir leid, ich hatte keine Ahnung, daß so etwas geschehen würde.«

»Es ist nicht deine Schuld«, schluchzte Emily. »Ich hätte meine Freundinnen wirklich besser auswählen sollen.«

»Alle, die zum Ton gehören, machen sich wohl lustig über Dinge, die sie nicht verstehen.«

»Entschuldige mich«, sagte Emily und rannte die Treppe hinauf.

Einen Augenblick später hörte Margery, wie sie ihre Tür zuschlug.

Zwei Wochen später wurde Margery eingeladen, mit in die Kirche zu fahren. Als Charles erfuhr, daß sie mitkam, weigerte er sich, sie zu begleiten.

»Dann werden wir für deine zänkische Seele beten, mein Lieber«, sagte Octavia beim Hinausgehen.

»Vielleicht sollte ich hierbleiben«, sagte Margery.

Octavia blieb schlagartig stehen. »Hierbleiben? Aber warum denn?«

»Damit er seine Familie in die Kirche begleiten kann.«

»Unsinn. Charles ist so schwierig, weil er Angst hat.«

»Angst? Wovor?«

»Der Gedanke, daß Frauen sich zusammenrotten, macht die Männer nervös, meine Liebe. Es ist nicht so sehr die Tatsache, daß du mitkommst, sondern daß wir alle drei beieinander sind.«

»Die Zivilisation ist sehr kompliziert«, sagte Margery.

»O ja, das ist sie allerdings. Vielleicht hätte ich als Wilde geboren werden sollen«, meinte Emily.

»Du bist eine Wilde«, sagte Octavia und gab Emily einen Schubs, so daß sie in die Kutsche fiel und in einer Ecke landete, als ein Haufen von Unterröcken und Gekichere.

Als der Gottesdienst vorüber war, gingen Emily, Octavia und Margery aus der Kirche. Octavia blieb einen Augenblick stehen, um mit dem Vikar zu sprechen. Margery und Emily gingen weiter, denn Emily hoffte, Lydia noch zu erreichen, um sie zum Tee einzuladen, die allerdings schon fort war, als sie nach draußen kamen. Sie unterhielten sich kurz mit John und Rand, dann gingen sie weiter zu ihrer Kutsche.

Dabei kamen sie an der Kutsche eines Nachbarn vorüber, und eine Stimme rief heraus: »Oh, Emily, wie schön, dich zu sehen.« Es waren Frances Overmyre und Sarah Freeman. Sie sahen beide Margery an, taten aber, als würden sie sie nicht kennen. »Komm doch kurz herüber, ich möchte dich etwas fragen.«

Margery wartete, während Emily zur Kutsche der Overmyres ging. Sie konnte nichts von dem Gespräch hören, aber an Emilys Gesichtsausdruck und der Art, wie die beiden immer wieder flüchtig zu ihr herüberschauten, erkannte sie, daß es in dem Gespräch um sie ging.

Eine Sekunde später hörte sie Emily ausrufen: »Das ist mir egal! Wenn es Freundinnen wie ihr seid, die ich dadurch verlieren werde, dann ist das kein großer Verlust.«

Atemlos und rot im Gesicht kam Emily zu Margery zurück. »Komm«, sagte sie und nahm Margerys Arm. »Mutter wartet sicher schon auf uns.«

»Sie haben über mich gesprochen«, sagte Margery.

»Genaugenommen haben sie über mich gesprochen. Es sieht so aus, als hätten sie von der Geschichte mit den Federn in meinem Haar gehört. Sarah sagte, in der ganzen Gegend spreche man darüber, daß ich auf dem besten Wege sei, genau so eine Heidin zu werden wie meine Schwägerin.«

»Und was hast du zu ihr gesagt?«

»Ich habe gesagt, daß sie wahrscheinlich recht hätte, denn auch meine Mutter hätte schon festgestellt, ich wäre eine Wilde.«

Es gelang Margery, die Tatsache, daß sie schwanger war, vor Charles geheimzuhalten bis zum darauffolgenden Dienstag. Das war der Tag, an dem Emily beim Abendessen damit herausplatzte wie ein Schaf. In dem Augenblick, als der Earl es hörte, bekam er einen Wutanfall. Er richtete seinen kalten Blick auf Margery und fragte mit grausam beißenden Worten: »Also, verrätst du mir, wer der Vater ist?«

Margery, die ziemlich hungrig gewesen war, verlor plötzlich jeden Appetit. Sie war so vor den Kopf gestoßen, daß ihr erster Gedanke war, aufzuspringen und hinauszulaufen. Vielleicht hätte sie auch genau das getan, wenn nicht der aufmerksame, beinah erwartungsvolle Blick Octavias gewesen wäre. Das schockierte sie, denn sie hätte eher Ärger, Unbehagen oder Zorn auf Octavias Gesicht erwartet.

Da kam ihr der Gedanke, daß Octavia abwartete, was Margery wohl tun und wie sie sich verteidigen würde. Damit brachte sie aber auch zum Ausdruck, daß sie ihr nicht mehr zu Hilfe kommen wollte, weil es an der Zeit war, daß Margery lernte, für sich selbst einzutreten.

Margery wußte, daß Davonlaufen sicher nicht die Reaktion einer unabhängigen Frau war, und wenn sie in den vergangenen drei Monaten etwas gelernt hatte, dann daß man vor ihr erwartete, ihren Standpunkt einzunehmen und stark zu sein, daß sie eine Frau war, die auch »einer Lawine zu trotzen vermochte«, wie Octavia es so passend immer wieder bezeichnete.

Margery gab vor, ganz ruhig zu bleiben, obwohl es in ihr tobte. »Ich bin mir nicht sicher bezüglich des Vaters, aber wenn ich mehr weiß, sollt Ihr der erste sein, der es erfährt.«

»Du hättest wohl gern, daß ich das glaube, wie? Nichts würde dir mehr gefallen, als mich zu der Idee zu bewegen, daß ich Enkelkinder bekomme, über deren Herkunft ich Zweifel habe. Glücklicherweise kenne ich William besser.« Er wandte sich an Octavia. »Ich werde nicht dulden, daß sie das Kind hier im Haus bekommt. Hast du daran gedacht, was die Leute sagen werden?«

Margery saß ganz still, ganz steif und in völligem Schweigen, hatte sogar Angst zu atmen. Ihr ganzes unabhängiges Denken, das sie in letzter Zeit gelernt hatte, schien sich in Luft aufzulösen, und ihre alte Strategie, sich anzupassen, um angenommen zu werden, kam zum Vorschein.

Sie richtete ihren Blick fest auf einen kristallenen Leuchter und blinzelte, als er vor ihren Augen zu verschwimmen drohte. Sie gab kein Geräusch von sich, spürte aber die Tränen auf ihrem Gesicht. Sie wußte, daß Octavia sie ansah, wußte auch, daß Octavia der Meinung war, sie müsse mit diesen neuen Gefühlen allein fertig werden. Das gehörte zu dem Plan, zu lernen, für sich selbst zu sorgen, und wenn das bedeutete, daß sie beim Abendessen weinte, dann mußte es eben so sein.

Octavia setzte ihr Wasserglas ab. »Sie werden denken, daß sie ein Kind bekommen hat, während ihr Ehemann fort ist. Das kommt oft vor, Charles.«

»Nicht bei mir, ganz sicher nicht.«

»Nun, was soll ich also tun? Sie hinausschicken, daß sie das Kind im Blumenbeet bekommt?«

Charles sprang auf und warf seine Serviette auf seinen Teller. »Meinetwegen kann sie im Stall gebären. Wenn Will hier nicht leben kann, sehe ich keinen Grund, warum sie es sollte.«

»Es wird der Tag kommen, Charles, an dem du es bereust, so etwas gesagt zu haben.«

»Nicht in diesem Leben«, sagte er und rauschte aus dem Zimmer.

Octavia sah Emily an, die angemessen beschämt wirkte. »Es tut mir leid, Mutter. Ich wollte keinen Ärger hervorrufen. Ich finde es nur einfach so aufregend.«

Octavia lächelte und legte ihre Hand auf die von Emily. »Natürlich. Das tun wir alle. Es ist ein gesegnetes Ereignis für unseren Haushalt. Ich wünschte nur, es gäbe einen Weg, es William mitzuteilen, aber andererseits geschieht es ihm recht, weil er so einfach am Weihnachtsabend davongelaufen ist, als wäre der Teufel hinter ihm her.«

Sie sah Margery an. »Ich weiß, was du jetzt denkst, und ich glaube, du hast unrecht. So sehr auch immer es Charles gelingt, sich als Esel zu zeigen, du darfst nicht vergessen, daß dies dein Heim ist, Margery. Es ist ganz bestimmt nicht der richtige Augenblick, daran zu denken, daß du fortgehen könntest. Jetzt solltest du an dein Kind denken.«

»Aber ich bin hier nicht willkommen …«

»Blödsinn! Inzwischen müßtest du doch wissen, daß es Charles gefällt, dafür zu sorgen, daß sich alle unwohl fühlen. Die beste Reaktion darauf ist, es ihm so gut wie möglich zurückzuzahlen. Widersetze dich ihm, wenn er sich so lächerlich benimmt. Eine Frau wird nicht geboren, sondern gemacht. Wenn du herumsitzt und darauf wartest, daß ein Mann dir die Macht schön verpackt und mit Bändchen verziert überreicht, dann wirst du den Rest deines Lebens darauf warten. In anderen Worten: Das passiert nie. Macht ist etwas, das man sich nehmen muß, nicht etwas, das einem gegeben wird. Ich habe das auf die harte Art gelernt.«

»Ich verstehe nicht.«

»Was glaubt ihr wohl, wie ich in all diesen Jahren zurechtgekommen bin? Nun, ich kann es euch sagen. Als er mich zum ersten Mal angepöbelt hat, bin ich weinend in mein Zimmer gegangen. Am nächsten Tag bin ich nach Hause zu meiner Mutter geflüchtet.«

Emilys Augen wurden groß und rund. »Du hast Vater verlassen und bist zu Großmutter gegangen?«

»Allerdings.«

»Und was ist passiert? Ist er dir nachgefahren?«

»Nein, zu meinem Kummer hat er das nicht getan.«

»Aber wie seid ihr dann wieder zusammengekommen?«

»Ich kam wieder nach Hause... beziehungsweise ich wurde von meiner Mutter wieder nach Hause *geschickt*... nach einer ernsten Mahnrede wohlgemerkt.«

»Und was hat sie zu dir gesagt?« Emily lehnte die Ellenbogen auf den Tisch und legte das Kinn in die Hände.

Margery, die sah, wie bequem die Haltung wirkte, machte es genauso. »Erzähle uns, was sie gesagt hat.«

Irgend etwas im Aussehen der beiden mußte Octavia amüsant finden, denn sie lächelte und sagte: »Sie meinte, es wäre höchste Zeit, dafür zu sorgen, daß ich etwas mehr Rückgrat bekäme, denn wenn ich es Charles je wieder erlaubte, mich unterzukriegen, dann würde mein Leben eine wahre Hölle werden.«

»Großmutter hat Hölle gesagt?«

»Hat sie, aber das bedeutet nicht, daß du es auch tun darfst.«

Emily wirkte niedergeschlagen.

Octavia sprach weiter. »Ich werde nie vergessen, wie meine Mutter sagte, ich solle mich hinsetzen, und mir dann eine Geschichte von ihr und Vater erzählte – eine Geschichte, die ziemlich ähnlich klingt wie die von Charles und mir.«

Das überraschte Margery. »Ach wirklich?«

»Ja, genau das. Sie erklärte mir, ich würde Mut brauchen, um für mich einzutreten, und noch mehr Mut, weiterhin dabeizubleiben, bis Charles gelernt hätte, daß ich nicht sein Prügelknabe bin. Und sie sagte, wenn ich nicht lernte, für mich einzutreten, könnte ich mich geradesogut vor eine rasende Kutsche legen, denn so ähnlich würde ich mich auch fühlen, wenn ich jahrelang mit einem tyrannischen Ehemann gelebt hätte.«

»Und dann bist du zurück nach Hause zu Vater gegangen?«

»Ja.«

Margery wollte furchtbar gern noch mehr erfahren. »Hat er sich gefreut, dich zu sehen?« fragte sie.

»Sich gefreut, mich zu sehen? Um Himmels willen nein. Er war genauso streitlustig wie immer, vielleicht sogar noch mehr. Er ging sogar so weit zu behaupten, er hätte gar nicht bemerkt, daß ich fort gewesen wäre.«

Emily schnappte nach Luft. »Nein!«

Octavia nickte ernst. »Doch, genau das.«

Margery beugte sich so weit vor, daß eine ihrer Locken ins Wasserglas fiel. Sie zog sie heraus und drückte sie aus. »Was hast du dann gemacht?«

»Ich habe nach einer Vase mit Rosen gegriffen und sie ihm über den Kopf gehauen. Und das war eine wunderschöne Vase, eines meiner Lieblingsstücke.«

»Du hast Vater mit einer Blumenvase geschlagen?«

»Ja, und dazu habe ich gesagt, es könnte ja sein, daß er nicht bemerkt hätte, daß ich weggewesen war, aber daß ich eine Wette eingehe, er hätte jetzt bemerkt, daß ich wieder zurück wäre!«

Bei diesen Worten brach Margery in Gelächter aus. Sie stellte sich den tropfnassen Charles vor – das Haar an den Kopf geklebt, eine Rose, die über seinem Ohr hing – es war zu komisch.

Octavia und Emily stimmten in ihr Lachen ein.

Dann erstarb das Lachen, und es wurde still im Zimmer.

»Ich wünschte, das wäre nicht das Ende der Geschichte«, sagte Margery.

»Ist es auch nicht«, meinte Octavia.

»Sie geht noch weiter?«

Octavia nickte. »Ich kann euch auch sagen, daß es Zeiten gegeben hat in jenen ersten Jahren unserer Ehe, da wünschte ich, ich hätte Rupert geheiratet.«

Emily, die recht verträumt ins Leere geschaut hatte, wandte sich plötzlich aufmerksam ihrer Mutter zu.

Margery vergaß ihren Kummer von vorher. Gleichzeitig fragten sie: »Wer ist Rupert?«

»Rupert war meine erste Liebe. Er fiel im Krieg gegen Napoleon. Ich habe ziemlich lange um ihn getrauert und wollte eigentlich nie heiraten ... hätte ich wahrscheinlich auch nicht, wenn mein Vater mich nicht mit Charles verlobt hätte.«

Emily blinzelte heftig in einem Anfall von faszinierter Schwärmerei. »Ach wie romantisch, daß der arme Rupert so früh sterben mußte.« Sie seufzte. »Wie gefühllos von Großvater, dich mit jemand anderem zu verloben und dir damit die Ehre zu nehmen, Rupert zu betrauern, bis du ihm im Grabe Gesellschaft leisten konntest.«

Margery blieb still und fragte sich, was daran wohl romantisch und edel sein sollte, einen Toten bis ans Ende seines Lebens zu betrauern. Vielleicht war das die englische Art. Wenn sie seit ihrer Ankunft hier etwas gelernt hatte, war es, daß die Engländer sich seltsam verhielten. Vielleicht war das auch nur eine ihrer seltsamen Eigenarten.

Erst ein paar Monate später erfuhr sie, daß der Krieg gegen Napoleon vor etwa dreiundvierzig Jahren stattgefunden hatte, Octavia damals also genau zehn Jahre alt gewesen war und viel zu jung, um jemanden zu lieben, sei es Rupert oder sonst jemand. Dennoch war es eine bemerkenswerte Geschichte.

Als sie schließlich ihre eigenen beiden Zwillingssöhne gebar und mit ihrer Geburt einen tiefen, innigen Mutterinstinkt entwickelte, wurde ihr erst wirklich klar, was für eine bemerkenswerte Frau Octavia war.

25

Nach der Geburt ihrer Söhne, Robert Charles und William Daniel, war Margery so beschäftigt, daß sie keine Zeit hatte, über William oder seinen aufgeblasenen Vater nachzudenken. Allerdings gab es Zeiten, in denen sie sich ernsthaft fragte, was sie wohl bewogen hatte, einen ihrer wunderbaren kleinen Kerle nach einem so streitsüchtigen alten Mann zu benennen.

Daß sie geboren hatte, änderte Margerys Situation in Emberly Hall nicht wesentlich. Wie seit Beginn ihres Aufenthalts stand sie jeden Morgen auf und hatte eine lange Liste von Aufgaben vor sich, Tagesarbeiten, die erledigt werden mußten, bevor sie abends wieder zu Bett ging. Außer den Stunden, die sie mit ihren Söhnen verbrachte, gab es Sitzungen mit der Schneiderin und Unterrichtsstunden in damenhaftem Benehmen, aber auch Klavierunterricht und Stickstunden, nicht zu vergessen die Reitstunden. Nach einem späten Mittagessen malte sie und verbrachte vier Stunden mit ihrem persönlichen Lehrer. Nach monatelangem Üben wurde allgemein bekannt, daß sie hervorragende Leistungen erbrachte …

Ausgenommen ein Gebiet: Tanzen.

Ihr Tanzlehrer, Mr. Gerard, hob häufiger verzweifelt seine Hände. Als Octavia den Fehler beging, zum fünften Mal nach dem Grund seiner Verzweiflung zu fragen, erwiderte er: »Madam, es ist unmöglich, sie Tanzen zu lehren. Sie benimmt sich, als wäre sie bei einem Wettrennen. Sie führt, wo sie sich führen lassen sollte. Sie zählt laut mit. Ich könnte einem Pferd das Tanzen schneller beibringen als Eurer Schwiegertochter.«

»Bitte versucht es nur noch ein wenig länger, Mr. Gerard.

Ich bin sicher, daß Lady Margery bald den richtigen Ansatz finden wird.«

Mr. Gerard beugte sich tief über Octavias Hand. »Nur um Euretwillen übernehme ich eine derart monumentale Aufgabe.« Er seufzte. »Ich werde es versuchen.«

Er wandte sich Margery wieder zu und bedeutete dem Pianisten, er solle spielen. »Noch einmal bitte, Lady Margery. Bitte denkt daran: Ihr seid eine Feder, und Federn schweben. Ihr seid nicht ein Boot, das man die Themse aufwärts schieben muß. Eine Feder ... eins, zwei, drei ... eine Feder, eins, zwei, drei ...«

Und weiter und weiter drehten sie sich durchs Zimmer, und Margery wiederholte sich ständig die verlockende Phrase: *eine Feder ... eins, zwei, drei ...*

Sie wollte wirklich gern Octavia den Gefallen tun, und so gab sie sich noch mehr Mühe und begann bald wirklich zu glauben, sie sei eine Feder.

Und genau an diesem Punkt stellte auch Mr. Gerard fest, sie sei leicht auf den Füßen wie eine Feder im Aufwind. »Heiliger Himmel! Ich glaube, sie hat es. Endlich hat sie es, es sieht ganz danach aus!«

Margery wandte sich zu Octavia und strahlte.

Octavia war offensichtlich begeistert, denn sie sagte: »Ich glaube, du bist bereit für London, meine Liebe.«

Als erst einmal bekannt wurde, daß sie in Vorbereitung der nächsten Saison nach London zurückkehren würden, verkündete Charles, der sich sogar geweigert hatte, seine beiden neuen Enkelsöhne zu sehen, er werde nicht mitgehen.

»Wir werden dich vermissen, mein Lieber«, sagte Octavia.

»Du meinst doch nicht im Ernst, du wirst auch ohne mich gehen?«

»Aber natürlich. Ich sehe keinen Grund, warum ich die Saison versäumen sollte, nur weil du dich dazu entschlossen hast.«

»Aber … aber …«

»Ja, mein Lieber?«

»Wie kannst du einfach ohne mich gehen? Was ist mit einem Begleiter?«

»John wird doch da sein. Ich bin sicher, daß er gern deine Aufgabe übernehmen wird.«

»Octavia, London ist ein gefährlicher Ort für eine Frau allein. Du kannst doch nicht …«

»Ich bin bestimmt vorsichtig, mein Lieber«, sagte Octavia, stellte sich auf die Zehenspitzen und gab Charles einen schnellen Kuß.

Als sie dann Emily und Margery erzählte, was geschehen war, wirkte Emily etwas besorgt. »Wir sind noch nie ohne Vater in London gewesen.«

»Emily, mache dir doch keine Gedanken darüber, was Vater gesagt hat. Die Männer hätten am liebsten, daß wir glauben, unsere Welt sei flach und daß wir über die Kante fallen, wenn wir einfach allein segeln. Das ist alles Humbug. Du wirst nicht herunterfallen.«

Ein paar Tage später kamen sie in London an.

Sie brauchten drei Tage, um im Stadthaus in der St. Charles Street alles in Ordnung zu bringen. Margery richtete sich in einem hübschen Zimmer in der Nähe des Kinderzimmers ein, so daß sie nicht zu weit von ihren Kleinen entfernt war, obwohl zwei Kinderschwestern und ein Kindermädchen für sie sorgten.

Eine Woche nach ihrer Ankunft in London gesellten sich Caroline und Robert im Theater zu Octavia, Emily und Margery. Caroline stellte Margery dann der Herzogin von Grenville und ihrer schönen, schwarzhaarigen Tochter Annabella, der Herzogin von Dunford vor, die aus Schottland gekommen war.

Nachdem die Herzogin gegangen war, gesellte sich Lady Ashford zu ihnen. »Ich habe Euch mit der Tochter des Herzogs von Grenville sprechen sehen.«

»Ja«, sagte Octavia. »Sie ist eine sehr schöne Frau. Ich habe gehört, ihr Mann, der Herzog, sei ein Amerikaner.«

»Ja, das ist er«, erwiderte Lady Ashford und hielt dann inne, als überlege sie etwas. »Wißt Ihr, das erinnert mich an etwas. Ich glaube gehört zu haben ... natürlich war das schon vor ein paar Jahren, aber die Geschichte lautete, glaube ich, so, daß die Eltern des Herzogs von Indianern ermordet worden sind und seine Brüder in alle vier Winde verstreut.«

»Oh, wie schrecklich«, sagte Emily.

»Ja, aber es geht noch weiter«, sagte Lady Ashford. »Ich meine auch gehört zu haben, daß er noch eine Schwester hatte, die von Indianern entführt worden ist.« Sie hielt inne und tätschelte Margerys Hand. »Ganz ähnlich wie bei Euch, meine Liebe. Könnt Ihr Euch vorstellen, daß so etwas zweimal vorgekommen ist? Habt Ihr je davon gehört?«

»Leider kommt es noch öfter vor. Natürlich kann niemand wissen, wie oft genau, aber es sind bestimmt Hunderte von Menschen betroffen. Ich bin öfter anderen Gefangenen begegnet.«

Lady Ashford war entsetzt. Ganz offensichtlich stieg Margery dadurch noch in ihrer Einschätzung. »Oh, Ihr armes, armes liebes Kind! Bitte kommt doch am Donnerstag zu mir zum Tee. Ich würde gern noch mehr von Euch darüber erfahren.«

Doch jetzt ertönte die Glocke, die den baldigen Anfang des Stücks verkündete, und es war keine Zeit mehr für Gespräche. Margery wünschte Lady Ashford einen schönen Abend und ging mit den anderen in die Familienloge.

Dort rief Emily als erstes aus, es gefalle ihr überhaupt viel besser, nur mit anderen Frauen ins Theater zu gehen, als wenn ihr Vater auch dabei wäre. »Er ist immer so schwierig.«

»Ja«, sagte Octavia. Sie blinzelte Margery zu und flüsterte: »Der Wunsch nach Freiheit hat irgendwie etwas Ansteckendes.«

In der Pause ging Margery nicht mit den anderen hinunter. Sie war das erste Mal im Theater, und sie war überwältigt von der Größe des Gebäudes, der Pracht der Goldverzierungen und den atemberaubenden Leuchtern.

Während sie dort so allein saß, hörte sie zwei Frauen, die sich in der Loge nebenan unterhielten.

»Die arme Octavia tut mir wirklich leid, jetzt wo sie gezwungen ist, eine solche Bürde mit sich herumzuschleppen.«

»Hast du gehört, daß sie Indianerfedern im Haar trägt?«

»Nein!«

»Es ist wahr. Ich habe es direkt von Lady Penworthy gehört, und die hatte es von Lady Marberly.«

In diesem Augenblick hatte Margery eine Idee.

Eine Woche später zog sich Margery zu ihrem ersten Ball an. Ihr Kleid war das hübscheste, das sie je gesehen hatte, aus blaßgrüner Seide, die beim Gehen raschelte. Der tiefe Ausschnitt war mit rosa Satinröschen gesäumt – die gleichen, die auch den Rock schmückten.

Sie warf noch einen letzten Blick auf ihr Spiegelbild in ihrem Ankleidezimmer und dachte an den Abend im Theater. Mit einer fließenden Bewegung löste sie die rosa Rosen aus ihrem offenen Haar und warf sie auf den Ankleidetisch. Sie ging zu ihrer Truhe, öffnete sie und wühlte darin herum, bis sie ihre Federn fand.

Dann stellte sie sich wieder vor den Spiegel und wählte einige weiße Daunenfedern aus sowie noch ein paar längere mit schimmernden grünen Spitzen. Zusammen mit ein paar von den Rosen steckte sie sich diese Federn ins Haar.

So! Sie hielten sie für eine Wilde, also warum sollte sie versuchen, das zu verbergen?

Von dem Moment an, als sie den Ballsaal betrat, war Margery ein großer Erfolg, denn alle schienen sie für außergewöhnlich zu halten. Die Tatsache, daß sie Federn im Haar trug, schien niemanden zu stören, denn Octavia berichtete, alle lobten ihre Anmut und ihre schöne Haltung und fänden ihre Offenheit fesselnd und außerordentlich erfrischend.

Die Herzoginwitwe von Dudley bemerkte: »Sie besitzt gerade so viel exotischen Stolz, um sie faszinierend zu machen. Ich sah sie, als sie den Raum betrat: wie eine kühle Brise, die durch geöffnete Türen in ein stickiges, rauchiges Zimmer strömt.« Dann schloß sie ihren Fächer und tippte Margery damit auf den Arm. »Die Federn sind wirklich köstlich! Wirklich klug von Euch, sie der feinen Gesellschaft so unter die Nase zu reiben. Der ganze Ton war soweit, hinter Eurem Rücken darüber zu flüstern, und Ihr habt ihnen einfach den Wind aus den Segeln genommen.«

»Oh, das tut mir aber leid, Euer Gnaden.«

»Mir nicht! Ich habe mich nicht mehr so gut amüsiert, seit Lady Marsley Caroline Lamb ihr Getränk in den Ausschnitt gegossen hat.«

»Und wann war das, Euer Gnaden?« fragte Emily, die immer gern etwas Klatsch hörte.

»Tja, ich würde sagen, vor vierzig Jahren ... vielleicht auch fünfzig.«

Am nächsten Abend gingen Margery, Octavia und Emily in die Oper. Sie waren kaum hereingekommen, da konnten sie kaum noch weiter, denn sie wurden umringt von Ladies aus dem Ton, die alle Federn im Haar trugen.

Bald war das in London der letzte Schrei.

Drei Wochen nach ihrer Ankunft in London begleitete Margery Octavia und Emily auf ein Gartenfest bei der Herzogin von Shrewsbury. Bis zum vorigen Tag hatte es geregnet, aber am Tag des Festes verzogen sich die Wolken, und es wurde heiß.

London war erdrückend und schwül.

Margery wußte schon vor ihrer Ankunft bei dem Fest, daß sie das falsche Kleid angezogen hatte. Es war aus wunderschöner, zartblauer Seide, doch die langen Ärmel und das enge Korsett – zusammen mit der Hitze und der Tatsache, daß sie noch kaum etwas gegessen hatte – drohten sie umzuwerfen. Als sie dann in dem Garten stand, wo viele Menschen zusammen waren und sich kaum ein Lüftchen rührte, fühlte sie sich doch etwas elend.

»Möchtest du wieder gehen?« fragte Octavia.

»Nein, vielleicht setze ich mich nur irgendwohin, wo die Luft frischer ist.«

»Dort am Ende des Pfades gibt es eine Laube. Warum setzt du dich da nicht ein Weilchen hin? Dann bist du aus der Enge heraus, und es gibt bestimmt eine frische Brise, denn die Laube liegt an einem hübschen kleinen Teich.«

Margery entschuldigte sich und eilte den Pfad hinunter zu der Laube.

Ohne daß sie es bemerkte, folgte ihr Freddy Hardcastle, der Marquis von Harrinton.

Sie hatte sich kaum in die Laube gesetzt und ihren Fächer hervorgeholt, um sich Luft zuzufächeln, da kam Freddy herein und setzte sich unangenehm dicht neben sie.

»Möchtet Ihr etwas Gesellschaft?« fragte er.

»Ich würde es vorziehen, allein zu bleiben, wenn es Euch

nichts ausmacht. Ich fühle mich nicht wohl«, erwiderte sie. »Darum bin ich auch hierhergekommen, um mir etwas frische Luft zu verschaffen.«

»Vielleicht sollte ich dann doch besser bleiben. Ihr könntet womöglich ernsthaft krank werden, und dann wäre niemand in Eurer Nähe, um Euch zu helfen.«

»Ich kann ganz gut selbst auf mich aufpassen.«

»Ja, ich habe schon gehört, daß Ihr eine ganz Unabhängige seid. Das kommt vermutlich daher, daß kein Mann in Eurer Nähe ist, der sich um Euch kümmert.«

»Ich brauche keinen Mann, der sich um mich kümmert.«

Freddy zog seine Handschuhe aus und legte sie neben sich. Dann wandte er sich Margery wieder zu und strich mit einem Finger über ihren bloßen Arm. »Eine Frau braucht immer einen Mann, der sich um sie *kümmert*, wenn Ihr wißt, was ich meine. Euer Ehemann ist schon lange fort. Eine Frau wie Ihr muß da doch sehr einsam werden.«

Margery nahm seine Hand und schob sie heftig weg. »Ich habe Williams Familie und meine beiden Söhne, um nicht einsam zu werden.«

»Aber es gibt ... gewisse Dinge, die seine Familie und Eure Kinder nicht für Euch tun können.«

Margery sprang auf. Sie hatte nur ein paar Schritte gemacht, so daß sie kaum aus der Laube hinausgekommen war, da trat er schon vor sie und verstellte ihr den Weg.

Sie drehte sich zur Seite und versuchte, links an ihm vorbeizukommen.

Er folgte der Bewegung und stellte sich ihr wieder in den Weg.

Sie kehrte um und versuchte es rechts.

Er machte einen Schritt zur Seite und stand zum dritten Mal vor ihr.

Er sah hinunter auf das tief ausgeschnittene Kleid, das sie

trug. »Ihr seid eine aufregende, schöne Frau. Wißt Ihr, was es in einem Mann bewirkt, Euch so anzusehen?«

»Ja, es tut weh«, sagte sie und gab ihm eine kräftige Ohrfeige.

Er benahm sich, als spürte er nichts, und fuhr fort, ihr zu beschreiben, wie reizend sie sei. Und dann, bevor sie recht bemerkte, was er vorhatte, strich er mit einem Finger den Ausschnitt ihres Kleides entlang und erklärte ihr mit einem innigen Blick, daß sie da etwas habe, das ihn interessiere.

Sie lächelte ihn verführerisch an und trat einen Schritt zurück. »Und hier habe ich etwas, das Euch vielleicht noch mehr interessiert«, sagte sie und hob ihre Röcke, so daß ein langes Stück von ihrem Bein zu sehen war.

Er warf ihr ein listiges Lächeln zu und ließ sie los. »Ich wußte, daß Ihr die richtige Frau für mich seid. Ich wußte es im Augenblick, als ich Euch zum ersten Mal sah.«

Sie sagte nichts, sondern hob nur ihren Rock langsam höher. Freddy schluckte. Genau in dem Augenblick, als er die Hände nach ihr ausstreckte, machte sie einen Satz rückwärts und zog mit einem Ruck ein Messer aus dem Strumpfband. Ihre Röcke fielen wieder herunter.

Er packte sie, und sie fielen zu Boden und begannen zu ringen. Er war größer und schwerer als sie, aber sie war schnell und leicht, und nach ein paar Umdrehungen kam sie über ihn.

Noch bevor er sie von sich stoßen konnte, hatte sie das Messer an seine Kehle gesetzt. »Hört gut zu, Ihr bleicher kleiner Dummkopf, von Eurer Grapscherei habe ich jetzt wirklich genug. Wenn Ihr noch einmal die Hand in meine Richtung ausstreckt, schlitze ich Euch Eure schleimige Kehle von einem Ohr zum anderen auf und hänge Euren Skalp der Herzogin ans Tor.«

Er gurgelte nur, und sie fragte sich, ob er versuchen würde, sich zu wehren. Aber sie hätte sich keine Gedanken zu machen brauchen. Der Schreck, die scharfe Spitze ihres Messers an seiner Gurgel zu spüren, hatte ihn einer Ohnmacht nahegebracht, und er konnte im Augenblick nur schwer schnaufend daliegen, die Augen vorgewölbt und das Gesicht bleich wie ein ausgeblichener Knochen.

Als Margery ihr Messer wieder im Strumpfband verstaut hatte, fiel ihr erst auf, daß sich eine ganze Menge Leute um sie versammelt hatten. Sie kümmerte sich nicht um die Leute und stand auf, wodurch Freddy seine Freiheit zurückbekam.

Lady Lovett sagte zu niemand Bestimmtem: »Ich schätze, von Barbaren kann man nicht mehr als barbarisches Benehmen erwarten.«

Octavia, die die ganze Sache mitbekommen hatte, sagte stolz: »Ja, Freddy hat sich wirklich benommen wie ein widerlicher Wilder, das kann man schon sagen.«

Alle lachten, und ein paar der Leute applaudierten, als Freddy unsicher hochkam und davonstolperte.

Emily, Lydia und Octavia waren sofort bei Margery. »Du warst umwerfend«, sagte Lydia.

Ungefähr in diesem Augenblick erschien John. »Ich habe gerade gehört, was passiert ist.« Er sah sie sich genau an. »Ist alles in Ordnung?«

»Mir geht es prima.« Sie sah hinunter auf ihr Kleid und bemerkte den Schmutz und die Grasflecken. »Scheinbar ist mein Kleid dabei nicht so gut davongekommen.«

»Das Kleid hat einem guten Zweck gedient«, sagte Lydia. »So etwas habe ich noch nie zu sehen bekommen.«

»Ich auch nicht«, piepste Emily. »Kannst du mir zeigen, wie man das macht? Mein Gott! Du hast es dem alten Grapschfreddy aber wirklich gezeigt.«

Octavia wäre beinah in Ohnmacht gefallen. »Emily Woodville, woher hast du diese Bezeichnung?«

»Ich –«

»Habe gelauscht«, beendeten Lydia und Margery den Satz für sie, und alle vier lachten.

Als sie kurze Zeit später in der Kutsche saßen, ging das Gespräch weiter.

»Es tut mir leid, was geschehen ist«, sagte Margery. »Ich nehme an, ich habe eure Chancen auf weitere Einladungen aus dem Ton damit gründlich ruiniert.«

»Unsinn«, sagte Octavia. »Wenn man der Liebling des Ton ist, sind sie bereit zu verzeihen.« Dann drückte sie Margerys Hand. »Außerdem habe ich noch nie etwas Bewundernswerteres gesehen, und ich war auch noch nie in meinem Leben auf jemanden so stolz. Ich wünschte nur, William wäre hiergewesen, um es auch zu sehen.«

Als Margery Williams Namen hörte, blieb ihr fast das Herz stehen. Als hätten die anderen ihren Stimmungswechsel gespürt, sagte eine Weile lang niemand etwas. Schließlich meinte Octavia: »Ich würde wirklich eines Tages gern nach Amerika fahren und deine Crow-Indianer besuchen.«

»O ja«, sagte Emily. »Ich auch.« An Margery gewandt fügte sie hinzu: »Ich möchte, daß du mir zeigst, wie du mit Freddy fertig geworden bist.« Und im nächsten Atemzug wandte sie sich an John: »Kannst du mir ein Messer besorgen wie das von Margery?«

John lachte. »Warum? Damit du den armen Freddy damit jagen kannst?«

»Armer Freddy! Also wirklich!« lachte Lydia.

»Freddy hat sein Schicksal verdient«, sagte Emily. »Immer lungert er irgendwo herum und versucht eine Frau zu finden, die er in eine Ecke drängen und der er seine schmutzigen kleinen Ovid-Zitate aufzwingen kann.«

Octavia hob die Augenbrauen. »Und woher bitte weißt du von Ovid?« Als sie sah, wie Emily den Mund öffnete, sagte

Octavia: »Nein, egal. Ich weiß schon. Emily, du mußt mit dieser Lauscherei aufhören.«

»Und wie soll ich dann je irgend etwas lernen?«

Octavia zögerte. »Nun gut, wenn du also schon lauschst, dann mußt du auch die erste Regel des Lauschens lernen.«

»Und die wäre?«

»Laß dich nicht erwischen«, sagte sie, und diesmal schaukelte die ganze Kutsche von ihrer aller Gelächter.

26

Eineinhalb Wochen später starb Charles an einem Schlag.

Margery, Emily und Octavia waren gerade von einem Besuch ins Londoner Stadthaus zurückgekehrt, da kam John mit der schlechten Nachricht. Sie machten sich sofort auf den Weg nach Emberly Hall.

Zwei Tage nach ihrer Ankunft wurde Charles beerdigt. Octavia gab sich die größte Mühe, Haltung zu bewahren, zumindest wenn sie mit anderen zusammen war, aber es war immer sichtbar, daß sie geweint hatte, wenn sie ihr Zimmer verließ.

Die ganze Familie trug Schwarz aus Trauer um Charles, obwohl keinem die Farbe gefiel. »Mein Gesicht sieht darin aus, als wäre ich in ein Mehlfaß gefallen«, sagte Emily zu ihrer Mutter.

»Meine Lieblingsfarbe ist es auch nicht gerade«, meinte Margery.

»Warum macht ihr zwei nicht einen Spaziergang hinunter in den Obstgarten? Die Bäume blühen. Die Sonne und die frische Luft würden euch guttun. Vielleicht bekommen eure Wangen dann ein wenig Farbe.«

Auf dem Spaziergang erzählte Margery Emily, wie leid es ihr tat, daß sie so harte Gefühle gegenüber Charles gehabt hatte.

»Du brauchst dich nicht schuldig zu fühlen, Margery. Obwohl ich meinen Vater geliebt habe, ist mir völlig klar, daß er alles andere als perfekt war. Die Probleme, die er mit verschiedenen Familienmitgliedern hatte, lagen immer an ihm selbst. Er war immer viel zu hart zu Will, und nach James' Tod wurde es sogar noch schlimmer. Er hat die Sache mit Lydia und Will nie verwunden …«

Emily schwieg plötzlich. »Laß uns von etwas anderem reden. Ich bin es leid, über Tote zu sprechen. Ich bin es leid zu trauern, und die Farbe Schwarz bin ich besonders leid.«

Dies war das zweite Mal, daß Emily beinahe etwas über die Beziehung zwischen Lydia, James und Will herausposaunt hätte. Margery beschloß, jetzt nicht noch mehr von Emily in Erfahrung bringen zu wollen. Es würde besser sein zu warten, bis sie Octavia fragen konnte.

Noch am gleichen Abend bekam sie eine hervorragende Gelegenheit dazu, als sie und Octavia in der Bibliothek saßen und Dankesbriefe für die vielen Freundlichkeiten in den Wochen nach Charles' Tod an Familienmitglieder und Freunde schrieben.

Octavia hielt inne und rieb sich die Finger. »Das letzte Mal habe ich so etwas nach James' Tod gemacht. Ich hatte ganz vergessen, wie steif einem die Finger dabei werden.«

»Das muß damals eine schwere Zeit für dich gewesen sein … ich kann mir nicht vorstellen, wie schrecklich es sein muß, ein Kind zu verlieren.«

»Es war entsetzlich … ich habe lange gebraucht, um darüber hinwegzukommen. Selbst jetzt noch gibt es Zeiten, da scheint mir der Schmerz so frisch wie damals, als ich die Nachricht bekam. Weißt du, sie haben ihn dort begraben. Sie haben seine Leiche nicht nach Hause geschickt. Das machte die Trauer noch schwerer. Es gab keinen deutlichen Beweis dafür, daß es ihn nicht mehr gab, keinen toten Körper, von dem man sich bei einer Beerdigung hätte verabschieden, kein Grab, das man hätte besuchen können, um die Last der Trauer mit Blumen und Tränen dort hinzutragen.«

Margery legte die Feder weg und holte tief Atem. »Ich möchte dich etwas fragen. Vielleicht wirst du sagen, daß es mich nichts angeht oder daß du nicht darüber sprechen möchtest, das ist dein Recht. Aber ich trage diese Frage schon seit einer ganzen Weile mit mir herum, und sie will einfach nicht verschwinden, also frage ich dich jetzt. Ich hoffe, du verstehst das.«

Octavia sah auf ihre Finger hinab. Sie hörte auf, sie zu reiben, und schaute Margery an. »Ich verstehe vielleicht besser, als du denkst.«

»Weißt du denn, was ich meine?«

»Ich habe so eine Idee. Es betrifft Lydia und James, nicht wahr? Lydia und James und William.«

»Ja.«

»Hat Emily etwas zu dir gesagt?«

»Nein. Es ist vorgekommen, daß es ihr beinah passiert wäre, aber sie hat sich jedesmal rechtzeitig zurückgehalten und das Thema gewechselt.«

Octavia lächelte halb amüsiert. »Emily hat soviel Schwung. Manchmal ist er einfach größer als ihre Urteilsfähigkeit. Hast du sie danach gefragt?«

»Nein. Ich wollte sie nicht in eine peinliche Lage bringen. Darum habe ich gewartet, bis ich dich fragen konnte.«

»Das war auch richtig. Ich glaube kaum, daß Emily die Lage wirklich überblickt hat. Darum hätte ich ihr damals gar nicht alles erklärt, aber Charles war so wütend, daß es unmöglich war, die Sache von Emily fernzuhalten.«

Margery sagte nichts.

»James war unser jüngster Sohn. Er hatte keinen Titel zu erben. Deswegen glaube ich, daß er sich übergangen fühlte, als hätte ihn das Leben betrogen und ohne Ehre gelassen. Er bewunderte seinen Bruder sehr, und William beschützte ihn oft, dennoch fühlte er immer diesen Drang, sich und seinen Wert zu beweisen. Es war ihm wichtig, daß man ihn als mit William gleichwertig betrachtete, wenn nicht als besser. Als James und Lydia ankündigten, daß sie heiraten wollten, hoffte ich, das würde eine irgendwie beruhigende Wirkung auf James haben und seine Gedanken ablenken von seinen Minderwertigkeitsgefühlen auf etwas Produktiveres. Aber ich hatte mich getäuscht. Weder seine Liebe zu Lydia noch ihre Verlobung änderten etwas an seinem Drang, sich zu beweisen. Als der Krimkrieg ausbrach, sah er das als eine Möglichkeit an, zu Ruhm zu gelangen, als eine Chance, sich über seine Stellung als zweiter Sohn zu erheben. Ich werde niemals den Tag vergessen, als er nach Hause kam und verkündete, er wolle in den Krieg ziehen. James wußte, was er wollte, und sah den Krimkrieg als Möglichkeit, es zu bekommen. Er meldete sich sofort. Und dreieinhalb Monate später erfuhren wir, daß er gefallen war.«

»Es tut mir so leid, ich weiß, das muß für euch alle entsetzlich gewesen sein.«

»Ja, das war es. Charles schloß sich in der Bibliothek ein und versuchte, sich zu Tode zu trinken. William gab sich die Schuld, weil es ihm nicht gelungen war, seinem Bruder diesen Krieg auszureden. Lydias Herz schien gebrochen. Als sie von James' Tod erfuhr, drehte sie durch, warf mit Dingen um sich und tobte herum, bis ihre Familie nach John schickte, der ihr ein Schlafmittel gab. Danach schien sie sich völlig in sich selbst zurückzuziehen. Sie wollte ihr Zimmer nicht mehr verlassen. Sie aß kaum noch. Sie verlor so an Gewicht, daß ihre

Familie um ihre Gesundheit fürchtete. Doch was alle am meisten besorgte, war die Tatsache, daß sie nicht weinen konnte. Sie konnte nicht trauern.«

»Das kann ich mir bei ihr gar nicht vorstellen.«

»Die Trauer verändert Menschen auf seltsame Art.«

»Und hat sie es dann langsam überwunden?«

»Nein, es ging ihr zusehends schlechter ... Tag für Tag. Bis eines Tages Lydias Vater herüberkam, um mit William zu sprechen. In seiner Verzweiflung wollte er William bitten, mit ihr zu reden. Will und Lydia hatten einander seit ihrer Kinderzeit immer nahegestanden, eigentlich näher, als William jeder seiner Schwestern war. Es war Lord Lancasters Hoffnung, daß das starke Band ihrer Freundschaft vielleicht zu Lydias Heilung beitragen würde, doch dazu brauchte er Williams Hilfe.«

»Um was zu tun?«

»Er wollte, daß Will Zeit mit ihr verbrachte, versuchte, sie aus dem tiefen Loch zu ziehen, in das sie gefallen war. Er wollte, daß sie James' Tod annahm, anstatt ihn zu leugnen. Er wollte, daß sie weinte, trauerte und dann darüber hinwegkam.«

»Und dazu brauchte er Wills Hilfe.«

»Ja, doch keiner von uns hatte zu jener Zeit verstanden, wie sehr James' Tod Will selbst angegriffen hatte. Sonst hätten wir verstanden, daß Will seinen eigenen Kummer nicht überwinden konnte und deswegen auch nicht in der Lage war, Lydia mit dem ihren zu helfen. Aber wir wußten es nicht, und Will begann, die Lancasters zu besuchen. Langsam gelang es ihm, Lydia aus dem Haus zu locken. Sie machten lange Spaziergänge zusammen, doch Lydia erlaubte nicht, daß er James erwähnte. Sonst ging sie nach Hause und weigerte sich mehrere Tage lang, Will zu sehen. Doch eines Nachmittags blieb Will hartnäckig. Er ging mit ihr hinunter zur Laube am Teich der

Lancasters. Als sie darin war, begann er, von James zu sprechen, und als sie versuchte fortzugehen, ließ er es nicht zu. Er hielt sie dort zurück wie ein Tier in der Falle und redete immer weiter über James, bis Lydia zusammenbrach. Endlich weinte sie. Nur als sie erst einmal angefangen hatte, schien sie nicht mehr aufhören zu können. Will ging zu ihr, setzte sich neben sie und nahm sie in die Arme. Sie weinte, bis sein Hemd ganz naß war. Sie wurde geschüttelt von ihrer Trauer, und Will litt, weil er der Auslöser gewesen war. Er versuchte, sie zu trösten, ihren Schmerz zu lindern. Das eine führte zum anderen, und ohne recht zu wissen, was mit ihnen passierte, liebten sie sich auf dem Boden der Laube.«

»Will und Lydia?«

Octavia schüttelte den Kopf. »Genaugenommen war wahrscheinlich niemand so überrascht wie die beiden selbst, als sie sich danach dort wiederfanden.«

»Wie habt ihr davon erfahren?«

»Will hat es uns erzählt.«

»Wie hat Charles reagiert?«

»Auf seine übliche Art. Er gab Will die Schuld an James' Tod und sagte, er habe die äußerste Ehrlosigkeit gegenüber seinem Bruder begangen, indem er der Frau, die jener hatte heiraten wollen, die Jungfräulichkeit nahm.«

»Aber warum? James war tot. Konnte Charles das nicht verstehen?«

»Er *wollte* es nicht verstehen. Er meinte, Will hätte es gelingen müssen, seinen Bruder aufzuhalten, damit er nicht in den Krieg ging.«

»Und wie nahm Will das alles auf?«

»Er war erschüttert. Das letzte Restchen Vernunft, das ihm nach James' Tod noch geblieben war, schien dahin. Er hatte sich ja schon für den Tod seines Bruders verantwortlich gefühlt.«

»Und Lydia?«

»Was immer es auch gewesen sein mochte, das ihre Trauer blockiert hatte, es war verschwunden. Sie betrauerte James, wie sie es von Anfang an hätte tun sollen. Sie übernahm ihren Teil der Verantwortung für das Geschehene und versuchte nie, Will die Schuld zu geben. Langsam ging es ihr wieder besser. Sie betrachtete die Vorfälle zwischen sich und Will niemals als Betrug oder Schande. Es war ein notwendiger Teil ihrer Heilung gewesen. Sie weigerte sich, deswegen Schuldgefühle zu haben oder sich als weniger tugendhaft zu betrachten. Später sagte sie, sie sei froh gewesen, daß es geschehen war, froh, daß es William gewesen war, denn in gewissem Sinne sei er doch Teil seines Bruders. Wenn überhaupt übernahm sie selbst den größeren Teil der Schuld, denn schließlich hatte ihr Kummer Will überhaupt dazu bewegt, zu ihr zu gehen.«

»Und William? Ist er danach fortgegangen?«

»Nicht direkt. Da er immer schon ein Ehrenmann gewesen war, ging er zu Lydia, bereit, sein Unrecht wiedergutzumachen. Er hatte ihr die Jungfräulichkeit genommen. Er trug die Verantwortung. Sie war auch die Tochter eines Adligen. Er bat sie, seine Frau zu werden. Ihre Antwort lautete: ›Mein lieber William, ich kann dir nicht den Rest deines Lebens nehmen. Du hast mir schon mehr von dir gegeben, als mir zustand.‹«

»Und da ging er nach Amerika.«

»Nicht lange danach, ja. Zuerst begann er, entsetzliche Alpträume zu haben, in denen er James sah, dem der halbe Körper abgetrennt war, in einer großen Blutlache liegend. Er war davon so entsetzt, daß er die ganze Nacht wach zu bleiben begann und trank, bis er zu dumpf und erschöpft war, um noch etwas zu spüren. Er begann sich einzubilden, er hätte James' Blut an seinen Händen. In einer Nacht schloß er sich auf dem Dachboden ein. Er blieb drei Tage lang dort, ohne zu essen und etwas anderes als Whisky zu trinken. Ich schickte nach John. Er mußte die Tür aufbrechen, und als wir hineingingen, waren überall Bilder, lauter halb vollendete Bilder von James, alle mit Blutrot übermalt, als hätte jemand die Leinwand in Blut getaucht. Er hatte die Truhe gefunden, in der ich James' Sachen verstaut hatte, und wir konnten sehen, daß er alles herausgezerrt hatte. Nichts war kaputt außer der Vorderseite aller Hemden, die er mit heftigen Pinselstrichen blutrot bemalt hatte. In der Sorge, er könne sich vielleicht etwas antun, sperrte John ihn in sein Zimmer. Am nächsten Morgen, als wir hineingingen, war William fort. Er hinterließ eine einfache Notiz, in der stand, er müsse fort, er müsse Antworten finden.«

»Und er glaubte, sie im Wilden Westen finden zu können?«

»Ich denke, er ging davon aus, daß er durch Zeit und Entfernung irgendwann würde erkennen können, warum James hatte sterben müssen, warum er seinem Bruder sein Schicksal nicht hatte ersparen können.«

Octavia sah Margery an und legte eine Hand auf die ihre. »Und du? Wie denkst du über all das?«

»Ich verstehe die Worte des Leids, auch wenn sie nie einen Satz bilden. Ich kenne die Qual von Träumen, die das Herz zu zerreißen drohen, das Leid des Kampfes mit Vergangenem, die Marter, sein Schicksal annehmen zu müssen, die Hoffnungslosigkeit, daran nichts ändern zu können. Und was Will und Lydia betrifft … Ich gebe ihnen beiden keine Schuld. Jeder von beiden hat auf seine Art teuer dafür bezahlen müssen, was sie verloren haben.«

»Du bist weiser, als dein Alter erwarten ließe. Nicht viele Frauen würden so etwas verstehen können.«

»Vielleicht kommt es daher, daß ich ein Wort höre und zwei verstehe.«

27

Es war ein besonders schöner Morgen, und Margery zog sich eilig an. Emily war zu Besuch bei ihrem Onkel Rand, und Margery wollte Octavia gern dazu überreden, mit ihr zu fahren, um Emily abzuholen. Es ging ihr nicht so sehr darum, daß sie Octavias Begleitung brauchte, als darum, daß Octavia mitgehen sollte. Sie mußte einfach häufiger aus dem Haus.

Margery wollte gerade nach ihrer Haube greifen, da wurde ihr mitgeteilt, unten warte ein Besucher auf sie.

Lucy kicherte und zeigte ihre Grübchen. »Ein Herr, der Euch besuchen möchte, Mylady.«

Völlig im unklaren darüber, wer das wohl sein mochte, ging Margery nachdenklich die Treppe hinunter, aber selbst als sie die Tür zum Salon erreicht hatte, war ihr noch niemand eingefallen. Sie richtete sich gerade auf und öffnete die Tür.

Da saß Daniel und unterhielt sich mit Octavia.

Sie war völlig sprachlos und stand erst einmal eine Minute schweigend da, bis sie ausrief: »Daniel!«

Als er sie sah, stand er auf, ein strahlendes Lächeln auf seinem lieben Gesicht.

Sie flog in seine Arme. »Ich kann nicht glauben, daß du wirklich hier bist!« sagte sie und trat einen Schritt zurück, um ihn sich genau anzusehen, als versuche sie, die Wirklichkeit mit ihrer Erinnerung zu vergleichen. »Wirklich, ich kann es nicht glauben, aber du bist wirklich da.«

»Ich kann es selbst kaum glauben, aber ich hatte etwas in London zu erledigen und habe mich entschlossen, auf dem Heimweg hier vorbeizukommen.«

Beide waren gleich erstaunt, Margery darüber, ihn nach so

langer Zeit wiederzusehen, und Dan über die Veränderungen, die er an ihr sah.

Er hielt sie eine Armlänge von sich entfernt, damit er sie genau betrachten konnte. »Ich wußte ja immer, daß einmal eine Schönheit aus dir werden würde, aber so etwas hätte ich mir nicht vorgestellt. Was für eine Verwandlung!«

Margery lächelte Octavia zu. »Dafür kann ich meiner Schwiegermutter danken«, sagte sie. »Octavia war wunderbar.«

»Daran habe ich nie gezweifelt«, sagte er. »Octavia ist eine bemerkenswerte Frau.« Sein Gesicht wurde weicher. »Es tut mir leid wegen Charles.«

»Danke. Es hat uns alle überrascht«, sagte Octavia. »Ich kann nur dankbar sein, daß es schnell gegangen ist und er nicht leiden mußte.«

»Ja, das ist ein Segen. Habt Ihr Will schon informiert?«

»Nein. William wird nach Hause kommen, wenn er dazu bereit ist. Der Tod seines Vaters wird daran nichts ändern.«

»Nein, das mag richtig sein.«

»Wie geht es Eurer Mutter?« fragte Octavia.

Er lachte leise. »Sie leidet an akuter Schlaflosigkeit, denn gerade ist sie aus dem Haus meiner Schwester in Sussex zurückgekommen. Juliane ist vor drei Wochen stolze Mutter eines kleinen Mädchens geworden, und seitdem hat meine Mutter nicht mehr geschlafen.«

Margery sprang auf. »Oh, das erinnert mich an etwas. Ich habe dir etwas zu zeigen«, sagte sie und eilte aus dem Zimmer.

Ein paar Minuten später kam sie zurück, ihre beiden Söhne auf den Armen. »Ich möchte dich mit William und Robert bekannt machen«, sagte sie stolz.

Diesmal war es Margery endgültig gelungen, ihn sprachlos zu machen – zum ersten Mal.

»Ich weiß nicht, was ich sagen soll.«

Nachdem Dan eine Weile seiner Faszination über die beiden Jungen Ausdruck verliehen hatte, setzte Margery sie auf den Boden. Während die drei Erwachsenen sich unterhielten, spielten die beiden zu Margerys Füßen, sabberten auf Daniels Hosen und zupften an den Perlen an Octavias Schuhen.

Als Robbie so mißgelaunt wurde, daß er zu weinen begann, klingelte Margery nach der Kinderfrau, die die Jungen mit sich zurück ins Kinderzimmer nahm. Dan blinzelte Octavia zu und sagte: »Ich höre, in London ist eine äußerst seltsame Mode ausgebrochen – und alle Männer fangen an, um ihr Leben zu fürchten.«

»Ach ja?« sagte Octavia. »Was für eine Mode?«

»Die Frauen des Ton sind dazu übergegangen, Messer zu tragen, und zwar im Strumpfband.«

»Ach wirklich?« fragte Margery.

»Wo mögen sie wohl die Idee herhaben?« meinte Dan dazu.

»Wer weiß?« erwiderte Margery.

Sie luden Daniel ein, zum Essen zu bleiben, dann ging er mit Margery spazieren.

»Du hast dich so verändert, ich kann es kaum glauben. Will wird absolut schockiert sein. Hast du je von ihm gehört?«

»Hättest du das erwartet?«

»Nein, eigentlich nicht«, sagte er. »Er hat also nicht geschrieben?«

»Kein Wort.«

»Dann weiß er also nichts von seinen Söhnen?«

»Nein.«

»Was wird wohl passieren ... zwischen euch beiden, meine ich ... wenn er zurückkommt?«

»Ich weiß es nicht. Ich denke, das wird vor allem davon abhängen, ob er überhaupt zurückkommt.«

»Das wird er.«

»Ich wünschte, ich besäße deinen Optimismus, aber genaugenommen ist es egal.«

»Du meinst mit egal, daß du gelernt hast, ohne ihn zu leben?«

»Mein Leben ist wirklich erfüllt, und jetzt haben mich meine beiden Söhne reich gemacht. Ich brauche William nicht, um meine Welt zu vollenden. Männer sind wie die Erde, während wir der Mond sind: Sie sehen immer nur eine Seite von uns, und so denken sie, sie würden uns kennen. Aber an uns ist mehr dran, als man sehen kann.«

»Es überrascht mich nicht, zu hören, daß du so interessant bist. Ich habe immer gewußt, daß du eine starke Frau bist. Aber da ist noch etwas passiert ... etwas, wodurch es noch viel offensichtlicher wird.«

»Octavia sagt: ›Frauen sind wie Tee. Erst wenn man sie in heißes Wasser tut, merkt man, wie stark sie sind.‹«

Er lachte, und sie sah ihn an, freute sich über sein Lachen, den Anblick seines wohlbekannten braunen Haars, das Lächeln in seinem Blick. Es machte ihr klar, wie sehr sie wirklich seine Gesellschaft vermißt hatte. »Ich werde nie vergessen, was du für mich getan hast. Ich werde deine Freundschaft immer wertschätzen. Ich glaube, wenn du nicht gewesen wärst, hätte ich es nicht so gut geschafft.«

»Ich möchte nichts lieber, als mich mit dafür verantwortlich fühlen, was aus dir geworden ist, aber das geht nicht. Du warst immer schon so, ich habe dir nur geholfen, es besser sehen zu lernen.«

»Es war nicht leicht, es allein zu schaffen. Wenn Octavia nicht gewesen wäre – ich weiß nicht, was aus mir geworden wäre.«

»Du hättest es schon irgendwie geschafft. Ich glaube, Will wußte das.«

Ihre Stimme wurde kalt. »Ich bezweifle, daß Will sich die Zeit genommen hat, überhaupt über mich nachzudenken.«

»Ich glaube, da täuschst du dich.«

»Ich weiß nicht, wie du das sagen kannst. Es sind schon fast zwei Jahre vergangen ... obwohl die Zeit keine Rolle spielt, wenn das Herz nicht beteiligt ist.«

»Von wessen Herz sprichst du? Deinem oder seinem?«

»Von seinem natürlich.«

Er lachte leise. »Natürlich. Und wie kommst du auf den Gedanken, sein Herz könnte nicht beteiligt sein?«

Sie wirkte amüsiert. »Ganz einfach: Er hat mich recht unfein auf der Schwelle seines Vaterhauses abgesetzt und ist dann so schnell ihn seine langen Beine trugen zurück nach Amerika gefahren.«

»Was er getan hat, hat nichts mit seinen Gefühlen für dich zu tun gehabt. Ich bezweifle, daß Will sich überhaupt seiner Gefühle bewußt war. Er war zu sehr verstrickt in seinen eigenen Kummer, um über den Kummer nachzudenken, den er anderen vielleicht bereitete. Aber ich gehe davon aus, daß er inzwischen bemerkt hat, daß du immer schon mehr für ihn bedeutet hast, als er wußte.«

»Wie um Himmels willen kommst du darauf?«

»Ich war mit euch auf dem Schiff, weißt du noch? Ich sah seine Stimmungen, sah, wie schrecklich schwer es ihm fiel, dir fernzubleiben – vor allem in den Nächten, als nicht einmal der viele Alkohol sein Verlangen, zu dir zu gehen, auslöschen konnte.«

Sie lächelte. »Er ist aber doch zu mir gekommen ... ich habe zwei Söhne, die das beweisen.«

»Liebst du ihn?«

Darüber mußte sie nicht nachdenken. »Ich habe ihn einmal geliebt.«

»Und jetzt tust du es nicht mehr?«

Sie zuckte mit den Schultern. »Ich weiß es nicht. Ich denke, ich würde ihn wohl wiedersehen müssen, um darauf eine Antwort geben zu können. Und selbst wenn ich herausfinde, daß ich ihn liebe, würde ich es ihm nicht sagen. Diesmal wird er feststellen, daß ich nicht mehr so leicht zu umstricken bin. Er war mein Retter, mein Ritter in der schimmernden Rüstung, der Anfang und das Ende von allem. Ich hatte all meine Hoffnungen in ihn gesetzt.«

»Und er hat dich verletzt.«

»Er hat mir das Herz gebrochen, doch wenn ich jetzt zurückblicke, denke ich, es war vielleicht besser so.«

Er lachte. »Ich sehe das Ergebnis und muß dir da unbedingt zustimmen. Ich denke, er wird es auch sehen ... wenn du ihm auch nur eine kleine Chance gibst.«

»Ich bin nicht mehr die junge Frau, die ich damals war. Ich trage keine rosa Brille mehr. Vielleicht wird es zwischen uns nicht funktionieren. Ich bin jetzt stärker, bestimmter, eher in der Lage, auf meinen eigenen Füßen zu stehen. Und daß er mein Ehemann ist, gibt ihm keinen großen Vorteil bei mir, im Gegensatz dazu, was die Gesetze sagen.«

»Mir ist klar, daß er wird kämpfen müssen, aber wer weiß, ob es nicht der Mühe wert ist? Ich denke, das ist genau das, was Will braucht, etwas, für das er kämpfen kann, an das er glauben kann, das ihm einen Grund gibt weiterzumachen. Wenn eine Frau und zwei Söhne das nicht bei ihm bewirken können, gibt es wohl kaum noch Hoffnung, oder?«

»Nein«, sagte sie. »Wohl kaum.«

»Ich habe eine Menge Geschichten über dich gehört.«

»Ach ja? Was denn für Geschichten?«

»Es sieht so aus, als hätte Lady Ashford allen im Ton erzählt, daß du die Schwester des Herzogs von Dunford kanntest und mit ihr zusammen in Gefangenschaft warst. Du hast mir nie davon erzählt.«

Margery wurde blaß. »Aber das ist nicht wahr. Ich habe nie so etwas zu ihr gesagt.«

»Ach nein?«

»Nein. Sie erwähnte, daß seine Schwester auch entführt worden wäre, und fand es erstaunlich, daß es zwei Menschen so ergangen sein könnte. Ich erklärte ihr, es wäre Hunderten von Menschen passiert und ich wäre gelegentlich auch anderen weißen Gefangenen begegnet. Die Schwester des Herzogs habe ich nie erwähnt. Keiner von denen, die mir je begegnet sind, konnte sich daran erinnern, woher er gekommen war, genau wie ich. Ich kann mir nicht vorstellen, was Lady Ashford geritten hat, etwas Derartiges zu behaupten.«

Dan kicherte. »Ihr Alter«, sagte er. »So etwas kommt, wenn man älter wird. Oft haben ältere Menschen das Bedürfnis, den Dingen etwas mehr Farbe zu geben, nur damit ihnen die anderen auch wirklich zuhören. Es ist traurig, aber wahr. Ich bin sicher, sie hat es nicht böse gemeint.«

»Nein, das glaube ich auch nicht. Ich hoffe nur, der Herzog hört nichts davon. Eine solche Geschichte ... womöglich würde es ihm Hoffnung machen, und ich wäre dann diejenige, die ihn enttäuschen müßte.«

»Ich bezweifle, daß er davon hören wird. Schließlich lebt er in Schottland und kommt selten nach England.«

»Aber die Familie der Herzogin erzählt es ihm vielleicht.«

»Die Grenvilles glauben bestimmt als letzte eine Geschichte der Lady Ashford. Sie hat einmal dem Herzog gegenüber behauptet, sie wäre die Zwillingsschwester der französischen Königin.«

Daniel ging die kiesbestreute Einfahrt hinauf. »Nun, wir sind wieder da. Die Zeit ist einfach zu schnell vergangen.«

Sie gingen die Stufen hinauf bis zur Tür. Sie wandte sich ihm zu. »Kommst du noch mit herein?«

»Nein, ich muß gehen, aber ich möchte, daß du mir versprichst, mich zu rufen, wenn du mich je brauchen solltest.«

Sie lächelte, stellte sich auf die Zehenspitzen und küßte ihn auf die Wange. »Mein lieber Daniel, du bist meinem Herzen immer nah. Natürlich werde ich dich rufen.«

»Mehr kann ich nicht verlangen«, sagte er und wandte sich ab.

Sie stand auf den Stufen und sah ihn davonfahren. Als sie das Haus betrat, fragte sie sich, wieso sie wohl an diesem Nachmittag soviel Zeit damit verbracht hatten, ihre mögliche Wiederbegegnung mit einem Mann zu diskutieren, der vergessen hatte, daß sie überhaupt existierte.

28

Es verging kein Tag, an dem er nicht an sie dachte, keine Nacht, in der sie nicht seine Gedanken erfüllte ...

William hatte keinerlei Illusionen mehr darüber, daß es der größte Fehler seines Lebens gewesen war, sie zu verlassen. Er konnte nachvollziehen, warum er so gehandelt hatte, doch das machte ihm die Verzögerung seiner Rückkehr nicht leichter. Er konnte Margery nicht haben, doch seine Erinnerungen und seine Träume waren ihm geblieben.

Er wußte, daß Träume nicht Wirklichkeit werden, doch näher erreichen konnte er die Wirklichkeit nun einmal nicht. Er würde sich damit zufriedengeben müssen, wenigstens für eine Weile. Wann immer er seine Phantasien spann, klammerte er sich an dem Gedanken fest, daß vielleicht alles wieder ins reine kommen könnte, durch den Zauber der Wiedervereinigung verwandelt werden könnte. In Wirklichkeit war er nicht so naiv.

Er wollte zurückgehen … hatte immer zurückgehen wollen. Dieses Wissen brannte leidenschaftlich in ihm. Doch nach wie vor beherrschte er die Situation nicht. Zu Margery zu kommen lag immer dicht vor ihm, er hoffte von einem Tag zum anderen, es wäre morgen soweit. Doch irgendwie kam dieser Morgen nie. Er war wie ein Mann in der Wüste, der eine Oase sieht und dann feststellt, daß sie immer genau vor ihm zu schweben scheint, schimmernd und mystisch, genau außerhalb seiner Reichweite, eine Vision im Sand, eine Lichtspiegelung, ein Traum vom Wasser. Margery.

Will versuchte, sich auf Guys Krankheit zu konzentrieren. Doch jetzt konnte er es nicht. Das Feuer, das zu brennen begonnen hatte, als sie in seinen Armen lag, drohte ihn jetzt mit seiner Hitze zu verzehren. Er fand nie wirklich Ruhe – nein, nicht einmal wenn er am Ende eines langen Tages auf seiner Matte lag und auf den Schlaf wartete –, denn da war auch sie, ihr Atem klang leise in der Dunkelheit, der Duft des Windes und des Meeres war in ihrem Haar, die Weisheit von Hunderten von Generationen lag hinter ihrem weichen Blick verborgen.

Will nahm an, daß er seine Gedanken am besten in den Griff bekam, wenn er immer beschäftigt war. So zogen er und Guy viel herum und blieben an keinem Ort sehr lange. Sie reisten von einem Indianerdorf zum nächsten, Will füllte wie besessen Zeichenblock um Zeichenblock, war immer in Bewegung, versuchte den Schmerz der Vergangenheit hinter sich zu lassen, dem Schatten ihres Lächelns davonzulaufen.

Doch eines Tages übernahm das Schicksal die Führung, und er konnte nicht mehr davonlaufen.

Sie hatten ihr Lager in der Nähe eines Stammes von Ogallala Sioux aufgeschlagen, denen sie schon seit über einer Woche folgten. Es war dunkel, doch weder Will noch Guy schliefen. Will saß am Feuer, nahm einen Stock in die Hand und stocherte in der Asche, so daß die Glut noch einmal hell aufleuchtete und ein Regen von Funken aufstieg und knisternd und prasselnd gegen ihr drohendes Verlöschen protestierte.

Guy, der ihm gegenübersaß, hörte das Geräusch und sah auf.

»Du denkst an sie.«

Will stocherte noch einmal mit düsterer Miene im Feuer. »Würdest du mir das absprechen wollen? Es ist das einzige, was mir geblieben ist.«

»Dann ist es vielleicht jetzt an der Zeit, zurückzugehen. Ich stelle fest, daß ich auch langsam Heimweh bekomme.«

»Ich dachte, es gefällt dir hier und du würdest vielleicht sogar hier bleiben wollen.«

»Das wäre möglich.« Er fing wieder an zu husten. In letzter Zeit war das zusehends häufiger vorgekommen, und er spuckte dabei auch immer Blut.

Guy schloß die Augen, als warte er darauf, daß die Schwäche verginge. Die gute Farbe, die er im Sommer gehabt hatte, war fort, auch der Eindruck von wiederhergestellter Gesundheit. Seit Wochen nahm er immer weiter ab, und die Blässe seiner Haut war geisterhaft und unnatürlich. Seit einer Woche hatte er auch wieder Fieber. Infolgedessen war Guys Gesicht jetzt ständig wachsfarben und mit einem leichten Schweißfilm überzogen. Vor zwei Tagen war Will aufgefallen, daß seine Lippen einen bläulichen Schimmer hatten. Zum ersten Mal seit sie hergekommen waren, begann Will zu fürchten, daß Guy wirklich sterben würde.

»Du bist krank. Ich denke, wir sollten zurück nach St. Louis gehen.« Will warf den Stock ins Feuer und verfiel wieder in Schweigen.

Guy sagte nichts, und so fragte Will ihn nach einer Weile noch einmal. Diesmal antwortete Guy: »Ich werde in St.

Louis sterben. Ich habe es nicht eilig, dorthin zurückzukommen.«

»Rede doch nicht so. Du weißt weder, wo du sterben wirst, noch wie und wann du sterben wirst.«

»Doch, ich weiß es. Ich weiß es, seit wir auf dem Weg hierher dort waren. Erinnerst du dich an die Anhöhe oberhalb des Missouri, auf der wir unser Lager hatten?«

»Ja.«

»Und erinnerst du dich auch, daß ich gesagt habe, es wäre ein guter Platz, um dort begraben zu sein?«

Will nickte, weil er nicht sprechen konnte.

»Das habe ich wirklich so gemeint. Ich habe bisher damit gezögert zurückzugehen, weil ich weiß, daß das meine letzte Reise sein wird.«

»Dann gehen wir nicht wieder zurück.«

Guy lächelte. »Diese Art von Logik erinnert mich an alte Zeiten ... du klingst genau so wie als Junge. Immer hast du das Leben herausgefordert. Du hast dich grundsätzlich geweigert, das Schicksal anzunehmen. Du warst immer optimistisch und von einer Sicherheit erfüllt, daß egal was schiefging, du es schon irgendwie wieder hinbekommen würdest.«

»Ich bin kein Junge mehr ... und auch kein Optimist. Jetzt besitze ich eine kräftige Dosis Realitätssinn. Im Gegenteil, in letzter Zeit bin ich regelrecht voll davon.«

»Dann solltest du die Wirklichkeit dessen sehen, was hier geschieht. Es liegt jenseits aller Bereiche, die wir beherrschen oder wieder in Ordnung bringen können. Ich habe getan, was ich tun wollte. Ich habe einen Teil der Welt gesehen, den ich noch nie gesehen hatte. Wenige Menschen haben so viel Glück. So seltsam es auch klingen mag, aber ich bin bereit zu sterben. Ich bin dieses Husten leid, das Leben überhaupt. Es ist eine gute Zeit, wieder zurückzugehen. Morgen könnten wir eigentlich aufbrechen. Ich bin bereit.«

Nachdem Guy eingeschlafen war, wurde Will von morbiden Gedanken heimgesucht. Er versuchte an seinen Vater zu denken, aber irgendwie gelang es ihm nicht, sich an sein Gesicht zu erinnern. Nur Margerys lebhafte Augen schienen sein Denken zu erfüllen.

Er wußte, daß er einen Fehler gemacht hatte, ebenso wie ihm auch klar war, daß er seine Entscheidung damals überstürzt hatte. Wie seltsam, daß er sie zwar zurückgelassen hatte, die Erinnerung an sie aber doch ständig hier bei ihm war.

Er brauchte sich nicht zu fragen, ob das Wahnsinn war. Er wußte es. Jedes braunhäutige Indianergesicht, das er ansah, jedes Profil, das er zeichnete, war ihres.

»Gib dir nicht die Schuld.«

Guys Stimme kam völlig unerwartet. »Ich dachte, du schläfst.«

»Habe ich auch, aber ich schlafe nie lange. Ich habe wirklich gemeint, was ich gesagt habe. Nichts, was hier geschieht, ist deine Schuld.«

»Es war ein Fehler, daß ich dich mitgenommen habe. Wenn ich gewußt hätte, daß du krank bist ...«

»Niemand wußte es, nicht einmal deine Mutter. Ich glaube, es ist so gekommen, weil es Teil eines größeren Plans ist, und ich kann dir wahrheitsgemäß sagen, daß ich stolz bin, auch eine Rolle darin gespielt zu haben, so unwichtig sie auch sein mag.«

»Nenne sterben nicht unwichtig.«

»Nun, unsere Meinungen unterscheiden sich ja nicht zum ersten Mal.«

»Was willst du damit sagen?«

»Ich will damit sagen, daß man oft Fehler machen muß, um Erkenntnisse zu haben.«

»Was bedeutet das?«

»Tja, es könnte zum Beispiel bedeuten, daß ich dies alles nie gesehen hätte, wenn ich in England geblieben wäre. Es könnte aber auch bedeuten, daß, wenn du nicht den Fehler gemacht hättest, Margery in England zurückzulassen, du nie entdeckt hättest, daß du sie liebst.«

»Habe ich gesagt, daß ich sie liebe?«

Guy lachte, doch daraus wurde schnell ein Hustenanfall. Er war außer Atem und hätte sich ausruhen sollen, aber er wollte reden. »Du brauchst mir nicht zu sagen, daß du sie liebst. Ich kenne dich schon, seit du acht warst. Ich habe dich unterrichtet. Ich glaube mit Sicherheit sagen zu können, daß ich dich besser kenne als jeder andere, außer deiner Mutter. Ich habe dich schon erlebt, als du verliebt warst, doch selbst das war anders.«

Will spürte, wie die alte Furcht in seine Knochen zurückkroch. Es war lange her, seit er an Bess gedacht hatte... Bess, die schwarzäugige Tochter des Müllers. Bess, seine erste Liebe. »Und was war daran anders?«

»Es war eine Jugendliebe, hitzig im Feuer jugendlicher Leidenschaft. Jetzt bist du ein Mann. Deine Gefühle gehen viel tiefer.«

»Ich hatte keine Erfahrung.«

Guy lachte leise. »Fehlende Erfahrung ist eine Sache, die unsere Fehler erträglicher zu machen scheint.«

Will nahm eine Tasse, die er vorher in die Erde gedrückt hatte. Er kippte den restlichen Tee ins Feuer. Zischend erhob sich eine dicke Dampfwolke. Er stand auf. »Ich will nicht weiter darüber reden.« Er wandte sich ab. Das Gespräch war für ihn beendet.

Doch die Erinnerung an sie ging weiter.

Sie bauten ihr Lager am nächsten Morgen ab. Ohne weitere Diskussion hatten sie beschlossen, zurück nach St. Louis zu gehen. Will war es eigentlich egal. Den Sioux war ihre Gegenwart sowieso langsam unangenehm, und Guy hatte schon öfter vorgeschlagen, sie sollten doch in eine freundlichere Gegend gehen. Bis jetzt war Will dagegen gewesen.

Später, wenn er wieder an diese Situation zurückdachte, fand er eigentlich nie einen Grund für seine seltsame Sturheit. Aber doch hatte es einen Grund gegeben, irgendwo in dem Kreis von Schmerz im Innern seines Kopfes – ein Grund, mit dem er hatte ringen müssen, um sein Handeln vor sich selber zu rechtfertigen.

Das war die Hölle des So-tun-als-ob und die Wirklichkeit des Schicksals.

Später am gleichen Tag wurde er mit dieser Wirklichkeit konfrontiert, als er und Guy auf ihre Pferde stiegen. Ihr Lager war in der Nähe eines Sioux-Dorfes gewesen, wo Will an einer Reihe von Zeichnungen vom Häuptling des Stammes, Eiserne Faust, gearbeitet hatte. Gerade als sie ihren Lagerplatz verließen, begegnete ihnen eine Gruppe von Sioux unter der Führung von Hungriger Wolf, dem ältesten Sohn von Eiserne Faust. Noch bevor Will irgend etwas sagen konnte, hob Hungriger Wolf seine Flinte.

Einen Augenblick später begannen Will und Guy eine wilde Flucht, sie versuchten, ihr Leben vor einer Gruppe von feindlichen Indianern zu retten.

Nach einer halben Meile begann Wills Pferd müde und langsam zu werden. Er winkte Guy weiterzureiten, doch sein langjähriger Freund blieb an seiner Seite. Einen Augenblick später spürte Will einen brennenden Schmerz in seinem Schenkel. Sein Pferd stolperte, und Will wurde abgeworfen. Er landete so heftig auf dem Rücken, daß er kaum noch atmen konnte.

Guy war sofort neben ihm. Als er Will hochzog, sah er den roten Fleck, der sich auf seinem Hosenbein ausbreitete.

Die Sioux hatten sie schon fast erreicht, als Guy ihm in den Sattel half. Dann ritten sie, als wenn der Teufel hinter ihnen her wäre.

Selbst als sie sicher waren, daß ihnen Hungriger Wolf und seine Truppe nicht mehr folgten, ritten sie weiter. Erst als es zu dunkel wurde, machten sie halt und schlugen ein Lager auf. Dort entfernte Guy die Kugel aus Wills Schenkel und brannte die Wunde mit einem heißen Messer aus. Drei Tage lang lag Will in einem Fieberdelirium.

Am vierten Tag sank das Fieber.

Während Will langsam von seiner Wunde genas, holte ihn seine Vergangenheit ein – und er konnte nicht mehr davor davonlaufen. Er sah sich gezwungen, sich seinem damaligen Tun zu stellen. Denn zum zweiten Mal seit er Margery im Haus seiner Eltern zurückgelassen hatte, mußte er sich fragen, was er eigentlich bis dahin aus seinem Leben gemacht hatte.

Eines Abends sagte er zu Guy: »Kannst du dir vorstellen, daß dies das erste Mal in meinem Leben ist, daß mir klar wird, daß ich mich den Dingen stellen muß, vor denen ich bisher davongelaufen bin? James ist nicht gestorben, weil ich ihn nicht daran hindern konnte. Und mein Vater kann mir nur weh tun, wenn ich es zulasse.«

Guy hätte beinahe das Kaninchen fallen gelassen, das er gerade über dem Feuer briet. »Ich hätte nicht gedacht, daß ich dich so etwas noch würde sagen hören, Will.«

»Ich denke, ich bin wohl immer zu schnell davongelaufen, um zu dieser Erkenntnis zu kommen. Vielleicht war diese Wunde im Bein genau das, was ich brauchte.«

»Sie hat dich langsamer gemacht, das steht fest.«

»Und sie hat mich niedergehalten, so daß mir nichts übrig bleibt, als nachzudenken.«

»Warum schläfst du nicht eine Weile? Du kannst morgen auch noch nachdenken.«

»Morgen müssen wir wieder aufbrechen. Ich habe keine Ruhe, solange nicht eine etwas größere Entfernung zwischen uns und Hungriger Wolf liegt.«

»Ich glaube nicht, daß du schon in der Lage bist zu reiten.«

»Ich bin kaum in der Lage, etwas anderes zu tun als aufzubrechen.« Er schüttelte den Kopf. »Ich erinnere mich, daß du mir einmal gesagt hast, es sei besser stillzuhalten, als sich aufzulehnen, um sich dem Teufel zu stellen. Vielleicht war es das, was ich die ganze Zeit getan habe: Ich habe mich gegen den Teufel aufgelehnt.«

»Nun, jetzt bist du auf jeden Fall so still wie das Bett einer Witwe.«

Will legte eine dramatische Betonung in seine nächsten Worte: »Mein Herz liegt so still wie ein Teich mit brackigem Wasser.«

»Du kannst es nicht lassen, ein Poet zu sein.«

»Sonst hast du immer gesagt: Du kannst es auch besser.«

»Stimmt. Manche Dinge ändern sich nie, nur unsere Wahrnehmung ändert sich. Und jetzt leg dich eine Weile schlafen. Wir brauchen Ruhe, wenn wir im Morgengrauen aufbrechen wollen.«

Will schlief schon fast, als er Guy noch sagen hörte: »Wenn du Glück hast, kannst du Weihnachten schon wieder zu Hause sein.«

»Weihnachten«, sagte Will und fühlte sich plötzlich matt. Der Schmerz in seinem Bein pochte. Er wollte nicht über Schmerzen oder Weihnachten nachdenken, denn beides erinnerte ihn daran, daß Guy bald sterben würde.

Und so war es auch.

Guy starb drei Tage, nachdem sie St. Louis erreicht hatten. Das letzte, was Will für seinen Freund und Lehrer tat, war, ihn auf der Anhöhe über dem Missouri zu begraben, von der er gesprochen hatte.

Wegen der Entzündung in seinem Bein blieb Will noch drei Wochen in St. Louis, erst dann ging es ihm gut genug, an Bord des Schiffes nach New Orleans zu gehen. Eine Woche nach seiner Ankunft dort verließ das Schiff nach England den Hafen.

Schon einen Monat vor Weihnachten kam Will in London an und betrat wieder englischen Boden. Er war fast zwei Jahre fort gewesen.

Zwei lange Jahre hatte er gewartet, um sie wiederzusehen, seine liebe, verdammte Frau, die seine Gedanken immer beschäftigte. Und jetzt war der Augenblick gekommen.

29

Er kündigte nicht an, daß er nach Hause kommen würde, er wollte alle überraschen.

Er wollte auch noch zu einem Arzt gehen. Seit sein Bein verletzt gewesen war, hatte er immer wieder ein taubes Gefühl im Arm gehabt. Er sah zwar keine Verbindung zwischen einem Schuß ins Bein und dem tauben Arm, doch er wollte lieber, daß ein Arzt die Sache untersuchte. Er wollte auf keinen Fall, daß irgend etwas dem Wiedersehen mit seiner Frau im Wege stand.

Dr. Arch McAllister war bekannt als der Arzt der Königin, und so ging Will davon aus, daß, wenn er gut genug für die alte Viktoria war, er wohl auch gut genug für ihn sein würde.

Er war heiter gestimmt, als er die Praxis des Arztes betrat, doch das Gefühl hielt nicht lange an.

Als Dr. McAllister ins Untersuchungszimmer kam, stand Will auf. Dr. McAllister war ein fülliger, alter Schotte mit buschigen, weißen Augenbrauen und einer Stimme, die so rauh war wie ein Maiskolben. »Was habt Ihr für Probleme mit dem Arm?«

»Gelegentliche Taubheit.«

»Wann hat das angefangen?«

»Ich wurde vor ein paar Monaten von Indianern ins Bein geschossen. Kurz danach fing es an.« In Erwartung der nächsten Frage des Arztes erzählte Will ausführlich von seinem Unfall in Amerika.

Dr. McAllister runzelte die Stirn. »Ich werde mir ein klareres Bild machen können, wenn ich Euch untersucht habe. Zieht Euer Hemd aus und setzt Euch hier auf den Tisch.«

Ohne Hemd setzte sich Will auf den Tisch, und Dr. McAllister drückte und klopfte an seinem Rücken herum. »Sagt mir, wenn es weh tut.«

Will saß schweigend da und wartete, daß der Arzt mit seinem Doktorspiel aufhören würde, damit er nach Hause gehen konnte. Plötzlich spürte er, wie ihn ein scharfer, spitzer Schmerz heftig durchfuhr. »Teufel auch! Was tut Ihr da? Mich mit heißen Nadeln stechen?«

»Hat das weh getan?«

»Verdammt weh. Ich hatte ganz vergessen, daß Ärzte gern den Komiker spielen. Stimmt allerdings, daß es weh getan hat. Soll ich Euch einen Kinnhaken geben, damit Ihr seht, wie weh? Was habt Ihr da gemacht?«

»Sage ich Euch, wenn ich fertig bin.«

Nach Abschluß seiner Untersuchung setzte sich Dr. McAllister an seinen Schreibtisch und begann, etwas in ein kleines, ledergebundenes Notizbuch zu schreiben. »Ihr könnt Euer Hemd wieder anziehen.«

»Danke, Doktor.«

»Hattet Ihr diese Taubheit je, bevor Ihr den Schuß ins Bein bekommen habt?«

»Ich kann mich nicht daran erinnern.«

»Erzählt mir genauer von der Wunde, wie Ihr sie bekommen habt, was Ihr dafür getan habt, wie Ihr Euch gefühlt habt ... laßt nichts aus.«

Will machte sich daran, die Einzelheiten seines Unfalls zu erzählen und wie, nachdem ihn die Kugel getroffen hatte, sein Pferd stolperte und fiel und ihn dabei umwarf.

»Also seid Ihr gefallen, nachdem man auf Euch geschossen hatte?«

»Mein Pferd stürzte, was blieb mir anderes übrig? ... Natürlich bin ich gefallen.«

»War es ein harter Sturz?«

»War es ein harter Sturz? ... Also, wenn Ihr wissen wollt, ob der Boden hart war: ja.«

»Ist Euch irgendeine Veränderung aufgefallen nach dem Sturz?«

»Teufel auch, natürlich! Mir taten alle Knochen weh, und an meinem Bein strömte das Blut herunter. Ich war so taub am ganzen Körper, daß ich mich ein paar Minuten lang fast gar nicht bewegen konnte.«

»Ahh, reden wir über diese Taubheit.«

»Da gibt es nichts zu bereden. Ich fühlte mich nur taub, das ist alles. Es hat mir den Atem verschlagen, und mir war schwindelig, und das einzige, war mir in den Sinn kam, war, daß ich vermutlich in drei Minuten skalpiert werden würde.«

»Tja, Eure Haare habt Ihr ja noch, also zurück zu dem Sturz. Als Ihr diese Taubheit spürtet, war da auch irgendwo ein Schmerz?«

»Natürlich, ich war gerade ins Bein geschossen worden, wißt Ihr noch?«

»Irgendwo sonst?«

Will dachte einen Augenblick nach. »Mein Rücken tat mir weh.«

»Der Rücken. Ihr habt mir nichts von der Schußverletzung an der Wirbelsäule erzählt. Nach der Narbe zu schließen, würde ich sagen, ist es eine alte Wunde.«

Will hatte die Sache völlig vergessen. »Ich hatte einmal einen Jagdunfall, ein Freund aus meiner Kinderzeit hat mich irrtümlich getroffen. Das ist schon sehr lange her. Ich denke, ich war wohl vierzehn oder fünfzehn ... vielleicht sogar jünger.«

»Gehe ich recht in der Annahme, daß man Euch damals zum Arzt gebracht hat?«

»Ja. Mein Vater brachte mich nach London.«

»Ich habe keine Narben von einem Eingriff gesehen. Hat man die Kugel entfernt?«

»Nein. Man hatte Angst, die Operation könnte vielleicht eine Lähmung bewirken.«

»Und Ihr habt nie Schwierigkeiten damit gehabt ... bis zum Zeitpunkt der Schußverletzung am Bein?«

»Nein, nie.«

»Gerade vorher, als Ihr den Schmerz gespürt habt, habe ich nur auf das Einschußloch gedrückt. Ich denke, bei dem Sturz in Amerika ist Euer Rücken heftig erschüttert worden, und die Kugel hat sich ein wenig bewegt. Darum habt Ihr bisher nie diese Taubheit gespürt.«

»Nun, wenn das alles ist, brauche ich mir ja keine Sorgen zu machen.«

Dr. McAllisters Gesicht blieb unverändert. »Da täuscht Ihr Euch. Unglücklicherweise gibt es wirklich einen Grund zur Besorgnis. Diese Anfälle von Taubheit und vorübergehender Lähmung werden sich fortsetzen, nur werden sie jedes Mal schlimmer werden und länger dauern, bis schließlich die Lähmung endgültig ist. Und wenn das geschieht, werdet Ihr die ganze linke Seite Eures Körpers nicht mehr gebrauchen können.«

»Endgültig?«

»Bis zum Ende Eures Lebens. Die Kugel an Eurer Wirbelsäule muß heraus. Je früher, desto besser.«

»Das klingt irgendwie ernst.«

»Mein Junge, es *ist* wirklich ernst. Ihr müßt diese Kugel sofort entfernen lassen. Ich könnte Euch einen Termin am Ende der Woche geben, und ...«

»Ich werde mich nicht operieren lassen.«

Er und Dr. McAllister diskutierten noch eine ganze Weile heftig über das Thema, doch schließlich erwies sich Wills Sturheit als stärker als die des Arztes.

Der gute Doktor gab sich schließlich geschlagen und sagte: »Wenn Ihr Euch schon nicht operieren lassen wollt, seid wenigstens vorsichtig.«

»Was meint Ihr damit?«

»Verzichtet auf das Reiten. Tut nichts, was Euren Rücken heftig erschüttern könnte. Keine plötzlichen, ruckartigen Bewegungen. Keine schweren Gegenstände heben. Mit anderen Worten, tut nichts, was Euren Körper erschüttert oder Euren Rücken belastet. Wenn diese Kugel sich noch einmal bewegt ...«

Will sagte ein paar Minuten lang nichts. Als er die Worte des Arztes in ihrer ganzen Tragweite verstanden hatte, holte er tief Atem und sagte dann: »Ich verstehe. Ich werde vorsichtig sein.«

Will verbrachte die nächsten drei Tage damit, sich neue Kleider machen zu lassen. Anders als bei seiner Heimkehr vor zwei Jahren wollte er diesmal einen guten Eindruck machen.

Eine Woche nach seiner Ankunft in England machte er sich auf den Weg nach Hause, die Kutsche gefüllt mit Truhen voll neuer Kleider und Geschenken für die ganze Familie. Er fand es passend, auf dem Weg nach Emberly Hall durch die Midlands zu fahren, denn dort lag das Zentrum aller romantischen Tradition: der Sherwood Forest, Warwick Castle und Chatsworth. Dann war da natürlich noch Shakespeares Wald von Arden und die anmutigen Kreuze, die Edward I. auf dem Weg zur Beerdigung seiner geliebten Frau, Eleanor von Carlisle, errichtet hatte.

Bald überquerte er schon dem mäandrierenden Fluß Wye auf der Sheepwash-Brücke, wo sich der Fluß durch Ashford wand. Er fuhr durch die engen Gassen an Sandsteinhäusern und der Kirche der heiligen Dreifaltigkeit vorbei.

Eine Stunde später war er schon am eisernen Tor von Emberly Hall und unter dem Tunnel von Bäumen, dann sah er in der Ferne das Haus, scheinbar unverändert, seit er damals mit James vor Weihnachten aus der Schule heimzukommen pflegte. Zum ersten Mal dachte Will daran, wie gut es war, daß manche Dinge sich niemals ändern.

Der Morgennebel hatte sich noch nicht aufgelöst, als er vorfuhr. Gekämmt, geschniegelt, poliert, gebürstet, hochelegant gekleidet und duftend wie der schlimmste Dandy von ganz London hatte er seinen großen Auftritt.

Octavia kam gerade die Treppe herunter, als Will das Haus betrat. Einen Augenblick wirkte sie so erschüttert, daß Will fürchtete, sie könnte direkt vor seinen Augen in Ohnmacht fallen. Und seine Mutter neigte sonst nicht zu Ohnmachten.

»William«, flüsterte sie. »Endlich ... lieber, lieber, geliebter William. Ich habe mich so danach gesehnt, dich wiederzusehen.«

Will öffnete seine Arme und zog seine Mutter an sich, küßte sie auf den Scheitel. »Ich habe dich auch vermißt, Mutter. Öfter als du ahnst.«

Octavia machte einen Schritt zurück und sah ihn sich an, vermutlich ganz ähnlich, dachte Will, wie damals, als er neugeboren war. Es schien ganz offensichtlich, daß sie sich persönlich versichern wollte, ob alles mit ihm in Ordnung war.

»Alles funktionstüchtig«, sagte er, während ihm gleichzeitig klar wurde, daß es da einen Teil von ihm gab, den er schon so lange nicht mehr gebraucht hatte, daß er eigentlich nicht mehr genau wußte, ob er noch funktionierte oder nicht. Doch das war sowieso kein Teil, für den sich seine Mutter interessiert hätte, also erwähnte er ihn nicht weiter.

Zufrieden sah sich Octavia als nächstes um und fragte: »Wo ist Guy?«

»Er ist tot.«

»Guy ist tot? Was ist geschehen?«

»Er wurde schon auf der Reise nach Amerika krank. Während der ganzen Zeit unserer Reise starb er langsam an Schwindsucht.«

»Das wußte ich nicht.«

»Er wollte nicht, daß es jemand wissen sollte.«

»Wann ist es passiert?«

»Vor über drei Monaten.«

»Ach, mein lieber Guy, wie schrecklich, daß du in einem fremden Land deine letzte Ruhe gefunden hast.«

»Eigentlich war er sehr angetan von Amerika. Ich habe ihn an einer Stelle begraben, die er schon kannte und ausdrücklich als seine letzte Ruhestätte bezeichnet hatte. Einmal hat er mir gesagt, daß wenn es sein Schicksal sein sollte, nicht zu sterben, er trotzdem nicht nach England zurückkehren würde. Er ist dort, wo er sein wollte. Und er war bereit zu sterben, das müssen wir hinnehmen, wie es ist.«

Octavia stieß einen langen Seufzer aus. »Ich habe irgendwie geglaubt, er würde immer dasein. Ich hätte nie geglaubt, ich könnte ihn nicht noch einmal sehen. Er war noch gar nicht so alt.«

»Ich glaube, du warst die erste, die mir erklärt hat, daß der

Tod keinem den Vorzug gibt, sondern Junge und Alte gleichermaßen holt.«

»Du hast ein unglaubliches Gedächtnis für manche Dinge.«

»Manche Dinge? Du meinst so wie unwichtige Dinge?«

»Das hast du gesagt. Ich sage zu dem Thema nicht noch mehr.«

Nur kurze Zeit später fragte Will das, was er schon die ganze Zeit fragen wollte, eine Frage, von der er einst nicht wußte, ob er sie überhaupt je würde fragen können. Er sprach die Worte langsam, genoß ihren Klang, als sie über seine Lippen kamen: »Wo ist meine Frau? Wo ist Margery?«

»Margery ist … unterwegs. Sie ist nicht da.«

Sie sagte das ›nicht da‹ ein kleines bißchen zu laut für William, und er zog mißtrauisch die Augenbrauen zusammen. »Nicht da? Was meinst du damit? Wo ist sie? Mit wem? Wie lange ist sie schon weg?«

»Warum kommst du nicht in den Salon? Wir könnten eine schöne Tasse Tee zusammen trinken.«

»Was geht hier vor? Was versuchst du zu verbergen, Mutter? Ist sie nicht mehr hier?«

Octavia seufzte. »Ich sehe schon, daß zwei weitere Jahre Wanderschaft deine Ungeduld auch nicht wesentlich gezügelt haben.«

»Wo ist sie? Wie lange ist sie schon fort? Was hast du getan, um sie wiederzufinden?«

»Ich sagte, sie ist nicht da, William. Ich sagte nicht, sie wäre verlorengegangen.«

Will starrte sie an, sagte aber nichts.

»Beruhige dich«, sagte sie. »Wenn der verlorene Sohn seiner Familie vorher angekündigt hätte, daß er kommt, dann hätten wir das gemästete Kalb geschlachtet.«

»Zum Teufel mit dem gemästeten Kalb! Wo ist meine Frau?«

Octavia hob die Augenbrauen. »Deine Frau? Hattest du eine Frau, William? Vielleicht eine, die du irgendwo verlegt hast?«

»Mutter, dies ist nicht der richtige Augenblick für Scherze.«

»Nun, in meinem Alter genießt man seine kleinen Freuden, wo immer man sie findet. Nun also, bevor du dir irgend etwas Lebenswichtiges zerrst. Margery ist nicht ...«

In diesem Augenblick kam Emily mit einem kleinen Jungen auf der Hüfte herein. Als sie Will sah, blieb sie mit einem Ruck stehen und starrte ihn mit offenem Mund an, als hätte sie gerade einen Geist gesehen. »Will, ich kann nicht glauben, daß du es wirklich bist! Wann bist du nach Hause gekommen? Warum hast du uns nicht vorher benachrichtigt? Warum hast du nicht geschrieben? Wirst du über Weihnachten bleiben?«

»Wie ich sehe, hast du immer noch den gleichen langen Atem wie früher«, sagte er und öffnete die Arme.

Sie eilte auf ihn zu, bemerkte dann, daß sie ihn mit dem Kind auf den Armen nicht würde an sich drücken können, und gab sich mit einem Kuß auf seine Wange zufrieden. »Was für eine wunderbare Überraschung. Willkommen daheim, liebster Bruder.«

Will betrachtete den kleinen Jungen, der seinen Blick erwiderte. »Wann hast du denn geheiratet?«

Emily sah ihn verwirrt an. »Geheiratet?«

»Du willst mir doch nicht sagen, daß das Kind unehelich ist, oder?«

Sie sah ihre Mutter an, und ihr Gesicht tönte sich dunkelrosa. »Ich bin nicht verheiratet, und er ist *nicht* unehelich.«

Williams Herz schien eisig zu werden. »Wessen Kind ist er denn dann?«

Emily sah hinunter auf den Jungen. »Robbie? Der ist doch Mar-« Emily machte mit einem Ruck den Mund zu, und ihre

Augen wurden rund. »Oh!« sagte sie dann, und noch einmal: »Oh!«

»Margery? Er ist Margerys Kind? Das Kind meiner Frau Margery?«

Emily nickte heftig mit dem Kopf.

»Und wo bitte hat sie dieses Kind her, kannst du mir das sagen?«

Octavia sah ihn ärgerlich an. »Um Himmels willen, William. Was meinst du, wo sie es herhat? Sie hat es auf die *übliche* Weise bekommen ... Sie hat es geboren.«

Will ballte die Hände zu Fäusten. »Und wer ist der Vater? ... Oder weiß sie das vielleicht nicht?«

Octavia sah Will in die Augen. »Ich glaube, sie sagte etwas von einem Vater, der ein dickköpfiger Grobian wäre, der sie aus völlig falschen Gründen geheiratet hat, sie nur geliebt hat, um die Ehe unwiderruflich zu machen, und sie dann mit großer Geste und wenig Aufwand abgeladen hat, in einem fremden Land bei einer Gruppe völlig Fremder, um sie dort dann ganz zu verlassen. Du kennst nicht zufällig jemanden, auf den diese Beschreibung paßt, oder?«

Bei diesen Worten brach Emily in Gelächter aus, aber Will achtete nicht auf sie. Er wurde zu sehr von Gefühlen übermannt. Sein Sohn ... dieses kleine, vollendete Wesen war sein Sohn. »Mein Sohn«, flüsterte er. »Du meinst, dies ist *mein* Sohn?«

Octavia nickte und sah Robbie an. »Bis zum letzten sturen Grübchen, obwohl ich sagen muß, daß du einen so feinen Sohn eigentlich nicht verdient hast, auch nicht eine so wunderbare Frau. Du hast dich benommen wie ein völliger Esel, wenn du erlaubst, daß ich das so direkt sage. Doch wahrscheinlich kannst du gar nichts dafür. Dein Vater war auch ein Esel. Und sein Vater genauso. Scheinbar liegen Esel bei den Woodvilles in der Familie.« Sie betrachtete Robbie und seufzte. »Vermutlich ist es nur eine Frage der Zeit, bis du auch ein Esel wirst.«

Will sah seine Mutter an und grinste wie ein Idiot. »Warum sollte es mir etwas ausmachen, als Esel bezeichnet zu werden?« Er sah noch einmal seinen Sohn an und breitete dann die Arme aus. »Komm, laß ihn mich halten.«

Emily streckte ihm Robbie entgegen, aber Robbie hatte seine eigenen Vorstellungen, und mit diesem Fremden wollte er nichts zu tun haben. Sein Gesicht legte sich in Falten wie bei einer Backpflaume, und er ließ ein Gejaule los, das bis nach Brighton zu hören war. Einen Augenblick später warf er sich mit einem Ruck herum und legte seine Ärmchen so fest um Emilys Hals, daß sie nur noch gepreßt flüstern konnte: »Er ist Fremde nicht gewöhnt.«

Wills Gesicht verfärbte sich dunkelrot. »Ich bin kein Fremder. Ich bin sein *Vater.*«

»Den Unterschied erklärst du ihm am besten selbst«, sagte Octavia und nickte in Robbies Richtung.

»Ich werde es ihm später erklären. Jetzt möchte ich lieber meine Frau sehen, und wenn du mir nicht sagst, wo sie ist, werde ich das Haus Stein für Stein auseinandernehmen, bis ich sie gefunden habe.«

Octavia setzte sich mit einem Seufzer. »Das ist es, was Mütter vor der Zeit alt werden läßt.«

»Ich warte.«

»Hat sie auch getan, nur länger als du.«

»Das weiß ich, und ich bin fest entschlossen, es wiedergutzumachen.«

»Es ist schwierig, wenn nicht gar unmöglich, verlorene Jahre nachzuholen.«

»Mutter, ich will Margery sehen, und zwar sofort.«

»Ich glaube, du solltest wenigstens warten, bis ich ihr gesagt habe, daß du da bist. Sie ...«

»Das werde ich ihr selbst sagen, und ich ziehe es vor, dabei mit ihr allein zu sein. Wo ist sie?«

»In der Küche, sie macht Robbies Frühstück.«

»Haben wir kein Personal dafür, oder ist meine Frau jetzt das Küchenmädchen?«

Emily schnaubte. Will warf ihr einen bösen Blick zu.

»Entschuldige«, sagte sie.

»Margery wird behandelt wie alle aus der Familie, denn sie ist Teil der Familie«, sagte Octavia. »Sie kocht gern und oft. Ich habe keinen Grund gesehen, ihr das zu verbieten, aber wenn du sie lieber in ihr Zimmer sperren willst, werde ich das sofort arrangieren.«

»Warum geht ihr alle so locker mit einer ernsten Angelegenheit um?«

»Vielleicht einfach deshalb, weil wir alle eine riesige Wut auf dich haben und das die einzige Alternative ist, wenn wir dir nicht genau zwischen die Augen schießen wollen, was sicherlich nicht angemessen wäre, wenn man bedenkt, was du getan hast, du Schuft.«

Will schüttelte den Kopf. »Ich danke dir, Mutter, für deine lieben Worte.« Einen Augenblick später durchquerte er das Zimmer mit schnellen Schritten und verschwand um die Ecke.

Emily sah ihn fortgehen und wandte sich dann zu ihrer Mutter. »Sollten wir nicht lieber auch in die Küche gehen?«

»Du hast doch gehört, daß Will gesagt hat, er möchte allein mit ihr sein.«

»Aber ... was ist mit Margery? Sie braucht vielleicht unseren Schutz.«

Octavia hob überrascht die Augenbrauen und lächelte dann, als erinnere sie sich an etwas Lustiges. »Ich glaube, unsere Margery ist ohne weiteres in der Lage, selbst für sich zu sorgen. Es würde ihm recht geschehen, wenn sie ihm den Skalp ein wenig lockert.«

»Mama!«

»Ach, sei doch still, Emily Woodville. Wie oft habe ich dir schon gesagt, du sollst nicht immer alles so ernst nehmen? Und jetzt geh und hole mir eine Tasse Tee, aber bitte mit einem Schuß Weinbrand darin.«

»Weinbrand vor dem Frühstück?«

Octavia nickte. »Und danach auch, wenn nötig. Also beeil dich.«

»Du trinkst doch sonst nie Weinbrand im Tee.«

»Es kommt auch sonst nicht vor, daß William einfach zur Tür hereinkommt und gefährlich aussieht wie ein Säbel. Jetzt hol mir den Tee, und zwar schnell.«

30

Will ging zur Küche und blieb in der Tür stehen, um sich umzusehen. Und dann sah er sie, Margery, seine Frau, seit zwei Jahren das Objekt seiner gequälten Phantasien, und sie sah völlig anders aus als beim letzten Mal, oder besser ausgedrückt, ganz anders, als er sie anzutreffen erwartet hatte.

Sie war noch schöner, als er sie in Erinnerung hatte. Sie war als Indianerin schon eine Schönheit gewesen, jetzt war sie exquisit.

Das dunkelblaue Kleid, das sie trug, paßte vollendet. Und was für eine Vollendung! Reife und Mutterschaft waren großzügig und freundlich zu ihr gewesen. Sie näherte sich den Dreißig, und doch waren ihr Gesicht und ihr Körper, wenn auch nicht jugendlich, so doch von einer Reife, die sich noch die Vitalität und die Energie der Jugend bewahrt hatte, während sie gleichzeitig die Erfahrung ausstrahlte, die Freuden und Leiden des Lebens ihr vermittelt hatten.

Sie schien nicht überrascht, ihn zu sehen, auch nicht übermäßig erfreut. Ihre ruhige Reaktion, ihre vollendete Gestalt, ihre allgemeine Eleganz machten ihn sprachlos, und er sah sie an, betrachtete ihre ganze Erscheinung, versuchte den Augenblick zu retten, indem er sein Gehirn nach etwas besonders Passendem durchsuchte, das er würde sagen können.

Nach einem kurzen Blick in seine Richtung wandte sie ihre Aufmerksamkeit wieder dem Topf auf dem Herd zu. Sie nahm einen großen Löffel und begann etwas, das nach Haferbrei aussah, in eine kleine Schüssel zu schöpfen.

Er suchte nach Worten – irgend etwas mußte er doch sagen ... »Hallo.«

Sie beachtete ihn überhaupt nicht.

Er runzelte die Stirn. So hatte er sich die Sache nicht vorgestellt. Wo war jener verehrungsvolle Ausdruck, der in ihren Augen hätte sein sollen? Warum warf sie sich nicht in seine Arme, mit atemlosen Glücksrufen, voller Freude über seine Rückkehr, und überschüttete ihn mit Hunderten von kleinen Küssen? Verstand sie denn nicht, daß er der siegreiche Held war, der wieder nach Hause kam?

Sie war auch ohne ihn sehr gut zurechtgekommen, und er begann, ärgerlich zu werden. Ein wenig hätte sie ruhig leiden können – so wie er – oder ihn doch zumindest vermissen. Aber das einzige, was sie tat, war, ihn einfach zu übersehen. Ihre Distanz und Überlegenheit waren es, die ihn aus dem Gleichgewicht brachten.

»Gehe ich recht in der Annahme, daß du nicht glücklich bist, mich zu sehen?«

Sie nahm den Breitopf und ging damit zum Tisch.

Dabei kam sie am Obstkorb vorbei und an den Brotlaiben,

die zum Abkühlen auf dem Schrank lagen. Und am Butterfaß. Und dann ging sie auch am Tisch vorbei.

Teufel auch. Wo zur Hölle geht sie eigentlich hin?

Dann drehte sie sich um und kam wieder auf ihn zu.

Will lächelte. Jetzt war es soweit. Jetzt gleich würde sie in seine Arme fallen. Genau da, wo er sie auch hinhaben wollte.

Sie blieb vor ihm stehen.

Er machte eine Bewegung, um sie zu umarmen.

Noch bevor er sie berührte, schüttete sie den Breitopf um – direkt über seiner gestärkten Hemdbrust. Die schleimige Masse wabbelte in gräulichen Klumpen abwärts und rutschte dann über seine Hosen. Er sah genau rechtzeitig nach unten, um zu sehen, wie eine Portion mit einem *Schlupp* auf den polierten Spitzen seiner neuen Schuhe landete.

Er wollte gerade den Kopf heben, um sie wieder anzusehen, da setzte sie ihm den Topf auf den Scheitel. Noch bevor er reagieren konnte, klopfte sie einmal kräftig mit dem Kochlöffel in ihrer Hand darauf, dann ließ sie den Löffel vor seine Füße fallen, ging um ihn herum und war fort.

Eine volle Minute stand er da mit klingenden Ohren, den Breitopf auf dem Kopf, und betrachtete seine verdorbenen neuen Kleider und den Löffel, der auf seinen Zehenspitzen schwankte. Er konnte kaum glauben, daß dies die Frau sein sollte, die er gekauft hatte … eine Frau, die er für ein paar Ponys erworben hatte. Die Frau, die folgsam und brav gewesen war und ihn mit schweigender Bewunderung angesehen hatte. Jene Frau, die nackt in sein Bett gekommen war und gewollt hatte, daß er sie liebte.

Er war ein Mann, der eine Auster geöffnet und eine Perle darin gefunden hatte. Nur war jetzt die Perle fort und nur noch die leere Schale übrig.

Margery traf im Salon auf Octavia und Emily.

»Will ist wieder da«, sagte Emily. »Er ist dich suchen gegangen.«

»Er hat mich gefunden.«

Emily blinzelte. »Habt ihr gestritten?«

»Emily, das geht dich nichts an«, sagte Octavia. »Aber da du die Frage schon aufgebracht hast, können wir genausogut auch auf die Antwort warten.« Sie wandte sich an Margery und fragte: »Nun?«

»Nein.«

Octavias Überraschung war deutlich sichtbar. »Nein?«

»Nein.«

Emilys Neugierde schien zu wachsen. »Was habt ihr denn gemacht, wenn ihr nicht gestritten habt? Was ist passiert? Was hast du gesagt?«

»Ich habe nichts gesagt.«

Jetzt war Octavia dran. »Wenn du schon nichts gesagt hast, was hat Will dann gesagt?«

»Hallo.«

»Hallo?« wiederholte Octavia. »Nur hallo? War das alles?«

»Ich glaube ja.«

Emily sah verwirrt ihre Mutter an. Octavia schien fasziniert etwas vor dem Fenster zu beobachten.

»Will hat nur hallo gesagt, und dann bist du aus dem Zimmer gegangen?« fragte Emily.

»Sozusagen.«

Octavia wandte sich wieder Margery zu. Langsam breitete sich ein Lächeln auf ihrem Gesicht aus. »Wo ist William jetzt?«

»Ich glaube, immer noch in der Küche.«

»Und was macht er da?« fragte Emily.

»Als ich ihn zuletzt gesehen habe, war er mit Robbies Brei beschäftigt.«

Emilys Miene war voller Zweifel. »Aber Will mag keinen Brei. Er hat ihn als Kind schon nicht gemocht.«

»Tja, jetzt hat er auf jeden Fall richtig was davon«, sagte Margery, streckte einen Finger aus und lächelte, als Robbie danach griff.

In diesem Moment klopfte jemand an die Haustür, und sie horchten, als der Butler die Tür öffnete. Ein paar Sekunden später sahen sie alle erstaunt Lydia und John ins Zimmer kommen.

»Und wir dachten schon, wir kämen ein wenig zu früh«, sagte John.

»Oh, ich glaube, ihr seid genau im richtigen Augenblick gekommen«, lautete Octavias Antwort.

Lydia sah sich im Zimmer um. »Was haben wir da über Williams Rückkehr gehört?«

Emily lächelte. »Es stimmt. Er ist erst vor kurzem angekommen.«

John sah Margery an. »Wo ist er?«

»Ich glaube, er ist in der Küche«, erwiderte Margery gelassen.

John ging zur Tür. »Ich kann es kaum erwarten, ihn wiederzusehen.«

»*Ich* kann es kaum erwarten, daß du ihn wiedersiehst«, erwiderte Margery.

Alle folgten John aus dem Zimmer. Selbst Margery ging mit, aber sie wollte nicht in die Küche. Sie blieb ein wenig hinter den anderen und wollte dann nach oben gehen. Sie war noch nicht bereit, Will wiederzusehen. Wenigstens noch nicht jetzt gleich.

In der Küche bemühte Will sich immer noch, seine Fassung zurückzugewinnen. Bei seinem Versuch, die klebrige Masse von seinen Kleidern zu wischen, mußte er beinah lachen. Er hatte sich eine Menge möglicher Reaktionen von ihr vorgestellt ... aber *Brei*?

Er sagte sich, sie müsse wohl ärgerlich sein, weil er sie einfach hiergelassen hatte. Das war verständlich. Sie kannte ihn nicht. Sie hatte ihn seit zwei Jahren nicht gesehen. Sie hatte inzwischen sein Kind geboren. Ganz allein. Natürlich mußte sie das irgendwie ahnden. Teufel auch, das war ihr gelungen, dachte er. *Jetzt können wir uns ernsthaft unterhalten.*

Nachdem er den größten Teil des Breis von seinen Kleidern gewischt hatte, verließ er die Küche. Er wollte sich umziehen und sie dann suchen gehen. Sie mußten miteinander reden.

Er war gerade auf dem Weg durch die Eingangshalle in Richtung Treppe, da kamen Octavia, Emily, Lydia und John aus dem Salon, und Margery ein Stückchen hinter ihnen.

Will hatte geglaubt, er und Margery bräuchten nur ein wenig Zeit zusammen, dann würde sie schon wieder vernünftig werden. Doch jetzt wußte er, daß es nicht so einfach werden würde, denn der Blick in ihren Augen hatte ihm klargemacht, daß sie keine schüchterne, zurückgezogene Frau war. Was er statt dessen in ihr erkannt hatte, waren Selbstvertrauen, Intelligenz, Selbstsicherheit und etwas, das ihn entsetzte: die Kraft, auch ohne ihn zu überleben, die Fähigkeit, für sich selbst zu sorgen.

Das klang gefährlich nach einer anderen Person, die er kannte ...

Langsam und herausfordernd blieb er stehen und starrte seine Mutter an.

Octavia erwiderte den Blick nicht, sondern hatte sich umgedreht, um nach Margery zu sehen. Ihr Gesicht war voller Stolz. Und dieses Gefühl kannte er gut, denn er selbst spürte es gelegentlich – immer wenn er ein Gemälde vollendete, das besser geworden war, als er selbst es erwartet hatte. Er nannte es das Gefühl von Vollendung.

John und Lydia betrachteten ihn mit amüsierten Mienen, doch keiner von beiden getraute sich zu fragen, was alle schrecklich gern wissen wollten.

Emily gab sich die größte Mühe, wirklich entsetzt auszusehen.

Will betrachtete flüchtig die Gesichter der Versammelten und ließ seinen Blick dann auf seiner Frau ruhen. Er wußte, daß er jetzt etwas hätte sagen müssen, aber es fiel ihm absolut nichts ein, und es ging einfach nicht an, daß er ihre zweite Begegnung wieder begann wie ein stammelnder Idiot oder gar etwas ähnlich Dämliches sagte wie *hallo.* Er glaubte nicht, daß sie es gern hören würde, wenn er ihr erklärte, wie gut sie aussah oder wie schön sie durch ihre Reife geworden war. Und natürlich auch nicht, wie sehr er sie begehrte.

Robbie begann sich zu winden und zu rufen: »Mama … Mama … Mama …«

Margery warf ihm ein Lächeln zu, das den ganzen Flur zu erhellen schien, das so warm war, daß man sich darin hätte einhüllen mögen. Will spürte den ersten heißen Schmerz der Eifersucht und haßte sich sofort dafür. Wie konnte er, ein erwachsener Mann, eifersüchtig auf seinen eigenen Sohn sein?

»Mutter ist ja da«, sagte Margery mit leiser, kultivierter Stimme. Sie streckte ihre Arme aus, und Robbie schwankte hinein. »Es ist Zeit für dein Frühstück, mein kleiner Mann. Wo ist Nanny?«

Robbie wand sich und sagte sehr überzeugend und offensichtlich mit Übung: »Nanny, nein!«

Bei dieser Antwort lächelte William, aber nur kurz, denn ihm fiel auf, daß Margery sich abgewandt hatte und ihren Sohn aus dem Zimmer trug, ohne Will überhaupt zur Kenntnis zu nehmen oder sich zu verabschieden.

Er konnte sie nicht einfach so gehen lassen. »Willst du denn nicht mit mir reden?«

Margery blieb stehen und drehte sich dann langsam um. »Warum sollte ich?«

»Nun, zum Beispiel, falls du nicht inzwischen eine Scheidung erwirkt hast, bin ich zufällig dein Ehemann. Und wenn der Ehemann von einer Reise zurückkommt, ist es üblich, daß seine Frau ihn begrüßt.«

»Dann mußt du mir verzeihen. Ich habe keine Übung im Verheiratetsein, und darum kenne ich auch die dazugehörigen Gepflogenheiten nicht.«

»Ach so, ich werde also bezahlen müssen – den vollen Preis dafür, daß ich fortgegangen bin?«

»Nein, nichts Derartiges. Du hast getan, was du tun wolltest. Ich hatte damals keinen Anspruch auf dich ... so wie du jetzt keinen Anspruch auf mich hast.«

»Warum hast du nichts gesagt, als ich dich in der Küche angesprochen habe?«

»Du hast nicht mit mir gesprochen, als du fortgegangen bist. Ich sah also auch keinen Grund, jetzt mit dir zu sprechen, da du wieder hier bist.«

Wills Ärger begann zu köcheln. Er hatte sich bemüht, ihren kühlen Empfang und den Brei nicht zu ernst zu nehmen, aber dies war zuviel.

Sie wollte Begründungen?

Bei Gott, die sollte sie haben. Er öffnete den Mund, um es ihr ganz genau zu erklären, warum sie hätte antworten sollen.

Es kamen keine Worte heraus.

Sosehr er auch wollte, es fiel ihm wirklich kein einziger Grund ein, warum sie es tun sollte, außer weil sie eben seine Frau war, und das schien sie ja nicht für einen vernünftigen Grund zu halten. Sein Zorn verrauchte zu frustriertem Dampf. »Teufel auch!«

»William! Doch nicht vor deinem Sohn!« rügte Octavia.

»Verzeihung.« Will stand da, die Hände tief in den Taschen

vergraben, die Kleider breiverschmiert, sah aus wie ein begossener Pudel und wünschte sich, er könnte zurücktreten und seine Heimkehr noch einmal neu inszenieren.

Er hatte sie verpatzt, und zwar mächtig, aber nur, weil er so überrascht gewesen war. Niemals, nicht einmal in seinem schlimmsten Alptraum, hätte er erwartet, daß sie so reagieren würde. Monatelang hatte er nur von ihrer sanften, liebevollen Art geträumt, von der Liebe zu ihm, die er in ihren Augen gesehen hatte, von ihrem Bemühen, ihm eine gute Frau zu sein, von der Freude, die sie an seiner Freude gehabt hatte; und vor allem davon, wie sie in jener Nacht ausgesehen hatte, als sie zu ihm gekommen war, nackt und mit nichts im Sinn als dem Verlangen nach ihm.

Er wünschte, er hätte etwas daran ändern können, wie er die Sache jetzt angefangen hatte, vielleicht eine Weile mit ihr allein sein, ohne seine Familie, vielleicht sogar ohne das Kind.

Aber es war nun einmal nicht zu ändern, daß er die Uhr nicht zurückdrehen konnte, er stand allein in der schmerzlichen Gegenwart. Keiner rührte sich. Keiner sagte ein Wort.

Nur die Uhr in der Eingangshalle war zu hören – ein langsames, bedrohliches Ticken, das ihn daran erinnerte, wie seine wertvolle Zeit mit jedem Atemzug weiter verstrich.

Das Schweigen machte ihn wahnsinnig. Er hätte am liebsten irgend etwas zertrümmert, mit der Faust durch eine Tür geschlagen oder seinen Kopf an eine Ziegelwand gerammt. *Sieh sich das nur einmal einer an: Da steht sie in ihrer gesegneten Schönheit wie eine Königin, voller Beherrschung. Die Madonna mit dem Kind.*

Aber er konnte nichts anderes tun, als dazustehen und sich wie Judas Ischariot zu fühlen.

Robbie begann wieder unruhig zu werden.

Margery drückte ihn fest an sich, gab ihm einen Kuß auf die Nasenspitze und flüsterte Koseworte. Der Junge beruhigte sich für einen Augenblick und begann dann ernsthaft zu jammern. »Bitte entschuldigt mich«, sagte Margery einfach in den Raum, wandte sich um und ging aus dem Zimmer, Robbie auf ihre Hüfte gesetzt.

Will sah Emily und seine Mutter an und wich den eindringlichen Blicken von John und Lydia aus. »Nun, ich kann eigentlich nicht sagen, daß das genau die Art von Heimkehr war, die ich erwartet hatte.«

»Sie wird schon noch die Kurve kriegen«, sagte John, machte einen Schritt auf ihn zu und klopfte ihm auf die Schulter. »Gut, daß du wieder zu Hause bist, Will. Wie fühlst du dich wieder auf englischem Boden?«

»Höllisch, und sollte sich das ändern, werde ich es dir in ein paar Tagen mitteilen.«

Alle lachten – eher, um die Spannung zu unterbrechen, als weil etwas besonders komisch gewesen war.

Will wandte sich an Lydia, nahm ihre Hände und küßte sie auf die Wange. »Du bist hübsch wie eh und je. Wie ist es dir ergangen?«

Sie warf einen Blick auf John, und ihr Gesicht wurde dunkelrosa. Will sah seinen Cousin mit gehobenen Augenbrauen an. *John und Lydia? Teufel auch. Warum hatte er daran nicht gedacht? Sie paßten perfekt zusammen.*

John warf ihr ein ruhiges Lächeln zu, und Lydia holte tief Atem. »Vielen Dank, Will. Es ist wirklich gut, dich wieder zu Hause zu wissen. Bist du nur zu Besuch hier oder willst du bleiben?«

Will starrte zu der Tür, durch die Margery gerade verschwunden war. »So wie die Sache aussieht, würde ich sagen, ich sollte wohl besser bleiben.«

»Da würde ich dir recht geben«, sagte Lydia.

John räusperte sich. »Du hast schon von deinem Vater gehört?«

Will fühlte sich, als hätte ihn ein dumpfer Schlag getroffen. *Du hast schon von deinem Vater gehört?* Er wußte sofort, wovon John redete, nicht weil ihm jemand gesagt hatte, daß sein Vater tot war, sondern weil er es spürte. Er war sich nicht sicher, wie er sich dabei fühlte.

Will schüttelte den Kopf. »Es hat mir noch niemand gesagt, aber ich nehme an, du versuchst mir zu sagen, daß mein Vater tot ist.«

Octavia mischte sich ein. »Ich hatte es Will noch nicht gesagt, weil ich seine Heimkehr nicht gleich belasten wollte.«

»Oh«, sagte John. »Ich hätte meinen großen Mund halten sollen.«

»Ist schon gut«, sagte Will. »Meine Heimkehr wurde schon kurz nach meiner Ankunft belastet. Ich trage den Beweis dafür bei mir – beziehungsweise auf mir.«

Alle sahen seine schmutzigen Kleider an.

»Wann ist mein Vater gestorben und wie?« fragte Will John.

»Wir können dir später davon erzählen, Will. Du bist gerade erst angekommen, laß uns jetzt noch nicht über traurige Dinge reden.« Emily hakte sich bei ihm ein. »Komm, setz dich. Ich möchte von deinen Reisen hören. Hast du wieder so viele Zeichnungen gemacht? Wo warst du überall? Was für Abenteuer hast du erlebt? Warum hast du dich entschieden zurückzukommen?« Sie blieb plötzlich stehen und ließ unvermittelt seinen Arm los. »Vielleicht sollten wir uns später unterhalten.«

Als wenn das die Unterbrechung gewesen wäre, die alle gebraucht hatten, lachten sie – selbst Will, der sich kurz darauf entschuldigte und nach oben ging, um sich in seinem alten Zimmer umzuziehen. Beim Anziehen achtete Will kaum auf das, was er tat ... Er war zu abgelenkt. Er konnte einfach die Tatsache nicht so schnell verkraften, daß er einen Sohn hatte.

Er war als Ehemann fortgegangen und als Vater wiedergekommen.

Ein Vater … er hatte die Vision von einem kritischen, beherrschenden Mann, der immer die Gesellschaft seines Neffen der seines Sohnes vorgezogen hatte. Eine kalte Angst machte sich in seinem Magen breit: die Angst, daß er genauso wie Charles werden und das Leben seines Sohnes ruinieren könnte.

31

Octavia massierte sich die Schläfen, um den Kopfschmerz zu vertreiben. Will war wieder da, und auch wenn Octavia überglücklich war, ihn wieder bei sich zu haben: Seine Heimkehr schien wirklich nicht sehr gelungen. Die Distanz zwischen Will und Margery war ja schon schlimm. Und Will hatte bisher nur von einem seiner Söhne erfahren. Wie würde er reagieren, wenn er herausfand, daß es zwei gab?

Kein Wunder, daß sie Kopfschmerzen hatte. Ihr Leben war wie ein brodelnder Topf, der jeden Augenblick überzukochen drohte. Ehefrau zu sein war eine Verpflichtung, Mutter zu sein war eine Ganztagsbeschäftigung. Und gefährdete Ehen zu retten war ganz schön anstrengend. Ein Alptraum, in dieser Familie alles Schiefgelaufene geradebiegen zu wollen.

»Mama, geht's dir gut?«

Octavia wandte sich um und begrüßte ihre Tochter. Liebe, süße Emily. Wie lange würde es noch dauern, bis sie sich verliebte? Bis auch sie Octavias Hilfe brauchte, um die Falten aus ihrem Leben zu bügeln? »Mir geht's gut, Liebes, nur ein wenig Kopfschmerzen.«

»Kein Wunder. Eigentlich erstaunlich, daß du nicht heftige Kopfschmerzen hast.«

»Um die Wahrheit zu sagen: Sieht auch eher so aus, als könnte es sich ziemlich bald dazu entwickeln.«

»Und was willst du für die augenblickliche Lage tun?«

Octavia dachte kurz nach. »Ich weiß nicht, daran brüte ich gerade. William wird immer Charles' Sohn und Erbe sein. Das kann man nicht ändern. Aber wenn William und Margery keine gemeinsame Basis finden und sich entschließen können zusammenzuleben, dann könnte ihre Ehe wirklich gescheitert sein.«

»Was kann ich tun, um zu helfen?«

»Für den Anfang müssen wir erst einmal jede Gelegenheit nutzen, die beiden zusammenzukriegen ...«

»Allein«, sagte Emily.

»Ja, allein, und das bedeutet auch, daß Robbie und der kleine Will beschäftigt werden müssen. Wir sind in einer kniffligen Lage, die vorsichtig gehandhabt werden muß, sonst könnten wir mehr Schaden als Nutzen anrichten.«

Emily schwor, sie werde alles menschenmögliche tun. »Wirklich, Hand aufs Herz.« Sie legte zum Schwur ihre Hand aufs Herz und ging dann aus dem Zimmer. Dann rief sie noch einmal durch den Türspalt zurück: »Keine Sorge, Mutter, es wird schon alles gutgehen. Ich weiß es einfach.«

Octavia lächelte über Emilys Optimismus. Vielleicht hatte sie ja recht. Vielleicht würde alles gutgehen. »Aber ein paarmal werde ich deswegen schon Kopfschmerzen bekommen.«

Die nächsten kamen schon am selben Nachmittag.

William kehrte von einem Ritt mit John zurück. Auf dem Weg vom Stall zum Haus spürte Will das Kribbeln in seinem Arm, und er rieb ihn abwesend, was er aber völlig vergaß, als sie beim Garten haltmachten, wo Lydia auf einer Steinbank saß und Robbie etwas vorlas, der sich allerdings mehr für den Daumen zu interessieren schien, an dem er lutschte.

Will betrachtete seinen Sohn und fand es schwer zu glauben, daß dieses kleine Menschlein etwas mit ihm zu tun hatte. »Hallo, hallo«, sagte er.

Robbie zog mit einem lauten *Flupp* den Daumen aus dem Mund und erzeugte eine feuchte Spur auf den Seiten des Buches, um auf ein Bild zu zeigen. »Pferd.«

»Zwei Pferde«, sagte Will, zeigte auch noch auf das andere Pferd im Bild und spürte eine warme Strömung in seiner Hand, als er die zarte Haut seines Sohnes streifte.

»Wie alt bist du?«

Robbie hielt zwei nasse Finger hoch.

Lydia lachte und griff nach seinen Fingern. »Er fängt schon früh damit an zu schwindeln. Du bist doch erst im Juni zwei, kleiner Räuber.« Sie kitzelte ihn, und Robbie wand sich und kicherte.

Will ging weiter zum Haus und blieb dann stehen, als ihm auffiel, daß John nicht mit ihm ging. Er schaute zurück. »Kommst du mit?«

»Gleich. Ich möchte nur noch kurz mit Lydia reden.«

Wills Blick wanderte von John zu Lydia, und er dachte unwillkürlich an seine eigene Feuerprobe. Er freute sich für sie und nickte zustimmend. Sie warf ihm ein warmes Lächeln zu, das voller Verständnis war. Ihre Freundschaft hatte die schwierigsten und härtesten Zeiten überstanden und dauerte an. Er war froh, daß sie damals hatten über das alles reden können, was zwischen Lydia, James und ihm geschehen war. Es sagte schon eine Menge aus, daß sie die Vergangenheit einfach hinter sich lassen konnte und nicht zuließ, daß sie ihr Leben ruinierte. Jetzt wünschte er, er hätte dasselbe mit seinem Vater tun können. Er und Lydia hatten gesündigt und seinem Bruder Unrecht getan, aber sie hatten danach doch erkannt, was eigentlich geschehen war, und das Leben war weitergegangen. Ihre Freundschaft war stärker gewesen als ihre Untreue. Zurückblickend wurde ihm klar, daß es ihre tiefe Freundschaft gewesen war, die sie eigentlich zueinandergebracht hatte, nur hatten sie zugelassen, daß ihr Schmerz ihre Vernunft ausschaltete, so daß alles zu weit gegangen war. Damals waren sie jung und unvernünftig gewesen. Die Zeit hatte der Angelegenheit eine andere Perspektive gegeben. Er sah sie noch einmal an und erkannte, daß sie wußte, was er dachte. Ein Strom von gegenseitiger Vergebung schien zwischen ihnen zu fließen. Die Liebe war blind, doch die Freundschaft schloß ab und zu die Augen.

Er ging weiter und dachte darüber nach, daß er sich kaum einen besseren Mann für Lydia vorstellen konnte als John, und nach all dem, was sie durchgemacht hatte ... nun, sie verdiente das Beste, und es sah ganz so aus, als würde sie das auch bekommen.

Ein paar Minuten später ging Will die Treppe hinauf und sah im Vorbeigehen Robbie im Kinderzimmer auf einem Schaukelpferd reiten – das ihm früher gehört hatte, als er noch ein kleiner Junge gewesen war. Er ist ganz schön fix heraufgekommen, dachte Will. Erstaunlich, daß die kurzen Beine des Jungen schon solche Leistungen vollbrachten.

Er rieb sich über den kribbelnden linken Arm und ging weiter.

Margery stand am Fenster ihres Zimmers und sah Will im Garten mit Robbie reden. Sie genoß es, daß das Schicksal eine solche Wendung genommen hatte. Irgendwie hatte sie gefürchtet, dieser Augenblick würde niemals kommen, und jetzt war es endlich soweit. William und sein Sohn. Endlich.

Sie betrachtete Will. Er war dünner, als sie ihn in Erinnerung hatte, aber vielleicht ging das auf die Beinverletzung zurück, die John sich auf Octavias Wunsch vorher angesehen hatte. Margery mußte natürlich so tun, als fände sie das unwichtig, aber es war ihr dann doch gelungen, Johns habhaft zu werden, um zu hören, daß er Wills Verletzung vollständig verheilt vorgefunden hatte.

Ihr Herz schien bei seinem Anblick zu schwellen, und sie erinnerte sich daran, wie es gewesen war, in seinen Armen zu liegen, die Macht seiner Leidenschaft zu spüren, die Hitze seines Begehrens. Ihr Körper wurde warm und weich bei dem Gedanken. Es war noch ein winziger Zweifel in ihr gewesen, ob sie wohl Gefühle für ihn haben mochte, aber sie konnte offensichtlich ganz ruhig sein. Denn das Gefühl für ihn war noch da.

Aber sie war jetzt anders.

»Woran denkst du?« ertönte Octavias Stimme hinter ihr, und Margery wandte sich zu ihr um.

»Verzeih, daß ich einfach ohne zu klopfen hereingekommen bin, aber die Tür war offen, und ich habe dich da stehen sehen.«

»Du bist mir immer willkommen, und das weißt du auch.«

Octavia trat zu ihr ans Fenster. »Er hat sich kaum verändert, findest du nicht? Ein wenig dünner und das leichte Hinken, aber ansonsten scheint er unverändert.«

»Glaubst du, er wird diesmal hierbleiben?«

»Hättest du das gern?«

»Es wäre am besten. Robbie und Will brauchen einen Vater.«

»Und was ist mit dir, Margery? Brauchst du einen Mann?«

»Nein, ich *brauche* ihn nicht. Ich kann in meinem Leben auch ohne Mann glücklich sein.«

Octavia lächelte, denn die Antwort gefiel ihr offensichtlich. »Aber du hättest nichts dagegen, wenn Will wieder in dein Leben kommt?«

»Ich muß sagen, das hängt davon ab.«

»Wovon?«

»Von dem Grund, aus dem er zurückgekommen ist. Wie seine Pläne aussehen. Was er für Gefühle für mich hat. Ob er sich darauf einlassen will, Ehemann und Vater zu sein.«

»Und das ist alles?«

Margery dachte einen Augenblick nach und fragte sich, ob sie Octavia den Rest auch sagen sollte. Schließlich war sie seine Mutter. Und doch, sie war auch die Frau, die sie Unabhängigkeit gelehrt hatte. »Nein. Der größte Faktor sind wohl seine Erwartungen in bezug auf mich. Ich bin nicht mehr die milde, schüchterne, allzu verliebte Frau, die er damals zurückgelassen hat. Er hat mich gekauft, aber er besitzt mich nicht. Ich lasse mich nicht wegräumen in irgendein Landhaus wie ein Pferd auf einer fernen Weide, während er seine Zeit in London verbringt. Ich dulde keine Geliebte. Und ich bin nicht die Ehefrau eines Diktators.«

»Hervorragend.«

»Du findest mich nicht zu fordernd?«

»Unsinn. Du hättest genauso hart sein können wie er – der dich hier immerhin einfach so zurückgelassen hat. Es würde dem Schuft recht geschehen, wenn er über glühende Kohlen gehen müßte für das Recht, wie Mann und Frau mit dir zusammenleben zu dürfen.«

Margery seufzte, wandte sich vom Fenster ab und ließ die Gardine zurückfallen. »Vielleicht tun wir das alles umsonst. Vielleicht will er gar nicht mit mir leben. Schließlich hat er sich vorher auch nicht so an mich gebunden gefühlt, daß er mich deswegen nicht einfach verlassen hätte. Ich bezweifle, daß inzwischen irgend etwas geschehen sein kann, das seine Gefühle mir gegenüber geändert haben könnte.«

»Das kann man nie wissen.«

»Ich glaube kaum, aber eines weiß ich ganz genau. Wenn

William Woodville Wert auf mich als seine Ehefrau legt, wird er etwas dafür tun müssen. Beim letzten Mal war es leicht für ihn. Das wird jetzt anders.«

»Gut. So machst du es genau richtig. Alles, was wert ist, es zu besitzen, ist es auch wert, dafür zu kämpfen. Armer William, er hat ja keine Ahnung, was ihn erwartet.«

»Nein, das hat er wirklich nicht.«

Will kam in den Salon, wo seine Mutter am Fenster saß und stickte.

Sie sah auf, als er eintrat. »William, was um Himmels willen tust du an einem so schönen Nachmittag im Haus?«

»Ich war auf der Suche nach Margery.«

»Hast du schon mit ihr gesprochen?«

Will machte ein finsteres Gesicht. »Nein, aber nicht etwa, weil ich es nicht versucht hätte. Glaube mir, ich habe mir wirklich die größte Mühe gegeben.«

»Ach ja? Und was ist das Problem bei der Sache?«

»Meistens kann ich Margery nicht finden, oder wenn ich sie finde, ist sie von der halben Familie oder Freunden umgeben – ich erwische sie einfach nicht allein.«

Octavia konzentrierte sich auf ihre Stickerei. »Jetzt ist sie allein.«

»Was?«

»Ich sagte, jetzt ist sie allein.«

Es gab Zeiten, in denen Will seine Mutter am liebsten geschüttelt hätte für ihre Tricks. Jetzt zum Beispiel. »Vielen Dank für deine Hilfe. Und wie wäre es, wenn du mir auch noch sagen würdest, wo genau sie ist, oder weißt du das nicht?«

»Natürlich weiß ich, wo sie ist.«

»Und warum hast du mir das vorher nicht schon gesagt?«

»Um Himmels willen, Will, Mütter können eine Menge

Dinge, aber Gedanken lesen können sie doch noch nicht. Wenn du wissen wolltest, wo Margery ist, warum hast du mich dann nicht gefragt?«

»Mutter, das habe ich als erstes getan, als ich hereingekommen bin.«

»Verzeihung, aber du hast mich nicht gefragt, ob ich weiß, wo Margery ist. Du hast gesagt, du wärst auf der Suche nach ihr.«

»Wenn du wußtest, daß ich sie suchte, dann wäre es doch logisch gewesen, daraus zu schließen, daß ich nicht wußte, wo sie ist, und dann hättest du es mir einfach ungefragt sagen können.«

»In dieser Feststellung sind zwei Fehler. Erstens, und vor allem, Frauen sind keine logisch denkenden Wesen. Wir lassen uns von Gefühl und Instinkt leiten, nicht von der Logik. Zweitens, ich gebe niemals ungefragt Informationen von mir. Information bedeutet Macht ... und davon haben wir Frauen ja sowieso so wenig ...«

Octavia redete weiter, aber Will hörte nicht mehr zu. Wie hatte er nur mit der falschen Vorstellung aufwachsen können, es sei die Aufgabe einer Mutter, für ihre Kinder zu sorgen? Es schockierte ihn unglaublich festzustellen, daß seine Mutter gar keine sehr ›mütterliche‹ Mutter war. Eine mütterliche Mutter wäre vom Augenblick seiner Rückkehr an ständig um ihn herum gewesen, um ihn unter ihre schützenden Fittiche zu nehmen. Eine mütterliche Frau würde ihn verehren, es hingebungsvoll als heiliges Privileg empfinden, sich selbst als Individuum auszulöschen, um ihn an die erste Stelle zu setzen. Sie hätte alles in ihrer Macht Stehende getan, um ihn und Margery so bald wie möglich zusammenzubringen.

Er starrte sie an und wartete, ob sie nicht doch noch Engelsflügel bekommen würde. Nichts geschah. Er fühlte sich wirklich grauenhaft, zusehen zu müssen, wie der Umhang des Idols, mit dem sie in seinen Augen immer umgeben gewesen war, langsam von ihren Schultern rutschte. Er blinzelte, als wolle er ganz sicher sein, daß diese Frau auch seine Mutter sei, die Verkörperung von Anmut und Charme, die Beschützerin ihres geschätzten Sohnes.

Sie mußte dieselbe sein, denn er erkannte deutlich die goldenen Kämme in ihrem Haar, die saßen, wo sie immer gesessen hatten, die blauen Augen, die anders waren als die anderen grünen Augen, die er kennengelernt hatte, die ihn immer voller Verehrung und unsterblicher Liebe angesehen hatten. Und doch war sie anders. Oder hatte er sich etwa geändert?

»William, fühlst du dich gut?«

»Ja, Mutter, so gut man nur erwarten kann, wenn man bedenkt, daß ich gerade einen schrecklichen Verlust erlitten habe.«

»Nun, ich bin sicher, du wirst dich auch wieder erholen. Du warst schon immer ein vielseitiger Junge.«

»Mutter, wirst du mir helfen?«

»Ich glaube nicht, daß du Hilfe brauchst, William. Schließlich hast du es bis jetzt auch ohne meine Hilfe geschafft.«

Will nickte und biß die Zähne zusammen, dann ging er aus dem Zimmer.

»Ich glaube, sie ist in der Küche.«

»Danke«, erwiderte er und murmelte dann beim Fortgehen vor sich hin: »Teufel auch, wenn einem schon die eigene Mutter nicht hilft, wer dann?«

Augenblicke später hörte er jemanden Klavier spielen. Auf dem Weg am Musikzimmer vorbei sah er, daß Emily spielte, während Robbie neben ihr auf der Bank saß.

32

Margery und ihr Sohn Will waren in der Küche damit beschäftigt, Lebkuchenmänner zu backen. Margery legte jeweils die Formen auf das Backblech, und Will, der neben ihr auf einem Stuhl stand, verzierte die Gesichter mit Rosinen.

»Wenn du mit dem Gesicht fertig bist, braucht der Lebkuchenmann auch noch ein Hemd. Schau her.« Margery nahm drei Rosinen und setzte sie richtig auf den Bauch des Lebkuchenmannes. »Siehst du? Jetzt hat er ein Hemd mit drei Knöpfen. Eins … zwei … drei. Drei Knöpfe.«

Will schaute auf sein eigenes Hemd hinab und deutete mit einem Finger auf die Knöpfe. »Nöpfe!«

Margery beugte sich vor, um ihm einen Kuß zu geben. Als sie den Kopf hob, sah sie Will in der Tür stehen. Er rieb sich den Arm und wirkte irgendwie verständnislos. »Wie ist der denn so schnell hier hereingekommen?«

Sie sah sich um und sah niemanden. »Von wem sprichst du denn?«

»Robbie«, sagte er. »Wie ist er so schnell hier hereingekommen?«

»Ich verstehe nicht. Was meinst du damit, schnell hereingekommen?«

»Ich meine, daß ich gerade im Musikzimmer vorbeigekommen bin, wo Robbie mit Emily am Klavier saß.«

»Ja, Robbie spielt sehr gern Klavier.«

William betrachtete Will und sah dann durch den Flur nach hinten. »Irgendwas Seltsames geht hier vor«, sagte er. »Aber das ist nicht der Grund, warum ich hergekommen bin.«

»Nein?«

»Darf ich hereinkommen?« fragte er, ging durch die Küche und blieb neben Will stehen.

Sie sah ihn nicht an, sondern machte mit den Lebkuchen weiter – was nicht einfach war, wenn man bedachte, wie gut er aussah und wie nah er bei ihr stand. In dieser Beziehung war die Erinnerung richtig gewesen. Sie fragte sich unwillkürlich, was er wohl über sie denken mochte – nicht nur über ihr Aussehen, sondern auch die anderen Veränderungen, die mit ihr vorgegangen waren. Ihr Stolz hätte ihm gern gezeigt, wieviel sie geschafft und gelernt hatte, wie viele Themen ihr mit Leichtigkeit zur Verfügung standen. Aber die Frau in ihr wollte noch warten. Vorsicht, warnte sie ihr Verstand. Mach es ihm nicht zu leicht. Frauen, die leicht zu haben sind, haben es nicht leicht. Männer wissen nur zu schätzen, wofür sie wirklich etwas tun müssen. Also riß sie sich zusammen und hielt ihren Ton kühl, distanziert und fern von Gefühlen. »Da du ja sowieso hereingekommen bist, brauche ich diese Frage wohl nicht zu beantworten, oder?«

»Ich dachte, ich könnte Robbie beim Verzieren helfen.«

Margery öffnete den Mund, um Will zu korrigieren, um ihm zu sagen, daß dies hier nicht Robbie sei, aber Will kam ihr zuvor.

»Nicht Robbie!« rief er und stand breitbeinig auf seinem Stuhl. Er griff nach einer Handvoll Lebkuchen und drückte sie an seine Brust. »Meine Kuchen!«

Margery lächelte und streichelte seine Wange. »Ja, Süßer, das sind deine Lebkuchen. Aber willst du denn nicht Robbie auch einen abgeben?«

William schaute von Margery zu Will und zurück zu Margery. »Was, zum Teufel, ist hier eigentlich los?«

Seine Stimme klang derartig giftig, daß sie sich zu ihm umdrehte und sofort die alte Zuneigung, dieselbe starke, magnetische Anziehung spürte, als sie ihm in die Augen sah. »Ich weiß nicht, wovon du sprichst.«

»Ich glaube schon. Ich will wissen, was das eigentlich für ein Witz ist, den ihr hier mit mir zu machen versucht.«

»Ich bin mir nicht bewußt, daß ich scherze. Ich war bisher damit beschäftigt, Lebkuchen zu backen, und obwohl ich nicht die beste Köchin bin, würde ich doch nicht sagen, daß meine Fähigkeit ein Witz ist.«

»Fandest du dich besonders geistreich? Hast du geglaubt, es würde Spaß machen herauszufinden, wie lange ich brauchen würde, bis ich merke, daß man mich auf den Arm nimmt?«

»Ich habe dich in keiner Weise auf den Arm genommen. Und ich weiß auch wirklich nicht, wovon du sprichst.«

»Von ihm!« sagte William giftig und zeigte auf Will.

Will fing an zu weinen.

Sie hob ihren Sohn in ihre Arme, und er drückte sein Gesicht an ihre Schulter. »Ist schon gut, nun weine doch nicht.« Wie konnte William wagen zu glauben, dieses Kind sei nicht sein Sohn? Daß er glauben konnte, sie würde so tief sinken, das Kind eines anderen Mannes nach ihm zu benennen, machte sie extrem wütend. »Will *ist* dein Kind. Ob du es ihm nun ansehen magst oder nicht, ist deine Sache. Da du aber derart starke Gefühle dagegen zu haben scheinst, kann ich dir versichern, daß es kein Problem für uns ist, innerhalb weniger Stunden dieses Haus zu verlassen.«

»Und was glaubst du, wohin du gehen würdest?«

»Zum Beispiel ins Stadthaus nach London.«

»Das mir gehört, da ich jetzt der Earl bin.«

»Dann werde ich bei Freunden wohnen. Ich habe viele Freunde.«

»Oh, das glaube ich gern.«

»Ich muß wirklich nicht hier stehen bleiben und mir das anhören.« Sie wollte sich abwenden, aber er packte sie plötzlich am Oberarm.

»Wie heißt er? Und lüge mich nicht wieder an.«

»Ich habe dich doch nie angelogen. Er heißt Will.«

»Warum hat man mir dann gesagt, sein Name sei Robbie?«

Sie wurden vom lauten Weinen eines Kindes unterbrochen, ein Geräusch, das schnell näher kam. Kurz darauf kam Emily ins Zimmer. »Robbie will zu seiner Mama. Er hat sich den Finger eingeklemmt, als er das Klavier zumachen wollte.«

Als Will Robbie kommen sah, klammerte er sich noch fester an Margerys Hals. Er würde sich nicht von seinem Bruder von diesem gemütlichen Platz vertreiben lassen.

Margery küßte ihn auf den Kopf. »Geh zu Tante Emily.«

Er drückte sie noch fester. »Nein!«

Margery schüttelte den Kopf, ging hinüber zum Küchentisch, nahm einen Stuhl und setzte sich. Sie schob Will auf die eine Seite ihres Schoßes und streckte dann den anderen Arm nach Robbie aus. So saß sie da, in jedem Arm einen ihrer Söhne, und warf heiße, wütende Blicke zu ihrem Mann, wobei sie sich um den verblüfften Ausdruck in seinem Gesicht nicht weiter kümmerte.

William wandte sich an seine Schwester. »Es gibt zwei von denen?«

Emily lachte und streckte dann die Hand aus, um mit einem Griff unter das Kinn ihres Bruders seinen Mund zuzudrücken. »Gewöhnlich nennt man das Zwillinge. Du willst mir doch nicht sagen, daß du davon noch nie gehört hast, oder?«

Er kümmerte sich nicht um den Kommentar. »Warum hat mir das niemand gesagt? Ich hatte ein Recht, es zu wissen.«

Margery hob fragend eine Augenbraue. »Ach ja? Und was ist das für ein Recht? Du hast mich verlassen, als ich schwanger war.«

»Das wußte ich nicht.«

»Ich auch nicht, aber du mußtest wissen, daß es immerhin möglich war, daß ich schwanger sein könnte.«

»Ich hätte nie gedacht ...«

»Nein, natürlich nicht. Wenn ich richtig verstehe, hast du in den letzten Jahren überhaupt an sehr wenig gedacht, außer an dich selbst.«

»Das ist nicht wahr, aber selbst wenn es so gewesen wäre, jetzt liegen die Dinge anders. Ich habe mich geändert.«

»Das ist mir noch nicht aufgefallen. Meinem Eindruck nach bist du immer noch derselbe arrogante, selbstzentrierte Mann, an den ich mich erinnere.«

Die Jungen hatten sich jetzt beruhigt und genug von der tröstenden Wärme ihrer Mutter genossen. Fast gleichzeitig rutschten sie von ihrem Schoß.

Emily streckte die Hände aus. »Kommt mit, ihr zwei. Wie wäre es mit einer Fahrt im Ponywagen?«

Die Jungen zeigten ihre Begeisterung, indem sie jeder eine von Emilys Händen ergriffen. Ohne zurückzusehen, verließen die drei den Raum.

William konnte den Blick kaum abwenden. »Ich kann immer noch nicht glauben, daß wir Zwillinge haben.«

»Ich habe Zwillinge«, korrigierte sie ihn. »Du hattest denkbar wenig damit zu tun.«

Er lächelte. »Es ist wahr, meine Rolle dabei mag vielleicht klein gewesen sein, aber immerhin lebensnotwendig. Ohne mich hättest du das nicht hinbekommen.«

»O doch, ohne dich schon, nur nicht ohne einen Mann.«

»Im Sinne von: Jeder ist recht?«

»Genau.«

»Ich schlage vor, du probierst das besser nicht aus.«

»Keine Sorge. Ich habe beschlossen, daß zwei Kinder ausreichen.«

Er stellte fest, wie sein Ärger sich auflöste. Sie gefiel ihm so wirklich besser, verdammt noch mal. Er sah sie eine ganze Weile nachdenklich an und sagte dann: »Ich kann mich einfach nicht daran gewöhnen, wie sehr du dich verändert hast. Du bist nicht mehr dieselbe Frau – was ich durchaus erwartet hatte –, und trotzdem bist du in keiner Weise so, wie ich es mir vorgestellt hatte.«

»Nichts bleibt immer gleich, nicht einmal Menschen.«

»Ich weiß, aber dir ist doch sicher klar, was für einen bemerkenswerten Fortschritt du in dieser kurzen Zeit gemacht hast. Soviel Mühe ich mir auch geben mag, ich kann die Wilde einfach nicht mehr erkennen.«

Sie lachte. »Da gibt es Leute, die anderer Meinung sind.«

Er hob neugierig eine Augenbraue. »Ach ja? Aus welchem Grund?«

Sie hob ihre Röcke gerade so weit, um ihm das Messer im Strumpfband zu zeigen. Amüsiert bemerkte sie den erstaunten Ausdruck auf seinem Gesicht.

»Du wanderst doch wohl nicht herum und zeigst das irgendwem?«

»Nur wenn ich die Absicht habe, es zu benutzen.«

»Du hast es also schon benutzt?«

»Als ich mußte.«

»Wann?«

»Um mich zu beschützen.«

»Du solltest nicht zu Plätzen gehen, wo man Messer braucht, um sich zu beschützen.«

Darüber lachte sie. »Genaugenommen habe ich es zum ersten Mal bei einer Gartenparty benutzt.« Das Amüsement in ihrer Stimme verklang. »Frage mich nicht mehr danach, denn ich werde nicht antworten.«

Er nickte zustimmend. »Ich kann es ja von Mutter oder Emily in Erfahrung bringen.«

»Du wirst tun, was du nicht lassen kannst. Ich kann dich

nicht daran hindern.« Sie ging zur Spüle und wusch sich die Hände.

Er folgte ihr aus dem Zimmer. »Wohin gehst du?«

»Ich bin dabei, ein paar Weihnachtsgeschenke zu basteln, damit möchte ich weitermachen.«

»Tu das später. Wir müssen uns unterhalten.«

Sie blieb am Fuß der Treppe stehen. »Ich dachte, das tun wir die ganze Zeit.«

Er nahm ihre Hand und zog sie hinter sich her. »Ich meine, wir müssen uns *richtig* unterhalten.« Er blieb vor dem Ballsaal stehen, wo der Weihnachtsbaum in der Nähe des Kamins stand. »Hier.« Er führte sie ins Zimmer und machte die Tür hinter ihnen zu.

Sie setzte sich hin.

Er blieb hinter ihr stehen. »Will. Ist das die Kurzform für William?«

»Ja.«

»Hast du ihn nach mir benannt?«

»Anders als du denkst, bist du wirklich sein Vater, und er war der Erstgeborene.«

Er legte eine Hand auf ihre Schulter. »Ich wollte nicht ...«

Sie zuckte mit den Schultern und entzog sich seiner Hand. »Doch.«

»Danke, daß du mir die Ehre erweist, meinen Erstgeborenen nach mir zu benennen, selbst wenn ich die Ehre nicht verdient habe.«

»Ich habe es nicht deinetwegen getan, sondern weil es Tradition ist.«

»Ich wollte wirklich nicht, daß du glaubst, ich hielte die beiden nicht für meine Kinder. Daran habe ich nie gezweifelt. Ich war nur so schockiert festzustellen, daß es zwei sind.«

»Du warst bestimmt nicht schockierter als ich selbst.«

Er lächelte unwillkürlich. »Du hattest keine Ahnung?«

»Keiner hat vermutet, daß es Zwillinge sind, nicht einmal John.«

»War es eine schwere Zeit für dich?«

»Schwerer als all die Jahre meiner Gefangenschaft. Bei den Indianern wußte ich wenigstens immer genau, woran ich war. Als ich anfangs hier war, hatte ich nicht einmal das. Dein Vater hatte von Anfang an eine Abneigung gegen mich.«

»War er grausam zu dir?«

»Das hätte Octavia nicht zugelassen. Er machte beißende Bemerkungen oder ging mir einfach aus dem Weg. Wann immer wir gezwungen waren, im selben Zimmer zu sein, benahm er sich, als wenn ich gar nicht da wäre. Genaugenommen habe ich nur sehr wenig von ihm gesehen.«

»Auch nachdem die Jungs auf der Welt waren?«

»Gerade da. Er bezeichnete sie als die Kinder des Teufels und wollte nichts mit ihnen zu tun haben.«

»Das tut mir leid.«

»Warum? Du mußt doch sicher gewußt haben, wie es für mich werden würde ... wie dein Vater darauf reagieren würde, eine Wilde als Schwiegertochter zu haben.«

»Ich muß zu meiner Schande gestehen, daß ich nicht so weit im voraus gedacht habe.«

»Wie ich schon sagte, du denkst selten weiter als bis zu dir selbst.«

»Das war vielleicht früher so. Aber in den Jahren, die ich fort war, habe ich kaum an etwas anderes als dich gedacht.«

»Du kannst doch wohl nicht erwarten, daß ich das glaube. Wenn du überhaupt an mich dachtest, dann wohl wie an eine Last, an jemand, den du froh warst, wieder los zu sein.«

»Das ist nicht wahr, doch selbst wenn es so wäre, du kannst nicht guten Gewissens behaupten, es ginge dir jetzt nicht besser als damals. Wenigstens habe ich dich vor einem Leben in der Sklaverei gerettet und dir Freiheit gegeben.«

»Du hättest mich dazu nicht heiraten brauchen.«

»Ich kann mich nicht daran erinnern, daß du Widerstand geleistet hast, als wir verheiratet wurden.«

»Weil ich dachte, du wolltest mich zur Frau ... in jedem Sinne des Wortes.«

»Ich will es. Glaub mir, ich will es wirklich.«

»Vielleicht jetzt, aber nicht damals.«

»Und ich bitte dich, mir das zu vergeben. Ich wollte dir niemals Schmerz bereiten oder dich verletzen. Ich glaubte wirklich, ich würde dir helfen und dein Leben verbessern. Ich kann nicht glauben, daß es mir nicht zumindest teilweise gelungen ist. Sieh dich doch an, du bist von Kopf bis Fuß eine feine Dame. Du lebst ein Leben im Luxus, dir fehlt nichts.«

»Außer einem Mann und Respekt. Hast du je daran gedacht, wie es für mich war? O ja, dein Heim ist wirklich schön, aber es ist nicht meines. Ich bin hier nur zu Gast. Ich gehöre nicht hierher. Ich bin für jeden Bissen, den ich esse, von deiner Familie abhängig. Weißt du, wie es sich anfühlt, wenn ich ausgehe? Weil ich keinen Mann habe, der mich verteidigt, werde ich von jedem Lüstling im Ton als willkommenes Opfer betrachtet. Es gab Gerüchte über die Abstammung meiner Söhne. Die netteren Frauen betrachten mich mit Mitleid, die anderen flüstern hinter meinem Rücken und behandeln mich wie eine verlassene Frau, die ich nun einmal bin. Und du sagst, mir fehle nichts. Wie sehr du dich täuschst.«

»Aber jetzt bin ich wieder zurückgekommen und flehe dich an ... ich bitte dich um eine Chance, alles das wiedergutzumachen, was ich getan habe.«

»So leicht ist das nicht.«

»Warum nicht?«

»Weil ich viel gelitten habe. Weil ich mir nicht sicher bin, ob ich dich überhaupt noch liebe. Weil ich noch nichts gesehen habe, was zeigt, daß du dich verändert hast, außer deinen Worten. Weil ich dir nicht vertraue.«

»Und wenn ich mich als vertrauenswürdig erweise? Wenn ich beweisen kann, daß meine Gefühle anders geworden sind ... wenn ich dir zeigen kann, wie sehr ich dich liebe, gibst du uns dann noch eine Chance?«

»Ich kann nichts versprechen.«

»Wenn du an die Ehe glaubst, wirst du es versuchen.«

»Wenn du mich liebst, wirst du Geduld haben und mir Zeit lassen.«

Er legte seine Hände auf ihre Schultern, und sie schloß die Augen, erlaubte sich das köstliche Gefühl, wieder von ihm berührt zu werden ... aber nur für einen Augenblick. Dann fielen ihr all die Gründe wieder ein, warum sie ihm nicht nachgeben durfte, und sie stand auf und ging hinüber zum Kamin, in der Hoffnung, er würde nicht erkennen können, wie sehr seine Nähe und seine Berührung sie aus der Fassung gebracht hatten.

»Wenn ich dich liebe? ... Du kannst dir nicht vorstellen, wie wenig ich dich je habe vergessen können – wie wir zusammen waren –, besonders jenes letzte Mal auf dem Schiff. Das war, als unsere Söhne gezeugt wurden. Es gefällt mir, daran zu denken, daß sie aus einem solchen Augenblick des wilden Begehrens entstanden sind. Es ist ein Segen, daß wir zwei Söhne bekommen haben. Zwei vollendete menschliche Wesen, die aus der Vereinigung unserer Seelen entstanden sind. Ob ich dich liebe ... Du bist das Objekt von Hunderten von schlaflosen Nächten, die Mutter meiner Söhne, und doch fragst du dich, ob ich dich liebe ... Wie könnte ich es nicht tun?«

Sie spürte, wie sie zu schmelzen begann beim Klang seiner

Stimme, beim Rhythmus seiner Worte. Er verführte sie, versuchte, sie seinem Willen gefügig zu machen. Oh, er war ein schlauer Kerl. Aber sie war selbst klug genug. »Du kannst doch gar nicht wissen, wann unsere Söhne entstanden sind.«

»Ich weiß es, weil diese Nacht etwas ganz Besonderes war, etwas so Bedeutsames, daß es mich all die Zeit unserer Trennung getragen hat.«

»Dann kann es dich auch noch ein wenig länger tragen.« Sie stand auf, um aus dem Zimmer zu gehen, stellte jedoch fest, daß er ihr im Weg stand. Sie trat langsam zurück, als er näher kam. »Nein«, flüsterte sie. »Bleib weg von mir. Hörst du? Laß mich in Ruhe.«

»Du weißt, daß ich das nicht tun kann. Ich muß es wissen.«

Sie trat zurück, bis sie die Wand im Rücken spürte. »Was mußt du wissen?«

Er stand jetzt ganz dicht vor ihr, hob die Arme und legte seine Hände zu beiden Seiten ihres Kopfes an die Wand, so daß sie dazwischen und zwischen ihm und der Wand gefangen war. Sie spürte, wie sich die warme Kraft seines Körpers an sie drückte, und hörte seine Stimme tief und voller Begehren. »Ich muß wissen, was geschieht, wenn ich dich küsse.«

»Nein.« Sie wandte den Kopf ab.

Er ließ sich von ihrem Widerstand nicht abhalten, sondern machte weiter. Er drückte langsam kleine Küsse auf ihre Schulter und wandte der zarten Haut am Ohr besondere Aufmerksamkeit zu, dann wanderte er weiter abwärts den tiefen Ausschnitt ihres lavendelfarbenen Kleides entlang.

Ihr Körper verriet ihren Willen, und sie ballte die Fäuste an den Seiten und erinnerte sich daran, wie wichtig es war, daß sie keine Reaktion auf ihn und sein Handeln zeigte.

»Ich habe dich so lange begehrt ... wollte schon lange bei dir sein. Es hat mich gefoltert, ich bin nachts in kalten Schweiß gebadet aufgewacht, dachte, du lägest neben mir, und konnte es oft nicht glauben, daß es nur ein Traum gewesen war.«

»Es hat keinen Sinn, so zu reden. Wir können nicht in jene Zeit zurück.«

»Nein, aber vorwärts können wir, das ist sicher.«

Er drückte seinen Körper fester an sie, sein Knie zwischen ihre Beine. Die Einladung war ganz offensichtlich, und sie spürte, wie ihr Körper schwach wurde, ihre Beine nachzugeben drohten. Sie schüttelte immer wieder den Kopf und flüsterte: »Nein ... nein ... nein.«

»Dein Verstand sagt nein, aber dein Körper begehrt mich. Küß mich, Margery. Küß mich, wie du mich damals geküßt hast, als du mich liebtest.«

»Ich kann nicht ...« Der Rest ihrer Worte ging verloren, als sein Mund sich auf den ihren drückte. Es war ein langer, tiefer Kuß, der nach all den Antworten suchte, die sie ihm nicht geben wollte. Sie wußte, daß der Augenblick gefährlich nah kam, daß sie nicht mehr lange widerstehen konnte.

Wie konnte sie ihn von sich stoßen?

Aber genau das tat sie. Einen Augenblick später hastete sie aus dem Zimmer, und seine Worte verfolgten sie.

»Du kannst nicht ewig davonlaufen. Jetzt, wo ich es weiß, werde ich nicht aufgeben. Ich werde hier sein, für immer, wenn es sein muß. Du kannst noch eine Weile lang alles verleugnen; vielleicht wird es dir sogar gelingen, Abstand zu halten. Aber eines ist sicher: Du kannst nicht vor dir selbst davonlaufen. Ich werde dich besitzen. Und zwar bald.«

33

Er erwachte von der Taubheit in seinem Arm.

Obwohl er noch völlig verschlafen war, rieb er sich den Arm und versuchte, das Gefühl durch massieren zu vertreiben. So schlimm wie heute war es noch nie gewesen, denn außer dem tauben Gefühl war auch noch eine unheimliche Lähmung darin, durch die er seine Hand nicht bewegen konnte.

Als er seinen Burschen zum Anziehen gerufen hatte, war die Lähmung weg, aber die kribbelnde Taubheit blieb noch bis ziemlich lange in den Tag hinein. Als John am Abend herüberkam, versammelte sich die Familie im großen Salon, um die Lichter am Weihnachtsbaum anzuzünden, was Robbie und Will das größte Vergnügen bereitete.

William, der den Anblick seiner Söhne sehr genoß, war sich nicht bewußt, daß er den Arm immer wieder rieb, bis es John, dem aufmerksamen Arzt, auffiel, und er nachfragte.

»Macht dein Arm dir Beschwerden?«

William wandte den Blick von seinen Söhnen ab und starrte John an. »Wie kommst du darauf?«

»Ich habe dich beobachtet. Den ganzen Abend reibst du schon den Arm – während der letzten halben Stunde fast dauernd.«

»Es ist nichts.«

»Das laß mich besser beurteilen. Wann hat es angefangen? Wie fühlt es sich an?«

»Es ist nur ein wenig Taubheit, das ist alles.«

»Hmmm ... Taubheit, keine Lähmung?«

Will schüttelte den Kopf. »Nun, zumindest nicht bis heute morgen.«

»Was ist heute morgen gewesen?«

Will erzählte es ihm.

»Komm mit.« John legte eine Hand auf seine Schulter und ging mit Will hinaus.

»Wohin gehen wir?«

»In die Bibliothek. Ich will dich untersuchen.«

»Man hat mich in London schon untersucht.«

»Und?«

»Und was?«

»Was hat der Arzt gesagt?«

Sie gingen in die Bibliothek und schlossen die Tür.

»Erinnerst du dich damals an den Jagdunfall –«

»Als du einen Schuß in den Rücken bekommen hast?«

Will nickte.

John verzog das Gesicht. »Natürlich erinnere ich mich. Ich erinnere mich auch an diesen Idioten, DeWitt Burford, der auf dich geschossen hat. Er konnte ein Ende des Gewehrs nicht vom anderen unterscheiden. Du hattest verdammt viel Glück, daß er dich nicht umgebracht oder auf Dauer gelähmt hat.«

»Das könnte immer noch geschehen.«

Johns Blick war ernst. »Wenn ich mich recht erinnere, steckt die Kugel noch in deiner Wirbelsäule und wurde nie entfernt.«

»Ja, sie ist noch da.« Will erzählte ihm, was der Arzt in London gesagt hatte.

»Das klingt sinnvoll. Wirst du dich operieren lassen?«

»Ich glaube nicht.«

John versuchte, ihm das gleiche zu erklären, was der Arzt in London gesagt hatte, und endete: »Du kannst ein solches Risiko nicht eingehen.«

»Ich möchte im Augenblick nicht darüber reden.«

»Also gut. Aber du solltest bald anfangen, darüber nachzudenken. Und inzwischen tu, was der Arzt vorgeschlagen hat. Geh vorsichtig mit dir um. Keine Ritte. Keine –«

»Ich sagte, ich will nicht darüber reden.«

»Ist gut«, sagte John und klopfte ihm auf den Rücken. »Dann laß uns wieder zu den anderen gehen.«

Zwei Tage vor Weihnachten schneite es, und eine wunderschöne weiße Schneedecke legte sich über alles. Will und Robbie machten alle im Haus verrückt, weil sie zum Spielen nach draußen wollten.

Schließlich konnte Margery ihr Gejammere nicht länger hören. »Ich sage euch was. Wenn ihr brav seid und ohne Gequengel euren Mittagsschlaf macht, lasse ich das Pony vor den Schlitten spannen, und wir können eine Schlittenfahrt machen.«

Will und Robbie rannten nach oben, als könnten sie gar nicht schnell genug ins Bett kommen.

Als sie dann wieder aufgestanden waren, wurde das Pony vor den Schlitten gespannt. Die Jungen, die vom Fenster aus zusahen, zappelten so heftig herum, daß Margery und Emily sie nur mit Mühe in ihre warmen Kleider gesteckt bekamen. Kaum waren sie fertig, da rannten die beiden Jungen schon aus dem Zimmer.

»Klettert nicht auf den Schlitten, bevor ich nicht auch da bin«, rief Margery ihnen hinterher.

»Ich glaube nicht, daß sie dich gehört haben«, sagte Emily.

»Sie hören nie Dinge, die sie nicht hören wollen.« Margery hastete die Treppe hinunter und nahm ihren Wollumhang vom Haken bei der Hintertür. »Kommst du mit, Emily?«

»Nein, ich dachte, ich lasse William mit euch fahren.«

»Ich glaube nicht, daß er besonderen Wert auf Schlittenfahren legt.«

»Da hast du, glaube ich, unrecht. Er ist nach oben gegangen, um seinen Mantel zu holen.«

»Ich dachte, er spielt Billard mit John.«

»Scheinbar sind sie schon fertig. John trinkt auf jeden Fall gerade Tee mit Mama.«

Margery versuchte nicht zu verbergen, wie wenig begeistert sie war. »Wenn er nicht fertig ist, bis wir losfahren wollen, fahren wir ohne ihn.«

Emily kam mit ihr hinaus. Margery sah hinüber zu Will und Robbie, die schon beim Schlitten standen und drängten, sie solle sich beeilen.

Sie sah zu, wie Robbie einen Schneeball auf Will warf und ihn auf die Brust traf, wo ein weißer Schneefleck zurückblieb.

Dann sah sie, wie Will sich auch nach einer Handvoll Schnee bückte. »Benehmt euch. Will, wirf den Schneeball nicht auf deinen Bruder. Ich komme schon«, sagte sie und ging in ihre Richtung, während sie ihre Handschuhe überzog.

Kaum hatte sie das gesagt, da kletterte Robbie schon in den Schlitten, gefolgt von Will. Noch bevor Margery ihnen zurufen konnte, sie sollten wieder herauskommen, warf Will seinen Schneeball auf Robbie. Doch er verfehlte seinen Bruder und traf das Pony aufs Hinterteil.

Mit einem erschrockenen Wiehern machte das Pony einen Satz und raste dann völlig durchgedreht los.

Margery stieß einen Schrei aus und rannte hinter dem Schlitten her. Sobald sie die Hausecke erreicht hatte, sah sie William auch durch den Schnee rennen, der versuchte, dem Pony den Weg abzuschneiden. Er ist wohl aus der Vordertür gekommen, dachte sie und blieb stehen. Schwer atmend wurde ihr klar, daß sie den Schlitten auf keinen Fall einholen konnte. William war der einzige, der eine Chance hatte, das Pony einzuholen, bevor der Schlitten durchs Tor verschwand.

Das Herz schlug ihr bis zum Hals, während ihr Blick von William zu den Jungen und zurück wanderte. Er war jetzt schon ganz nah. Wenn das Pony in derselben Richtung weiterrannte, würde er es vielleicht wirklich erreichen.

»O Gott!«

Margery hörte Johns Stimme und drehte sich zu ihm um. Octavia stand mit weißem Gesicht bei der Hintertür, die Hände auf die Brust gedrückt.

Ihre Stimme zitterte, als sie zu John sagte: »Ich glaube, William wird das Pony aufhalten können, wenn es nicht plötzlich die Richtung wechselt.«

»Ich hoffe, er versucht, in den Schlitten zu gelangen und die Zügel zu greifen, anstatt das Pony selbst aufzuhalten.«

Margery hörte die Besorgnis in seiner Stimme. Sie wollte gerade nachfragen, da entdeckte das Pony William, der auf es zukam. Sofort wandte es sich nach links. William, als wüßte er, daß er nur eine Chance hatte, machte einen großen Sprung auf das Pony zu und stieß mit ihm zusammen, während er nach dem Zügel griff.

Margerys Herz hörte beinah auf zu schlagen. Sie rannte durch den Schnee los, und John überholte sie einen Augenblick später.

William hatte seine Hände am Zügel und hielt sich daran fest, während das Pony langsamer zu werden begann und ihn mit sich schleifte. Margery und John hatten den Schlitten schon fast erreicht, als das Pony schließlich ganz stehenblieb. William brach neben ihm im Schnee zusammen, den ganzen Körper von Schmerz erfüllt. Ohne einen Augenblick zu zögern, zerrte Margery die Jungen aus dem Schlitten und übergab sie Emily und Octavia.

Als sie sich umdrehte, sah sie, wie John sich neben William auf die Knie sinken ließ. »Herrgott im Himmel, Will! Warum bist du so verdammt stur?«

Noch bevor sie irgend etwas zu John sagen konnte, sah Margery, wie er William auf seine Arme hob. Um keinen

Schrei auszustoßen, hob sie den Handrücken vor den Mund. Mit schwer klopfendem Herzen sah sie zu, wie ihr Mann ins Haus getragen wurde.

34

William lag im Bett und fühlte nichts, denn je mehr die Taubheit in seiner linken Seite zunahm, desto mehr verringerte sich der Schmerz.

John war jetzt mit seiner Untersuchung fertig. »Es wird schlimmer. Schon bald wird deine ganze linke Körperseite gelähmt sein.«

»Gelähmt?« fragte Octavia. »Das verstehe ich nicht. William hat schon viel stärkere Stöße abbekommen und sie ohne weiteres verkraftet.«

John antwortete schnell: »Da hatte er die Kugel noch nicht so tief in der Wirbelsäule.«

Octavia wirkte erstaunt. »Du meinst von der alten Schußverletzung?«

»Was für eine alte Schußverletzung?« fragte Emily.

Margery, Octavia und Emily standen neben dem Bett, John gegenüber. Margery sagte als nächstes: »Gelähmt? Du meinst, es könnte so bleiben?«

John schüttelte den Kopf. »Ich kann nichts sicher sagen, aber ich vermute, daß es so kommt.«

Margery rieb sich die Hände, als wenn sie kalt wären. »Was kann man machen?«

»Operieren ... und je eher man das tut, desto größer sind seine Chancen.«

Octavia verschwendete keine Zeit. »Dann operiere ihn doch. Worauf wartest du?«

»Keine Operation«, flüsterte William.

Margery schnappte nach Luft. »Das ist doch nicht dein Ernst, Will. Du verstehst doch, was John gesagt hat. Wenn er die Operation nicht bald macht, könnte es zu spät sein.«

Will war müde. Er wollte nicht immer um jedes Wort kämpfen müssen. Das war es einfach nicht wert. Sein ganzes Leben war ein einziger Kampf gewesen: der Kampf um die Liebe seines Vaters; der Kampf um sein wahres Ich; der Kampf mit der Trauer um den Tod seines Bruders; der Kampf um die Erkenntnis seiner wahren Gefühle für seine Frau und jetzt der Kampf darum, sie behalten zu können. Erschöpfung bemächtigte sich seiner Glieder. »Vielleicht ist es sowieso schon zu spät.«

»Aber das Risiko mußt du eingehen«, sagte Emily. »Es wäre dumm, wenn du es nicht tätest.«

Will wandte sein Gesicht ab. »Ich bin jetzt müde. Ich will nicht mehr reden. Ich will meine Ruhe haben.«

Octavia und Emily wandten sich ab, um hinauszugehen. Margery rührte sich nicht von der Stelle. »Ich bleibe hier bei ihm.«

»Nein«, sagte er, und es war ihm egal, ob seine Stimme sich so kalt und leer anfühlte, wie ihm zumute war. »Ich will nicht, daß du hierbleibst. Ich will niemanden bei mir haben. Laßt mich allein. Seht ihr denn nicht, daß ich euch nicht sehen will. Ich bin müde. Ich habe keine Kraft mehr zum Kämpfen.«

»Da spricht das Opium aus ihm«, sagte John. »Laßt ihn ruhen. Morgen könnt ihr ihn wieder besuchen.«

Margery ließ Octavia und Emily schon vorausgehen. Sie wartete direkt vor Wills Tür auf John.

Einen Augenblick später kam auch er heraus. Er schien überrascht, sie zu sehen. »Du bist noch hier?«

»Ich wollte mit dir reden.«

»Wenn du wissen willst, ob sein Zustand ernst ist: Ja, das ist er.«

»Nein, das wollte ich nicht. Ich weiß, daß es ernst ist, weil ich dich kenne. Du nimmst die Medizin sehr ernst. Du würdest nicht irgend etwas sagen, wenn es nicht wahr wäre.«

»Nein, bestimmt nicht, vor allem nicht zu Will. Er war immer wie ein jüngerer Bruder für mich.« Er nahm ihren Arm, und sie gingen den Flur entlang. »Worüber wolltest du denn reden?«

»Heute nachmittag, gleich nach Wills Sturz, was hast du da gemeint, als du gerufen hast: ›Warum mußt du nur so stur sein?‹ Wußtest du von seinem Zustand, bevor er den Schlitten angehalten hat? Wußte Will auch davon?«

»Ja ... zu beiden Fragen.«

Margery sagte nichts. Sie mußte nachdenken.

»Du fragst dich, warum er wohl seinen Körper eingesetzt hat, um den Schlitten anzuhalten, obwohl er wußte, daß es ihn wahrscheinlich lähmen würde?«

»Wie sollte ich mich das nicht fragen? Er hat das Leben meiner Söhne gerettet.«

»Sie sind auch seine Söhne.«

Sie verstummte. Schließlich sagte sie: »Ich bin es nicht gewöhnt, mir vorzustellen, daß sie auch seine Söhne sind.«

»Was er da heute getan hat ... das war nicht nur sehr edelmütig, es war auch sehr väterlich gehandelt – er hat das Leben seiner Kinder über sein eigenes gesetzt.«

»Ich weiß, und das verwirrt mich auch so. Wie konnte er einen so väterlichen Instinkt haben, wenn er bis vor einer Woche nicht einmal wußte, daß es sie gibt?«

»Denkst du, daß man längere Zeit bei seinen Kindern leben muß, bevor man sie lieben kann?«

»Klingt wohl irgendwie vernünftiger, denke ich.«

»Vater oder Mutter zu sein hat nichts mit Vernunft zu tun, das solltest du wissen.«

»Ja, aber ...«

»Wenn ich mich recht erinnere, hast du mir selbst einmal gesagt, du wüßtest nicht, was du tun würdest, wenn das Kind, mit dem du schwanger warst, nicht leben sollte. Erinnerst du dich?«

»Ja, ich erinnere mich.«

»Dann sag mir eins: Warum hättest du so empfinden sollen? Das Kind war noch ungeboren. Du hattest es überhaupt noch nicht gesehen. Wie konntest du etwas lieben, das du gar nicht kanntest?«

»Weil es meines war, ein Teil von mir.«

»Genau. Hast du je daran gedacht, daß Will es genauso empfinden könnte?«

Sie schämte sich. »Nein. Ich war so sehr beschäftigt mit der Suche nach falschen Motiven, daß ich die richtigen ganz übersehen habe.«

»Vielleicht tust du das auch im Verhältnis zwischen dir und Will.«

»Ich verstehe dich nicht.«

»Hältst du es für möglich, daß du so sehr davon besessen bist, nach Gründen zu suchen, warum du Will nicht wieder lieben solltest, daß du gar nicht an die Gründe denkst, die dafür sprechen?«

Sie seufzte schwer und war plötzlich selbst auch ganz müde. Alles schien so klar gewesen zu sein, solange Will fort war. Aber jetzt, als er wieder da war, kam es ihr trübe vor wie ein aufgewühlter Bach. Sie fand keinen Frieden. Alles war voller Verwirrung. Sie schien ihr eigenes Denken nicht mehr zu kennen. Ein Teil von ihr wollte ihm glauben, ihm vergeben und als seine Frau mit ihm leben, in jedem Sinne des Wortes. Doch da war noch ein anderer Teil, der einfach die

Erinnerung daran nicht aufgeben konnte, wie er sie verlassen und aus welch selbstsüchtigen Gründen er sie geheiratet hatte. »Ich bin so verwirrt, ich weiß nicht, was ich tun soll.«

»Warum versuchst du nicht, ihn zu lieben oder wenigstens, ihm entgegenzukommen? Er hat es schwer im Augenblick, und es wird noch schwerer werden. Er braucht dich, Margery. Mehr als du weißt.«

»Ich werde es versuchen. Mehr kann ich nicht versprechen.«

»Dann wird das wohl reichen müssen.«

»Ich hoffe nur, daß ich ihn zur Operation überreden kann. Wieviel Zeit hat er noch, bevor es zu spät ist?«

»Das kann ich unmöglich sagen, aber jeder Tag, den er wartet, ist ein Tag weniger von der Zeit, die ihm noch bleibt.«

Sie wischte sich die Tränen aus ihrem Gesicht. »Dann werde ich versuchen, was ich tun kann. Irgendeine Möglichkeit muß es doch geben, ihn zu überzeugen.«

»Das hoffe ich auch sehr, denn ich glaube ganz sicher, daß es außer dir niemand schaffen kann.«

Inzwischen hatten sie die Vordertür erreicht. John nahm vom Butler seinen Hut und seinen Mantel entgegen und küßte Margery auf die Wange. »Morgen komme ich wieder, um nach ihm zu sehen. Inzwischen kannst du jederzeit nach mir schicken, wenn du mich brauchst.«

»Ja, du weißt, daß ich das tun werde. Vielen Dank.«

»Ich liebe ihn wie einen Bruder, weißt du.«

Sie nickte. »Ich weiß. Ich liebe ihn auch.« Sie sah ihn mit einem feuchten Lächeln an. »Aber nicht so wie du.«

Nachdem John fort war, stand Margery noch an der Tür. Sie würde nicht zulassen, daß Will sich selbst zerstörte. Es mußte eine Möglichkeit geben, etwas, das ihm Lebenswillen gab, Hoffnung, einen Weg, weiterzumachen. Etwas, das ihn dazu bewegte, sich operieren zu lassen.

Aber was?

Weihnachten kam. Williams sämtliche Schwestern kamen mit ihren Familien, und sie alle versuchten, ihn zur Vernunft zu rufen, ohne dabei mehr Erfolg zu haben als Octavia und Margery. Seine sture Weigerung zu irgendwelchen Diskussionen – und die schrecklichen Folgen, die das haben könnte – schien der Weihnachtszeit jede Freude und Festlichkeit zu nehmen. Insgesamt wäre es wohl eine wenig ereignisreiche Zeit gewesen, wenn die Kinder nicht gewesen wäre. Wegen Robbie, Will und ihrer kleinen Cousins und Cousinen hielten sich alle an die Weihnachtsbräuche, aber es war einfach nicht wie immer. Und die Taubheit in Williams Arm wurde schlimmer.

Jeder in der Familie hatte sein Bestes versucht, Will davon zu überzeugen, daß er die Kugel aus seiner Wirbelsäule entfernen lassen müßte. John redete immer wieder mit ihm und selbst Lydia und Onkel Rand kamen, um es zu versuchen, aber Will schien in der Lage zu sein, sich ›jenseits von stur‹ zu benehmen, wie Octavia es nannte.

Ein paar Tage nach Weihnachten war Margery an dem Punkt angekommen, an dem sie bereit war aufzugeben, da kam ihr plötzlich ein Funken göttlicher Inspiration. Das war an einem besonders sonnigen Nachmittag, als sie von einem langen Ritt zurückkehrte, absaß und ihre Stute in den Stall führte.

Damascus, der Pferdeknecht, hatte es verdammt schwer mit Napoleon, einem schönen Hengst, der nicht mehr viel geritten wurde, da sie ihn hauptsächlich für Zuchtzwecke einsetzten. Napoleon hätte kaum temperamentvoller sein können, und an diesem speziellen Tag war er besonders launisch.

Bis Margery ihre Stute in ihre Box gestellt hatte, war ihr aufgefallen, daß Damascus so ziemlich alles in seiner Macht stehende getan hatte, um den Hengst freundlich zu überreden. Als spüre er das, begann Napoleon den Kopf hochzuziehen, um dem Pferdeknecht die Zügel aus der Hand zu reißen. Plötzlich und ohne Vorwarnung gab der Junge dem Hengst einen Schlag mit der flachen Hand neben den Kopf – einen kräftigen Schlag, der laut klatschte.

Fast sofort begann Napoleon Damascus zärtlich zu beknabbern und wieherte leise.

Einen Augenblick lang war Margery wie vor den Kopf gestoßen. Etwas derartiges hatte sie noch nie gesehen, denn immerhin hatte dieses Pferd wirklich nicht auf Freundlichkeit, Zärtlichkeit oder Bestechungen hören wollen und war erst dann brav geworden wie ein Lamm, als man ihm eins hinter die Ohren gegeben hatte.

Ob die gleiche Philosophie auch auf Ehemänner anzuwenden war?

Sie war nicht sicher, nahm sich aber vor, das herauszufinden.

Kurz nachdem sie sich umgezogen hatte, ging sie mit einem großen Krug heißen Wassers in Wills Zimmer, den sie auf den Tisch neben sein Bett stellte. Dann trat sie ans Fenster und öffnete die schweren Damastvorhänge, so daß die tiefstehende Wintersonne hereinscheinen konnte.

»Ich will die Fenster nicht offen haben. Mach die Vorhänge zu.«

»Wenn du sie zuhaben willst, mußt du selber aufstehen und sie zumachen.«

»Du weißt verdammt gut, daß ich das nicht kann.«

»Dann bleiben sie offen ... außer du entschließt dich mitzuarbeiten.«

»Ich werde mich nicht dieser verdammten Operation unterwerfen, wenn du das meinen solltest.«

»Habe ich etwas von einer Operation gesagt?«

»Was ist aus der süßen Frau geworden, die versuchte, mir zu gefallen – damals als ich sie geheiratet habe?«

»Die wolltest du nicht haben.«

Er murmelte tonlos etwas, und Margery sah ihn einen Augenblick an und fragte sich, was aus dem gutaussehenden Mann geworden war, den sie geheiratet hatte. An seiner Stelle lag ein ungekämmtes, zerrauftes, bärtiges Monster in seinem Bett.

Aber so wird er nicht mehr sehr lange bleiben …

Ohne ein weiteres Wort ging sie in sein Ankleidezimmer, wo sein Bursche hockte. »Phillips, mein Mann braucht dringend ein Bad, einen Haarschnitt und eine Rasur. Wo habt Ihr die nötigen Utensilien?«

Der arme Phillips hätte sich beinah überschlagen, um ihr zu helfen. Sie nahm an, aus Dankbarkeit, weil sie nicht von ihm verlangt hatte, die entsprechenden Arbeiten zu leisten. Schon Sekunden später hielt sie die notwendigen Gegenstände in den Händen.

»Danke, sehr, Phillips.«

»Oh, bitte, Mylady. Werdet Ihr … ich meine, möchtet Ihr … Kann ich Euch irgendwie helfen, Mylady?«

»Nein, danke, Phillips. Ich glaube, das beste ist, wenn ich mich selbst darum kümmere, findet Ihr nicht auch?«

Er schluckte, und sein Adamsapfel machte einen Hopser. »Unbedingt.«

Ein paar Schritte, und sie stand wieder an Wills Bett. Will sah sie finster an, sagte aber nichts, als sie die Schere, das Rasiermesser, den Pinsel und den Kamm auf den Nachttisch legte. Sie rührte in seiner Rasierschüssel Schaum an und hob die Hand zu seinem Gesicht.

Er riß den Kopf zur Seite. »Ich will nicht …«

Plop! Der Pinsel landete direkt in seinem übereifrigen Mund.

Er spuckte und würgte, aber bis er die ganze Seife aus seinem Mund befördert hatte, hatte sie schon die Hälfte seines Gesichts rasiert. Er machte keine weiteren Schwierigkeiten, als sie zur anderen Seite des Bettes ging, um ihre Arbeit zu vollenden.

Eine Stunde später war Will zwar ärgerlich und gereizt, aber er sah entschieden besser aus – und dem Mann, den Margery geheiratet hatte, wieder viel ähnlicher. Das sagte sie ihm allerdings nicht, um ihn nicht unnötig zu reizen.

Sie sagte nur: »Jetzt kannst du bestimmt viel angenehmer ruhen.«

»Meine Ruhe war ausgezeichnet, bis du gekommen bist.«

Sie kümmerte sich nicht um seine Worte und begann, seine Kissen aufzuschütteln.

»Hör auf damit! Kannst du nicht verstehen, daß ich dich hier nicht haben will?«

Sie sagte nichts, sondern griff nur nach der Wasserschüssel, um sie aus dem Zimmer zu tragen.

»Ich will dein Mitleid nicht. Ich will dein Verständnis nicht. Und ganz sicher will ich dich nicht hier im Zimmer sehen, wie du deine Zeit verschwendest, um mich zu dieser Operation zu überreden. Ich werde mich nicht operieren lassen, und das wirst du nicht ändern. Verschwinde aus meinem Zimmer. Hör auf, mich zu bemuttern und zu verhätscheln! Ich kann alles ertragen, nur das nicht.«

»Also gut«, sagte sie und goß ihm die Schüssel mit dem schmutzigen Wasser über den Kopf.

35

Will saß in seinem nassen, kalten Bett und blinzelte zwei- oder dreimal, um das Wasser aus seinen Augen zu befördern. Durch einen verschwommenen Nebel sah er die Gestalt seiner Frau verschwinden.

»Wage es nicht, dieses Zimmer zu verlassen.«

Margery erstarrte und blieb stehen, aber sie drehte sich nicht um. »Wenn du willst, daß ich bleibe, wirst du mich höflich und respektvoll darum bitten.«

»Soll das heißen, dein Benehmen eben war besonders respektvoll?«

»Es war ehrlich. Monster verdienen keinen Respekt.«

»Also gut. Ehrlich. Seien wir also ehrlich zueinander, ja? Du warst seit dem Unfall mit dem Schlitten jeden Tag hier und hast auf mich eingeredet. Warum?«

»Es ist meine Pflicht ...«

»Blödsinn, Pflicht! Warum warst du hier? Und denke daran, wir wollen ehrlich sein.«

»Also gut. Ich war hier, weil es mir leid getan hat, daß du verletzt bist. Ich wollte es dir bequemer machen.«

»Warum? Liegt dir etwas daran?«

»Ja.«

»Gut. Jetzt kommen wir weiter. Wenn dir etwas daran liegt, mußt du wohl irgendein Gefühl für mich haben. Oder?«

»Ich ...«

»Ja oder nein.«

»Ja.«

»Wenn dir etwas an mir liegt, wäre es doch wohl nicht unrealistisch, wenn du unserer Ehe noch einmal eine Chance gibst. Richtig?«

»Ich weiß es nicht.«

»Laß mich das anders ausdrücken. Was würdest du sagen, wenn ich dir erkläre, ich wäre bereit, mich operieren zu lassen, wenn du bereit bist, als meine Frau mit mir zu leben, in *jedem* Sinne des Wortes, für die Dauer von einem Jahr?«

»Du solltest dein körperliches Wohlbefinden nicht einsetzen, um damit zu handeln.«

»Aber jetzt habe ich es eingesetzt, und ich warte auf deine Antwort. Eine Operation für ein Zugeständnis? Gilt der Handel?«

»Ich ...«

»Gilt der Handel, Margery, oder nicht? Stimme zu oder lehne ab.«

»Ich stimme zu«, sagte sie leise und floh dann aus dem Zimmer.

Noch lange nachdem sie fort war, verfolgte ihn ihr Anblick. Er fühlte sich wie der schlimmste, gefühlloseste Kerl aller Zeiten. Er konnte nicht glauben, daß er sie wirklich so unter Druck gesetzt hatte, daß er seine Krankheit benutzt hatte, um sie zu zwingen, bei ihm zu bleiben.

Er drehte sich auf die Seite, um zu schlafen, aber das Bett war naß, und er fühlte sich verdammt unbehaglich. Er konnte nicht schlafen. Je länger er darüber nachdachte, desto mehr wurde ihm klar, daß sie ihm mit dem Guß Schmutzwasser genau das verpaßt hatte, was er brauchte, um aus seiner Suhle von Selbstmitleid herauszukommen.

»Margery ... Margery ... Margery ...«, sagte er und dachte daran, wie sie damals gewesen war, als er sie geheiratet hatte – süß, unterwürfig und ergeben, bemüht und willig, ihm zu gefallen. Sie war nicht mehr gewesen als eine Dienerin, eine Sklavin, die er gekauft und für die er bezahlt hatte. Die Erinnerung erschien ihm längst nicht mehr so angenehm wie früher.

Vielleicht lag das daran, daß ihm süß, unterwürfig und ergeben gar nicht so gut gefiel. Vielleicht wollte er eine Frau, die für das einstand, was *sie* wollte, eine Frau, die es sich nicht leichtmachte, weil man es von ihr erwartete oder weil es so am einfachsten war.

Eine Frau wie seine Frau ...

Da wurde ihm klar, daß sie ihm besser gefiel, so wie sie jetzt war: stark, unabhängig, mutig, selbstbewußt. Wie sehr er wünschte, ihre Familie gekannt zu haben, den Hintergrund, aus dem sie stammte, denn vieles von ihrer Art mußte wohl von da gekommen sein. Sie war eine Überlebenskünstlerin, jemand, der sich durchsetzte. Ob das auch von ihrer Familie stammte?

Ihm wurde auch klar, daß er ihr Mitgefühl nicht einsetzen durfte, um sie dazu zu zwingen, bei ihm zu bleiben. Er schämte sich, überhaupt je etwas derart Niederes in Betracht gezogen zu haben. Jetzt wußte er, was er tun mußte, denn wenn er es nicht tat, durfte er sich nicht Mann nennen.

Am nächsten Morgen saß Margery mit Will und Robbie im Morgenzimmer, als Octavia und Emily hereinkamen. Octavia hatte eine große Hutschachtel dabei.

»Emily, gehst du bitte mit den Jungen spazieren? Ich habe hier etwas, das ich Margery zeigen will.«

Emily ging mit den Kleinen hinaus, und Octavia setzte sich neben Margery aufs Sofa. »Ich hätte dir das hier schon lange zeigen sollen.« Sie nahm den Deckel von der Schachtel und holte mehrere Bündel mit Briefen heraus, die alle mit roten Satinbändern zusammengehalten waren.

Sie gab die Bündel Margery.

»Was ist das?«

»An dem Abend, als Will dich hier abgesetzt hat, habe ich Guy gebeten, mit ihm zu gehen. Ich wußte, daß Will nicht schreiben würde. Er hatte dazu einen zu großen Kummer. Aus diesem Grund bat ich Guy, mir zu schreiben, damit ich wüßte, wie es ihm geht.«

»Und das hier sind Guys Briefe?«

»Ja.«

»Aber warum gibst du sie mir? Sie waren doch an dich gerichtet.«

»Weil sie so erhellend sind. Guy kannte Will immer besser als jeder andere Mensch auf der Welt. Er konnte durch den Schmerz auf die Seele darunter sehen.«

Margery nahm die Briefe mit in ihr Zimmer. Nach dem Abendessen nahm sie sich die Schachtel vor. Als sie sie auf ihrem Bett durchsah, entdeckte sie auch einen Stapel von Wills Zeichenblöcken darin, auf denen eine Notiz lag. Sie öffnete die Notiz und stellte fest, daß sie von Octavia war.

Ich glaube, du solltest dir Wills Zeichenblöcke ansehen. Was du darin findest, könnte eine Überraschung sein. Lies Guys Briefe zuerst. Wenn du die Zeichnungen betrachtest, denke daran, daß du die Arbeit eines Mannes vor dir hast, der sich viel gewandter durch Kunst ausdrücken kann als durch Worte. Du wirst dann schon wissen, was du tun mußt, denn ich habe immer gewußt, daß du das Herz am rechten Fleck hast.

Margery legte die Notiz weg und zog ihr Nachthemd an. Sie begann, die Briefe zu lesen, sobald sie im Bett lag. Damit verbrachte sie die ganze Nacht, bis kurz vor Morgengrauen. Was sie da erfuhr, erstaunte sie wirklich.

Guy war kein Mann, der Einzelheiten ausließ, denn jeder Brief war lang, oft eine Zusammenstellung aus Aufzeichnungen, die einen längeren Zeitraum umfaßten. Aus Guys Blickwinkel lernte sie Will als außerordentlich feinsinnigen

Mann kennen, als einen Mann, der sie kannte und vermißte, als einen Mann, der ihr Bild zwei Jahre lang immer in seinem Innern bewahrt hatte. Auf jeder Briefseite bekam sie neue Erkenntnisse von dem Mann, den sie geheiratet hatte, und zu der Art von Dämonen, die ihn gequält hatten. Sie begann den Schmerz zu spüren, den Will wegen der Ablehnung durch seinen Vater empfand, wegen seiner Kritik, seiner offensichtlichen Bevorzugung Johns und noch offensichtlicher wegen James' Tod.

Als sie den letzten Brief gelesen hatte, band sie das Päckchen wieder mit dem roten Satinband zusammen und legte es in die Schachtel zurück. Sie saß eine ganze Weile lang da und dachte über das nach, was sie gerade gelesen hatte, erst dann nahm sie die Zeichenblöcke zur Hand.

Seite um Seite, Block um Block, fand sie sich wieder – Bilder von verschiedenen Situationen in ihrem Leben, mit den dazugehörigen Daten, an denen sie gezeichnet worden waren, darunter. Sie begriff, daß Guy tatsächlich die Wahrheit geschrieben hatte, denn Will mußte sie wohl sehr gern gehabt haben, wenn er sie so oft und in so vielen verschiedenen Posen gezeichnet hatte. Ein bittersüßes Gefühl rührte sie, als sie entdeckte, daß er in einigen der Bilder sogar versucht hatte, sich vorzustellen, wie sie wohl jetzt im fernen England aussehen mochte, auf die korrekte, englische Weise gekleidet, und einem normalen englischen Alltag nachging.

Der letzte Block war offensichtlich neuer als die anderen, denn sein Deckel war nicht so abgenutzt und fleckig. Als sie ihn öffnete, verstand sie, warum. Der Block enthielt zahlreiche Zeichnungen von ihr in verschiedenen Phasen der Schwangerschaft, und auf den letzten Seiten sah sie sich mit den Neugeborenen im Arm, die Kleinen, die auf dem Boden des Kinderzimmers krabbelten, ihre ersten Schritte machten, ihren ersten Ritt auf einem Pony. Wie hatte er das alles so zeichnen können, als wenn er hier gewesen wäre? Charakteristisch für ihn war, daß er versuchte, ein Teil ihres Lebens nachzuholen, indem er es zeichnete. Jetzt erkannte sie eindeutig, daß ihre Schwangerschaft und die Geburt der Zwillinge für ihn viel wichtiger gewesen waren, als er hatte erkennen lassen.

Will fühlte sich elend, weil er Margery so behandelt hatte, und das war ganz offensichtlich, weil sie nicht zu ihm kam. Die Taubheit in seinem Arm war am heutigen Morgen stärker als am Abend zuvor. Er fragte sich, wie lange es noch gehen mochte, bis er ihn überhaupt nicht mehr bewegen konnte.

Die Tür öffnete sich, und Emily kam herein. »Schläfst du?«

»Nein. Ich habe nur dagelegen und nachgedacht.«

»Ich hoffe, über die Operation.« Sie setzte sich an sein Bett.

Er sah ihre Besorgnis und die Liebe zu ihm in ihrem Blick. »Du machst deine Hausbesuche unglaublich früh, findest du nicht? Hast du schon gefrühstückt?«

»Ich war gerade auf dem Weg nach unten. Ich dachte, ich komme kurz vorbei und sehe nach dir ... vielleicht möchtest du, daß ich dir etwas bringen soll.«

»Ich hatte schon ein paar Bissen des Üblichen. Haferbrei. Du weißt, daß ich Brei noch nie mochte. Ich weiß jetzt wieder, warum.«

Sie lachte. »Ich könnte ja ein oder zwei Brötchen zu dir schmuggeln.«

»Mit Würstchen?«

»Mit Würstchen und Eiern.«

»Worauf wartest du noch? Geh, bevor die Brötchen alle weg sind.«

Emily stand auf und wollte hinausgehen, da wandte sie sich doch noch einmal zu ihm um.

»Was ist?«

»Ich bin froh, daß es dir bessergeht.«

Er hob die Augenbrauen. »Geht es mir besser?«

»Ja. Deine Stimmung scheint so viel besser. Immerhin hast du mich nicht ein einziges Mal angeschrien.«

»War ich wirklich so übel?«

Sie schüttelte den Kopf, so daß ihre Locken tanzten. »Schlimmer.«

»Also, ich verspreche, von jetzt an ein Musterpatient zu sein.«

»Hast du der Operation zugestimmt?«

Er runzelte die Stirn. »Ganz soweit bin ich noch nicht gegangen, aber zumindest benehme ich mich nicht wie ein Monster.«

Sie küßte ihn auf die Wange. »Schön, meinen Bruder zurückzuhaben.«

Einen Augenblick später war sie draußen.

Nach dem Frühstück begegnete Margery Octavia, als sie gerade die Treppe herunterkam. »Wenn du nach den Jungens suchst – die sind vor ein paar Minuten mit Emily hinausgegangen.«

»Ich wollte gerade Will besuchen.«

»Warte einen Moment, ich möchte dir etwas zeigen, bevor du zu ihm gehst.«

Margery ging mit Octavia hinaus, und sie wanderten einen schmalen gekiesten Pfad entlang zu einem ausgedienten Gartenhäuschen. Octavia nahm einen Schlüssel aus der Tasche und schloß auf, dann öffnete sie die Tür.

Margery trat ins Innere. Sobald sie sich an das schwache Licht gewöhnt hatte, wurde ihr klar, daß das der Platz gewesen sein mußte, an den Will ging, wenn er wie so oft verschwunden zu sein schien, denn ein paar Leinwände standen an den Wänden, und es roch intensiv nach Farbe und Terpentin.

Octavia zündete eine Lampe an und trug sie zum Tisch. »Geh nur und sieh sie dir an«, sagte sie und zeigte auf die Gemälde, die an der Wand gestapelt waren.

Margery sah sie sich durch und entdeckte mehrere Ölbilder in verschiedenen Stadien der Vollendung, viele davon nach Zeichnungen, die sie am Morgen gesehen hatte. Zwei davon hatten die Kleinen zum Thema, eines davon zusammen mit Margery.

Doch eines der Bilder rührte sie so sehr, daß ihr Tränen in die Augen traten.

Drüben in einer Ecke stand Wills Staffelei mit einer Leinwand darauf, die er wohl gerade in Arbeit gehabt hatte. Margery ging darum herum, damit sie das Bild sehen konnte, und hielt plötzlich den Atem an. Dort stand sie und sah von der Leinwand herunter, und eines der Babys lag an ihrer Brust. Das Bild rührte sie, denn es war nichts Halbseidenes oder Vulgäres darin; ganz offensichtlich hatte er es als Tribut an das gemalt, was er versäumt hatte – jenen Teil ihres Lebens, den er nie gesehen hatte.

Und sie stand da und betrachtete das Bild vor sich, die ganzen Bilder im Raum. Es war so, als hätte er versucht, jede Phase ihres Lebens einzufangen, die in seiner Abwesenheit stattgefunden hatte.

Sie wandte sich zu Octavia. »Danke«, flüsterte sie, dem Weinen nahe.

Nachdem sie es Octavia überlassen hatte, das Häuschen wieder zu verschließen, ging Margery Will besuchen. Noch bevor sie etwas sagen konnte, erklärte er ihr, daß er froh sei, sie endlich zu sehen. »Ich habe eine schreckliche Last auf dem Herzen, etwas, das an meinem Gewissen zerrt und mir keine Ruhe läßt, bis ich dich um Verzeihung gebeten habe.«

»Aber ich bin gekommen, um dir zu sagen ...«

Er schüttelte den Kopf. »Hör mich zuerst an. Ich habe Tage gebraucht, um genug Mut aufzubringen, und Stunden, um zu üben, was ich dir sagen will. Ich habe verstanden, daß ich im Unrecht war, und ich möchte dich um Vergebung bitten.«

»Das ist nicht nötig.«

»O doch, allerdings. Es war wirklich schrecklich von mir, zu glauben, ich könnte dich besitzen, ich könnte immer davon ausgehen, daß du einfach da bist, wie ein braver Hund, der mich mit den Hausschuhen im Maul erwartet. Ich habe dich benutzt, ohne wirklich zu begreifen, daß ich es getan habe. Ich muß so eingenommen gewesen sein von meinem eigenen Schmerz, daß ich den Schmerz, den ich anderen zufügte, gar nicht sehen konnte. Ich möchte dich noch einmal um Vergebung bitten. Was ich dir angetan habe ... Mein Gott! Dich hier zurückzulassen, wie ich es getan habe ... das war unverzeihlich.«

»Ich nehme dir das nicht mehr übel. Ich will nicht lügen und behaupten, daß ich nicht auch schwere Zeiten hatte, aber ich habe nicht ein einziges Mal daran gedacht, es hätte mir dort besser ergehen können, wo du mich gefunden hast. Trotz all der Jahre, die ich bei den Indianern verbracht habe, bin ich nie eine von ihnen geworden. Ich glaube, deswegen war es so schwer für mich, darum bin ich niemals wirklich akzeptiert worden. Nachdem du fort warst, hat mich deine Mutter wie eine Tochter behandelt. Sie hat mich alles gelehrt, was ich nicht aus Büchern lernen konnte. Es war seltsam, wie leicht mir manche Dinge gefallen sind, als hätte ich sie früher schon einmal getan.«

»Das entschuldigt nicht, was ich getan habe.«

»Verstehst du nicht, was ich dir zu erklären versuche? Du hast mir nicht nur meine eigene Kultur zurückgegeben, indem du mich nach England gebracht hast, sondern dadurch ist vor allem ein neues Verlangen in mir geweckt worden … ein Verlangen danach, herauszufinden, wer ich wirklich bin, woher ich gekommen bin, wer zu meiner Familie gehört hat. Während meiner Gefangenschaft bei den Indianern habe ich nie danach gesucht. Vielleicht hatte das auch damit zu tun, daß ich wußte, es würde mir nur noch schwerer fallen, wenn ich mich so auf meine Herkunft konzentriere. Wann immer ich über meine verlorene Familie nachdachte, ging es dabei nur um Verlust, ich hatte Selbstmitleid und fühlte mich betrogen.«

»Ich bin froh, daß aus meinem Fehler auch etwas Gutes entstanden ist, aber es geht hier um zwei verschiedene Dinge. Du meinst die Vorzüge dessen, daß du nach England gekommen bist. Ich spreche von der gefühllosen Art, in der ich dich benutzt habe, um mich an meinem Vater zu rächen. Ich hatte nicht das Recht, dich zur Ehe zu zwingen, nach England zu bringen oder gar dich einfach hier zu verlassen. Ich möchte, daß du weißt, wie sehr ich das alles aus tiefstem Herzen bereue. Ich kann es nicht mehr ändern. Ich kann meinen Mangel an Mitgefühl und Verständnis nicht wiedergutmachen. Ich kann dir nur die Freiheit geben, die ich dir damals hätte geben sollen. Was immer du möchtest, ich bin bereit, es dir zu geben. Wenn du die Scheidung willst, bin ich einverstanden. Du sollst dir nie Sorgen um Geld oder einen Ort zum Leben machen müssen. Ich werde nicht versuchen, dir die Jungen wegzunehmen, obwohl ich hoffe, daß du sie nicht so weit wegbringst, daß ich sie nicht manchmal sehen kann. Ein Junge braucht einen Vater … einen Vater, der ihn liebt, anleitet und für sein Gedeihen sorgt. Ich kann ein solcher Vater sein …«

Seine Stimme versagte, und sie dachte, sie müsse weinen, war aber finster entschlossen, es nicht zu tun. Gott sei Dank sprach er weiter.

»Dann ist da noch die Tatsache, daß Will mein Erbe und der nächste Earl sein wird. Er wird viel für die Aufgabe lernen müssen, die er eines Tages übernehmen soll, und das würde bedeuten, daß er hierherkommen und bei mir leben müßte – natürlich erst, wenn er älter ist.«

»Und wenn ich keine Scheidung will?«

»Dann werden die Bedingungen dieselben bleiben. Ich werde dich unterstützen, wo immer du dich zu leben entscheidest.« Er hielt kurz inne und betrachtete ihr Gesicht, und ein Gefühl von Zuneigung durchströmte ihn. Er lachte kurz und schüttelte den Kopf. »Es ist doch seltsam: Am Anfang habe ich vieles getan, was dir Schmerzen bereitet hat, und jetzt scheint mein Leben keinen Sinn zu haben, wenn ich nicht versuche, dich glücklich zu machen.«

Sie wollte etwas sagen, aber er unterbrach sie.

»Ich habe alles mit meinem Rechtsanwalt geregelt. Auf deinem Ankleidetisch findest du einen Umschlag mit Namen und Adresse des Rechtsanwalts. Du kannst dich mit ihm in Verbindung setzen, um dir Geld schicken zu lassen, wohin auch immer du es haben möchtest.«

Margery kam an sein Bett, beugte sich herab und küßte ihn sacht auf den Mund. »Eine so lange und unnötige Ansprache. Seit einer halben Stunde versuche ich dir zu erklären, daß meine Gefühle für dich sich nie geändert haben. Ich hatte mich schon in dich verliebt, bevor du mich nach England gebracht hast. Auf der Reise ist meine Liebe noch größer geworden. Aber diese Liebe wollte ich dir aus freien Stücken geben. Ich wollte nicht noch einmal zum Besitz werden.«

»Das brauchst du mir nicht zu erklären.«

»Verstehst du mich nicht? Ich wollte nichts anderes, als daß du mich genug liebst, mir zu vertrauen, genug, um zu glauben, daß ich aus freiem Willen und nicht unter Druck bei dir bleiben wollte. Wenn du mir nur von England erzählt hättest, wenn du mir die Wahl gelassen hättest, dann wäre ich freiwillig hiergeblieben.«

Will sah sie an, als könnte er nicht glauben, was sie da sagte. Sie wußte, daß er sich wahrscheinlich fragte, wie es möglich war, daß sie ihn noch liebte, nachdem er sie so behandelt hatte. Wahrscheinlich hätte er nicht einen einzigen logischen Grund nennen können, warum sie ihn auch nur gern haben sollte.

»Wie ist das möglich?« fragte er. »Wie kann es sein, daß du jemanden liebst, der dich verlassen hat?«

»Ich habe nie aufgehört, dich zu lieben, doch das wurde mir erst klar, als ich Guys Briefe las. Ich machte das Bündel Briefe auf, band jedes Bändchen los, und so habe ich es begriffen: Bändchen für Bändchen.« Sie küßte ihn noch einmal, und diesmal erwiderte er den Kuß.

»Sag, daß du dich operieren lassen willst, Will.«

Will sah aus, als hätte sie ihn mit einem brennenden Speer durchbohrt. »Also dafür war das alles? All die hübschen Worte, von denen du wußtest, daß ich sie hören wollte, waren nicht mehr als ein Trick.«

»Nein ...«

Er schob sie weg. »Ich werde mich nicht operieren lassen, und ich will nicht, daß du dich für mich opferst. Ich will dein Mitleid nicht, und ich will nicht, daß du mir vorlügst, du würdest mich lieben, nur damit ich zustimme. Es wird dir viel leichter fallen, dich von einem Invaliden scheiden zu lassen. Niemand würde es dir übelnehmen. Ich würde nur ein halber Mann sein. Und ich könnte nicht mehr als ein halbes Leben erwarten.«

»Was du hast, ist ein halbes Gehirn. Wie kann jemand nur so dumm sein?«

Er sah, wie wütend sie war, und war dankbar, diesmal keinen Topf mit Wasser in seiner Nähe zu haben.

Ohne jedes weitere Wort drehte sich Margery um und verließ das Zimmer.

Sie schlug die Tür so fest zu, daß ein Bild mit einer Herde grasender Schafe von der gegenüberliegenden Wand fiel.

Margery kehrte kurze Zeit später zurück. Will saß auf ihrer einen Hüfte, Robbie auf der anderen. Wie bei einer königlichen Parade marschierte sie durchs Zimmer und setzte William seine beiden Söhne auf den Bauch. Er war verblüfft. Was hatte sie jetzt wieder vor? Er war sich nicht sicher, doch es wurde ihm warm ums Herz, zu sehen, daß sie für eine Sache kämpfte, an die sie glaubte. Er sagte nichts, sondern lag nur da und wartete, was sie als nächstes tun würde, während seine Söhne an ihm herumzupften und ihn tätschelten.

»Jetzt«, sagte sie, die Hände in die Hüften gestemmt, »wirst du mir in Anwesenheit deiner Söhne erklären, daß du zu dickköpfig bist, dich einer Operation zu unterziehen, die es möglich machen würde, daß du ihnen ein Vater bist.«

Noch bevor er etwas sagen konnte, legten Will und Robbie ihre Arme um seinen Hals und begannen, ihm feuchte schmatzende Küsse überall ins Gesicht zu drücken. Irgendwo hinter all diesem Gewerkel ertönte ihre Stimme: »Wenn du es schon nicht für mich tun willst, dann tu es für sie.«

William wurde von seinen übereifrigen Söhnen fast erdrückt, darum konnte er nichts sagen, aber er streckte eine Hand zum Nachttisch aus und griff nach dem kleinen, weißen Handtuch, das dort lag. Dann begann er, es zu schwenken.

Das war das erste Mal seit langer Zeit, daß er sie lachen hörte ... wirklich von Herzen lachen.

Sie brachten William für die Operation nach London.

Während er operiert wurde, gingen Margery und die anderen Familienmitglieder draußen unruhig auf und ab. Stunden vergingen, und Margery begann, sich Sorgen zu machen. War es wirklich in Ordnung, wenn es so lange dauerte? War das ein schlechtes Zeichen? Würde alles gutgehen?

Als sie John aus dem Zimmer kommen sah, wußte sie, daß die Operation vorüber war.

Sie rannte zu ihm, packte seine Arme und sah ihm in die Augen, um alles zu erfahren.

»Es geht ihm gut. Die Operation war ein voller Erfolg. Ich bin ganz sicher, daß William keine weiteren Schwierigkeiten haben wird. Er dürfte in einiger Zeit voll wiederhergestellt sein. Das einzige, was er braucht, ist Zeit und viel Liebe.«

Sie sah John an und wußte, daß er die Dankbarkeit in ihrem Gesicht sehen konnte. »Die Liebe«, sagte sie, »ist immer dagewesen.«

36

Schon drei Wochen nach der Operation sah es so aus, als wäre William vollständig wiederhergestellt. Er war den ganzen Tag im Haus unterwegs, ruhte nach Anordnung von John nur noch einmal am späten Nachmittag, und die Frauen achteten darauf, daß er diese Ruhe auch einhielt.

Eines Spätnachmittags war William auf der Suche nach Octavia zum Salon unterwegs, da hörte er seine Mutter mit Margery reden. Er blieb stehen und dachte nicht weiter über das alte Sprichwort nach, daß wer lauscht selten etwas Gutes über sich selbst zu hören bekommt.

Margery sagte: »Ich kann kaum glauben, wie gut sich alles zwischen uns entwickelt.«

»Was meinst du damit?«

»Wir haben seit seiner Operation nur ein einziges Mal gestritten.«

»Und worum ging es in dem Streit?«

»Irgend etwas Unwichtiges – ich kann mich nicht einmal mehr daran erinnern.«

»Das ist ein gutes Zeichen. Und jetzt sage mir, wie steht es in *anderer* Beziehung mit euch?«

»Was für eine andere Beziehung?«

»Ich spreche von jener speziellen Sache, die notwendig ist, um Kinder zu zeugen. Bitte sehr, habe ich es geschafft, meine Frage so zu formulieren, daß du jetzt nicht zutiefst erröten oder albern lachen mußt?«

William lehnte sich mit dem Rücken an die Tür und verschränkte die Arme vor der Brust, wobei er dem Drang widerstand, laut loszulachen angesichts der Formulierung seiner Mutter. *Jene spezielle Sache, die notwendig ist, um Kinder zu zeugen?* So hatte er noch nicht davon reden hören. Erinnerte ihn irgendwie an Operationen.

Offensichtlich hatte Margery so etwas auch noch nicht gehört, denn ihr Lachen ertönte hell aus dem Salon. Will war erstaunt über diese Reaktion – und erfüllt von plötzlichem, heftigem Verlangen. Er schloß die Augen und dachte daran, wie sie in jener ersten Nacht zu ihm gekommen war. Selbst jetzt noch berührte ihn die Vorstellung, wie sie ausgesehen hatte. Er wünschte, seine Mutter wäre nicht dort drinnen bei seiner Frau gewesen. Er wollte zu ihr gehen, sie in die Arme nehmen und ihr ins Ohr flüstern, was er alles mit ihr hatte tun wollen. Er konnte noch ihre kurzen Atemzüge hören, ihr leises Seufzen, ihre Schritte …

Schritte?

Er öffnete die Augen und sah John durch die Eingangshalle auf sich zukommen. Was, zum Teufel, machte John ausgerechnet jetzt hier? Will gab ihm ein Zeichen, leise zu sein, und winkte ihn zu sich herüber.

John blieb stehen, sah ihn amüsiert an und schlich theatralisch zu ihm herüber, um sich dann mit großer Geste neben ihm an die Wand zu drücken. Passend zur Gelegenheit war seine Stimme kaum zu hören, als er fragte: »Findest du nicht, daß du zum Versteckspielen schon ein wenig zu alt bist?«

Margery sagte etwas, das Will aber nicht verstehen konnte. *Teufel auch. Gerade jetzt, wo es spannend wird, muß ich das Beste verpassen.*

Bevor Will auf Johns Bemerkung antworten konnte, ließ John seinen Blick sinken. Offensichtlich entdeckte er dort etwas Komisches, denn sein ganzer Körper begann vor Lachen zu beben. Will stieß ihm mit dem Ellbogen in die Rippen, um ihn zu bremsen, und als das nichts nützte, sah er auch nach unten, um herauszufinden, was in Teufels Namen John wohl so komisch finden mochte.

Und da begegnete sein Blick der eigenen Erektion. Er zuckte mit den Schultern. »Bei *normalen* Männern ist das ja wohl nichts Besonderes.«

»Es ist nicht die Erscheinung, sondern der Ort des Geschehens ... in der Eingangshalle, bei hellichtem Tage, einfach so?« Er kicherte und schüttelte langsam den Kopf. »Du hattest wohl gerade lüsterne Gedanken, wie? Ach ja, der Landgraf, der nichts als Unzucht im Sinn hat.«

»Was heißt hier Unzucht. Schließlich ist sie meine Frau.«

»Na ja, man nimmt seine Erektionen, wie sie kommen.«

»Ich warne dich.«

Plötzlich erklang deutlich Octavias Stimme: »Du meinst, Will ist seit seiner Rückkehr noch nicht mit dir im Bett gewesen?«

Will bemühte sich, Margerys Antwort zu hören, aber John, den seine theatralische Ader wieder gepackt hatte, schlug sich mit der Hand an die Brust und gab sich die größte Mühe, entsetzt zu wirken. Will hätte ihn noch nie in seinem Leben so gern verprügelt. »Hast du nicht irgendwas zu tun?«

»Nee.«

Will wollte darauf antworten, aber Margerys Stimme hinderte ihn daran.

»... das denke ich auf jeden Fall«, schloß sie. *Teufel auch.* Er hatte das Wesentliche verpaßt. Will starrte John böse an, aber als Margery noch einmal etwas sagte, wandte er John den Rücken zu und legte sein Ohr dichter an die Tür.

»Will so in der Nähe zu haben ist wirklich eine wahre Freude, aber einen unpäßlichen Mann um sich herum zu haben ist anstrengend.«

»Das ist untertrieben, meine Liebe. Männer sind wirklich die schlimmstmöglichen Patienten. Schlimmer als Babys.«

»Ja, das stimmt.«

»Was du brauchst, ist wieder einmal eine ganz ruhige Nacht. Du hast dich in den vergangenen Wochen doch sehr angestrengt, indem du dich Will so viel gewidmet hast.«

»Es war für einen guten Zweck.«

»Doch ausgezahlt hat es sich nicht. Will hätte eigentlich schon längst zu dir kommen müssen. Es gibt wirklich keine Entschuldigung ... Natürlich war er ... wie soll ich sagen – außer Gefecht gesetzt.«

»Außer Gefecht gesetzt?«

»Ich meine, daß ein gewisser Teil seiner Anatomie nicht funktioniert hat.«

John beugte sich vor und flüsterte: »Soll ich hineinmarschieren und ihnen sagen, daß ich bestätigen kann, daß dieser Teil jetzt schon seit einiger Zeit in der Eingangshalle nachweislich bereitsteht?«

»Du sollst dich verziehen, das wäre mir lieber.«

»Und die ganze schöne Sache verpassen?«

»Ich glaube, in einer Beziehung hattest du recht«, sagte Margery. »Ich bin ziemlich müde. Ich glaube, ich werde deinen Rat befolgen und heute abend früh zu Bett gehen.«

»Das freut mich zu hören. Guter Schlaf wird sicher wahre Wunder bewirken.«

»Was hat sie gesagt?« fragte John.

»Wirst du wohl leise reden?«

Ein Sessel knarrte. Kleider raschelten.

Margerys Stimme ertönte in die Stille hinein. »Was ist los?«

»Irgend jemand horcht an der Tür.«

Schritte kamen näher.

Will sah John an, und die beiden rasten durch die Eingangshalle und öffneten die erstbeste Tür, an der sie vorüberkamen, die zufällig zum Musikzimmer gehörte. Was genaugenommen keine gute Wahl war, denn die beiden hatten einer wie der andere keine Spur von musikalischem Talent.

»Jetzt stecken wir ganz schön in der Tinte«, sagte John beim Schließen der Tür. »Was sollen wir tun, wenn sie hier hereinkommen?«

»Sie werden nicht hereinkommen. Warum sollten sie?«

»Und wenn doch?«

»Dann spielen wir einfach irgendwas. Du nimmst die Geige, ich das Klavier.«

»Will, ich weiß nicht einmal genau, welche Seite der Geige man in die Hand nimmt.«

»Das trifft sich blendend, denn das einzige, was ich vom Klavierspielen verstehe, ist, wie man auf der Bank davor sitzt.«

Draußen in der Eingangshalle kamen Octavia und Margery gerade an der Tür zum Musikzimmer vorbei, da blieb Octavia stehen. »Hast du das gehört?«

»Was?«

»Ich habe Stimmen gehört. Jemand ist im Musikzimmer. Meinst du, das könnte unser Lauscher sein?«

»Muß wohl. Außer uns beiden geht doch nie jemand dort hinein.«

Octavia machte die Tür auf und holte tief Luft. »Was macht ihr denn hier?«

»Wer ist es denn?« fragte Margery, stellte sich auf die Zehenspitzen und versuchte, über Octavias Kopf zu schauen.

Octavia trat zur Seite, so daß Margery an ihr vorbeisehen konnte.

Will schaute auf und erkannte seine Mutter und Margery, die an der Tür erschienen. »John und mir war vor dem Abendessen noch nach etwas Musik zumute.«

Octavias Blick wurde mißtrauisch schmal, als sie von einem zum anderen sah. »Und wann ist aus dir ein Musikliebhaber geworden?«

»Erst vor kurzem«, sagte Will und hörte John ächzen.

»Ich verstehe. ›Du holde Kunst, wie oft hat nicht ein Lied von dir …‹ und so weiter?«

Will schluckte und spürte, wie sein Adamsapfel unten anstieß, was ganz ähnlich klang wie ein Holzeimer, den man in einen trockenen Brunnen fallen läßt.

Octavia sah John an. »Deine Geige ist falsch rum.«

»So ist die Herausforderung größer.«

Will ächzte, als John auf die Geige hinuntersah, den Bogen darunter legte und damit über die Saiten zu streichen begann.

Bis jetzt hatte Will erst ein einziges Mal ein Geräusch gehört, das mit diesem zu vergleichen war: damals, als sein Vater irrtümlich die Tür zugeschlagen hatte, während der Papagei seiner Mutter dazwischen war. Er schloß die Augen und ächzte noch einmal. Mein Gott, und von diesem Mann hatte er sich operieren lassen.

Bevor Will auch nur noch einmal Atem holen konnte, sagte Octavia zu ihm: »Sieh du nur nicht so erleichtert aus. Du bist noch nicht aus der Schußlinie heraus.«

»Habe ich erleichtert ausgesehen?« fragte Will in der Hoffnung auf Ablenkung, aber seine Mutter war mit allen Wassern gewaschen und ließ sich nicht so leicht aus dem Konzept bringen.

»Ich glaube, du wirst feststellen, daß das Klavierspielen viel besser funktioniert, wenn man die Klappe zu den Tasten aufmacht, du Dummkopf.«

Sie wandte sich an Margery, die mit schweigendem Amüsement dem Gespräch zugehört hatte. »Komm, meine Liebe, überlassen wir die beiden Schlauberger ihren Dummheiten.«

Als die beiden das Zimmer verließen, hörte Will seine Frau sagen: »Octavia, ich glaube, du hattest recht. Narren wachsen auch ohne daß man sie begießt.«

Später am Abend war Margery entschlossen, bei ihrem Plan zu bleiben und früh ins Bett zu gehen. Nach dem Abendessen las sie den Jungen ihre Gutenachtgeschichte vor und betete mit ihnen. Dann gab sie ihnen einen Gutenachtkuß, machte die Lampe aus und schlüpfte leise aus dem Zimmer.

Auf dem Weg ins Bett kam Margery an Wills Zimmer vorbei. Sie blieb stehen und sah die Tür an, als ihr wieder einfiel, wie still er und John beim Abendessen gewesen waren. Sie lächelte und schüttelte den Kopf. Männer. Was konnten sie kindisch sein. Sie klopfte leise.

»Wer ist da?«

»Margery.«

»Ich schlafe schon.«

Er klang genau wie seine Söhne, und ihr Herz wurde warm bei dem Gedanken. »Kann ich hereinkommen?«

»Warum? Willst du noch mehr zu lachen haben?«

»Nein, aber ich mag einfach nicht durch geschlossene Türen reden.«

»Die Tür ist auf.«

Margery ging hinein.

Will stand völlig nackt neben dem Bett, was ihm auch nicht das geringste auszumachen schien. Ihr dagegen machte es eine ganze Menge aus. Sein Anblick, wie er dastand in all seiner männlichen, muskulösen Nacktheit und der weichglänzenden Glätte seiner Haut – das nahm ihr fast den Atem.

Natürlich hatte sie ihn auch vorher schon nackt gesehen – bevor sie nach England gekommen waren und auch wieder während seiner Krankheit, doch diesmal war es anders. Diesmal fand sie seine Nacktheit beunruhigend. Hitze durchströmte sie, und sie fühlte sich, als schwimme sie in einer der warmen Quellen in der Nähe des Yellowstone River.

Er versuchte nicht, sich zu bedecken. »Du brauchst nicht zu klopfen, wenn du zu mir kommen willst. Du bist meine Frau.«

Sie hörte, was er sagte, aber irgendwie fiel ihr keine Entgegnung ein. Ihre Gedanken verwirrten sich. Außer seiner Nacktheit nahm sie nichts mehr wahr, sie sah nur, wie schön der Anblick seines Körpers war, seine bleiche Schlankheit, die Wölbungen der Muskeln, die Haare auf seiner Brust.

Plötzlich wurde ihr klar, daß vollendete Schönheit nicht bedeutet, daß die schönsten Kleidungsstücke angezogen sind, sondern daß nichts mehr auszuziehen ist: ein Körper in seiner reinsten Form, vollständige, absolute Nacktheit.

Sie betrachtete ihn. Sie kannte die Kraft jenes Arms, die unsagbaren Versprechungen von Zärtlichkeit, die von seinen erfahrenen Händen ausgingen, und all die verschiedenen Muskeln, steinharte Wölbungen, bis hinab zu jenem verletzlichen

Teil seines Körpers. Er war wie ein Berg, geboren aus Energie und Macht, voller Ausdruckskraft, Geheimnis, Leidenschaft und Stärke.

»Gefällt dir das?«

Ihre Gedanken verschwanden, und sie sah ihn an. »Ja.«

»Warum ist es dir nicht peinlich, einen nackten Mann zu betrachten?«

»Du bist mein Mann. Ich habe dich schon bei anderen Gelegenheiten nackt gesehen.«

»Das ist lange her.«

»Aber ich erinnere mich noch.«

»Und hast du den Wunsch, neue Gelegenheiten zu schaffen?«

»Ich bin damals einmal zu dir gekommen. Das werde ich nicht noch einmal tun.«

»Warum nicht?«

»In England macht man es nicht so.«

»Und du tust jetzt alles auf die englische Art?«

»Ich versuche es.«

»Warum?«

»Man hat mich gelehrt, daß die englische Art die richtige ist, die überlegene. Doch im Inneren meines Herzens glaube ich das nicht immer. Ich bin eine Frau mit vielen Vergangenheiten. Ich glaube, daß mich das reich macht. Ich habe nicht die Absicht, meine Vergangenheit zu verlieren und sie durch völliges Englischsein zu ersetzen. Wenn ich das täte, würde es bedeuten, daß es die Margery, die ich kannte, nicht mehr gibt. Ich kann nicht aufgeben, was ich bin. Ich kann nur dem jetzigen So-sein etwas hinzufügen in der Hoffnung, es dadurch zu verbessern. Ich werde diejenigen Teile der englischen Lebensart auswählen, die mir gefallen, und jene weglassen, die mir nicht gefallen. Darum habe ich oft keinen Erfolg. Weil mein Herz nicht immer bei der Sache ist.«

»Ich glaube, das ist eine der weisesten und schönsten Erkenntnisse, die ich dich je habe aussprechen hören. Du kannst dir nicht vorstellen, wie sehr es mir gefällt, zu sehen, daß es immer noch einen Teil von dir gibt, den ich wiedererkenne und bewundere, einen Teil jener Frau, die ich kennengelernt habe und nicht mehr vergessen konnte.«

»Und welcher Teil ist das?«

»Zum Beispiel deine Ehrlichkeit. Als du mich begehrt hast, hast du es nicht versteckt.«

»Das tue ich jetzt auch nicht.«

»Willst du damit sagen, daß du mich begehrst? Daß du mich plötzlich begehrenswert findest?«

»Warum sollte ich hier stehen und dich betrachten, wenn ich dich häßlich und uninteressant fände? Ich sehe dich an, weil mir gefällt, was ich sehe, weil ich das Gefühl mag, das es in mir bewirkt. Ich finde dich immer begehrenswert, wenn ich dich ansehe; ich habe nie aufgehört, Verlangen nach dir zu spüren.«

»Wenn das wahr ist, frage ich mich unwillkürlich, wie das sein kann. Das kann doch sicher nicht durch den Anblick meines bedauernswerten Körpers geschehen sein, mit seiner blassen Haut, den hervorstehenden Knochen und den vielen Wunden.«

»Und wenn es doch so wäre?«

»Deine Augen trügen dich.« Er wandte ihr den Rücken zu und stemmte beide Hände an den Fensterrahmen, um dann hinauszustarren in die Dunkelheit.

Sie betrachtete die rote Narbe an seiner Wirbelsäule und zählte seine Wunden – die grobe Vertiefung vom Einstich einer Indianerlanze, die rauhen Wülste, wo ein Bär seine Klaue in ihn geschlagen hatte, die flache Glätte einer Verbrennung, die runde Narbe einer Schußverletzung.

Ohne zu bemerken, daß sie sich von der Stelle bewegt

hatte, stand sie plötzlich hinter ihm. Sie streckte die Hand aus und berührte ihn. Er zuckte zusammen, und sie fühlte, wie seine Muskeln sich anspannten. »Ich habe mich schon oft gefragt, ob die Hand nicht Schönheit leichter spürt als das Auge.«

Ihre Hände strichen über die Linien seines Körpers abwärts, folgten der roten Narbe. Dann ließ sie sie weiter nach unten sinken, die harten Kurven seines Hinterns entlang. »Es ist majestätisch ... es steckt eine solche Kraft in dir, im Fluß der Linien und Rundungen deines Körpers.«

Sie schloß die Augen. Ihre Stimme klang leise und fließend. »Wieviel feiner ich sie doch empfinde, wenn ich sie spüre und nicht sehe.«

Sie legte ihr Gesicht an die glatte Wärme seines Rückens. »Ich spüre den Herzschlag von Tausenden von Skulpturen, das warme Fleisch der alten Griechen.«

Dann streckte sie die Arme aus bis nach vorn, nahm seinen Penis in die Hand, kümmerte sich nicht darum, wie Will nach Luft schnappte, sein Körper zusammenzuckte, er den Kopf nach hinten warf. »Und hier spüre ich den perfekten Rhythmus der Natur, selbst wenn du still stehst wie ein marmorner Gott. Ich begehre dich, Will. So sehr, daß ich mich frage, ob ich noch klar im Kopf bin. Wenn du nicht dasselbe spürst ... wenn du mich nicht begehrst – ich weiß nicht, was ich dann tun werde.«

»Dich nicht begehren ...« Er drehte sich um und nahm sie in die Arme. »Es war immer schon deine Ehrlichkeit ... deine offene, unaffektierte Ehrlichkeit, die mich umgeworfen hat. Ich weiß noch, wie ich nachts am Lagerfeuer saß und dir und Dan zugehört habe. Damals hat mich deine Ehrlichkeit schon so angesprochen.«

»Du hast mich da auch schon begehrt?«

Er küßte sie sacht. »Ich habe dich immer begehrt ... von

jenem Augenblick an, als ich dich zum ersten Mal gesehen habe, wie du dastandest, das weiße Hirschlederkleid um deine Hüften, deine schönen Brüste ebenso stolz erhoben, wie du beschämt warst.«

»Ich …« Er drückte seinen Mund auf den ihren, hinderte sie an weiteren Worten, zeigte ihr auf unmißverständliche Art, wie er empfand, und sie war froh darum, denn diese Art gefiel ihr viel besser.

Sein Geschmack, sein Geruch, seine Wärme durchströmten sie so intensiv, wie das Feuer in ihrem Blut toste, so wunderbar, wie der Rhythmus ihres Herzens donnerte, denn es schien fast zu bersten vor Freude, so daß sie es kaum verbergen konnte. Sie fühlte sich wie betrunken. Seine Gegenwart erfüllte sie vollständig. Die Zeit bewegte sich nicht mehr. Es gab nur noch die Ewigkeit. Nur noch die Hitze seines Körpers sprach zu ihr, die Härte seiner Männlichkeit, die sich an sie drückte, die gehauchte Wärme geflüsterter Worte in der Magie seiner Zunge.

Die Nadeln fielen aus ihrem Haar und gaben einen weichen Duft frei, der sie zu umschweben schien wie ein Zauber. Ihre Kleider fielen von ihrem Körper, und sie stöhnte, als sie ihre Nacktheit auf der seinen spürte, die Glätte ihrer Haut, die die seine berührte.

Er hob sie in seine Arme und trug sie zum Bett, legte sie nieder und bedeckte sie mit seinem Körper. »Ich habe ein ganzes Leben lang darauf gewartet.«

»Ich auch.« Sie öffnete sich der Reise seiner Hände über ihren Körper, spürte das Begehren tief in ihrem Bauch wie eine zusammengerollte Schlange.

»Ich liebe dich«, sagte er und drang dabei langsam in sie ein.

Sie konnte nicht antworten. Sie konnte nur mit ihm gehen, sich dahingleiten lassen wie ein Blatt auf einem wilden Fluß, mal ruhig, mal hinausgetragen in die Kraft einer brausenden Strömung, rasend dahingerissen durch die Stromschnellen, dann hinausgeschleudert in das betäubende Tosen eines Wasserfalls, schwebend für einen Augenblick, ohne Berührung zur Welt da unten, abwärts segelnd auf einem weichen Luftstrom, in schwingenden Spiralen bis hinab, wo die Oberfläche der Wirklichkeit glitzerte wie alle Sterne des Universums, und sie spürte, wie sie sicher landete, auf einem Wasser, das nur noch leise Wellen unter ihr tanzen ließ und sie trug bis in die glatte Ruhe eines stillen Sees, wo sie sich treiben ließ ... treiben ... treiben ...

Aus der tiefen Stille ihrer Gedanken hörte sie den Klang seiner geliebten Stimme. »Schlafe hier bei mir. Jetzt und für alle Zeit. Ich bin da. Ich werde immer dasein. Ich werde dich nie wieder verlassen.«

37

Sie wurde wach, als William sie wieder liebte.

Als sie genauso erfüllt und satt war wie er, lagen sie zusammen, mit umschlungenen Gliedern, und seine Hand streichelte sie sacht. »Ich möchte dich mitnehmen nach London. Ich möchte dich überallhin mitnehmen – ins Theater, die Oper, das Ballett, die feinsten Restaurants. Ich will dir Juwelen und die schönsten Kleider kaufen ... deine eigene Kutsche mit perfekt zusammenpassenden Pferden. Jetzt werde ich dich behandeln als geliebte Frau, die du bist, und ich will, daß die ganze verdammte Welt erfährt, wie sehr ich dich anbete. Ich will dir alles geben, was dein Herz begehrt.«

»Das hast du schon getan.«

Sie dachte daran, wie schwer es sein würde, die Zwillinge

zurückzulassen, nicht weil sie sich Sorgen um ihre Sicherheit machte, aber weil es das erste Mal sein würde, daß sie nachts nicht in ihrer Nähe war. Das erklärte sie Will.

»Es wird ihnen guttun. Es wird sie etwas Neues lehren und ihnen zu verstehen geben, daß ihre Mutter nicht das ganze Universum ist ... für mich allerdings ist sie es.« Er küßte sie zärtlich, zog sie an sich, hielt sie fest in den Armen.

»Aber sie sind doch noch so klein. Ich werde mich verloren fühlen ohne sie. Wem soll ich dann Gutenachtgeschichten vorlesen?«

Er lachte leise. »Mir zum Beispiel, kleine Mama.«

Sie boxte ihn. »Du bist hart zu mir in meinem Leid.«

»Gestern abend hat dich meine Härte nicht gestört ... und heute morgen auch nicht, wenn ich mich recht erinnere.«

»Oh, du bist wirklich unanständig.«

»Nur in deiner Nähe.« Er küßte sie auf den Scheitel. »Ich sag' dir was. Wenn du mir versprichst, ein braves Mädchen zu sein, werde ich mir die größte Mühe geben, damit du noch ein Baby bekommst ... eines, das sogar noch kleiner sein wird als die beiden anderen.«

Der Gedanke gefiel ihr. »Hört sich gut an.«

»Was? Noch ein Kind zu bekommen oder mein Schwur, mich aufopfernd dieser Aufgabe zu widmen?«

»Beides, besonders das letztere. Ich liebe dich, William.«

»William? Soll ich dich wieder Schneller Schritt nennen?«

Sie schwieg einen Augenblick. Nachdenklich. Sie hatte schon seit einer ganzen Weile nicht mehr an diese Zeit ihres Lebens gedacht. »Dieser Name kommt mir jetzt fremdartig vor. Manchmal fühle ich mich, als hätte ich mein ganzes Leben hier in England verbracht.«

»Vielleicht kommt das daher, daß dein Leben hier mehr Ähnlichkeit mit deinem ersten Leben hat – damals, bevor du entführt wurdest.«

»Aber ist es nicht seltsam, daß ich einen so großen Teil meines Lebens in der amerikanischen Steppe mit dem einen oder anderen Indianerstamm verbracht habe und jetzt kaum noch daran denke? Glaubst du, daß das die Art ist, wie die Seele heilen kann – der schmerzlichen Vergangenheit zu erlauben, langsam in Vergessenheit zu geraten?«

»Ich denke schon. Es gibt keinen Grund, warum du die Vergangenheit nachleben solltest. Jetzt bist du in England, meine Frau und eine Mutter. Dein Leben ist voll und reich.« Er küßte sie zärtlich. »Du wirst geliebt. Du bist die Frau geworden, die du hättest werden sollen. Warum sollte deine Erinnerung dich zurückbringen?«

»Ich glaube, das geht gar nicht mehr. Selbst jetzt, wenn ich versuche, darüber nachzudenken, ist die Erinnerung beinah genauso schattenhaft wie die an meine Familie. Selbst der Name Schneller Schritt erscheint mir fremdartig, so als gäbe es diese Person nicht mehr.«

»Es ist nicht so, daß es diese Person nicht mehr gibt. Es hat sie noch nie gegeben. Du warst nie Indianerin. Du warst immer Margery, genau wie du immer mein Schicksal warst.«

»Dein Schicksal. Das klingt schön.«

»Mir gefällt die Wirklichkeit besser.« Er beugte sich über sie und nahm ihre Hände in seine. »Komm her und liebe mich.«

Sie sah auf die Uhr. »Es ist schon recht spät. Glaubst du nicht, wir sollten langsam aufstehen? Alle werden sich schon fragen, wo wir sind.«

»Sie *wissen*, wo wir sind. Und jetzt komm her. Ich will mit dir schlafen, und es ist wahrscheinlicher, daß in der Hölle mit Schneebällen geworfen wird, als daß ich dich jetzt gehen lasse.« Er küßte sie. Einmal. Zweimal. Dreimal. Beim vierten Mal stöhnte sie und legte die Arme um seinen Hals.

Das Geräusch trappelnder Füße ertönte draußen im Flur,

gefolgt von den heftigen Rufen einer Stimme, die sich anhörte wie die Kinderfrau.

Eine Tür knallte. Draußen begann ein Hund zu bellen, und das Gekreische und Gelächter der Zwillinge folgte direkt darauf.

Will hob den zerzausten Kopf. »Was, zum Teufel, ist hier eigentlich los?«

Margery lachte und sah zum Fenster. »Es hat letzte Nacht geschneit. Weißt du nicht mehr, wie es war, als du klein warst und es hatte geschneit und keiner wollte dich zum Spielen nach draußen lassen?«

»Nein«, sagte er brummend und sah an sich hinab. »Ich kann mich nur noch daran erinnern, ein Erwachsener zu sein, der gerade mit seiner Frau schlafen wollte, als seine dazu vorgesehene Ausrüstung den Dienst verweigerte.«

»Nun gut«, sagte sie, rollte sich aus dem Bett und streckte die Hände aus, um ihn hochzuziehen. »Ich denke, das bedeutet wohl, wir sollten besser nach draußen gehen und Schneebälle werfen.«

Zwei Tage später nahm Will sie mit nach London und blieb bei seinem Versprechen, sie überallhin auszuführen. In den ersten zwei Tagen ging er mit ihr zu den feinsten Schneidern und bestellte die neueste Mode aus Paris. Am dritten Tag besuchten sie drei Juweliere, und er kaufte dort »mehr Schmuck, als ich je tragen kann«, wie Margery es ausdrückte. Ihre neue Kutsche und die passenden Grauen wurden am vierten Tag nach ihrer Ankunft geliefert. Aber erst als sie Dan aus der Kutsche steigen sah, spürte sie die größte Freude.

Will lächelte, als sie Dan mit lachendem Blick und einem Kuß auf die Wange begrüßte. »Es ist wirklich schön, dich zu sehen, obwohl ich dir eigentlich böse sein sollte, daß du nicht gekommen bist, um mich zu besuchen.«

Dan hielt sie eine Armlänge vor sich, betrachtete sie genau und stieß dabei einen leisen Pfiff aus. »Neue Kleider und ein neues Leben, und beides paßt hervorragend zu dir.«

»Du warst immer schon ein Charmeur.« Sie hakte sich bei ihm ein und ging mit ihm zum Haus.

Dan blieb zum Abendessen, und dann unterhielten sich die drei bis spät in die Nacht hinein. Als Dan ankündigte, es sei jetzt Zeit zu gehen, sagte Margery: »Nur wenn du versprichst, uns bald wieder zu besuchen.«

Will begleitete ihn zur Tür und entlockte ihm das Versprechen, am nächsten Morgen mit ihm einen Ritt zu machen.

Die anderen Abende verbrachten sie im Theater, in der Oper, dem Ballett, und danach in den feinsten Restaurants Londons.

Als sich erst einmal herumgesprochen hatte, daß sie in der Stadt waren, kamen auch verschiedene Einladungen. Will kam eines Nachmittags gerade zur Tür herein, als Margery einen Umschlag öffnete.

»Noch eine Einladung?«

Sie nickte, während sie das Papier überflog. »Zu einem Ball im Haus des Marquis von Pemberton.«

»Ich kenne Pemberton nur flüchtig. Ich weiß, daß du müde bist. Wir können diesen Ball ja auslassen, wenn du möchtest.«

»Ja, ich glaube, ein Abend zu Hause würde mir gefallen.«

»Ist heute abend der Ball des Herzogs von Norfolk?«

»Ja.«

»Ich glaube, zu dem sollten wir etwas früher gehen. Er wird sehr groß und gut besucht sein.«

Sie legte die Einladung des Marquis von Pemberton auf ein Tablett zu den anderen und wandte sich ihm zu. Erschreckt stellte er fest, daß sie geweint hatte, denn ihr Gesicht war verquollen und ihre Nase rot. »Was ist los, Liebste?«

Die Tränen begannen wieder zu fließen, als hätten sie nur darauf gewartet, daß er sie bemerkte. »O Will, ich habe solches Heimweh. Ich vermisse unser Leben auf dem Land. Ich vermisse unsere ruhigen Abende mit der Familie. Und ich will meine Söhne sehen.«

Er nahm sie in die Arme und küßte sie auf die Stirn. »Du bist mein Leben. Was immer dich glücklich macht, macht auch mich glücklich. Wenn du wieder nach Hause willst, dann gehen wir nach Hause.«

Sie legte ihm die Arme um den Hals. »Das bedeutet mir mehr als alle Kleider von Paris. Können wir gleich aufbrechen?«

Er lachte leise über ihre Aufregung und die Art, wie sie zu ihm aufschaute. Dies war das erste Mal, daß er sie betrachtete und das Kind in ihr sah. Er konnte sich vorstellen, wie sie am Weihnachtsmorgen ausgesehen haben mußte, voller Eifer und mit glänzenden Augen. »Dafür ist es heute schon ein wenig spät, aber ich werde das Personal anweisen, unsere Sachen zu packen. Was meinst du dazu, wenn wir heute abend noch auf den Ball bei Norfolks gehen und dann morgen früh gleich losfahren?«

»Müssen wir zum Herzog von Norfolk gehen? Könnten wir nicht zu Hause bleiben?«

Sie konnten auch jeden Abend zu Hause bleiben, wenn sie Wert darauf legte, er hatte sie überhaupt nur hergebracht, weil er dachte, sie würde vielleicht die Aufregungen des Stadtlebens dem Landleben vorziehen, das manche Leute außerordentlich langweilig fanden. Es gefiel ihm sehr, daß sie das Leben auf dem Land vorzog, genau wie er. Außerdem empfand er es als Erleichterung, daß er so nicht viel Zeit in London und in Gesellschaft anderer aus dem Ton verbringen mußte.

»Du weißt, daß ich gern alles tun würde, was du möchtest, aber ich habe jemandem versprochen, daß wir kommen werden.«

Das Geheimnis brachte ihre Augen wieder zum Glitzern. »Wem? Ach Will, spann mich doch nicht auf die Folter.«

Er seufzte. »Ich sehe schon, daß ich es nie schaffen werde, ein Geheimnis zu bewahren. Daniel hat nach dir gefragt, und ich habe ihm versprochen, daß wir heute abend dorthin kommen. Ich weiß, daß er sehr enttäuscht sein würde, uns nicht zu treffen.«

»Natürlich gehen wir hin. Ein Versprechen ist ein Versprechen. Außerdem ist es immer schön, Daniel zu sehen.«

Margery und Will beendeten ihren zweiten Tanz und waren auf dem Weg zu Daniel, der gerade angekommen war, als sie hörten, daß noch jemand anderes angekündigt wurde.

»Der Herzog und die Herzogin von Dunford.«

Margery sah zu, wie der gutaussehende Herzog und seine schöne Frau empfangen wurden. Sie hatte sie wohl besonders lange angestarrt, denn Will fragte: »Kennst du sie?«

»Ich bin mir nicht sicher, aber ich glaube, ich habe die Herzogin schon einmal getroffen. Vielleicht war es damals, als ich mit deiner Mutter in London war. Kennst du sie?«

»Nein, und der Titel ist mir auch nicht geläufig.«

Margery sah zu, wie die beiden von verschiedenen Paaren begrüßt wurden. »Einige scheinen sie allerdings zu kennen, denn sie werden gut aufgenommen.«

»Was ... ach so, ja, da hast du wohl recht.«

»Weißt du, an dem Abend, als ich der Herzogin von Dunford begegnet bin, ist etwas sehr Seltsames passiert. Lady Ashford kam zu uns, nachdem die Herzogin gegangen war, und erzählte eine eigenartige Geschichte. Sie sagte, der Herzog stamme aus Amerika, wo seine Eltern von Indianern getötet worden und seine Brüder überallhin verstreut worden seien. Sie sagte auch, er habe eine Schwester gehabt, die entführt worden sei, genau wie ich. Die arme Lady Ashford. Sie war entsetzt, daß es zwei Menschen auf der Welt geben könnte, die von Indianern entführt worden waren.«

»Ich bin sicher, daß du ihr die Sache erklärt hast.«

»Ja, natürlich.« Sie schwieg einen Augenblick nachdenklich. »Ich erinnere mich an noch etwas. Kurz nachdem ich aus London zurück war, besuchte uns Daniel. Er erwähnte, Lady Ashford erzähle überall im Ton, die Schwester des Herzogs von Dunford und ich seien zusammen Gefangene gewesen. Kannst du dir das vorstellen?«

Will sah in eine andere Richtung, aber er hatte ihr zugehört, denn er sagte: »Das halte ich schon für möglich. Immerhin hast du ja erzählt, daß du dann und wann auch anderen Gefangenen begegnet bist, wenn ich mich recht erinnere.«

»Ja, schon, aber die Wahrscheinlichkeit, daß eine von ihnen die Schwester des Herzogs gewesen sein könnte ... das wäre beinah schon ein Wunder, wenn ich ihr begegnet wäre.«

Er legte seine Arme um sie. »Ich glaube an Wunder.«

»Wirklich?«

»Du bist mein Wunder.«

Sie boxte ihn. »Das einzige Wunder war, daß ich dich immer noch geliebt habe, nach dem, was du gemacht hast.«

Er lachte leise. »Nein, das eigentliche Wunder war, daß du mich überhaupt geliebt hast.«

»Vielleicht haben wir beide recht«, sagte sie und bemerkte, daß Will plötzlich abgelenkt war.

»Ich kann es nicht glauben.«

»Was?«

»Grenville ... der Herzog von Grenville und seine Herzogin. Der muß mindestens siebzig sein. Was in Gottes Namen tut der hier? Er hat schon vor über zehn Jahren aufgegeben, zu solchen Veranstaltungen wie dieser zu gehen.«

»Welcher ist es denn?«

»Da drüben der Alte, der mit dem Herzog von Dunford spricht.«

Margery schaute in ihre Richtung und flüsterte ihrem Mann hinter ihrem Fächer zu: »William, die sind *alle* alt, bis auf einen. Welcher ist denn nun der Herzog, sag?«

»Der in Schwarz.«

»Vielen Dank. Also sehen wir mal, ich zähle eins, zwei, drei ... sieben, acht ... neun insgesamt. Neun schwarzgekleidete Männer in einer kleinen Gruppe, ganz zu schweigen von den anderen hundert oder so, die hier sind. Kannst du dir vorstellen, noch undeutlicher zu werden?«

»Was?« Er drehte sich um und sah sie an. »Oh, entschuldige. Was hattest du gefragt?«

»Ist egal. Wollen wir ...«

»Noch einmal tanzen«, sagte Will und zog sie hinaus auf die Tanzfläche. »Habe ich dir schon gesagt, wie hübsch du heute bist?«

»Ja, aber ich habe nichts dagegen, es noch einmal zu hören.«

»Grün ist absolut die ideale Farbe für dich. Du solltest es öfter tragen.«

»Jetzt, wo du mir die herrlichen Smaragde bestellt hast, werde ich das bestimmt tun.«

»Du bist mit Abstand die schönste Frau hier ... mit oder ohne Smaragde.«

»Ich weiß es nicht. Die Frau des Herzogs von Dunford ist umwerfend mit all ihrem herrlichen schwarzen Haar.« Während sie das sagte, betrachtete sie den Herzog und die Herzogin, die an ihnen vorübertanzten. Für einen flüchtigen Augenblick trafen sich ihre und des Herzogs Blicke. Ein kalter Schauer überlief sie, und sie schien seinen Blick nicht mehr loslassen zu können. Doch dann machte William eine

Wendung, und das Gesicht des Herzogs verschwand. Sie sah zurück in seine Richtung. Er betrachtete sie immer noch. Margery machte einen falschen Schritt. Ob er diese seltsame Empfindung auch gespürt hatte?

»Ich ziehe blonde Frauen vor.«

»Was?«

»Ich sagte, ich ziehe blonde Frauen vor.«

»Du hast Vorurteile«, sagte sie und fühlte sich unerklärlich seltsam. Sie wünschte, sie hätten nicht über Indianer und Gefangene gesprochen. Jetzt würde sie ständig daran denken müssen. Sie nahm sich vor, diesen Gedanken soweit wie möglich von sich zu schieben, in jene Ecke, wo auch ihre anderen Erinnerungen an die Vergangenheit lagen.

»Ich habe nur Vorurteile in bezug auf dich.«

Sie tanzten noch vier Tänze, dann verschwand Will, um mit Dan in der Bibliothek eine Zigarre zu rauchen und einen Brandy zu trinken, während Margery nach oben ging, um sich die Nase zu pudern.

Als sie ins Zimmer kam, waren dort mehrere Frauen, die sie kannte. Sie unterhielt sich mit allen kurz, auch mit der Gräfin von Upton und mit Lady Fitzpatrick. Als sie sich umdrehte, sah sie die Herzogin von Dunford, die vor dem vergoldeten Spiegel ihr Haar zurechtzupfte.

Die Herzogin sah Margery im Spiegel an und legte den Kopf zur Seite. »Kenne ich Euch nicht?« fragte sie und drehte sich zu Margery um. »Ich habe das Gefühl, wir haben uns schon einmal getroffen. Euer Gesicht kommt mir bekannt vor, obwohl wir in Schottland leben und nicht sehr oft nach London kommen.«

»Wir sind uns schon einmal begegnet, Euer Gnaden. Ich glaube, das war etwa vor einem Jahr in London.«

Annabella lächelte. »Jetzt erinnere ich mich. Verzeiht, daß ich mich nicht gleich erinnert habe.«

»Ich habe schon viel von Schottland gehört. Ich glaube, Ihr seid allerdings die erste Schottin, der ich begegne.«

Die Herzogin lachte. »Dann müßt Ihr wohl noch etwas länger warten, denn ich bin keine richtige Schottin. Ich bin Engländerin, lebe aber seit meiner Hochzeit in Schottland. Ich bin übrigens die Herzogin von Dunford, aber bitte nennt mich Annabella.«

»Ich bin die Gräfin von Warrenton, aber bitte nennt mich Margery.«

»Margery. Was für ein hübscher Name. Wißt ihr, mein Mann ...«

»Annabella, kommst du wieder mit mir nach unten?«

Annabella drehte sich um und nickte. »Einen Augenblick, Mama.« Sie wandte sich wieder an Margery. »Es tut mir leid, unsere Begegnung unterbrechen zu müssen, aber ich muß jetzt gehen. Meine Mutter wird langsam alt, sie ist nicht mehr so geduldig wie früher. Ich hoffe, daß wir einander wieder einmal begegnen.«

»Das hoffe ich auch, aber das könnte eine Weile dauern. Mein Mann und ich kehren morgen zurück aufs Land.«

»Vielleicht treffen wir uns noch einmal, wenn wir das nächste Mal hier sind.«

»Ich würde mich freuen.«

»Ich ebenso. Auf Wiedersehen.«

»Auf Wiedersehen.« Margery sah die Herzogin hinausgehen, die phantastisch aussah in ihrem prächtig schimmernden, schwarzblauen Kleid.

38

Margery und Will waren zu einer Dinnerparty bei Lydia und ihrer Familie, Lord und Lady Lancaster, gekommen. Es saßen an die zwanzig Personen am langen Tisch, die alle Nachbarn und Margerys und Wills Bekannte waren, bis auf zwei Männer, die Gäste bei Lord und Lady Petterford waren. Der jüngere der beiden saß am anderen Ende des Tisches, der andere jedoch, ein kräftiger Mann in mittlerem Alter, saß Margery genau gegenüber. Sein Haar hatte eine Farbe, die sie noch nie gesehen hatte, ein sehr dunkles Rot mit grauen Strähnen. Sie hatten sich bisher noch nicht unterhalten, und das einzige, was sie von ihm kannte, war sein Name, Dr. Davidson.

Die ganze Gruppe war sehr lebhaft, und das Zimmer summte von der Unterhaltung.

Margery, die an Lord Lancasters linker Seite saß, erzählte ihm von ihrem letzten Londonaufenthalt.

»Ich habe gehört, der Ball des Herzogs von Norfolk war ein voller Erfolg.«

»O ja. Ich habe noch nie so viele Menschen gesehen, die ich nicht kannte.«

Lord Lancasters dröhnendes Lachen zog jedermanns Aufmerksamkeit auf sich, und alle drehten sich gleichzeitig zu ihm um. Lord Lancaster sah Will an. »Eure Gräfin hat mir gerade von Eurem Aufenthalt in London erzählt. Hört sich so an, als wäre bei Norfolks wieder einmal mächtig viel los gewesen. Ich habe gehört, er lädt jeden in England ein, der einen Titel hat.«

»Das könnte ich mir vorstellen«, sagte Will.

Margery schaute von ihrem Mann zu Lydias Vater. »Oh, nicht nur aus England, Lord Lancaster. Es war auch mindestens ein Herzog aus Schottland dort.«

Das schien Lord Lancaster zu amüsieren. »Ein schottischer Herzog, sagt Ihr? Wahrscheinlich kenne ich ihn nicht, weil ich mich bei den schottischen Titeln nicht gerade gut auskenne. Er hat wohl englische Verwandte, sonst könnte ich mir kaum vorstellen, warum ein Schotte zu Weihnachten nach England kommen sollte. Immerhin waren sie den Engländern nie besonders hold.«

Margery nickte. »Das habe ich auch schon gehört, aber dieser Herzog hat englische Verwandte, genau wie Ihr sagtet. Seine Frau ist Engländerin, und so ziemlich die schönste Frau, die ich kenne.«

»Eine englische Ehefrau. Hmmm. Ich frage mich, aus welcher Familie sie kommt. Das hat sie Euch nicht gesagt, oder?«

Margery spürte, wie ihr Gesicht warm wurde. »Sie sagte mir den Namen ihres Vaters, aber ich muß gestehen, daß ich ihn vergessen habe. Ich erinnere mich allerdings daran, daß sie sagte, ihr Vater sei ein Herzog.«

»Der Herzog von Grenville«, sagte Will. »Margery hat mir davon erzählt, nachdem sie mit seiner Tochter gesprochen hatte.«

»Ich weiß noch, daß ihr Vorname Annabella war.«

»Dann ist sie die Frau des Herzogs von Dunford«, sagte Dr. Davidson, und alle drehten sich zu ihm um.

»Ja«, sagte Margery. »Genau so heißt er. Der Herzog von Dunford. Kennt Ihr ihn?«

»Ich stamme von der Insel Skye, wo der Herzog von Dunford zu Hause ist.«

Margery beugte sich vor. »Dann müßt Ihr auch Annabella kennen.«

Dr. Davidson lächelte. »Das könnte man sagen, denn ich habe all ihren und Ross' sechs Kindern auf die Welt geholfen.« Dr. Davidson hielt inne und sagte dann: »Ich vergaß zu erwähnen, daß der Name des Herzogs Ross ist.«

Margery runzelte die Stirn. *Ross ... ein ungewöhnlicher Name, und doch seltsam vertraut ... Offensichtlich habe ich ihn schon mal irgendwo gehört, aber wer weiß, wo.* »Sechs Kinder. Also sie sieht wirklich nicht so aus, als könnte sie alt genug sein, um sechs Kinder zu haben.«

Dr. Davidson unterdrückte ein Lächeln. »Doch, alt genug ist sie, aber immer noch eine Schönheit, wie Ihr schon sagtet. Seid Ihr dem Herzog vielleicht auch begegnet?«

»Nein, die Herzogin und ich unterhielten uns nur kurz, solange die Männer beim Zigarrenrauchen waren. Ich habe ihn aus der Ferne gesehen.«

»Wie schade. Er ist ein Amerikaner, müßt Ihr wissen.«

»Davon habe ich gehört, war aber nie sicher, ob die Geschichte wirklich stimmt.«

»O doch, sie stimmt allerdings«, sagte Dr. Davidson. »Das kann ich persönlich bestätigen.«

»Wie kann er jetzt einen schottischen Titel haben, wenn er Amerikaner ist?« fragte Will.

»Sein Großvater war der alte Herzog. Sein Vater war zwar schottischer Geburt, ist aber nach Amerika ausgewandert, wo er auch starb. Als die Gesundheit des alten Herzogs nachzulassen begann, schickte er nach seinem Enkel.«

Margery nahm ihr Weinglas in die Hand, als Will gerade sagte: »Dann ist es ja wirklich schade, daß Margery ihn nicht kennengelernt hat. Sie hat hier nicht sehr oft Gelegenheit, Amerikanern zu begegnen.«

»Also in Schottland gibt es eine ganze Menge davon, wenn die Verwandten des Herzogs zu Besuch kommen«, sagte Dr. Davidson. »Ich glaube, vom Clan der Mackinnon leben mehr Personen in Amerika als in Schottland.«

Margery ließ das Weinglas fallen.

Das Glas traf ihren Teller, spritzte Wein überall auf ihr elfenbeinfarbenes Kleid, fiel dann auf den Boden und zersprang. Ihr Atem war plötzlich flach, und ihre Brust schien ihr zu eng, so daß sie um jeden Atemzug ringen mußte. Ihr Körper war auf einmal so warm, und sie spürte kalten Schweiß auf ihrer Stirn. Ein lautes Dröhnen erfüllte ihre Ohren. Das Zimmer schien sich zu drehen und wurde schwarz. Sie hatte Angst, in Ohnmacht zu fallen.

Mackinnon ... Mackinnon ... Mackinnon ...

Der Name hallte in ihrem Kopf wider, und jedesmal wurde er ihr noch vertrauter. Sie schloß kurz die Augen, und hinter ihren Lidern tanzten die Bilder in den Schatten, genau wie sie es immer getan hatten. Sie sah dieselben schattenhaften Figuren, die sie immer im Zusammenhang mit ihrer unbekannten Familie gesehen hatte. Sie öffnete die Augen wieder, sah aber nichts. Wie heftig ihre Hand zitterte, bemerkte sie erst, als sie sie an die Brust hob und flach daraufdrückte. »Mackinnon«, sagte sie und sah ihren Mann verzweifelt an. »Mackinnon.«

Plötzlich hockte Will neben ihr, die Hand auf ihren Oberarm gelegt, und schüttelte sie sacht. »Margery ... Liebste, was ist los? Was hast du denn?«

Sie legte die Hand an den Kopf, weil ihr plötzlich schwindlig war.

Irgendwo in der Ferne hörte sie Wills Stimme. »Ich glaube, ich bringe sie besser nach Hause.« Sie spürte, wie sich seine Arme um sie legten, als er ihr beim Aufstehen half.

»Mackinnon«, flüsterte sie. »Mein Name ist Mackinnon.« Das Licht im Zimmer wurde plötzlich schwarz, und sie spürte, wie sie in einen langen, dunklen Tunnel stürzte.

Früh am nächsten Morgen öffnete Will die Tür zu Margerys Schlafzimmer und fand sie im Bett sitzend vor, mit einem Ausdruck der Verwirrung im Gesicht.

Er trat ins Zimmer, machte die Tür zu und ging hinüber,

um sich zu ihr ans Bett zu setzen. Er berührte ihre Stirn. »Wie fühlst du dich?«

»Sieht so aus, als könnte ich mich kaum noch an gestern abend erinnern.«

»Dr. Davidson hat uns hierher begleitet. Er sagte, du hättest wohl einen großen Schock erlitten. Du sagtest immer wieder den Namen Mackinnon, dann wurdest du ohnmächtig. Erinnerst du dich noch daran?«

Sie schluckte, dann schloß sie die Augen und lehnte sich zurück ins Kissen. Die Schattenvision schwamm vor ihren Augen – dunkle Gestalten ihrer Familie, ohne Gesichter, aber jetzt hatten sie wenigstens einen Namen. »Mackinnon«, sagte sie. »Mein Name ist Margery Mackinnon, aber mein wirklicher Name war Marguerite.«

Die Farbe schwand aus Wills Gesicht. »Mein Gott! Weißt du, was das bedeutet? Bist du sicher?«

Sie nickte. »Ich würde mein Leben darauf verwetten.«

»Nun, das ist ein guter Anfang. Wenigstens haben wir jetzt einen Namen, nach dem wir suchen können. Jetzt müßten wir nur wissen, wo wir suchen müssen.«

»Fangen wir mit dem Herzog an.«

»Mit dem Herzog? Du meinst den Herzog von Dunford?«

»Ich erinnere mich, als Dr. Davidson sagte, sein Name sei Ross, kam mir etwas seltsam bekannt daran vor. Aber ich wußte einfach nicht, wo ich ihn schon einmal gehört hatte.« Sie hielt inne. »Ross ... Ross Mackinnon.« Sie schüttelte den Kopf. »Ich habe den Namen schon gehört. Ross. Ross und Alex. Ross und Alex Mackinnon!«

»Alex? Wer ist Alex?«

Sie legte ihre Hände an die Schläfen und drückte, als täte ihr der Kopf weh. »Ich weiß es nicht. Es kam mir gerade nur so in den Sinn, als ich den Namen Ross Mackinnon sagte.« Sie hörte auf, sich die Schläfen zu reiben. »Glaubst du, Ross könnte einen Bruder namens Alex gehabt haben? Wenn sie Amerikaner sind, wäre es möglich, daß sie mit mir verwandt sein könnten ... vielleicht meine Brüder.«

Will sprang auf. »Brüder? Willst du damit sagen, der Herzog von Dunford könnte vielleicht dein Bruder sein?«

Sie erinnerte sich an den Abend des Balls, als sie mit Will getanzt hatte und ihr Blick dem des Herzogs begegnet war. Sie wußte, daß das als Beweis nicht viel bringen konnte, aber sie war sich völlig sicher, daß auch der Herzog von Dunford in diesem Augenblick etwas empfunden hatte, das ihn genauso beunruhigte wie sie. »Ich weiß es nicht, Will, aber da könnten wir anfangen. Wir könnten nach Schottland gehen und den Herzog besuchen. Es wird nicht lange dauern, festzustellen, ob es eine Verbindung gibt oder jemand aus seiner Familie Alex heißt.«

Er konnte sehen, wie wichtig ihr die Angelegenheit war, und der Gedanke, nicht mit ihr nach Schottland zu gehen, war hart. Aber wie sollte er es bewerkstelligen, sie ins Haus des Herzogs von Dunford zu bringen, um dann dort anzufangen, in seiner Vergangenheit zu bohren und Fragen zu stellen? So etwas machte man einfach nicht. Er setzte sich wieder aufs Bett und legte seine Arme um sie. »Liebes, ich glaube, daß das alles ein Zufall ist.«

Sie wirkte verletzt, und ihr schmerzlicher Gesichtsausdruck brach ihm das Herz. »Du glaubst mir also nicht?«

»Ich glaube schon, daß dein Name Mackinnon und dein Vorname Marguerite war, aber die Wahrscheinlichkeit, daß du und dein Bruder beide nach England kommt und hier Mitglieder des Adels werdet, ist etwas weit hergeholt. Das zu glauben habe ich allerdings Probleme.«

»Aber er ist Amerikaner, und ich bin sicher, daß mein Name Mackinnon war. Ist das nicht genug? Das und der Name Alex ...« Sie hielt inne. »Alex steht für Alexander«, sagte sie, ohne zu wissen, woher das gekommen war. »Alexander und Adrian.«

Von Minute zu Minute wurde es verwirrender. »Adrian? Wo kam denn Adrian jetzt her?«

»Ich weiß es nicht, es kam einfach so aus meinem Mund.«

»Wahrscheinlich erinnerst du dich daran aus deiner Vergangenheit, genau wie an die anderen.«

»Alexander und Adrian«, sagte sie. »Ich weiß nicht, warum die beiden zusammenzugehören scheinen.«

»Vielleicht war in deiner Familie jemand mit dem Namen Alexander Adrian Mackinnon.«

Sie rümpfte die Nase. »Klingt irgendwie nicht besonders schön, findest du nicht?«

Er lächelte sie an. »Nein, eigentlich nicht. Wie wäre es mit Adrian Alexander Mackinnon?«

»Besser, aber ich glaube, es sind zwei verschiedene Personen.«

»Nun ja, auf jeden Fall hast du jetzt einen Nachnamen und drei Vornamen. Ich glaube, das ist mehr als genug für einen guten Anfang.«

»Also gehen wir nach Schottland?«

Er stand auf und tätschelte ihr die Hand.

Sie zog sie weg. »Versuche nicht, mich aufzuheitern. Das ist wichtig für mich.«

»Ich weiß das, aber ich glaube einfach, du hast dein Gehirn jetzt genug strapaziert. Du solltest etwas ruhen. Was auch immer noch für Namen darin verschlossen sein könnten – sie bleiben dort. Wenn du sie schon so lange behalten hast, werden dir ein paar Stunden Ruhe nicht schaden. Wer weiß, nach ein wenig Schlaf erinnerst du dich vielleicht an noch mehr. Mein Gott, vielleicht stellst du sogar fest, daß du die Schwester der alten Viktoria bist.«

»William, mach dich nicht gerade jetzt über mich lustig.

Ausgerechnet du! Du bist mein Mann. Du müßtest mich doch unterstützen.«

»Liebste, ich unterstütze dich ... wenn du es mir erlaubst. Ansonsten ist es meistens sogar verdammt schwierig, dich dazu zu bewegen, daß du zugibst, meine Frau zu sein. Ich frage mich, wo dieser sture, unabhängige Zug in dir herkommt. Vielleicht bist du wirklich eine Schottin. So stur wie eine bist du auf jeden Fall.«

»Glaubst du wirklich, es wäre möglich, daß ich Schottin bin?«

»Die Möglichkeit besteht, das ist sicher«, sagte er, beugte sich herunter und küßte sie sacht auf den Mund, bevor er hinausging.

»Wenn ich wach werde, will ich sicher immer noch nach Schottland gehen«, sagte sie, als er die Tür hinter sich zumachte.

»Natürlich solltest du sie dorthin bringen«, meinte Octavia, als sie die Geschichte hörte. »Was kann das denn schon schaden?«

Dr. Davidson kam ins Zimmer. »Ist Eure Frau wach?«

»Ja, ich war gerade bei ihr.«

»Wie fühlte sie sich heute morgen? Kann sie sich noch an die gestrigen Ereignisse erinnern?«

»Es geht ihr schon viel besser. Ein wenig erschüttert ist sie noch, aber gefaßt. Sie hat sich erinnert ... zumindest an das meiste.«

»Ich würde gern mit ihr sprechen. Ich bin davon überzeugt, daß sie einen heftigen Schock erlitten hat.«

»Oh, sie war allerdings schockiert. Als Ihr den Namen Mackinnon erwähntet, scheint das in ihr die lang vergessene Erinnerung geweckt zu haben, daß ihr Name Mackinnon war.«

Will bemerkte den verwirrten Ausdruck in Dr. Davidsons Gesicht, gerade als Octavia sagte: »Ich glaube, du solltest von Anfang an erzählen, William.«

Die drei setzten sich hin, und Octavia klingelte nach Tee, während Will begann, die Lebensgeschichte seiner Frau zu erzählen. Während er sprach, veränderte sich das Gesicht des Arztes, als kenne er einen Teil der Geschichte, die Will erzählte.

Als William zu Ende war, trank Dr. Davidson den letzten Schluck aus seiner Tasse und stellte sie zurück auf die Untertasse. »Ich finde die Geschichte Eurer Frau wirklich faszinierend.«

»Aber Ihr glaubt sie nicht.«

»Ganz im Gegenteil. Ich glaube sie nicht nur, ich habe sogar den Eindruck, daß ihr Gefühl, der Herzog von Dunford könnte ihr Bruder sein, sich als richtig erweisen könnte.«

Wills Herz begann, heftiger zu schlagen. »Was bringt Euch dazu, das zu sagen?«

»Das ist eher seltsam. Ihr müßt wissen, ich kenne die Familie seit vielen Jahren, und der Herzog und ich haben schon zahlreiche Gespräche geführt. Eine der Geschichten, die er mir erzählt hat, könnte für Euch von Interesse sein. Ich glaube, von seiner Familie in Amerika haben wir nur einmal gesprochen. Ich brachte das Thema nie wieder zur Sprache, denn daran war vieles, das ihn offensichtlich verstörte, und ich konnte sehen, wie schmerzlich die Erinnerung für ihn war, selbst noch nach so vielen Jahren.«

Wills Mund wurde ganz trocken, und er begann zu vermuten, daß etwas Großes ... etwas sehr, sehr Großes geschehen würde. »Wovon habt Ihr gesprochen?«

»Der Herzog erzählte mir von seiner Familie ... vom Tode seiner Mutter, seines Vaters und des ältesten Bruders durch die Indianer.«

»Indianer?«

»Ja, dieselben Indianer, die seine einzige Schwester entführten ... eine Schwester, die Ross und seine Brüder nie wiedergefunden haben.«

»Mein Gott!« sagte Octavia. »Ihr glaubt doch nicht ...«

Will unterbrach sie. »Margery erzählte mir, der Name Ross wäre ihr vertraut, und danach kamen ihr noch zwei weitere Namen in den Sinn. Alex, was sie später zu Alexander erweiterte. Und als sie Alexander sagte, fiel ihr auch noch Adrian ein.«

»Der Herzog von Dunford hat einen Bruder namens Adrian, das weiß ich, weil Ross für Adrian eine schottische Frau gefunden hat. Ich war einer der Trauzeugen. Was die Namen der anderen Brüder betrifft, erinnere ich mich nicht, ob er mir davon erzählt hat.«

»Also gibt es noch andere Brüder?« fragte Will.

»Ja. Vier oder fünf Brüder, glaube ich ... ohne den, der von den Indianern getötet wurde.«

Octavias Tasse klirrte, als sie sie abstellte. »Ich erinnere mich daran, daß Margery mir einmal erzählte, sie hätte das Gefühl, viele Geschwister gehabt zu haben. Und dann kam die Sache, als sie die Herzogin zum ersten Mal traf und Lady Ashford anfing davon zu erzählen, daß die Schwester des Herzogs von Indianern entführt worden sei. Damals hielt ich das alles für Lady Ashfords typische Phantasiegebilde. Sie wird langsam alt, und ihr Gehirn hat immer wieder Ausfälle.«

Will nickte. »Vielleicht war sie diesmal nicht so phantasievoll, denn die Geschichte scheint ja zu stimmen.«

Dr. Davidson stand auf. »Ich würde sagen, bis jetzt sieht es so aus, als würde alles passen, was wir gehört haben.« Er wandte sich an Octavia. »Ich bedanke mich für Eure Gastfreundschaft, Gräfin.«

»Ihr verlaßt uns?« fragte Octavia und stand auf.

»In zwei Tagen kehre ich nach Schottland zurück. Vorher muß ich noch nach London und ein paar Dinge erledigen.« Er wandte sich an Will. »Wenn Ihr es nicht für nötig haltet, daß ich nach Eurer Frau sehe, werde ich mich jetzt auf den Weg machen.«

Will begleitete den Doktor zur Tür. »Ich weiß nicht, wie ich mich bei Euch bedanken soll. Ihr könnt Euch vorstellen, was all das für uns bedeutet, was Ihr uns mitgeteilt habt.«

»O doch, das kann ich mir gut vorstellen«, sagte er und setzte seinen Hut auf. »Ich war selbst ein Waise.« Er ging die Treppe hinunter. »Alles Gute, Eure Lordschaft. Gehe ich recht in der Annahme, daß Ihr mit Eurer Frau den Herzog von Dunford besuchen werdet?«

»Da könnt Ihr ganz sicher sein.«

39

Fünf Tage später kamen Will und Margery auf der Insel Skye an. Zwei Stunden nach ihrer Ankunft saßen sie im Salon des alten Schlosses, in dem der Herzog von Dunford residierte, und warteten auf ihn.

Margery war in ihrem ganzen Leben noch nie so aufgeregt gewesen. Ein paar Minuten erschienen ihr wie eine Ewigkeit. Warum beeilte er sich nicht? Verstand der Herzog nicht, wie wichtig diese Angelegenheit für sie war? Dann fiel ihr ein, daß der Herzog keine Ahnung hatte, warum sie gekommen waren.

Will, der ihre Nervosität spürte, legte seine Hand auf die ihre und drückte sie kurz. »Es wird schon alles gut werden, meine Liebste, da bin ich ganz sicher.«

»Ich hoffe, du hast recht. Meine Hoffnung ist schon so riesig ...« Sie drehte sich zu ihm um. »O Will, wenn das hier eine falsche Spur ist – ich weiß nicht, ob ich mich je von der Enttäuschung erholen werde.«

Sie sagte nichts weiter, denn Schritte näherten sich durch die Halle. Einen Moment später betrat der Herzog von Dunford den Raum. Er war ein hochgewachsener Mann, königlich schlank gewachsen, mit freundlichen Augen und dichtem, dunklem Haar, das an den Schläfen schon grau wurde. Sie suchte sein Gesicht nach etwas ab, an das sie sich erinnerte, das ein Schlüssel zu ihrer Vergangenheit sein könnte, aber aus diesem Gesicht sprach sie nichts an.

Nach der ersten Begrüßung deutete der Herzog auf zwei Sessel. »Bitte setzt Euch.«

Der Herzog setzte sich auf einen Sessel ihnen gegenüber und lehnte sich zurück. »Wenn ich es richtig verstehe, habt Ihr etwas Wichtiges mit mir zu besprechen.«

»Allerdings, Euer Gnaden.«

»Bitte, nennt mich Ross, ich werde William zu Euch sagen.«

»Will ist noch leichter.«

Ross lächelte. »Das ist es wirklich.«

Will sah Margery an. Sie saß still da wie eine Statue. Mit einem Blick auf Will erkannte sie, daß er nicht recht wußte, womit er beginnen sollte. Sie beschloß, ihm etwas zu helfen, indem sie die Aufmerksamkeit des Herzogs auf sich zog. »Ich glaube, Ihr könntet mein Bruder sein, Euer Gnaden.«

Damit hatte sie allerdings die Aufmerksamkeit des Herzogs für sich gewonnen, denn Ross wirkte, als hätte ihn gerade jemand ins Gesicht geschlagen. »Was habt Ihr gesagt?«

»Wenn ich mich hier einmischen darf«, sagte Will, »würde ich gern in der Geschichte etwas weiter zurückgehen.«

Ross schien das auch wünschenswert zu finden. »Wie wäre es mit dem Anfang?«

Will nickte. »Ich habe einige Jahre auf Reisen in Amerika verbracht. Die meiste Zeit war ich im Westen, wo ich von einem Indianerdorf zum nächsten zog und Zeichnungen von Indianern und dem Stammesleben machte. In einem Lager der Crow sah ich eine Frau, die gerade an einige Mandan-Krieger verkauft werden sollte. Meine Männer und ich erkannten, daß sie Weiße war, obwohl sie Indianerkleidung trug. Also kaufte ich sie.«

Margery saß still dabei, während Will erzählte, wie sie geheiratet hatten, wobei er auch zugab, sie benutzt zu haben, um sich an seinem Vater zu rächen. Er erzählte, daß sie von Anfang an Englisch gesprochen habe und ihren Vornamen kannte, ohne sich jedoch an ihre Familie zu erinnern ... bis auf Schattenbilder, die sie von Zeit zu Zeit sah. »Ich brachte sie nach England. Wir kamen zu Weihnachten in Emberly Hall an, und ich ließ sie dort, während ich in derselben Nacht nach Amerika zurückkehrte.«

Ross sah Margery an. »Will sagte, Ihr erinnert Euch an Euren Vornamen. Wie ist der?«

»Ich wußte nur noch Margery, aber vor einer Woche, als jemand den Namen Mackinnon erwähnte, wußte ich plötzlich, daß mein Name Margery Mackinnon ist und daß nicht Margery mein wirklicher Name war, sondern Marguerite.«

Ross wirkte verblüfft, sprach aber dennoch vorsichtig weiter. »Der Name meiner Schwester war Marguerite, aber wir nannten sie immer nur Margery, und wie Ihr war sie blond.«

Margerys Herz schlug dreimal so schnell wie sonst, und ihr war, als könnte sie aus ihrem Sessel schweben. Sie versuchte, ihre Freude im Griff zu behalten, die sie beinah zu sprengen drohte.

»Allerdings«, fuhr Ross fort, »sind meine Brüder und ich vielen Gefangenen begegnet, die glaubten, unsere Schwester zu sein... und viele bestanden darauf, ihr Name sei Margery.« Er hielt inne, sah von einem zum anderen und ließ seinen Blick dann auf Will ruhen. »Wann seid Ihr auf die Idee gekommen, ich könnte Euer Bruder sein?«

Will erzählte von ihrem Aufenthalt in London und dem Ball des Herzogs von Norfolk. Er erwähnte, daß sich Margery und Annabella dort zum zweiten Mal begegnet waren.

Ross sah Margery an. »Hattet Ihr damals noch nicht die Idee, Euer Name könnte Mackinnon sein?«

»Ich erfuhr erst, daß Euer Name Mackinnon ist, als wir wieder zu Hause waren.« Sie erzählte im einzelnen von dem Abendessen bei Lord Lancaster und wie Dr. Davidson den Namen Mackinnon erwähnt hatte, dann erzählte sie, wie sie auf die Erwähnung dieses Namens reagiert hatte.

»Und Ihr seid ohnmächtig geworden?«

»Sie wurde tief ohnmächtig«, sagte Will. »Und ich war sehr dankbar, daß Dr. Davidson zur Stelle war. Er begleitete uns nach Hause und blieb sicherheitshalber über Nacht.«

»Obwohl ich zugeben muß, daß ich etwas erschüttert bin von Euren Erklärungen, fürchte ich, daß das nicht genug ist, um zu beweisen, daß Ihr meine Schwester seid. Ich möchte nicht unhöflich sein, aber Ihr müßt verstehen, wie oft ich Hoffnungen gehegt habe, die sich dann wieder zerschlagen haben. Wie ich schon sagte, Ihr seid nicht die einzige weiße Gefangene, die sich gemeldet hat.«

Zu diesem Zeitpunkt betrat die Herzogin, Annabella, den Raum. »Es tut mir leid, daß ich erst jetzt kommen konnte. Zwei der Kinder meiner Schwester sind bei uns zu Besuch, und ihre Kinderfrau hatte Schwierigkeiten mit ihnen.«

Ross und Will erzählten abwechselnd, um sie zu informieren, was bisher in ihrem Gespräch geschehen war. Margery bemerkte sofort, daß Annabella ihrer Sache wesentlich geneigter war als ihr Mann. »Ich bin wirklich froh, daß Ihr sofort zu uns gekommen seid«, sagte sie. »Ich kann mir vorstellen, wie schrecklich es sein muß, eine solche Frage mit sich herumzutragen, ohne die Antwort darauf zu kennen.«

Jetzt sagte Ross: »Ich hatte ihnen gerade erklärt, wie oft meine Brüder und ich schon davon überzeugt waren, unsere Schwester wiedergefunden zu haben, um dann doch feststellen zu müssen, daß wir uns getäuscht hatten.«

Annabella sah sie alle drei an. »Du wirst sie doch wohl nicht wieder nach Hause schicken, oder?«

»Es gibt einfach nicht genug Beweise, Bella.«

Margery wußte, daß sie nur diese eine Chance hatte. »Am Morgen, nachdem ich bei den Lancasters ohnmächtig geworden war, kam Will, um mich zu fragen, wie es mir gehe. Wir sprachen gerade über den Namen Mackinnon, da fiel mir plötzlich noch ein weiterer Name ein.«

Ross' Augen glitzerten interessiert, als er fragte: »Und wie war der?«

»Er lautete Alex, aber als ich den ganzen Namen aussprach, Alex Mackinnon, hörte ich mich plötzlich sagen: ›Alexander. Sein Name war Alexander.‹ Und dann geschah etwas ganz Seltsames. Denn kaum hatte ich das gesagt, da kam aus meinem Inneren ›Alexander und Adrian‹.« Sie zuckte mit den Schultern. »Ich weiß nicht, wieso ich die beiden Namen zusammen sagte oder warum sie mir so eingefallen sind. Ich dachte zuerst, Alexander könnte vielleicht Euer Bruder sein.«

Sie schaute Ross an und konnte sehen, wie die Gefühle in ihm tobten. Seine Stimme bebte, als er sagte: »Alex *ist* mein Bruder ... und Adrian auch. Sie sind Zwillinge.«

»Zwillinge«, erwiderte sie. »Wahrscheinlich war das der Grund, warum ich die beiden verbunden habe.« Plötzlich fiel ihr etwas ein, und sie lächelte. »Ich habe auch Zwillinge«, sagte sie. »Zwillingsjungen, William und Robert.«

»Es gibt mehrere Zwillingspaare in der Familie, das scheint bei den Mackinnons erblich zu sein.«

»Nun, das sollte wohl beweisen, wer sie ist ... selbst einem alten Zweifler wie dir«, sagte Annabella und stand auf. »Ich glaube, ich lasse uns eine Flasche Wein bringen ...« Annabella verstummte und sah ihren Mann an, der offensichtlich gar nicht so aussah, als wäre ihm zum Feiern zumute. »Ross Mackinnon, du zweifelst doch wohl nicht mehr daran ... nach allem, was du gehört hast?«

»Ich muß einfach sicher sein, Bella, das weißt du.« Er fragte Margery: »Gibt es nicht noch irgend etwas anderes? Irgend etwas, an das Ihr Euch erinnert, was nur jemand aus der engeren Familie wissen könnte?«

Margery spürte, wie ihr das Herz sank und Tränen in ihren Augen brannten. »Nein«, flüsterte sie. »Nichts.«

Annabella hob die Hände zum Himmel und begann, im Zimmer auf und ab zu gehen. »Erinnert Ihr Euch nicht an irgendein Ereignis ... irgend etwas Besonderes wie Weihnachten oder so etwas?«

Margery schüttelte den Kopf.

Annabella ging weiter auf und ab. Auf und ab. Auf und ab. Plötzlich blieb sie stehen. »Ich hab's!« Sie wandte sich zu Ross und faßte ihn am Arm. »Versuche dich zu erinnern, ob es nicht irgend etwas gibt, an das du dich im Zusammenhang mit deiner Schwester erinnerst ... irgend etwas, das ohne jeden Zweifel beweisen könnte, wer sie ist. Etwas, das niemand anders haben kann, so wie ein Muttermal ... oder eine Narbe.«

Ross schüttelte den Kopf.

»Nicht einmal irgendeinen Makel?«

»Nicht einmal das.«

Sie sah zur Decke. »Ich kann es nicht glauben! Wie sollte man jahrelang durchs Leben gehen, ohne dabei Spuren davonzutragen, wenigstens einen Unfall, der eine Narbe hinterlassen könnte. Man müßte annehmen ...«

Annabella verstummte mitten im Satz. »Ross, was ist?«

Margery sah Ross an. Sein Gesicht war weiß wie die Alabasterstatue auf dem Tisch hinter ihm. Doch jetzt stand er schon auf, kam zu ihr und blieb direkt vor ihr stehen. »Zieht Eure Schuhe aus.«

Margery blinzelte. »Meine Schuhe?«

Annabella kam und blieb neben ihm stehen. »Ross, bist du sicher ...«

Ross hob die Hand, und Annabella verstummte.

Margery begann, ihre Schuhe auszuziehen. Als sie fertig war, ließ Ross sich vor ihr auf die Knie sinken. Er nahm ihren linken Fuß und betrachtete ihn genau. Dann ließ er ihn los und nahm den rechten auf. »Herrgott im Himmel!« flüsterte er, und sein Daumen rieb über eine kleine, runde Narbe auf ihrem Fußrücken.

Margery betrachtete die Narbe. Sie war alt und glänzte weiß und glatt.

»Woher habt Ihr die?« fragte Ross mit bebender Stimme.

»Ich ... ich weiß es nicht mehr. Ich habe sie immer schon gehabt.«

»Was heißt das, immer schon?«

»Sie war immer da, solange ich mich erinnern kann.«

»Auch schon, als Ihr entführt wurdet?«

»Ja.«

Er schloß einen Moment die Augen, doch selbst so konnte Margery die Tränen sehen, die unter seinen Lidern hervorzudringen begannen. Als er die Augen wieder öffnete, schwammen sie in Tränen. »Ich kann dir sagen, woher du sie hast«, sagte er, seine Stimme trocken und schwankend vor überwallenden Gefühlen. »Als du drei Jahre alt warst, bist du von einem Wagen gesprungen und auf einem Brett gelandet, in dem ein Nagel steckte. Der Nagel durchdrang deinen Schuh und deinen Fuß und kam auf der Oberseite des Fußes wieder heraus. Ich habe dich als erster erreicht und ins Haus getragen.«

Margery bemerkte plötzlich, daß sie leise weinte. Sie konnte nicht glauben, daß dies wirklich geschah. Niemand verdiente es, so glücklich zu sein. Niemand.

Noch nicht einmal sie.

Ross stand auf, und sie fragte sich, ob er noch mehr würde sagen können. »Ich erinnere mich an jenen Tag noch so lebhaft, daß mir ist, als könnte ich unseren Vater sprechen hören. Er sah sich die Verletzung an und meinte dann, das würde sicherlich eine Narbe hinterlassen. Meine Brüder und ich haben dich danach immer geneckt und dich Narbenfuß genannt.« Seine Stimme brach, und es war offensichtlich, daß er jetzt nicht weitersprechen konnte. Aber das war auch nicht nötig, denn als er seine Arme öffnete und Margery sich von ihm umarmen ließ, spürte sie genau, was er hätte sagen wollen.

Und so kam es, daß Margery Mackinnon Woodville sich beinah dreißig Jahre nach ihrer Entführung durch die Indianer in den Armen ihres Bruders wiederfand.

Die Crow hätten das als passenden Schluß empfunden, doch in Wahrheit war es erst der Anfang.

Epilog

Es war eine jener seltenen Gelegenheiten, die in einem ganzen Leben nur einmal vorkommen, ein Ereignis, über das in einer Familie noch Generationen lang gesprochen wird, wann immer sie zusammenkommt.

Margery stand zwischen Ross und Will und sah vor sich die Erfüllung ihres lebenslangen Traums: Die erwartungsvollen Gesichter jener Familie, die sie immer besessen, aber nie gekannt hatte.

Später am Tag würde es Ansprachen, Vorstellungen, Trinksprüche geben, man würde Erinnerungen teilen und gemeinsam Tränen vergießen. Es würde ein Picknick veranstaltet werden und Spiele, und auf vielen Knien würden Kinder geschaukelt werden. Dann würde eine Kapelle Musik anstimmen, und man würde unter bunten Laternen tanzen, die vor schwarzer Nacht schaukelten. Und wenn sie sich dann zum Schlafen legten, würden ihr die hier versammelten Brüder vielleicht wieder so vertraut sein wie an jenem Tag vor vielen Jahren, als man sie entführt hatte.

Sie dachte an ihre ruhelosen Wanderungen und an die Freude, die jetzt ihr Herz erfüllte. Sie hakte sich bei dem Mann neben sich ein und spürte, wie die Kraft ihres Mannes sie erfüllte. Tränen begannen über ihre Wangen zu rinnen, als die Brüder, die sie seit ihrem sechsten Lebensjahr nicht mehr gesehen hatte, vortraten und ihr ihre Familien vorstellten.

Alles Mackinnons.

Jetzt gab es über dreißig davon, wenn man ihre fünf Brüder, deren Frauen und Kinder zählte: Alex und Katherine aus Texas, Tavis und Elizabeth aus Nantucket, Nicholas und Tibbie aus Cape Cod, Adrian und Maggie aus Kalifornien und, neben ihr stehend, die Füße fest auf schottischem Boden, ihr Bruder Ross und seine Frau Annabella.

Sie sah sie sich alle einzeln an, betrachtete die Gesichter, die so lange nicht mehr als dunkle, geheimnisvolle Schatten gewesen waren, und dachte an die fehlenden Eltern und den ältesten Bruder, deren Leben den gleichen wilden Indianern zum Opfer gefallen waren, die sie entführt hatten.

Als sie sie alle betrachtete, begannen ihre Züge zu verschwimmen und undeutlich zu werden, und aus der Ferne hörte sie das donnernde Dröhnen von Hufschlägen, mit dem eine Bande von habichtsnasigen Comanchen mit schwarzen Zöpfen und Kriegsfedern durch ihre Gedanken ritten, mit durchdringenden, seltsam prophetischen Schreien.

Endlich war die Erinnerung wieder befreit, die so lange in ihr verschlossen gelegen hatte.

Sie sah sich, wie sie an jenem Tag im Jahr 1836 gewesen war, ein kleines, sechsjähriges Mädchen, das sich an der Hand seiner Mutter festhielt. Sie betrachtete die Comanchen mit ihren hohen Wangenknochen und der kupferfarbenen, mit bunter Erde bemalten Haut. Rote Bänder waren in die Schweife ihrer Ponys gebunden, und sie stürzten sich im Schwarm auf die kleine Farm, bewaffnet mit Lanzen und Bögen.

Der Schrei ihrer Mutter ertönte weit durch die Tiefe der Zeit. Der starke Arm eines Kriegers packte sie, hob sie hoch und warf sie über die Decke auf dem Rücken seines Ponys, das mit ihnen davonlief. Das letzte, was sie hörte, waren ihre eigenen, entsetzten Schreie nach ihrer Mutter. Dann begann die Erinnerung zu verblassen.

Sie blinzelte und sah wieder die Gesichter ihrer Brüder, und sie wußte, daß ihr Leben nie wieder so sein würde wie vorher. Die Zeit würde ihr neue, wertvolle Erinnerungen geben, so wie sie ihr auch Will gegeben hatte, ein neues Leben in England und ihre beiden geliebten Söhne.

Über ihren Köpfen ertönte der schrille Schrei eines Falken. In der Ferne erhoben sich die Berge majestätisch aus der Ebene, rauh und in blauen Farbschattierungen. Sie fühlte sich seltsam unbedeutend, wie sie so dastand, sehr still und unbeweglich, umgeben von einer Vergangenheit, die solide und ausdauernd war wie die grauen Steinwände von Dunford Castle, dem Heim des Clans Mackinnon. Traurigkeit überkam sie. Bald würde alles vorüber sein und ihre Brüder wieder fort.

Doch nie wieder würde sie allein sein.

Der tröstliche Kreislauf des Lebens würde weitergehen – die Geburten, das Wachstum, die Todesfälle, die eines Tages kommen würden. Margery wandte sich zur Seite und begrub ihr Gesicht an der Brust ihres Mannes, durchtränkte sein Hemd mit Freudentränen.

Das Leben ging weiter und war immer noch schön.

Sie würde diese Erinnerung für allezeit bewahren.